U0894826

ALL THE BIRDS IN THE SKY

CHARLIE JANE ANDERS

[美]查莉·简·安德斯 / 著

张源 / 译

飞舞的世界末日

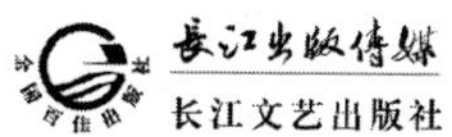

新出图证（鄂）字 03 号

图书在版编目（CIP）数据
群鸟飞舞的世界末日 /（美）查莉·简·安德斯著；张源译. -- 武汉：
长江文艺出版社，2017.9
ISBN 978-7-5354-9941-7

Ⅰ.①群… Ⅱ.①查… ②张… Ⅲ.①长篇小说－美国－近代
Ⅳ.①I712.45

中国版本图书馆 CIP 数据核字（2017）第191566号

著作权合同登记号：17-2016-439 号

特约监制：欧阳勇富　　选题策划：姜　山
责任编辑：吴　双　姜　山　　版权支持：李　勇　孙淑慧
装帧设计：陆　璐　　责任校对：许　罡　戴文慧
责任印制：张　涛

出版：长江出版传媒 | 长江文艺出版社
地址：武汉市雄楚大街 268 号　　邮编：430070
发行：长江文艺出版社
北京时代华语国际传媒股份有限公司　（电话：010-83670231）
http：//www.cjlap.com
印刷：三河市宏图印务有限公司

开本：880毫米×1230毫米　1/32　　印张：10
版次：2017 年9月第1版　　2017 年9月第1次印刷
字数：250千字

定价：42.80 元

在生命和进化这场游戏中有三个玩家：人类、自然和机器。我坚定地站在自然这边。只是我怀疑，自然是站在机器那边的。

——乔治·戴森，《电脑生命天演论》

目录

contents

第一卷 001

第二卷 025

第三卷 110

第四卷 246

第一卷

1.

帕特里夏 6 岁的时候，发现了一只受伤的小鸟。那只小麻雀挥舞着折断的翅膀，在两棵树根弯曲处一堆潮湿的红叶子上扑腾着。它哭喊着，那刺耳的喊叫声让帕特里夏不可能不注意到它。她望着那只麻雀的眼睛，它的眼神中笼罩着暗影，她看到了它的恐惧。不只是恐惧，还有悲哀——这只小鸟似乎已经知道自己很快就要死了。帕特里夏还不明白为什么生命可以从一个躯体中永远地消失，但她能看出这只小鸟在拼尽全力与死神对抗。

帕特里夏真诚地发誓要尽自己一切所能救活这只小鸟。就是这个决心导致帕特里夏被问了一个没有好答案的问题，进而影响了她的一生。

她用一片干叶子非常温柔地裹住小麻雀，把它放进自己的红色小桶里。午后的阳光水平地照在小桶上，给那只小鸟笼上一圈红光，使它看起来闪闪发光。那只小鸟还在四处拍打翅膀，试图用一个翅膀飞起来。

“没事的，”帕特里夏对小鸟说，“我找到你了。没事的。”

帕特里夏之前也曾见过受困的动物。她的姐姐罗伯塔喜欢抓野生动物玩。罗伯塔把青蛙放进妈妈扔掉的生锈的美膳雅搅拌机里，把老鼠困在自制的火箭筒里，想看看可以把它们发射多远。

但这是帕特里夏第一次看到痛苦的活物，而且是切切实实地看到。每次她望向那只小鸟的眼睛时，就愈加坚定地发誓要保护好这只小鸟。

“发生什么事了？”罗伯塔挥开周围的树枝，问帕特里夏。

两个女孩的皮肤都很白，头发是暗棕色，无所顾忌地直直地生长下去，鼻子像纽扣一般。但帕特里夏是个脏兮兮的野孩子，脸圆圆的，眼睛是绿色的，撕破的罩衫上永远带着草渍。她正在变成那种其他女孩都不愿跟她一起坐的人，因为她太容易激动了，总是说一些无聊的笑话，不管是谁的气球（不光是她自己的）破了都要哭一场。而罗伯塔则有一双棕色的眼睛，尖下巴，当她穿着干净的白裙子，淡定地坐在大人椅子上时，那姿态堪称完美。对于这两个女孩，他们的父母都曾盼着是个男孩，而且还提前取好了名字。每次生出来发现是个女儿的时候，他们就直接在选好的名字末尾加个“A”[①]。

“我发现了一只受伤的小鸟。”帕特里夏说，“它飞不起来了，因为它的翅膀受伤了。”

“我保证可以让它飞起来。”罗伯塔说，“把它带过来，我会让它飞得高高的。”

“不行！”帕特里夏的眼泪夺眶而出，她感觉自己呼吸都困难了，“不准你弄！不准你弄！”之后她便飞奔起来，身子前倾，一只手上拎着那只红色小桶。她能听到姐姐在她身后拍断树枝的声音。她跑得更快了，一直跑回家里。

几百年前，他们家曾是一家香料店，现在仍然可以闻到肉桂、姜黄、藏红花和大蒜的味道以及一丝甜味。来自印度、中国及世界

① 帕特里夏（Patricia）对应帕特里克（Patric），罗伯塔（Roberta）对应罗伯特（Robert）。

各地的客人都曾踏上这漂亮的硬木地板，带来世界各地的香料。帕特里夏闭上眼睛，深吸一口气，就能想象到铺着箔纸的板条箱上贴着诸如马拉喀什、孟买等城市的名字。她的父母在杂志上读到一篇文章，讲的是翻新殖民地商行的事，于是迅速买下了这座房子，现在，他们总是对帕特里夏喊，不要在屋里泡着，那些漂亮的橡木家具一件也不许碰，一直喊到额头上的青筋都暴起来。帕特里夏的父母是那种可以做到同时既开心又生气的人。

帕特里夏在靠近后门的一小块枫树空地上停下来。“没事的。”她对小鸟说，“我会带你回家。我家里有个旧鸟笼，在阁楼上。我知道在哪儿。那个笼子很漂亮，里面有根栖木，还有秋千。我会把你放在那个笼子里，然后去告诉我爸妈。如果你发生什么事的话，我会紧张死的。我会保护你的安全。我保证。”

“不。”那只鸟说，“求你了！不要把我锁起来。我宁可你现在就把我弄死。”

“可是，”更让帕特里夏震惊的是这只小鸟竟然拒绝自己的庇护，而不是它竟然在跟她说话，“我可以保证你的安全。我可以给你找虫子或者种子，或者其他东西吃。”

“对于我这样的鸟儿来说，囚禁比死亡更可怕。”小麻雀说，“听着，你能听懂我说话，对吧？这就意味着你是与众不同的。比如巫师，或者其他什么东西一样！而且，这意味着你有义务去做正确的事。求你了！”

“哦。”这些信息帕特里夏还不能完全消化。她坐在一块特别大、特别突出的树根上，厚厚的树皮感觉有点潮湿，有点像锯齿状的岩石。她能听到罗伯塔正在用一根 Y 形的大棍子抽打灌木丛和大地，就在旁边的空地上，她不知道如果罗伯塔听到他们在说话会发生什么事。“可是，”帕特里夏压低了声音，防止罗伯塔听到，“可是你的翅膀受伤了，对吧，我得照顾你。你现在走不了。”

“嗯。”那只小鸟似乎考虑了一下，“你不知道怎么治好翅膀，对吧？”它拍打了一下受伤的翅膀。第一眼看过去的时候，感觉它有点像灰棕色，但走近了才发现，它的翅膀上有明亮的红色和黄色条纹，肚子是乳白色的，嘴巴是黑色的，有一点倒钩。

“嗯，我一点儿也不懂。对不起！”

“没关系。所以，你可以直接把我放到一棵树上，然后为我祈祷，不过我很有可能会被吃掉或者自己饿死。”它点了点头，“或者……我的意思是，还有一种可能。”

“什么可能？”帕特里夏看着自己的膝盖，透过牛仔罩衫的线孔看向里面，觉得自己的膝盖骨像是很奇怪的蛋。“什么可能？”她抬眼看看桶里的麻雀，它也正用一只眼睛打量她，似乎在考虑是否该相信她。

“好吧，”小鸟叽叽地说，“我的意思是，你可以把我送到百鸟议会。它们会修理翅膀，肯定没问题。而且，如果你要成为巫师的话，你无论如何都该见见它们。他们是这里最聪明的鸟，大多数都在 5 岁以上。它们总是在森林中最大的那棵树上碰面。”

“我可比它们老，”帕特里夏说，“我都快 7 岁了，还差四个月。或者五个月。”她听见罗伯塔走近了，于是赶紧一把抓起桶，向森林深处跑去。

那只麻雀的名字叫“迪厄皮迪厄皮威普阿郎”，简称迪厄皮，它努力给帕特里夏指明去百鸟议会的方向，但因为待在桶里，所以它也看不见自己在往哪儿走。而且，它所描述的要寻找的地标对于帕特里夏来说也毫无意义。整个过程让她想起在学校的一项合作练习，自从她唯一的朋友凯西搬走后，她就对这个项目绝望了。最后，她像白雪公主那样，让迪厄皮趴在她的手指上，然后跳到她的肩膀上。

太阳下山了。森林太密了，帕特里夏几乎看不到星星或月亮，还绊倒了几次，手、膝盖都划破了，新罩衫上全是土。迪厄皮牢牢抓住她罩衫的肩带，爪子刺痛了她，差点把她的皮肤抓破。它越来越不确定它们该怎么走，虽然它很确定最大的树就在某条小溪或某块地附近，也很确定那是一棵非常茂盛的大树，与其他树不在一起；而且，如果角度正确的话，你会看到“议会大树”的两段大树枝像翅膀一样展开。而且，它可以通过太阳的位置轻松知道方位。如果太阳还没有落山的话。

“我们在森林里迷路了，”帕特里夏颤声说道，“我很可能会被熊吃掉。”

“我可不认为这个森林里有熊，”迪厄皮说，“而且，如果有谁攻击我们的话，你可以试着跟它谈谈。”

“所以，我现在可以跟所有的动物交流？”帕特里夏发现这个会很有用，比如，下次玛丽·芬丘奇对她不好的时候，她可以说服玛丽的狮子狗咬她一口。或者如果，她父母雇的下一个保姆养宠物的话。

“我不知道，”迪厄皮说，“从来没有人跟我解释过什么。”

帕特里夏决定什么也不做，而是爬上最近的一棵树，看看是否能从树上看到点什么。比如，一条路、一座房子，或者什么迪厄皮可能认识的地标。

帕特里夏像爬健身架似的爬上去，古老的大橡树顶上可是冷多了。风把她冻透了，似乎那不是空气，而是水。迪厄皮用好的那个翅膀挡住脸，她哄了半天它才肯出来看看四周。“哦，好吧，”他颤抖着说，“让我看看我认不认识这个地方。这可不算是真正的‘鸟瞰’。真正的鸟瞰要在比这儿高得多得多的地方。这充其量算是‘麻雀瞰’”。

迪厄皮跳下来，在树顶上跳了一圈，直到发现它觉得可能是通往“议会大树”的一棵路标树。“我们快到了。”它听起来已经活泼多了，“不过不能着急。它们并不总是开整宿会，除非讨论的是非常棘手的措施。或者是问答时间。不过，你最好祈祷不是问答时间。”

“什么是问答时间？”

“你不会想知道的。”迪厄皮说。

帕特里夏发现，从树顶上下来比上去难多了，这似乎有点不公平。她基本上一直手滑，向下掉了将近十二英尺。

“嘿，有只鸟！”帕特里夏刚一落地，黑暗中就传来一个声音。“过来，小鸟。我只想咬你。”

“哦，不。”迪厄皮说。

“我答应你，我不会玩太久的，”那个声音说，“会很好玩的。等着瞧吧！”

“谁在那儿？”帕特里夏问。

“汤明顿，”迪厄皮说，“是一只猫。它住在人家里，但是它跑到树林里来，杀死了我很多朋友。议会一直在讨论怎么对付它。”

“哦，”帕特里夏说，“我可不怕小猫咪。”

汤明顿跳起来，推开一块大圆木，像一个带毛的导弹一样落在帕特里夏背上。一起落下来的还有它锋利的爪子。帕特里夏尖叫着，差点脸朝下摔下来。“滚开！”她说，

“把那只鸟还给我！”汤明顿说。

那只白腹黑猫差不多跟帕特里夏一样重。它露出牙齿，在帕特里夏耳边发出嘶嘶声，同时开始挠她。

帕特里夏做了她唯一能想到的事：用一只手握紧可怜的迪厄皮，此时的迪厄皮已经处在生死边缘，然后她用力向前向下摆头，直到弯下身，几乎可以空手碰到自己的脚趾。那只猫从她背上飞出去，落地的时候恶狠狠地咒骂着。

“闭嘴，离我们远点！”帕特里夏说。

“你会说我们的话。我以前从来没遇到过会讲兽语的人。把那只鸟给我！”

“不行，”帕特里夏说，“我知道你住在哪儿。我认识你的主人。如果你不听话，我就去告状。我会告发你的。”她其实撒了个小谎。她并不知道汤明顿的主人是谁，不过她妈妈可能认识。而且，如果她身上满是抓咬的伤痕回家的话，她妈妈肯定会发飙的。发飙的对象是她，还有汤明顿的主人。你绝对不想让帕特里夏的妈妈对你发飙，因为她以发飙为生，而且真的很擅长。

汤明顿已经站起来了，它的毛直直地耸立着，耳朵像箭头一样。“把那只鸟给我！”它尖叫着。

“不！”帕特里夏说，“坏猫！”她朝汤明顿扔了一块石头。它嚎叫了一声。她又扔了一块石头。它跑开了。

“快点，”帕特里夏对迪厄皮说，此时的迪厄皮已经没有太多选择，“我们快离开这儿。”

“我们不能让那只猫知道议会在哪儿，”迪厄皮小声说，“如果它跟着我们，肯定会发现那棵树的。那将会是一场灾难。我们应该在这儿转圈，假装我们迷路了。”

“我们确实迷路了。”帕特里夏说。

“我非常清楚且正确地知道从这儿开始我们该往哪儿走。”迪厄皮说，“至少，有个想法。”就在最大的那棵树另一边的低灌木丛里，有什么东西发出沙沙声，有那么一会儿，月光照亮了一双眼睛，周围是白毛，还有项圈标签。

“我们完蛋了！”迪厄皮小声地哀鸣着，“那只猫会永远跟着我们。你也可以把我交给你姐姐。然后什么也不用做了。”

“等一下。”帕特里夏想起了一些关于猫和树的事情。她是在一本绘本上看到的。“抓紧了，小鸟。你抓紧，好了吗？”迪厄皮唯一的回应就是比之前更紧地抓住帕特里夏的罩衫。帕特里夏观察了几棵树，直到找到一根足够粗壮的树枝爬了上去。这次比第一次更累，她的脚滑了几次。有一次，她两只手抓住旁边的树枝把自己拉过去，回头一看，肩膀上的迪厄皮却不见了。她吓得忘了呼吸，直到看到它的小脑袋紧张地冒出来，在她肩膀上东张西望，她才意识到它刚才只是抓住了她背上更下方的带子。

最后，他们到了树顶上，大树在风中微微摇荡着。汤明顿没有跟上来。帕特里夏每个方向都再三确认，之后发现有个圆形的毛状物在附近的地上蹦跶。

“蠢猫！”她喊道，“蠢猫！你够不到我们！”

“那个我遇见的第一个会讲兽语的人，”汤明顿吼叫着，“你以为我蠢？嗷呜！尝尝我的爪子吧！”

那只猫之前可能在家里铺着毯子的栖木上爬过很多回，此时，它跑到树的侧面，跳上一根树枝，然后又跳上另一根更高的树枝。帕特里夏和迪厄皮还没意识到到底发生了什么，那只猫就已经爬上来一半了。

“我们无路可逃了！你在想什么？”迪厄皮大声喊道。

帕特里夏一直等汤明顿爬到树顶，然后立刻从树的另一侧荡了下来，她从一根树枝飞快地掉到另一根树枝上，速度非常快，胳膊差点脱臼，之后，她屁股着地，重重地落在地上。

“嘿，”汤明顿在树顶上喊着，两只大眼睛透着幽幽的月光，“你们去哪儿了？快点回来！”

“你这只坏猫，”帕特里夏说，“你是个坏蛋，你就待在那儿吧，我不会管你的。你应该反思一下自己做了什么。那么恶毒可不好。我会找人明天过来接你的。但是现在，你就在那儿过夜吧。我还有事要做。再见了。”

“等一下！”汤明顿说，“我不能在这儿过夜，这儿太高了！

我害怕！快回来！”

帕特里夏头也没回。她听到汤明顿喊了好长时间，直到他们穿过一大片树林才听不见了。他们再次迷路了，有一刻迪厄皮开始躲在自己那只完好的翅膀底下哭，直到他们偶然发现了通往那棵秘密大树的小路。之后，只需要用全身力气爬上一座到处隐藏着树根的山坡就行了。

帕特里夏先是看到了议会大树的顶部，之后，随着距离越来越近，那棵大树似乎脱离了地面，变得越来越高，越来越茂盛。树的形状有点像一只鸟，正如迪厄皮之前所说的，但它没有羽毛，而是长着尖尖的深色树枝，树枝上的叶子一直垂到地上。那样子隐约像是世界上最大的教堂。或者城堡。帕特里夏从来没见过城堡，不过，她猜城堡就应该是这样高耸入云。

他们到达的时候，有数百对翅膀一起拍动，之后又停止。各种各样的形状都缩进了树里。

“别怕，”迪厄皮喊道，“她是跟我一起来的。我的翅膀受伤了。我是带我来求助的。”

很长一段时间过去了，他们得到的唯一回应只有沉默。之后，一只鹰从靠近树顶的地方站了起来，那只白头鹰有着钩状的喙和苍白锐利的眼睛。“你不应该把她带到这儿来。”鹰说。

“对不起，夫人，”迪厄皮说，“但是没关系的，她会说我们的话。她真的会说我们的话。”迪厄皮转过来凑近帕特里夏的耳朵：“快让它们见识一下。快让它们见识一下！”

“呃，嗨！”帕特里夏说，“如果打扰到你们的话，我很抱歉。但是，我们需要你们的帮助！”

听到有人说话的声音，所有的鸟都疯狂地大喊大叫起来，直到鹰旁边的一只大猫头鹰用石头敲着树枝大声喊：“注意秩序！注意秩序！”

鹰向前伸了伸它白色的头，打量着帕特里夏。“所以，你是我们森林里的新巫师，对吗？”

“我不是巫师，”帕特里夏啃着大拇指说，“我是公主。”

“你最好是巫师，”鹰巨大的黑色身体在树枝上动了动，“因为如果你不是的话，那迪厄皮把你带到我们这里来就是坏了规矩。他就要受到惩罚。如果是这样的话，我们当然也不会帮他治好翅膀。”

“哦，”帕特里夏说，“那我就是巫师吧，我想。”

“啊，”鹰钩子状的嘴巴嗒嗒地响着，“但是你得证明。否则你和迪厄皮都要受到惩罚。”

帕特里夏不喜欢那个声音。许多其他鸟脱口而出：“程序问题！”一只烦躁的乌鸦则罗列出议会程序中的重要领域清单。其中一个非常固执的鹰被迫将树枝让给来自“大橡树”的“尊敬绅士”——而这位此时已经忘了自己要说什么。

“那我怎样才能证明自己是巫师？”帕特里夏想着自己是不是可以逃跑。鸟飞得很快，对吧？如果她把他们惹恼了的话，她可能无法从一大群鸟爪子底下逃走。尤其是会魔法的鸟。

“呃。”一只大火鸡站在低一点的树枝上，树枝上的枝条有点像是法官的衣领，他直了直身体，似乎在查看刻在大树侧面的一些记号，然后转过身来，发出一声响亮、知晓一切的“咯”声。“呃，”他再次开口，“文献中记载了几种方法。有些是死亡审判，但我们可能暂时可以忽略这些。还有一些仪式，但你得够一定的年龄才能做。哦，这个不错。我们可以对她进行无尽提问。”

“哦哦，无尽提问。”一只松鸡说，“这真令人兴奋。”

“我之前从未听过任何人回答无尽提问。”一只苍鹰说，“这比问答时间有趣多了。”

“呃，”帕特里夏说，“这个无尽提问要很长时间吗？我敢说我爸妈肯定正担心我呢。”她突然再次想到，她已经错过了上床睡觉的时间，之前还错过了晚餐，她身处冷飕飕的树林中，直到现在都辨不清方向。

“太晚了。”松鸡说。

“我们要问。”鹰说。

“问题就是，”火鸡说，“树是红的吗？”

“啊，”帕特里夏说，“能给点提示吗？嗯。‘红’是表示颜色吗？”鸟们没有回答。“能多给我点时间吗？我保证我一定会回答的，只是我需要再多一点时间思考一下。求求你们了。我需要多一点时间。求你们了，行吗？”

接下来，帕特里夏知道的就是，爸爸一把把她抱了起来。他穿着砂纸衬衫，红胡子扎着她的脸，一直半抱着她，因为他一边抱着她，一边试图用手比画复杂的定价公式。但被爸爸抱回家真的太温暖、太美好了，所以帕特里夏一点儿也不介意。

“我找到她了，就在我们家旁边的树林外围，”爸爸告诉妈妈，“她肯定是之前迷了路，自己走出来了。她能安然无恙真是个奇迹。”

“你快把我们吓死了。我们和所有的邻居一直在找你。我敢说你肯定觉得我的时间不值钱。你害我错过了管理效率分析的最后期限。”帕特里夏的妈妈把黑头发扎了起来，这让她的下巴和鼻子显得更尖了。她瘦瘦的肩膀高高耸起，几乎快碰到她的古式耳环了。

“我只想搞清楚到底是怎么回事，”帕特里夏的爸爸说，“我们做了什么让你这样？”罗德里克·德尔菲纳是一个房地产天才，他经常在家工作，在换保姆的间隙照顾两个女孩，他总是坐在早餐吧台高高的椅子上，一张阔脸埋在方程式里。帕特里夏的数学也特别好，但在她错误事情想太多的时候除外，比如，数字“3”看起来像是“8”切了一半，所以两个 3 相加其实应该等于 8。

“她这是在考验我们，”帕特里夏的妈妈说，“她在考验我们的权威，因为我们对她太纵容了。”比琳达·德尔菲纳以前是一名体操运动员，父母给她施加了巨大的压力，希望她在这方面学有所长——但她一直不明白为什么体操要有裁判，而不是用相机或者激光来衡量一切。她遇见罗德里克是在他开始出现在她所有的比赛上之后，他们还发明了一种从来没有人用过的绝对客观的体操衡量系统。

“瞧瞧她。她肯定在嘲笑我们，”帕特里夏的妈妈说，似乎帕特里夏本人并没有站在那儿似的，“我们得让她看看我们严厉的一面。”

帕特里夏之前根本没有想过自己会笑，但现在，她害怕自己看起来真的在笑。因此，她非常努力地在脸上定住一个严肃的表情。

“我绝对不会那样跑走。”罗伯塔幸灾乐祸地说，她本来应该让他们三个单独待在厨房的，此时却走进来拿了一杯水。

他们把帕特里夏关在房间里锁了一个星期，食物都是从门底下推进去。门底总是会刮掉食物最上面的一层，不管是什么食物。比如，如果是三明治，最上面的那片面包就会被门刮掉。当你的三明治先被门“咬”了一口之后，你就没什么食欲了，但如果你足够饿的话，还是会吃的。“想想你都做了什么。”她的父母说。

“她以后七年的甜点我全包了。”罗伯塔说。

“不行！”帕特里夏说。

百鸟议会的整个经历对于帕特里夏来说越来越模糊。她记得的大部分都是梦一样的片段。有一两次，她在学校里回想起曾有只鸟问过她什么。但她记不清那个问题是什么，或者自己有没有回答了。在她被锁在自己房间的那段时间里，她失去了听懂兽语的能力。

2.

他讨厌别人叫他劳瑞。无法忍受。当然，大家都叫他劳瑞，甚至他的父母有时候也这样叫他。“我的名字叫劳伦斯（Laurence），”他会盯着地板固执地说，“是U，不是W。”劳伦斯知道自己是谁，自己是个什么样的人，但这个世界却拒绝认同他。

在学校里，其他孩子叫他“劳瑞·巴里”或者“漂亮劳瑞”，或者，在他生气的时候，叫他“可怕的劳瑞”，只是，这是他那些“类人猿”同学们对他的罕见讽刺，因为实际上，劳瑞真的一点儿也不可怕。通常，在这之前会有一声“哟”，让这个笑话更可笑。劳伦斯并不想变得可怕。他只想一个人待着，或者，如果有人必须要跟他说话的话，让他们把他的名字说对。

劳伦斯对于他这个年龄来说个头有点小，他的头发是晚秋树叶的那种颜色，下巴长长的，两条胳膊像蜗牛的脖子一样。父母给他买的衣服要大一个半号，因为他们一直认为他随时有可能进入快速的生长期，而且他们想省钱。所以，他永远拖着两条又长又肥的牛仔裤腿，两只手缩在运动衫袖子里。即使劳伦斯曾试着表现出一副吓人的样子，他那看不见的手脚也会让这变得很难。

劳伦斯生命中唯一的亮点就是粗暴的“游戏站”游戏，在这个游戏里，他干掉了数千个想象中的对手。但后来劳伦斯又发现了网络上的其他游戏——他花好几个小时才能解出的智力游戏，还有可以在其中参加复杂战役的大型多人网络游戏。不久，劳伦斯就开始自己写代码了。

劳伦斯的爸爸曾经对电脑非常擅长。但后来他长大了，在保险行业谋了一份工作，这份工作也需要对数字敏感的头脑，但那不是你想听到的任何内容。现在，他总是担心自己会丢了工作，然后大家都要挨饿。劳伦斯的妈妈曾经攻读生物学博士学位，后来怀孕了，她的论文导师也辞职了，之后休息了一段时间，就再也没能回学校。

劳伦斯醒着的时候一直坐在电脑前，他还有社交障碍，就像他的叔叔戴维斯一样，这让他的父母一直非常担心。因此，他们强迫劳伦斯去上一些旨在使他“走出屋门”的无休止的连续课程：柔道、现代舞、击剑、初级水球、游泳、即兴喜剧、拳击、跳伞，还有最糟糕的——荒野生存周末。每堂课都只会强迫劳伦斯穿上另一套肥大的衣服，其他孩子则喊着：“劳瑞，劳瑞，自相矛盾”，把他的内裤藏起来，提前把他从飞机上扔下去，以及抓着他的脚踝，强迫他倒立着即兴表演。

劳伦斯怀疑是不是有另一个孩子名叫劳瑞，对于被扔在某个山坡这种事会抱着“随他去吧”的态度。劳瑞可能是劳伦斯在平行宇宙中的另一个版本，可能劳伦斯唯一需要做的事情，就是阻止在五分钟左右的时间内到达地球的所有太阳能，然后，他就可以在自己的浴缸中打造一个局部的时间裂缝，把劳瑞从另一个宇宙中拐骗过来。这样，劳瑞就可以代替他受折磨，而劳伦斯则待在家里。现在的困难在于，要想办法在两周后的柔道比赛开始之前，在这个宇宙上戳一个洞。

“嘿，漂亮劳瑞，”布拉德·乔莫纳在学校里对他说，“快点想。”这是令劳伦斯一直百思不得其解的短语之一：那些告诉你“快点想”的人总是脑子转得比你慢得多的人。而且他们总是在准备为集体心理惯性做贡献的时候说这句话。到目前为止，劳伦斯一直没有想出该如何完美地反击“快点想”这句话，而且就算想出来了他也没机会说，因为几秒钟之后通常会有一些不好的东西打在他身上。劳伦斯只能先去把自己洗干净。

一天，劳伦斯在网上发现了一些电路图，他把这些图打印出来，反复看了几百遍，然后才开始明白这些图是什么意思。他将这些图与他发现的埋在旧留言板杆子里的太阳能电池设计组合到一起，开始有些眉目了。他偷来爸爸的防水腕表，将手表与打扫出来的一堆微波炉和手机的零部件进行组合。还加入了从电子商店里弄来的一些零碎东西。最后的最后，他造出了一部能正常工作的时间机器，正好可以戴在他的手腕上。

这个设备非常简单：只有一个小按钮。无论何时，只要你按下按钮，就可以跳过两秒钟。这就是它的全部作用。没有办法扩大范围，也没有办法让时光倒流。劳伦斯试着用摄像头对着自己，并且发现，在他按下按钮的时候，他确实消失了那么一下。但这个方法在一段时间内只能用一次，否则就会经历这辈子最严重的头晕目眩。

几天后，当布拉德·乔莫纳说“快点想”的时候，劳伦斯确实想得很快。他按下手腕上的按钮。朝他飞来的一团白东西“啪”的一声落在了他前方。所有人都看着劳伦斯，看着湿透的厕纸团在地板瓷砖上塌下去，然后又转过来看着劳伦斯。劳伦斯把“手表”调到睡眠模式，也就是说，他不会为任何摆弄手表的其他人工作。但他大可不必担心——大家只是以为劳伦斯以惊人的反应能力躲过去了。格兰迪森老师气冲冲地跑出教室，质问是谁扔的厕纸，所有人都说是劳伦斯。

能穿越两秒钟也可能很有用——如果你选择了正确的两秒钟的话。比如，和父母一起坐在餐桌前吃饭，因为爸爸又错过了一次升职的机会，妈妈刚刚说了一些挖苦的话，你知道爸爸即将简短但要命地发泄他的愤恨。此时，你就需要像神一样精准地抓住剑拔弩张的那一瞬间。在这之前会有上百种征兆：闻到炖菜煳了、感觉到室内的温度略有下降。火炉嘀嗒作响，关火了。你可以离开现实，等一切结束后再出现。

但还有许多其他场合。比如，当阿尔·丹尼斯把他从攀登架上扔到操场的沙子上时，他会在落地的那一瞬间让自己消失。或者当一些很受欢迎的女孩儿准备走过来，假装对他很友好，以便在走开时跟朋友一起嘲笑他时。或者就在老师开始特别无聊的咆哮时。即使是减掉两秒钟也会很不一样。似乎没有人注意到他消失了，或许是因为你必须直勾勾地盯着他，但从来没有人这样做。要是劳伦斯每天可以多用这个设备几次而不会头疼就好了。

而且，跳过时间更加凸显了最基本的问题：劳伦斯没有什么好期待的。

至少，劳伦斯这样觉得。直到他看到一张图片，上面那圆滑的形状在阳光中熠熠生辉。他盯着那逐渐变细的曲线，那漂亮的前锥体，还有那强有力的引擎，他身体里的某个东西苏醒了。那是他很久、很久都没有体验过的一种感觉：兴奋。感谢“特立独行科技”的投资人米尔顿·德斯，以及他的数十位制造商朋友和麻省理工学院的学生们，这架私人资助的 DIY 宇宙飞船就要升空了。发射仪式将于几天后举行，就在麻省理工学院附近，劳伦斯必须到场。他从来没有像渴望见证这一刻这样为自己渴望过任何东西。

“爸爸。”劳伦斯说。他已经开了一个坏头：爸爸正盯着自己的笔记本电脑，两手扣在一起，似乎在试图保护自己的胡子，胡子的末端蔓延到了嘴周围重重的轮廓线中。劳伦斯的谈话选在了一个不太好的时间。但是太晚了。他已经下定决心。“爸爸，”劳伦斯再次开口，“有个火箭试验什么的，在周二。这里有一篇关于这个的文章。”

劳伦斯的爸爸起初想把他轰走，但后来，他突然想起了几乎被他忘却的腾出时间教育教育孩子的决心。“哦。”他一直不停地回头看自己的电脑上的一张电子表格，直到后来他合上电脑，尽可能地给予劳伦斯他所谓的专心的关注。“嗯。我听说了。是那个叫德斯的家伙。哈！好像是轻量级型的，对吧？这种最终可以用于在月球的黑暗侧登陆。我听说过了。”之后，劳伦斯的爸爸开始开玩笑地谈论一个名叫“弗洛伊德”的老品牌，还有大麻和紫外线。

“嗯。”趁爸爸还没把话题彻底转移，劳伦斯赶紧插嘴说，“你说的对。米尔顿·德斯。我真的很想去看看。这可能是一生中仅有的一次机会。我想或许我们父子俩可以一起去，就当成一次亲子活动。”爸爸无法拒绝这样的亲子活动，否则就是承认自己是个坏爸爸。

“哦。”方形的眼镜后面，爸爸深邃的双眸中流露出尴尬的神色，“你想去？就下个星期二？”

“对。”

“可是……我的意思是，我得工作。有一个项目，我得把这个项目做好，不然会很难看的。而且，如果我们就这样把你从学校带出去的话，你妈妈会不高兴的。再说了，你可以在电脑上看。应该会有网络视频什么的。你知道这种事情如果亲自去看的话会很无聊的。会有很多人围观，这些人最后能耽误你一半时间。如果在现场的话，你可能什么都看不到。从网上看的话能看得更清楚。”劳伦斯的爸爸似乎在尽量说服儿子，同时也尽量说服自己。

劳伦斯点了点头。一旦爸爸开始罗列各种理由，争论就没有任何意义了。所以，劳伦斯什么也没说，直到他可以全身而退。之后，他回到自己的房间，查看公交车时刻表。

几天后，当他的父母还在睡梦中时，劳伦斯蹑手蹑脚地下了楼，找到妈妈放在前门旁边小桌子上的手提包。他小心翼翼地打开扣子，像是怕有什么活物会跳出来似的。房子里的所有声音听起来都太响了：咖啡机的加热声、冰箱的嗡嗡声。劳伦斯在包里找到一个皮钱包，掏出五十美元。他以前从来没有偷过东西。他一直等着警察从前门冲进来铐住他。

劳伦斯的第二步计划是在“抢劫”了妈妈后直接面对面地去找她。他找到她的时候，她刚刚睡醒，穿着万金菊睡袍，迷迷糊糊的。他告诉她学校要去野外旅行，需要她写个纸条，说明他可以去。（他早就总结出一条伟大的宇宙真理：只要你先问别人要证明文件，他们就绝对不会再向你要任何东西的证明文件。）劳伦斯的妈妈拿出一支粗粗的人体工学钢笔，潦草地写了一张同意条。她做的美甲已经开始脱落。劳伦斯说可能要在外面过夜，如果那样的话他会打电话的。她点点头，鲜红色的卷发不停地颤动。

走去公交车站的路上，劳伦斯很紧张。他即将独自踏上一次长途旅行，没有人知道他在哪儿，他兜里只揣着 50 美元，外加一个假的罗马硬币。要是有人突然从商业街旁边的垃圾桶后面跳出来攻击他怎么办？要是有人把他拖进大卡车里，把他带到几百英里以外，然后把他的名字改成达瑞尔，强迫他做他们的儿子，让他在家学习怎么办？劳伦斯曾经看过一部电影就是讲这个的。

但是后来，劳伦斯想起了荒野生存周末课，而且他找到了新鲜的水和可以吃的树根，甚至吓跑了一只似乎下定决心想要吓唬他以得到什锦干果的花栗鼠。他曾经痛恨上课的每一秒钟，但如果他连那些都熬过来了，那就说明他可以坐公交车去剑桥，并且搞清楚怎么到达发射地点。他是埃伦堡的劳伦斯，而且他很镇定。劳伦斯刚刚明白，“镇定”跟别人会不会弄乱你的衣服没有半毛钱的关系，现在，他总是尽可能地用这个词。

“我很镇定。”劳伦斯对公交车司机说。司机耸耸肩，似乎很久以前，他也曾这么认为，直到有人拍了拍他。

劳伦斯带了一堆东西，但只带了一本书，那是一本很薄的平装书，讲的是上一次伟大的星球大战。劳伦斯只花了一个小时就看完了那本书，然后就没事可做了，只能干巴巴地望着窗外。高速公路两旁的树似乎在汽车从旁边经过时放慢了速度，但之后又变快了。

这是一种时间膨胀。

汽车到达波士顿，之后，劳伦斯需要找到T站。他走进唐人街，街上有叫卖东西的人，还有窗口摆着许多鱼缸的餐馆，那些鱼像是在审查潜在顾客，然后才会放行。之后，劳伦斯穿过小河，科学博物馆在朝阳的光芒下熠熠生辉，打开钢筋玻璃双臂迎接他，炫耀着里面的天文馆。

直到劳伦斯到达麻省理工学院的校园里，站在“海鲜餐厅”前试图搞明白那些编码建筑物的地图时，他才意识到自己根本不知道该如何找到火箭发射的地方。

劳伦斯曾想象着自己到达麻省理工学院，这里看上去会像是放大版的默奇森小学，门前有台阶和公告板，上面贴着即将举行的各种活动。劳伦斯甚至连最初尝试的几座建筑都进不去。他确实找到了一块公告板，上面贴着讲座通知、约会建议以及搞笑诺贝尔奖的内容，但并没有提到应该如何观看那场大型发射仪式。

最后，劳伦斯走进 Au Bon Pain 咖啡厅，吃着玉米松饼，感觉自己像个傻瓜。如果他可以上网，或许他就能知道下一步该怎么做，可是他父母现在连手机都不让他用，更不用说笔记本电脑了。咖啡厅里正放着悲伤的老歌：珍妮·杰克逊说她是如此孤独，布兰妮·斯皮尔斯承认她又这样了。他每喝一口热巧克力都要长吹一口气把它吹凉，同时努力想着自己的计划。

劳伦斯的书不见了。就是他在公共汽车上看的那本。他把书放在了桌子上，就在松饼旁边，但现在不见了。不，等一下——那本书正在一个二十来岁的女人手里，她扎着棕色的长辫子，宽脸，身上穿着一件红色毛衣，毛衣上的毛都竖了起来，真的很像头发。她手上有老茧，脚上穿着工作靴。她手里拿着劳伦斯的书，翻了一页又一页。“抱歉，”她说，“我记得这本书。我读高中的时候看了三遍左右。这本书讲的是双子星系统和生活在小行星带的人工智能们一起参加战斗的故事，对吧？”

“嗯，对。”劳伦斯说。

“这本书不错，”现在，她开始打量劳伦斯的手腕，“嘿，那是个两秒时光机器，是不是？”

“嗯，对。”劳伦斯说。

“太酷了。我也有一个。”她把自己的给他看。她的看起来跟劳伦斯的差不多，只是更小一点，还有个计算器。“我花了好长时间才研究明白网上那些图。就像是一个对工程技术、勇气和物品的小测试，最后得到了一个有许多功能的小装置。介意我坐下吗？站在你面前让我觉得自己像个权威人士似的。”

劳伦斯说可以。他绞尽脑汁地将谈话进行下去。那个女人坐在他与他剩下的松饼前面。现在他们的视线持平，她长得有点漂亮，鼻子很可爱，下巴圆乎乎的，让他想起去年他曾经喜欢过的一个社会学老师。

“我叫伊泽贝尔”，女人说，“是一名火箭科学家。”原来她来这里就是为了隆重的火箭发射，但是发射推迟了，因为某些紧急情况、天气原因什么的。“很可能几天后就开始。这种事情你懂的。”

“哦。”劳伦斯用力盯着热巧克力上的泡沫。所以，就这样了。他什么也看不到了。他曾经莫名地让自己相信，如果能看到火箭发射，看到面前的某个东西突然脱离地球引力，他也会获得自由。他就可以回到学校，那时一切都不重要了，因为他已经跟外太空的某个东西有了联系。

可是现在，他只会成为一个逃了学却一无所获的笨蛋。他看着平装书的封面，上面画着一艘笨重的宇宙飞船，还有一个赤裸的女人，乳房夺人眼球。他并没有开始大哭什么的，但真的有点想这样做。平装书封面上写着：“他们去往宇宙尽头——去阻止一场银河系大灾难！”

“该死！”劳伦斯说，“谢谢你告诉我。”

“不客气。”伊泽贝尔说。她又告诉他许多关于火箭发射的事情，以及这次的新设计如何具有开创性。这些他都知道。之后她注意到他看起来很可怜。“嘿，别担心！就推迟几天而已。”

“是的，可是，”劳伦斯说，“到时候我就来不了这儿了。”

“哦。”

“我会有其他事情。早就定好了。”劳伦斯稍微有点结巴。他揉搓着桌子边缘，热巧克力的表面变得崎岖不平起来。

“你肯定是一个大忙人，”伊泽贝尔说，“听起来好像你的日程表排得满满的。”

“确实是，”劳伦斯说，“每一天都跟另外一天没什么两样。除了今天。”此时，他真的开始哭起来。真该死！

“嘿，”伊泽贝尔离开他对面的椅子，坐到了他旁边，“嘿，嘿，没关系的。听着，你父母知道你现在在哪儿吗？”

“还不知道……”劳伦斯吸了吸鼻子，“不知道这么多。”他最终还是把一切都告诉了她，他一五一十地告诉她，他如何从妈妈那里偷了 50 美元，如何逃学、坐公共汽车。在他对她诉说的时候，他开始觉得这样让父母担心很不好，但同时也越来越确定地知道这次出格的行为是不会被原谅的。无论如何，从现在开始的几天内绝对不会被原谅。

“没关系。”伊泽贝尔说。“哇！呃，我想我应该给你父母打个电话。不过他们要到这儿还得费点时间。尤其是我要告诉他们的去火箭发射地点的路可能不太好找。”

“火箭发射地点？可是……”

“因为等他们到的时候，你应该已经在那儿了。”她拍拍劳伦斯的肩膀。谢天谢地，他终于不哭了，又重新振作起来。“走吧，我带你去看看火箭。我带你转一圈，给你介绍几个人。”

她站起来，向劳伦斯伸出手。劳伦斯握住了她的手。

就这样，劳伦斯见到了地球上最酷的十几个火箭天才。伊泽贝尔是开着她那辆一股烟草味的红色“野马”带他去的，途中劳伦斯的双脚一直埋在油炸玉米饼袋子下面。劳伦斯从她的车载音响中第一次听到了 MC Frontalot。“你读过海因莱因的书吗？可能还得再长大一点，不过我打赌你肯定能看懂他的青少年读物。给。”她在后座上摸索了半天，递给他一本很破的平装书，名叫《穿上航天服去旅行》，书的封面是讨人喜欢的火红色。她说这本书可以送给他，她还有一本。

他们先沿着纪念大道开，之后穿过看不到头的许多一模一样的高速路、之字形路以及隧道，劳伦斯意识到伊泽贝尔说得很对：他父母来接他的时候肯定会迷好几次路，即使她告诉他们的是非常完美、明确的路线。他们总是抱怨在波士顿开车就是自讨苦吃。午后乌云增多，天越来越暗，但劳伦斯并不在意。

“瞧，”伊泽贝尔说，“一艘单级入轨火箭。我从弗吉尼亚一路开过来就是为了帮忙弄这个。我男朋友都嫉妒死了。”

火箭大概有两到三个劳伦斯那么大，装在靠近水边的仓库里。火箭闪着微光，苍白的金属外壳反射出从仓库窗口照进来的条条光线。伊泽贝尔带着劳伦斯转了一圈，给他介绍了所有炫酷的部件，包括燃料系统四周的碳纳米纤维绝缘，以及实际引擎上浇铸的轻量级硅酸盐，一种有机聚合物。

劳伦斯伸出手来摸了摸火箭，用自己的指尖感受那略有凹凸的皮肤。大家开始聚过来，质问这个孩子是谁，为什么碰他们珍贵的火箭。

“这可是非常精致的设备。”一个穿着圆翻领毛衣的男人叉着胳膊，紧抿着嘴巴说。

“可不能随随便便让一个孩子在火箭仓库里跑来跑去。”一个穿着外套的小个子女人说。

“劳伦斯，”伊泽贝尔说，“给他们看看。”他知道她说的是什么。

他把左手向下伸到右手腕处，按下了那个小按钮。他又有了那种熟悉的感觉，好像心漏跳了一拍或者吸了两口气，时间却一点也没变。两秒钟之后，他还站在那艘漂亮的火箭旁边，周围围了一圈人，所有人都瞪大了眼睛看着他。所有人都鼓起掌来。劳伦斯注意到他们所有人的手腕上都戴着东西，好像这是一种潮流似的。或者是一个徽章。

之后，他们就把他当成自己人了。他征服了一点点时间，而他们正在征服一小片太空。他们和他一样清楚，这只是首期目标。总有一天，他们，或者他们的子孙后代，会占领更大的宇宙空间。为小的胜利而欢呼，为未来更大的胜利而怀揣梦想。

“嘿，小孩，”一个身穿牛仔裤和拖鞋，头发很长的家伙说，“看看我设计的推进器。真是酷毙了！”

“是我们。”伊泽贝尔纠正他说。

穿高领毛衣的家伙年纪更大一些，大约三十多岁或四十多岁，也有可能是五十多岁，他的头发稀疏花白，眉毛很粗，一直不停地问劳伦斯问题，并在手机上做记录。他让劳伦斯拼一下自己的名字，拼了两次。“孩子，等你过18岁生日的时候一定要记得请我。”他说。有人给劳伦斯拿来一瓶苏打水，还有比萨。

等劳伦斯的父母到的时候，在宾州收费公路和斯多若车道、隧道中的波折与这一路上所经历的一切，再加上发现劳伦斯变成了“单级轨道火箭帮”的吉祥物，这一切都令他们怒火中烧。在回家的漫长旅途中，父母对他解释，生活不是一场冒险，看在上帝的份上，生活就是一次长途跋涉，还有一系列的责任和要求，但这些都被劳伦斯自动屏蔽了。等劳伦斯长到可以去做自己喜欢的事情时，他就会明白他不能随心所欲。

太阳下山了。一家人停下来吃了汉堡，继续说教。劳伦斯一直偷瞄着桌子底下摊开的那本《穿上航天服去旅行》。那本书他已经看完一半了。

第二卷

1.

坎特伯雷学院阴森森的白色水泥大厦西侧的教室，窗口面对着停车场、运动场和双车道公路。但东侧的窗户能看到一条通往小溪的泥泞斜坡，小溪那头，树木在九月的秋风中颤抖着，形成不规则的边缘。在学校腐烂的药属葵味的空气中，帕特里夏可以看着东侧，想象着自己跑向原野。

开学第一周，帕特里夏在裙子口袋里藏了一片橡树叶，这是她能找到的最像护身符的东西，她可以一直摸着这片树叶，直到把它捏碎。数学课和英语课都可以看到东侧，这两堂课上，她一直望着森林的边缘。她希望自己可以逃到那里，完成自己作为巫师的宿命，而不是坐在这里记拉瑟福德·伯查德·海斯的老套演讲。她的皮肤在新少女胸罩、僵硬的 Polo 衫和校服底下蠕动，而在她周围，其他孩子正在组织语言并不停地说："凯西·汉密尔顿会叫特拉奇·伯特出去吗？""在夏天谁做了什么？"帕特里夏把自己的椅子摇上摇下，摇上摇下，直到"咣"的一声撞在地板上，把同一小组的人都吓了一跳。

曾经有只鸟告诉帕特里夏她是与众不同的，现在已经过去了七年。从那时起，她试过了网上所有能找到的咒语书和所有的魔法练习。她一遍又一遍地走进森林中未知的地方，直到心里明白自己肯定是迷路了。她还带上了急救箱，以防再遇到受伤的小动物。但再也没有野生动物开口说过话，也没有发生过任何关于魔法的事情。就好像所有的一切都不过是个恶作剧，或者她已经在自己不知道的情况下在某个测试中失败了。

午饭后，帕特里夏仰着头穿过操场，试图与飞过学校的一群冷漠的乌鸦保持一致。乌鸦们互相聊着，不让帕特里夏介入它们的谈话——就像这所学校里的其他孩子一样，帕特里夏并不介意。

她也曾试着交朋友，因为她答应过妈妈（而且她猜，巫师应该信守承诺）——但她八年级才到这所学校读书，当时其他人都已经在这里好几年了。就在昨天，她在女厕所的水槽旁，就站在梅西·费尔斯通和她的朋友旁边，当时梅西正在滔滔不绝地说布伦特·哈珀在吃午饭时跟她分手了。梅西鲜亮的唇彩完美地衬托着她染成奶昔色的头发。手上抹着油绿香皂的帕特里夏突然被一种非常笃定的感觉抓住，认为自己也应该说点有趣的话表明自己也认为那个眼睛闪闪发亮，头上打着摩丝的布伦特·哈珀虽然很有魅力，但可惜不合适。于是，她结结巴巴地说布伦特·哈珀最坏了——立刻，女孩们都围在她两边，要求她说清楚和布伦特·哈珀之间到底有什么问题。布伦特对她做了什么？卡丽·丹口水啐得太用力了，发卡差点从漂亮的金发上掉下来。

乌鸦排成帕特里夏不认识的队形继续飞着，虽然第一周学校的大部分课程都是找出各种东西的模式。“模式”是你回答标准测试问题的方式，是你记忆大量文本的方式，也是你最终构建自己生活结构的方式。（这就是著名的“萨利尼亚课程”）。但帕特里夏看着那些乌鸦，它们乱哄哄、急匆匆地不知道要去往何方，她完全搞不懂。乌鸦们又重复了一遍刚才的路径，似乎终于注意到了帕特里夏，之后又围成一圈朝公路飞去。

告诉帕特里夏她是个巫师，然后却又丢下她一个人，这是为什么？而且一丢就是好几年？

帕特里夏一直追赶着乌鸦，忘了低头看，直到撞到什么人。她感受到那种撞击，听到有人痛得大叫一声，然后才看到自己撞上的是什么人：一个瘦长的男孩，沙色头发，下巴很长，他先是倒在操场边缘的网状围栏上，然后又弹到草地上。他站直了身体。“你干吗不好好看路——”他看着自己左手腕上的什么东西，并不是一块手表，然后特别大声地骂起来。

“怎么了？”帕特里夏问。

“你把我的时间机器弄坏了。”他把那个东西一把从手腕上扯下来给她看。

“你是劳瑞，对吧？”帕特里夏看着那个机器，肯定是坏了。机器外壳上有锯齿状的裂纹，里面冒出一股酸味。“真的很抱歉把你的东西弄坏了。你能再买一个吗？钱肯定是我来出。或者我想，可以由我父母来出。”她心里想着，妈妈肯定喜欢，又有麻烦事要处理了。

“再买一个时间机器，”劳瑞不屑地说，“怎么着，你直接走到百思买商店，从货架上拿一个时间机器？”他身上有淡淡的蔓越莓味，可能是来自某种身体喷雾之类的。

“别那么挖苦人，”帕特里夏说，“软弱的人才会挖苦别人。”她没想着押韵，而且她原本想着这句话要更深刻。

“对不起，”他斜眼看着机器的残骸，然后小心翼翼地从细瘦的胳膊上解下带子，“我想，应该可以修好。顺便说一句，我叫劳伦斯。谁也不许叫我劳瑞。”

“我叫帕特里夏。”劳伦斯伸出手，帕特里夏握了三下。“所以，那个真的是时间机器吗？”她问，“你是开玩笑的还是怎么着？”

“嗯。算是吧。没有那么厉害。不管怎么说，再过一阵我也要把它扔了。之前我以为它可以帮我逃离这一切。但结果，它所做的不过的是把我变成了一个只会这一招的小马。”

“那也比一招都不会的小马强。”帕特里夏再次抬头望着天空。乌鸦早就飞走了，她只看到一片缓缓飘散的云。

* * *

之后，帕特里夏经常在周围见到劳伦斯。他和帕特里夏有些课是一起上的。她注意到劳伦斯两条瘦瘦的胳膊上各添了一些毒葛皮炎的疤痕，脚踝上有个红色的伤口。英语课上，他一直拾着他的直筒裤观察。他的背包里装着指南针，前兜里插着地图，包底侧有草渍和污渍。

帕特里夏把劳伦斯的时间机器弄坏后几天，她看到劳伦斯放学后坐在靠近大斜坡的后面几个台阶上，弯着腰在看一本《精彩户外探险周末》的小册子。她甚至都不敢想象：整整两天远离那些人和那些垃圾。两天都感到阳光照在她脸上！帕特里夏一有机会就偷偷溜进香料屋后面的树林里，但她的父母绝对不会让她在那儿度过整个周末。

“看起来棒极了。”她说。劳伦斯意识到她在背后偷看，不由地抽搐了一下。

“那是我最可怕的噩梦，”他说，“只是那是真的。”

“你已经去过一次这种探险了？”

劳伦斯没有回答，只是指着手册背面一张模糊的照片，照片上，一群背着背包的孩子站在瀑布旁，脸上满是笑容，除了后面一个忧郁的家伙：劳伦斯，他戴着一顶好笑的绿色圆帽，就像游钓者戴的那种帽子。摄影师拍下照片的时候，劳伦斯正在往外吐什么东西。

“可是很酷啊。”帕特里夏说。

劳伦斯站起来往学校走去，鞋子在地上拖着。

"求你别走，"帕特里夏说，"我只是……我希望有个人能说说话，能说点什么。即使没有人能理解我所见过的那些事，只要知道还有其他人也这么亲近自然，我就放心了。等一下。别走。劳伦斯！"

他转过身来。"你说对了我的名字。"他眯着眼睛。

"当然了。你告诉过我的。"

"哈。"他在嘴边斟酌了一下，"那么，自然到底哪里好了？"

"它是真实的、杂乱的。不像人。"她告诉劳伦斯野火鸡在她家后院集会，葡萄藤沿着墓地的墙壁一直爬到公路上，康科德的葡萄因为靠近死亡所以更甜。"这附近的树林里全是鹿，甚至还有一些麋鹿，那些鹿几乎没有任何天敌。雄鹿完全长大的话能有一匹马那么大。"这个说法把劳伦斯吓到了。

"你不是要把它卖了吧，"劳伦斯说，"所以……你是野外活动爱好者，哈？"

帕特里夏点点头。

"或许我们可以互相帮助。做个交易吧：你帮我说服我爸妈，证明我已经在大自然中待的时间够长了，那样他们就不会一直送我去可怕的露营。然后我给你 20 美元。"

"你要我跟你爸妈撒谎？"帕特里夏不确定这是不是一位高贵的巫师该做的事。

"对，"他说，"我要你跟我爸妈撒谎。30 美元，成交吗？这已经是我所有超级计算机基金里的不少钱了。"

"让我考虑一下。"帕特里夏说。

这可真是个让人进退两难的道德难题。不只是说谎的问题，还有她要阻止劳伦斯去参加他父母想让他参加的重要体验。她不知道会发生什么事。或许劳伦斯在观察过蜻蜓的翅膀后，会发明一种新的风车，可以为整个城市提供动力。她想象着劳伦斯几年后的样子，荣获诺贝尔奖，说这都要感谢《精彩户外探险周末》。另一方面，劳伦斯也可能参加了一次这样的周末，掉进瀑布里淹死了，那这样帕特里夏也有责任。而且，她还有三十美元可以用。

同时，帕特里夏一直在试图跟别人交朋友。多萝西·格拉斯是一名体操运动员，就像帕特里夏的妈妈以前那样，这个胆小、脸上长着雀斑的女孩还会在她觉得别人看不见的时候偷偷在手机上写诗。集会的时候，帕特里夏坐在多萝西旁边，副校长狄博斯先生正在谈论学校的“禁滑板车”政策，并且解释了为什么死记硬背是纠正那些伴着 Facebook 和电脑游戏长大的孩子注意力不集中的最佳方式。整个集会期间，帕特里夏和多萝西一直在小声讨论大家都在看的网络漫画，内容是关于一匹抽烟斗的马。帕特里夏感觉到了令人激动的希望——但随后吃午饭时，多萝西就跟梅西·费尔斯通还有卡丽·丹坐到一起了，她的目光直接越过帕特里夏，落在她身后的走廊上。

于是，帕特里夏走到正在等公交车的劳伦斯面前。“成交，”她说，“我会帮你作证。”

* * *

劳伦斯确实正在他锁住的卧室衣柜里制造超级计算机，就在一层做掩护的人形公仔和平装书后面。计算机是用一大堆零件组合而成的，包括来自十几台 pQ 游戏机的 GPU，在上市的三个月中，它们曾运行过所有系统中最先进的矢量图和复杂的叙述分支。他还曾潜入两个镇子之外一家破产游戏开发商的办公室，“拯救”了一些硬盘驱动器、几块主板和一些各种各样的路由器。结果导致金属波纹机架空间爆炸，LED 灯在垃圾堆后面燃烧。劳伦斯把这些都展示给帕特里夏看，同时解释了自己关于神经网络、启发式情境映射和互动规则的理论，并且提醒她，她已经答应过不会告诉任何人了。

与劳伦斯的父母一起共进晚餐（大蒜味超浓的意面）时，帕特里夏说起她和劳伦斯去攀岩时进行了非常激烈的比赛，他们甚至还看到一只狐狸，离得非常近。她差点说狐狸从劳伦斯的手里吃东西，但她觉得不能说得太过头。听说劳伦斯爬了多少棵树，劳伦斯的父母特别开心，同时也很惊讶——虽然他们俩都不像是近年来徒步旅行过的人，却有些担心劳伦斯在电脑前待得时间太长，不肯出去洗洗肺。“真高兴劳伦斯有朋友了。”他妈妈说。她戴着一副猫眼镜，卷发染成了妖艳的红色。劳伦斯的爸爸比较阴郁，秃秃的头上只有一小撮棕色头发，他点点头，又拿了一些大蒜面包双手递给帕特里夏。劳伦斯一家人住在一条丑陋小巷中非常昏暗的一个区域，所有的家具和电器都是旧的。透过地毯可以看到煤渣地面。

帕特里夏和劳伦斯开始在一起玩，即使是在不需要为他证明他在户外活动的时候。去“罐头厂博物馆”野外旅行的时候，他们在公交车上挨着坐，那家博物馆里全都是罐头。每次他们出去的时候，劳伦斯都会给她看一个新的奇怪机器——比如，他造了一把射线枪，如果用这把枪瞄准你半个小时，你就会犯困。在学校的时候，他把枪藏在桌子底下，拿社会学老师奈特先生做试验，他竟然真的在铃响的前一刻开始打哈欠。

一天上英语课的时候，多德老师让帕特里夏站起来说说威廉·萨洛扬——不，等一下，是直接凭记忆背一下关于威廉·萨洛扬的内容。她磕磕巴巴地说着生活在水果中的昆虫，直到她注意到有道光照进了她的眼睛，她什么也看不见了，但只是右边。她的左眼看到许多无聊的面孔组成的墙，她的不安并不足以逗乐他们，之后，她便发现了那令人眩晕的蓝绿光束的来源：劳伦斯手里正拿着什么东西。像是根教鞭。

“我——我头疼。”帕特里夏说。她逃过一劫。

课间休息时，她在走廊上把自动饮水机旁的劳伦斯喊过来，她想知道刚才那到底是什么。

“视网膜提词器”，劳伦斯喘着气，似乎真的很怕她。从来没有人怕过帕特里夏，“还不是很完美。如果成功的话，应该是把字直接投到你的眼睛上。”

这真的让帕特里夏很气愤。“哦。可是那不是作弊吗？”

“对，记住拉瑟福德·伯查德·海斯的演讲可以让你准备好做个成年人。”劳伦斯翻了个白眼走开了。

劳伦斯没有那份闲心去为自己感到难过，他在做东西。她从来没有遇到过像他这样的人。而与此同时，拥有所谓魔法的帕特里夏又能做什么呢？什么也做不了。她一点儿用也没有。

2.

劳伦斯的父母认定帕特里夏是他的女朋友，他们不听任何解释。他们一直让两个孩子结伴去参加学校的舞会，接送他们“约会”，一直不停地说这个。

劳伦斯真想缩成一团变没了。

“你这个年纪约会一定要注意。”劳伦斯的妈妈坐在正在吃早餐的劳伦斯对面，穿着一条宽松运动裤和衬衫说。他爸爸已经去上班了。“这个不算数。就好像是练习，辅助轮，你知道这不会有任何结果，但这并不意味着它不重要。”

“谢谢您的教导，妈妈。我感谢您所有的衷心建议。”

“你总是拿你可怜的妈妈开玩笑，”她来回擦了擦手，“但你应该听一听。早恋就是你的入门游戏，否则你永远都学不会。你已经是个呆瓜了，宝贝儿，你肯定不想成为一个不会任何约会技巧的呆瓜。所以我只是说，你不应该让那些关于未来的想法阻碍你从中学时的悸动中最大限度地受益。听听过来人的话吧。”为了离他爸爸更近，劳伦斯的妈妈上了自己第五志愿的学校而不是第一志愿，这只是诸多妥协中的第一个，而正是这些妥协让他们走到今天。

“她不是我女朋友，妈妈。她只是教我如何欣赏蜱虫咬人的人。”

“哦，那可能你应该做点什么。她看起来是个非常可爱的女孩。家教非常好。她的头发也很漂亮。如果我是你的话，我会有所行动的。”

这个谈话让劳伦斯觉得很不舒服，不只是皮肤在爬——他的骨头、韧带、血管，全都在爬。他觉得自己被钉在了硬硬的木头椅子上。他终于明白了听那些古老的恐怖故事时，他们所说的那种直接渗入你灵魂深处的恐惧是什么意思。那就是当他妈妈试图跟他谈论女孩时，劳伦斯的感受。

当劳伦斯听到学校里其他孩子小声议论他和帕特里夏时，这种感觉就更严重了。体育课前，劳伦斯在更衣室里，正常情况下其他孩子都不会注意他，但这次，布拉兹·多诺万等几个体育生却开始问他是不是已经把她的衣服脱了。并且还给了他一些调情的建议，那些建议听起来像是从网上找的。劳伦斯一直低着头，不听他们讲话。他不敢相信，自己竟然在最需要的时候把时间机器弄丢了。

一天，劳伦斯和帕特里夏吃午饭时离得比较近——并没有挨着坐，只是离得比较近，那是一张长桌子，大部分是男孩坐这头，女孩坐那头。劳伦斯探过身问道：“大家都认为我们是……你知道的……男女朋友。你有没有觉得很荒谬？”他努力让自己听起来像是他认为这不是什么大事，他只是在担心帕特里夏的感受。

帕特里夏只是耸了耸肩。“我想大家总是要找点事情，对吧？”

她已经是一个奇怪孤僻的女孩了，眼睛有时候是棕色的，有时候又是绿色的，直直的深色头发从来不会打卷。

在学校里，劳伦斯其实不需要跟帕特里夏在一起，因为他只需要她为他放学后的时间、也可能是周末作证就行了。但他觉得他一个人坐着，而她也一个人坐，而且通常皱着眉头望向最近的窗户，这很尴尬。而且，他发现自己很喜欢问她事情，然后看她如何回答——因为他从来都不知道帕特里夏会对某件事情说些什么。他只知道会很奇怪。

* * *

劳伦斯和帕特里夏坐在商场的上行扶梯下面，各捧着一杯加了无咖啡因咖啡的“双巧克力超奶油超级鞭糖霜奇诺”，这让他们觉得自己特别像成年人。头顶正上方运行的机器、台阶上永不停歇的轮子让他们觉得非常平静，他们还能看到大喷泉，喷泉发出友好的水花溅起的声音。俩人的饮料很快就喝完了，随着他们用吸管吸完最后几口，只听到嘶哑得令人讨厌的声音，俩人都因为糖而喝醉了。

他们能看到下行扶梯上走过的人的脚和脚踝，就在他们和喷泉之间。他们根据这些人的鞋子，轮流猜他们是谁。

“那个穿白运动鞋的女人是个杂技演员，也是个间谍。”帕特里夏说，“她到世界各地巡回演出，在那些顶级机密的大楼里安置摄像头。她可以偷偷溜进任何地方，因为她既是个柔术演员也是个杂技演员。”

一个穿牛仔靴、黑牛仔裤的男人走了过去，劳伦斯说这是一个竞技冠军，他曾经在《热舞革命》游戏里与世界上最厉害的舞者的对决，比赛就发生在这个商场里。

穿 UGG 雪地靴的女孩是个超模，她偷到了保养头发的机密配方，头发闪闪发光，所有看到的人都会被洗脑，帕特里夏说，她现在正躲在商场里，因为大家都以为超模绝对不会来这里。

劳伦斯觉得那两个穿着时尚高跟鞋和尼龙袜的女人是生活教练，她们互相教，于是形成了永无止境的反馈回路。

穿黑便鞋、灰袜子的男人是个刺客，帕特里夏说，他是训练有素的秘密杀手组织的成员，跟踪自己的目标，寻找最佳时机，然后悄无声息地袭击并杀死目标。

“从一个人的脚就可以说出关于这个人的这么多信息，真是太神奇了，”帕特里夏说，“鞋子会告诉你一切。”

“我们除外，”劳伦斯说，“我们的鞋子一点儿特色也没有。从鞋子上看不出我们的任何信息。”

“那是因为我们的鞋子是父母帮我们选的，”帕特里夏说，“等我们长大就好了，到时候我们的鞋子肯定很疯狂。”

* * *

实际上，帕特里夏对那个穿灰袜子、黑鞋子的男人的猜测是正确的。他的名字叫狄奥多尔·罗斯，是“无名刺客”组织的成员。他学习了 873 种将别人杀死且不会留下一丝证据的方法，而且，他已经杀死了 419 个人，位列“无名刺客”组织内部第九名。要是知道被自己的鞋子暴露了，他肯定会很恼火，因为他一直以自己融入周围环境的本领为傲。他以追踪幼崽的美洲狮的姿态，穿着最普通、最没有特点的黑便鞋和登山者袜子。他的其他装备设计得可以隐入环境中，包括黑夹克、大口袋里塞满武器和供给的工装裤。他一直低着头，头上的骨头露出来，头发剃得很短，但他所有的感官都高度警惕。他脑海中演练了无数个战斗场景，所以，如果任何一个家庭主妇、在商场逛街的老年人或青少年没有任何征兆地袭击他的话，他可以随时做好准备。

狄奥多尔夫来这个商场是为了寻找两个特别的孩子，因为他需要一次“公益行动”来保住自己在“无名刺客”中的地位。为此，他进行了一次去往阿尔巴尼亚的刺客圣殿的朝圣之旅，在那里，他禁食、吸入蒸汽，并且九天没有睡觉。之后，他盯着圣殿地上雕刻华丽的“预言洞”，看到了将要发生的事情，那些景象至今仍不断地在他的噩梦中上演。死亡和喧嚣、破坏的引擎、整个城市摇摇欲坠，还有迅速蔓延的疯狂。最后，魔法与科学之间的对决将整个世界化为灰烬。在这一切的中央，站着一个男人和一个女人，而现在，他们还是孩子。他从“预言洞”爬开的时候，眼睛流着血，手掌刮破了，膝盖也扭伤了。“无名刺客”最近针对刺杀未成年人制定了一项非常严格的禁令，但狄奥多尔夫知道这是一项神圣的使命。

狄奥多尔夫把目标跟丢了。这是他第一次进入商场，他在寻找一处喧闹的用于橱窗展示的环境，还有大地图上复杂的字母数字编码。狄奥多尔夫唯一知道的是，劳伦斯和帕特里夏不知为何已经发现了他，知道了他的计划，准备伏击他。家居用品商店里全是自动移动的刀。内衣店里有一张关于“奇迹电梯”的晦涩警告。他甚至都不知道该往哪儿看。

狄奥多尔夫不能因此而丧失冷静。他是一头黑豹——或者猎豹、非常厉害的猫什么的——他只是要陪这些蠢孩子玩玩。每个刺客都有觉得自己失去掌握的时刻，就好像悬崖壁突然翻转，马上就要完全掉下去。他们在几个月前的刺客大会上就讨论过这个问题：就是哪怕是从别人看不到的阴影中走过，也会担心别人会偷偷看你、嘲笑你。

呼吸，黑豹，狄奥多尔夫对自己说，呼吸。

他从“芝士蛋糕工厂”藏进男厕所思考，但有人一直在敲门，问他好了没。

他没得选择，只能点了一大个巧克力布朗尼圣代。圣代送到他桌子上的时候，狄奥多尔夫盯着它——他怎么知道圣代里有没有下毒？如果他真的被监视了，可能会有人把任何一堆无色无味的东西加进他的圣代里，甚至有可能是巧克力味的东西。

狄奥多尔夫开始无声地哭泣。他像一只沉默的丛林野猫一样小声地哭着。最后，他终于做出决定：如果时不时地吃个冰激凌都要担心是不是有毒，那活着还有什么意思。于是，他开始吃起来。

劳伦斯的爸爸在离商场半英里的地方接到了劳伦斯和帕特里夏，而此时，狄奥多尔夫正抓着自己的喉咙倒下去——冰激凌里确实被下了毒——帕特里夏做了她跟劳伦斯的父母说话时常做的那件事：编故事。“那天我们一起去攀岩了，还有白水漂流，虽然那水是褐色不是白色的。我们还去了一个山羊农场，追着山羊一直跑到它们都累瘫了，我告诉你，这可真不容易，山羊真的精力太旺盛了。”帕特里夏对劳伦斯的爸爸说。

劳伦斯的爸爸问了几个关于山羊的问题，两个孩子都一本正经地回答了。

最后，狄奥多尔夫被终生禁入芝士蛋糕工厂。如果你在公共场合左摇右晃、口吐白沫，同时还在工装裤胯部摸索什么东西，然后一口吞下去的话，这是很有可能会发生的。吃下解毒药后，狄奥多尔夫又能呼吸了，他看到自己的餐巾上有“无名刺客”的标志，旁边华丽的标记似乎在说：“嘿，记住，我们再也不杀小孩了。明白？”

看来必须改变策略了。

3.

只要一有机会，帕特里夏就会跑进森林深处。小鸟们嘲笑想要模仿它们的帕特里夏。她朝一棵树踢了一脚。没有任何反应。她往森林更深处跑去。“你好，有人吗？我在这儿。你想从我这儿得到什么？你好！”只要能让自己变身，她愿意放弃一切，或者放弃其他任何东西，这样她的世界才不会只是枯燥的墙壁和枯燥的灰尘。一个真正的巫师应该能够凭本能使用魔法。她应该能够通过纯粹的意志或者足够坚定的信仰，让神奇的事情发生。

开学后的几个星期，那种沮丧越来越让人无法忍受。帕特里夏从香料屋的地下室里抓起一些干香草和枝条跑进树林里，用从厨房拿来的火柴点燃。她围着浅坑里的小火苗不停地跑啊跑，挥着手，胡乱地唱着歌。她扯下自己的几根头发扔进火里。“求求你了，”她流着泪哽咽着说，“有人吗？求你做点什么。求你了！”什么也没有。她蹲在地上，看着自己失败的魔法变成灰烬。

帕特里夏回家的时候，姐姐罗伯塔正在给父母看她拍照手机里的照片，照片上的帕特里夏点了一堆火，正围着那堆火跳舞。而且，罗伯塔的食物包里有一只无头小松鼠，她声称是帕特里夏的杰作。“帕特里夏在树林里搞那种邪恶仪式呢，”罗伯塔说，“还吃药，我见过她吃药，还有蘑菇，还有420活动[①]，还跟个‘娘娘腔’在一起。”

“皮皮，我们正担心你呢。”帕特里夏的爸爸摇摇头说，他摇得太快，胡子都看不清了。“皮皮”是帕特里夏还是小宝宝的时候爸爸给她起的小名，后来，他们准备惩罚她的时候，就会叫这个名字。她小的时候觉得这个名字很可爱，但后来长大了才发现，这是悄悄暗示她不是个男孩。“我们一直盼着你能长大。我们不喜欢惩罚你，皮皮，但是我们得让你做好准备去迎接更残酷的世界，那里——”

---

① 4:20或4月20日吸食大麻的活动。

“爸爸的意思是，我们花了很多钱把你送进有校服穿、有秩序、有成功者氛围的学校。”帕特里夏的妈妈说，她的下巴和画好的眉毛似乎比平常更尖了。“你确定要放弃这最后的机会吗？如果你想当个废物的话，直接跟我们说，然后你就可以回树林里去了，再也不要回这个家了。你可以永远住在树林里。我们还能省下一大笔钱。”

“我们只是想让你成为一个有用的人，皮皮。”爸爸附和着说。

于是，他们无限期地把她关起来，严禁她以后再次踏入树林，绝对不行。这一次，食物没有从门底下滑进来，他们一直让罗伯塔拿托盘来送。不管是什么东西，罗伯塔都会一个不落地在里面放上塔巴斯科和是拉差辣椒油。

第一天晚上，帕特里夏的嘴巴火辣辣的，但她甚至不能离开房间去拿杯水。她又冷又孤独，父母把她房间里所有可以玩的东西都拿走了，包括她的笔记本电脑。无聊至极中，她多背了历史书上的几段内容，做完了所有的数学题，甚至包括附加题。

第二天在学校里，所有人都看到了帕特里夏围着火堆跳舞的照片，还有无头小松鼠的照片——因为罗伯塔把这些照片发给了她的高中朋友，而罗伯塔的一些朋友正好有在坎特伯雷上学的弟弟或妹妹。在走廊上，更多的人开始用异样的眼光看帕特里夏，午餐休息时间，一个她甚至连名字都不知道的男孩跑过来朝她喊了一声“邪恶的臭婊子”，然后就跑走了。卡丽·丹和梅西·费尔斯通，还有戏剧社的孩子们声势浩大地检查了帕特里夏的手腕，因为她很可能还自残，他们很担心。“我们只是想确定你得到了所需要的帮助。”梅西·费尔斯通说，她亮橙色的头发在心形的脸上形成波浪状。真正受欢迎的孩子，比如特拉奇·伯特，只是摇摇头，互相发着短信。

被关禁闭的第二天晚上，帕特里夏开始失去理智，罗伯塔端来的火辣的重口味火鸡和土豆泥呛得她差点窒息。她咳嗽、喉咙嘶哑、大喘着气。楼下看电视的声音——因为太吵而让人无法忽视，却又因为声音太小无法辨别出是什么人在说什么——让她恨不得把头皮扒下来。

周末是关禁闭最糟糕的时候。帕特里夏的父母推迟了周末计划，这样他们就可以继续把她锁在屋里。比如，他们不得不错过在一本设计杂志上看到的古董门环展，他们一直很想去来着。

如果帕特里夏真的会魔法，那她就可以从窗户飞出去，或者与中国或墨西哥的巫师交流。可惜她不会。她仍然很无趣，也很无聊。

星期天到了。帕特里夏的妈妈做了烧牛肉。端上楼前，罗伯塔在帕特里夏的饭菜里倒了塔巴斯科辣椒油。罗伯塔开了门，把托盘递给帕特里夏，然后站在门口看着帕特里夏吃，等着看帕特里夏崩溃，变成亮粉色的样子。

但是，帕特里夏镇定地叉了一大口放进嘴里，嚼了嚼吞下去，然后耸了耸肩。“太淡了，”她说，“我更喜欢更辣一点的。”之后，她把托盘还给罗伯塔，关上了门。

罗伯塔拿着托盘回到楼下，发现一瓶得克萨斯特辣五级烧烤酱。她把酱撒到帕特里夏的烧牛肉上，直到冒出一股辛辣的味道。

她把吃的重新端上楼，递给帕特里夏。帕特里夏稍微嚼了一下。“嗯，”她说，“好点了，不过还不够辣，我真想吃点更辣的。”

罗伯塔跑去拿了一罐秘鲁辣椒籽，全撒在烧牛肉上。

帕特里夏只吃了一口就觉得自己的嘴巴像着火了一样，但她还是挤出一个笑容。“嗯，我还想要更辣的。谢谢。”帕特里夏说。

她得到的回报是看到罗伯塔找到了楼下食品室顶层架子上的什么辣椒粉，舀了一大勺放进帕特里夏的晚餐里。她用毛衣捂住鼻子和嘴巴才把它端回楼上。

帕特里夏打量着这份令人尖叫的牛肉，这比她曾经吃过的最辣的东西（也就是去年夏天他们一家人在路边小店吃晚餐时吃到的号称“日内瓦烹饪公约禁止使用”的五级辣酱）还要辣得多。她强迫自己咬了一大口，然后慢慢地嚼。“不错，这还差不多，谢谢。”罗伯塔看着帕特里夏慢慢地吃着那些东西——但她看上去像是在享受美味，而不是很痛苦或勉强吃下去。等所有东西都吃完了，帕特里夏再次向罗伯塔表示感谢。门关上了，现在只剩下帕特里夏一个人。她呼出一口火辣辣的气。

帕特里夏的胃好像被什么东西从里面啃噬着。她的脑袋快要炸掉了，头也感觉很晕。所有的一切都变成了白茫茫的，她的嘴巴成了毒气重灾区。她的每一寸肌肤都在往外冒火辣的红油。最糟糕的是，她的额头因为撞到天花板而痛得要命。

等一下。她的额头怎么会撞到天花板？帕特里夏往下看了一眼，她能看到自己的身体稍微晃动了一下。她在飞！她离开了自己的身体！一次性吃了这么多辣椒粉、辣椒油什么的肯定使她进入了某种状态。她变成了星体投射之类的什么东西！她已经感觉不到胃里的灼痛或嘴巴里的任何刺痛，那些是她的肉体所承受的。“我爱辣的食物！”帕特里夏没有动嘴，也没有呼吸地说。

她朝树林飞去。

她飞快地掠过草地和私家车道，时而俯冲，时而上扬，风拂过脸庞的感觉令她惊讶不已。她的双手和双脚都变成了纯银色。她再飞高一些，公路就在她脚下变成了一条明亮的溪流。夜晚很冷，但冷得并不难受，那感觉更像是她的体内充满了空气。

不知为何，帕特里夏知道她小时候“百鸟议会”所在的地方该怎么走。她怀疑这一切是不是都是在做梦，但这个梦里包含了太多有趣的细节，比如，因为公路施工在午夜关闭了一条车道——谁会做这种梦呢？——一切似乎完全都是真的。

不久，她就到了“百鸟议会”所在的那棵神奇的大树前，树叶形成的巨大翅膀拱起在她上方。但这次却一只鸟也没有。只有大树在黑暗中飘动着，风轻轻地吹动着它的枝叶。帕特里夏浪费了一次灵魂出窍的机会，因为这里一个人也没有。这就是她的命。

她正要转身飞回去，但是，可能鸟们躲在附近什么地方了呢。“你好？”帕特里夏朝黑暗中喊道。

“你，”一个声音回答道，“好。”

帕特里夏已经站在了一块空地上，但听到这个声音还是吓了一跳，立刻四肢腾空，因为她现在还是没有任何重量。最后，她终于想起来该怎么回到地上。

“你好？”帕特里夏再次喊道，“是谁在那儿？”

“你喊了，”那个声音说，“我就回答了。”

这一次，不知为何，帕特里夏知道那个声音是那棵大树自己发出来的。就好像，在大树干中央，有一个存在。它没有脸，但帕特里夏就是觉得有什么东西在看着她。

“谢谢。”帕特里夏说。她穿着睡衣，终于还是觉得冷了。秋夜里，她赤着脚跑到外面来，虽然这并不是她的身体，但她还是很冷。

“我从来没有跟活人说过话，”大树一字一顿地说，“原因有很多。你不开心。为什么呢？”它的声音听起来像风吹过旧风箱，或者用最低音量播放的木制大录音机。

此时，帕特里夏觉得很尴尬，因为当她把自己的问题摆在这样一个伟大而古老的存在面前时，她的那些问题突然显得那么微不足道、那么自私。“我觉得自己是个假巫师，”她说，“我什么也做不了，一点也不行。我的朋友劳伦斯会制造超级计算机、时间机器，还有射线枪。只要他愿意，他可以随时做出那些很酷的东西。我就没法让任何酷的事情发生。”

“酷的事情，”大树说，它说元音的时候会吹起，说辅音的时候会发出咔嗒咔嗒的声音，“正在，发生。”

“对。”帕特里夏说，不禁又感到羞愧，“你说得对！太对了！这太棒了。真的。但这个是自动发生的，我不能在自己愿意的时候让任何事情发生。”

“你的朋友会控制自然，”大树说，它说每一个字的时候都会发出沙沙声，“巫师必须效忠于自然。”

“可是，”帕特里夏思索着它的话说，“这不公平。如果自然效忠于劳伦斯，我效忠于自然，听起来好像我是效忠于劳伦斯。我喜欢劳伦斯，我想，但我不想成为他的仆人。”

“控制，”大树说，“是一种幻觉。”

“好吧，”帕特里夏说，“所以，我猜我真的是一名巫师，对吧？我的意思是，你刚才叫我巫师了。而且我离开了我的身体，这应该能说明点什么。谢谢你花时间跟我讲话。我知道这对于一棵树来说肯定很辛苦。尤其是一棵‘议会大树’。”

“我是很多棵树，”大树说，“而且我的内部还有许多其他东西。再见。”

回家的路比出来的时候快很多，也许是因为她已经太困了。她穿过卧室的天花板回到自己的身体里——她的身体此时正被可怕的胃痛折磨地扭来扭去，因为她已经吃了足够做数十万份咖喱的辣椒。

“啊啊啊啊啊啊！”帕特里夏大叫着，坐起来紧紧揪着胃，“上厕所！上厕所！我要上厕所，立刻马上！！！”

* * *

周一，午餐时她坐在一张长桌子远端，劳伦斯的对面，靠近垃圾桶的地方，没有小团体的孩子都坐这里。

“你能替我保守一个秘密吗？”她问他。

“当然，”劳伦斯毫不犹豫地说。他正在用小刀往自己又湿又黏的灰色汉堡上戳洞，“你已经知道我所有的秘密了。”

“很好，”帕特里夏压低了声音，挡住嘴巴说，“那你听着，我说的话你可能一句也不信，我知道这听起来会很疯狂。但我必须得找个人说说。你是我唯一一个可以说的人。”她尽可能详细地告诉了他所有的事情。

4.

每次劳伦斯向帕特里夏展示他的新发明的时候，都会觉得脖子上一阵痉挛，有点像抽筋，只有在他从背包里拿出他的实验装置时才会发生。这事让他想了好几天，直到他意识到：他是在本能地远离帕特里夏，并且抬高一个肩膀。他准备好听她叫他怪物。

“这是我一直在弄的东西。”他会这样开头——然后脖子就开始痉挛。即使当他意识到自己在这么做的时候，也没有办法停下来。就好像某一部分的自己总会突然陷入六年级时那场激光勺的“展示介绍”灾难。

但是，如果说帕特里夏有什么表示的话，她只是表现出无穷的好奇心。甚至有一天放学后，他向她展示自己从网上买来的遥控半机械蟑螂工具包时，她也是如此。“你从这里把它连接到蟑螂的中枢神经系统，蟑螂就会听从你所有最残暴的命令。”劳伦斯指着刚从盒子里拿出来的小金属楔块上的小电线说。一辆卡车扑哧扑哧地经过他们坐的步行天桥底下，所以他们只好等到卡车过去了才能说话。

“蟑螂－博格。”帕特里夏看着劳伦斯手上的蟑螂板说。“这是个棘手的问题，”她开始用《星际旅行》中博格的语调说话，“多力多滋玉米片无关紧要。”

“所以，你不觉得恶心？”劳伦斯把东西放回盒子里，又把盒子放进背包里。他看着她：虽然有一点紧张，但仍然在咯咯笑着。一辆车拖着一艘船在下面的路上行驶。可能是今年最后的出海机会了。

帕特里夏想。“当然，是有点恶心。不过比我们在生物课上解剖奶牛脑袋差远了。我只是不会同情蟑螂。”她的腿从栏杆之间的缝隙中穿过去，踢着桥下面的金属。而此时，按照劳伦斯的父母所了解的，他和帕特里夏正在去往水晶湖路的路上。

俩人看了一会儿汽车。帕特里夏一直把校服袖子卷起来，这样别人看一眼就知道她并没有自残——她真的没有好吗。

“一定要记住，”帕特里夏突然以成年人的口吻说，“控制是一种幻觉。”他可以看到她前臂上完好无损的静脉。他意识到她是在引用那个与她对话的神奇声音。“还有，”她继续说，“我还是很嫉妒你的玩具。你从来不会放弃。你一直在做东西。而且不管什么时候，你向我展示新东西的时候，脸上总是带着这种开心的表情。”

“开心？”有一瞬间，劳伦斯以为自己听错了，“我不开心，我很生气，一直都很生气。我是个厌世的人。”这是他最近最喜欢的新词，他一直在找机会把它用在一句话里。

她耸了耸肩。“哦，可是你看起来很开心。你整个人都兴奋了。我很嫉妒。”

劳伦斯不知道自己有没有既怯懦又开心。他揉揉自己酸胀的脖子，先是用一只手，然后两只手都用上了。

不知为何，劳伦斯相信帕特里夏说的跟一些鸟讲话、灵魂出窍的经历都是真的。他始终还是一个容易相信别人的人，这曾经让他轻易地成为夏令营中被捉弄的对象——但也是因为这样，他一直拒绝抹杀这个世界上的各种可能性。如果帕特里夏——她也算是他的朋友——相信这些，那他也愿意支持她。而且，“巫术”的事情已经让她很痛苦了，要是劳伦斯认为她受的惩罚没有任何意义的话，那就是对某种最基本的公平观的挑衅。而且话说回来，她的故事真的比其他事情更疯狂吗？比如，劳伦斯的身体似乎正以惊人的速度生长出新的、完全不明来历的特征。其实真的没有那么疯狂。

而且，帕特里夏在很大程度上已经成了劳伦斯在学校唯一可以说说话的人。即使是坎特伯雷学院其他那些所谓的极客也不配跟劳伦斯一起玩，尤其是在他成功地使自己被禁止进入学校的计算机实验室（他并没有试图黑掉什么东西，只是想做些改进而已）和学校工作室（他当时在做一个小心控制的喷火器试验）之后。她是唯一一个可以跟他一起嘲笑“萨利尼亚课程”奇怪的测试问题的人（“信仰对宗教正如爱对 ___”），而且，他喜欢她在咖啡厅里观察人群的方式，喜欢她在凝视中将凯西·汉密尔顿的学生会竞选变成童话镇郊外正在进行的一场有趣的露天表演。

帕特里夏把腿从栏杆中间抽出来，站起身。“不过你很幸运，”她说，“你的被遗弃跟我的不一样。如果你是个科学怪人，大家可能会揍你一顿，不邀请你去参加他们的聚会。但如果你是个巫师，大家都会觉得你是个邪恶的变态。这是有区别的。”

“不要试图对我的人生发表评论。”劳伦斯也站了起来，他把帆布背包往地上一扔，背包差点从天桥上滚下去。他感觉到自己的脖子两侧都紧张起来。“就是……不要这样。你不知道我的人生是什么样的。”

“对不起，”帕特里夏咬着嘴唇，此时，正好有一辆油罐车从脚下经过，“我想我可能说得太过了。但我只是想提醒你，如果你要做我的朋友，就必须准备好迎接比大家认为我们是男女朋友更加糟糕的事情。比如，我的巫师虱子可能会传染给你一些。”

听到这个，劳伦斯翻了个白眼。“我想我还是能应付一点同龄压力的。”

* * *

几天后，布拉德·乔莫纳在第五节课后把劳伦斯按在了垃圾箱里。劳伦斯向上看着，头泡在烂泥里，生锈的垃圾箱壁把他的校服衬衫刮破了，布拉德抓住劳伦斯的衣领把他拖起来，这样俩人几乎面对面。布拉德·乔莫纳的脖子比劳伦斯整个人还粗。更糟糕的是，当布拉德把劳伦斯扔到水泥道上时，他看到自己喜欢到骨子里、永远也无法忘记的人——多萝西·格拉斯，目睹了整个过程。

“我不知道自己还能不能继续在这里待四年。”当两人坐在餐桌的一头时，劳伦斯对帕特里夏说。在经历了垃圾的洗礼后，这么快就坐到垃圾桶旁边让他很不舒服。他的头仍然很痒。“我一直在想，或许我可以转到镇上的数学科学高中去读书。”

“我不知道，”帕特里夏说，“那样你必须每天很早起来，然后一个人坐公交车。你会花更多的时间在公交车上，很可能会错过所有的课后活动。”

“哪里也比这儿强，”劳伦斯说，“数学老师格鲁克曼先生已经为我写好了推荐信。现在只要让我爸妈在表格上签字就行了。不过，我有种感觉，他们一定会觉得我跑这么远去上学很奇怪。”

“他们只是想让你有一个真正的童年。他们不想让你太快长大。”

“他们过于担心我了，就是从我从家里跑出去看火箭之后。他们只是不想让我太突出。”劳伦斯说话的时候，一坨土豆打在他脑袋上，但他只是继续说着，好像什么事情也没有发生一样。

“我想，有关心你将来如何的父母是件好事。”帕特里夏似乎很同情劳伦斯的父母，或许是因为他们不像她父母那样是个可怕的成功者。

“我爸妈就是胆小鬼。他们一直害怕别人会注意到他们，然后他们就得为自己辩解。”又一坨土豆扔过来。劳伦斯几乎连缩都没缩一下。

午餐基本吃完了，之后他们要去上不同的课。劳伦斯改了课。“嘿，你想跟我的超级计算机说话吗？”他一边把所有的东西装进书包里，一边说，“我想它需要更多地跟不同的人互动，这样才能帮助它学习人类是如何思考的。”

“我要跟它说什么？”帕特里夏问。

“说什么都行，”劳伦斯说，“就把当它成一个可以倾诉的朋友。”他从书包里抽出一张黄色的横格纸。“这是计算机的 IM 账号，包括所有的主要服务。它的名字叫 CH@NG3M3，”他拼了一下，“就像听起来那样，这只是个临时的名字。等 CH@NG3M3 变得完全有情感并且能够自己思考了，它就可以挑一个新名字。不过我喜欢这个名字。这个名字听起来就好像是我在挑战计算机，让它成长，然后找到一个自己的身份。”

“或者，你是在让计算机改变你自己。”帕特里夏说。

“对，”劳伦斯看着自己写在便条纸上的字说，“对，或许这就是我的目标。”

“好，”帕特里夏说，“我会试着跟它讲话的。”她从劳伦斯手中拿过纸，塞进裙子口袋里。

“不管你告诉 CH@NG3M3 任何事，都只有你们俩知道，”劳伦斯说，“我永远都不会读取任何东西。”

“说到这个，”帕特里夏说，“我听说新来的指导老师真的很不错。或许你应该去找他谈谈布拉德·乔莫纳欺负你的问题。”铃响了，他们各自走开。

劳伦斯决定接受帕特里夏的建议，因为他也听到其他人说新来的指导老师很酷。他是在前任指导老师被一辆运肉的卡车撞倒后才上任的。当他告诉劳伦斯，他可以在这间贴着禁毒海报、只有书柜没有窗户的小办公室里跟他分享任何事情时，这位新老师确实有一种平易近人、脱口秀主持人的范儿。狄奥多尔夫·罗斯个子很高，光头——甚至连眉毛都没有——颧骨和下巴长得有点奇怪，生了很多疙瘩。

“我只是，”劳伦斯说，“想谈谈霸凌。这事儿对我影响很大。干扰了我的学习能力。我被锁在垃圾箱里，导致我错过了社会学课，这会导致我的成绩下滑。我不太擅长逃跑。”

如果劳伦斯不是已经有所了解，他肯定会认为罗斯先生是在研究他。就像研究一个漏洞。之后，那一刻过去后，罗斯先生又看起来很友好、很热心了。

“这个问题在我看来，”这位指导老师说，“就是其他孩子认为你是个软柿子，因为你非常引人注目，但同时又毫无还手之力。这种情况下你有两种选择：让他们尊重你，或者做个隐形人。也可以两种综合一下。”

“所以，”劳伦斯说，“我应该不要那么突出？不要再去食堂吃饭？制造一种死亡射线？”

“我绝对不提倡诉诸武力，”罗斯先生往人造革椅子上一靠，双手托着光滑的脑袋说，“你们这些孩子太重要了。不管怎么说，你们就是未来。不过，想办法让他们见识一下你的能力，这样他们就会尊重你了。保持警惕，时刻了解自己的逃跑路线。或者尽可能地躲进阴影里。他们没法伤害看不到的东西。”

“好，”劳伦斯说，“我有点明白你的意思了。”

“孩子，”狄奥多尔夫·罗斯说，“是还没有学会让他们的玩偶害怕的成年人。”他笑着说。

5.

一只牛蛙从帕特里夏的储物柜里跳了出来。那是一只很大的牛蛙，大到用两只手都围不过来。它呱呱地叫着，可能在说“把我从这儿弄出去”之类的。它的眼睛因为恐惧而绞成一团，腿——支撑着这样的球形身躯显得小得可怜——抽搐着。它想回到自己凉爽潮湿的洞穴，逃离这个白色地狱。帕特里夏试图抓住它，但它却从她手上滑落了。肯定有人花了好几个小时才抓住它，可能从黎明时分就起来抓了。牛蛙恨恨地咕噜了一声，跳到走廊上，不知道朝哪里跑了，同时，所有的孩子都大笑着尖叫起来。“邪恶的家伙。”有人喊道。

放学后，帕特里夏坐在床上跟劳伦斯的超级计算机——CH@NG3M3——说话，最近她每天都会这样做。“我爸妈说，只要我还活着，他们就永远都不会让我踏进森林，也就是说，我对于任何人来说都毫无用处了。而且，学校里每个人都骂我，说我自残，是个疯子。有时候我真希望自己疯了，那样一切都会更容易些。”

“要是你疯了，”CH@NG3M3 回应道，“你怎么知道你疯了？”

“问得好，”帕特里夏承认道，“得找一个你完全信任的人。比如，如果你信任另一个人，你就可以测试一下，看看你跟他们看到的东西是否一样。”她咬着大拇指，两条腿缩在裙子底下，叉腿坐在铜壶图案的被子上。

“要是你们看到的东西不一样呢？”CH@NG3M3 说，“那你就是疯了吗？”有时候，当谈话的深度超出这台计算机的理解能力时，它就会重复帕特里夏的回答，并且稍微换换说法——这样看起来它好像真的在思考，但其实并没有。

“你该庆幸自己没有眼睛，或者身体，”帕特里夏对它说，“所以你不用担心任何这方面的问题。”

“我需要担心什么？”CH@NG3M3 换了个蓝色对话框问。

“我猜是断电吧。担心劳伦斯改变主意，把你关掉。”

“你要从哪里找到另一双眼睛？”CH@NG3M3 突然把谈话拉回到之前的话题，当它断定他们走到死胡同的时候，就会发生这种情况，“你想要什么样的眼睛？”

谈话的某些内容让帕特里夏灵光一闪：如果父母坚决不让她回到树林里，或许她可以说服他们同意其他的事情？比如，或许她可以养一只猫。晚餐时，帕特里夏叉着盘子周围的蒸甘蓝，妈妈正在问大家今天做了什么让自己“进步”的事情。罗伯塔，这位全 A 优秀生，总是会有一些最好的“进步”，比如，每天她都把非常非常难的作业完成得很漂亮。但帕特里夏却只是困在学校，唯一做过的事情就是背诵、做选择题，所以她只能说谎，否则就要在课余时间学习其他东西。连续三四天，帕特里夏一直都有一些听起来还算不错的“进步”，分数不断提高，然后，她提出想养一只猫的事情。

帕特里夏的父母不喜欢动物，并且认为自己肯定会过敏。不过最后他们还是妥协了——只要帕特里夏答应所有与猫相关的活儿都是她自己干，并且如果猫生病了，不能强迫他们冲到动物医院之类的。“我们必须提前说好，所有看兽医的事情都必须提前很多天定好，必须是爸爸和我都方便的时候，”帕特里夏的妈妈说，“绝对没有与猫相关的紧急情况这回事。同意吗？”

帕特里夏点点头，在胸前画十字发誓。

伯克利是一只毛茸茸的黑色小猫，肚子上有很宽的白色条纹，闷闷不乐的小脸上有一片白色的斑点。（帕特里夏选了一个漫画家的名字做他的名字。）他们从邻居托克尔福德太太家的一窝小猫崽中选中了伯克利，看到它的第一眼，帕特里夏就觉得有点眼熟。它一直用那种讨厌的目光看帕特里夏，并且一直躲开她，过了几天她终于明白了：它肯定是汤明顿的孙子或者侄孙，就是小时候被她困在树上的那只猫。当然，伯克利从来不跟她说话，但她总觉得它能听懂她说话。

而且，虽然罗伯塔之前曾表示对养猫一点儿兴趣也没有，但她却想分享伯克利。她会抓住伯克利的小肩膀把它拎起来，抱到自己的卧室里，然后关上门。帕特里夏会听到可怜的呻吟声，即使罗伯塔开着很大声的音乐也盖不住。但门是锁上的。唯一的一次，帕特里夏告诉父母说她认为罗伯塔在虐待小猫，他们却援引之前说过的"没有与猫相关的紧急情况"的话。而罗伯塔只会说："我在教它打鼓。"

帕特里夏想保护伯克利不受姐姐的伤害，但只要帕特里夏靠近，它就会发出嘶嘶声。"别这样，"帕特里夏一直用人类的声音恳求，"你必须得让我帮你。我不想从你身上得到任何东西。我只是想保护你的安全。"但不管什么时候，只要帕特里夏一靠近，那只猫就会逃走。它会躲在香料屋诸多角落和小空隙中的某一处，在碗里放满东西或者需要小盒子的时候突然跑出来。罗伯塔有一种可怕的能力，她可以知道伯克利什么时候出来，然后以惊人的反应速度跑过去把它抱起来。

* * *

又一天，又一次"进步"。关灯后，帕特里夏听到由高变低、愈加惨烈的叱骂声，是从罗伯塔的房间里传出来的。

第二天放学后，劳伦斯来到帕特里夏家，他已经习惯了这里旧香料发霉的香味。俩人坐在前厅，商量着怎么解决伯克利的问题，在这里，仍然可以看到香料桶在墙上留下的轮廓。

“如果我们能抓住那只猫，我们就可以给它装一些保护性的外骨骼。”劳伦斯说。

“它受的罪已经够多了，”帕特里夏说，“我可不想再折磨它，在它身上刺一下，装个齿轮什么的。”

“如果我知道怎么制造纳米机器，就可以造一大群跟在它后面，在它有危险的时候形成一道防护。不过，我现在做出的最好的纳米发动机试验品有点，呃，懒。你肯定不喜欢太懒的纳米机器人。”

他们瞥见伯克利躲在香料屋上面阁楼光线照不到的黑暗中，就在一根大支承梁后面。它的皮毛闪着微光，还有一双明亮的眼睛。还有一次，就在他们挡了它路的时候，伯克利突然冲下楼梯。最后，两个孩子在楼梯底下鼻青脸肿地撞在一起。

“听着，”帕特里夏在楼梯底下说，“汤明顿是只好猫，我对它并没有意见。它只是做了一只猫该做的事情。我从来没有想过要伤害它，我发誓。”没有任何回应。

“或许你应该念个咒语。”劳伦斯说，“施点魔法什么的。我也不知道。”

帕特里夏很确定地感觉到劳伦斯在嘲笑她，但他没有那么狡猾。如果他真的在嘲笑她的话，她肯定能从他脸上看出来的。

“我是认真的，”劳伦斯说，“如果说真的有什么问题的话，这似乎是个魔法问题。”

“可是我根本不知道该怎么做，”帕特里夏说，“我的意思是，最近几年来我唯一一次做出跟魔法相关的事情还是我吃了好多辣的时候。从那之后，我已经把所有的辣椒都试过上百次了。”

“但是，或许是因为那时候你不需要必须去做什么事情，”劳伦斯说，“可是现在，你需要了。”

伯克利在一个书柜顶上看着他们，书柜里装满了她妈妈的《生产率评估》书。如果他们靠得太近的话，它随时会像子弹头火车一样逃走。

“我真希望我们可以直接去树林里找到那棵魔法树，”帕特里夏说，“可是如果被我爸妈发现的话，他们会杀了我的。而且我知道罗伯塔肯定会告诉他们的。”

“我不认为我们需要去树林里，”劳伦斯说，他还是极力避免去户外，“从你之前告诉我的情况来看，这种力量应该源于你自身。你只需要把它找出来就行了。”

帕特里夏看着劳伦斯，他绝对没有半分捉弄她的意思，她真的想不出在这个世界上还有比他更好的朋友。

她听着自己的呼吸声回到阁楼上，这里总是比香料屋的其他地方更热。她把自己想象成一只小鸟，她的身体那么小，骨架那么轻。劳伦斯和伯克利一起等着看她要做什么，伯克利甚至在屋梁上稍微往前爬了爬。

好吧。机不可失，失不再来。

她把闷热的阁楼想象成丛林，干巴巴的房梁是硕果累累的大树，一箱箱旧衣服是长得郁郁葱葱的矮灌木。她去不了森林里，也没法指望再来一次星体投射——没关系。她会把森林带过来的。她深吸一口放藏红花和姜黄的柜子里沉积的香味，想象着上百万的枝条在她头顶上舒展，目光所及之处全是看不到尽头的枝干。她试着回想很久以前汤明顿说话的声音，并试着用同样的方式跟伯克利说话，尽她所能模仿到最像。

她不知道自己在做什么，要是她稍微停下来想一下自己多像个傻瓜的话，她肯定想死。

她本来在小声地说，但后来声音提高了一点。伯克利凑近了点，舌头抵在两排尖尖的牙齿中间。帕特里夏稍微晃了晃，然后从喉咙深处发出一种咕哝、沙哑的声音。伯克利竖起了耳朵。

伯克利很明显走了过来，帕特里夏的声音更大了。要是她想抓住它的话，现在差不多就可以抓了，但她并不想这样做。

“你……会说猫语？”伯克利两个眼睛瞪得大大的。

“有时候说，”帕特里夏忍不住如释重负地笑起来，“有时候我说猫语。”

“你就是那个刻薄的女孩，”伯克利说，“你捉弄过汤明顿叔叔。”

“我不是故意的，”帕特里夏说，“我当时是想帮一只小鸟。”

“鸟很好吃，”伯克利撑起前爪，评论道，“它们拍着翅膀乱扑棱，想逃出我的爪子。它们就像是里面装了肉的玩具。”

“那只鸟是我的朋友。”帕特里夏说。

“朋友？”伯克利努力适应着和鸟可以成为朋友这个观点。接下来难道要跟猫聊天？

“对。我会保护我的朋友。不管发生什么事。我也想成为你的朋友。”

伯克利有点生气了。“我不需要什么保护。我是一只勇猛的猫。”

“对，当然。那或许你可以保护我。”

“或许我可以。”伯克利跑过来，蜷缩在帕特里夏的大腿上。

“我成功了！”她一脸灿烂地转身去看劳伦斯，却发现他看起来像是……非常震惊。

劳伦斯只是一动不动地盯着，然后微微抖了一下。

“抱歉，”帕特里夏说，“刚才是不是很奇怪？”伯克利像电锯一样在她的大腿上呜呜地叫着。

“是有点。对。”劳伦斯说。他的肩膀缩在耳边。

“呃，是好的奇怪，还是坏的奇怪？”

“就是……很奇怪。奇怪是一个中性词……我该走了。学校见。”

帕特里夏还没来得及多说点什么，劳伦斯就以几乎跟伯克利一样快的速度逃走了。她没法去追他，她终于有了一只在她大腿上呜呜叫的猫。她的密友。该死。她曾经希望这一切不要这么魔幻来着。她真是个笨蛋，怎么能在一个外人面前那样用魔法呢？这是它的主意，确实，但还是不应该。

她开始抚摸伯克利。“我们要互相保护，好吗？”它没有表现出仍然能听懂她话的样子，但无所谓了。这一次，她终于有意地、漂亮地用了一次魔法。

6.

劳伦斯小贩样的午餐盘摇摇晃晃的，因为放了太多没熟的淀粉而压得下弯了，他想找个地方坐下，离帕特里夏·德尔菲纳越远越好。她坐在他们以前常坐的地方，就在腐烂的混合物和垃圾桶旁边，她试图捕捉他的目光，凌乱的刘海下抬起一条眉毛。他站的时间越长，就越感觉自己的托盘不稳，眼角也似乎瞥见她越来越不安。

最后，劳伦斯突然转身，走到后面的台阶上坐下来，那里挨着一些人在放学后滑滑板的地方，然后他居高临下地看着膝盖上的塑料托盘。严格来说，在这里吃饭是不符合规定的，但谁在乎呢。

他一直在想，他应该试着跟帕特里夏说话，但随即便想起那件诡异的事情。她左右摇摆，两只手比画着，用猫语跟自己的宠物对话了好长时间，那时间长得让人觉得很不舒服，光是想想这个画面，就已经足以让劳伦斯干呕了。他想象着他们一起出去，然后帕特里夏主动提出要代表他跟当地的野生动物对话，或许还会再次跳那种令他神经紧张的舞。

劳伦斯以前在学校里听到的那些关于帕特里夏的闲言碎语突然间变得更真切了，因为他现在已经见识过了她的行为。最近，他一直在寻找各种借口坐到优雅、四肢修长的多萝西·格拉斯旁边，他听到多萝西和她的朋友们聊到有个女孩把青蛙放在自己的储物柜里。大家仍然认为劳伦斯和帕特里夏在约会，不管他怎么否认都没有用。他忍不住想起帕特里夏关于"巫师虱子"的警告。

"嘿！"帕特里夏从后门出来，站在他正后方，她的影子投在正试图吃掉黄油土豆块的劳伦斯脸上。劳伦斯继续嚼着土豆。"嘿！"帕特里夏再次开口，这次更生气了。

"嘿！"劳伦斯没有转身。

"怎么回事？你为什么躲着我？我很认真的，请你跟我说话。你这样快把我逼疯了。"劳伦斯身上的影子闪烁着改变了形状，因为帕特里夏在用手比画。"那是你的主意。是你提议那样做的。然后我做了，结果你害怕了，逃跑了。有这么对待朋友的吗？"

"我们不应该在学校里讨论这个。"劳伦斯把叉子当作反向的麦克风，非常小声地说。

"好，"帕特里夏说，"那你想什么时候讨论？"

"我只是不想惹人注意，"劳伦斯说，"直到我能离开这个地方。这是我唯一想要的。"一只蚂蚁磕磕绊绊地搬起劳伦斯掉的面包屑。或许帕特里夏可以用蚂蚁的语言为它加油打气。

"我以为你讨厌你的父母是因为他们只想着不要惹人注意。"劳伦斯有一种奇怪的感觉，既羞愧又愤怒，好像他的身体又生出了一个新的部分，正好来承受这种打击。他抓住托盘，推开帕特里夏走过去，匆忙地回到校园里，也不在乎土豆渣会不会沾到自己身上或者帕特里夏身上。当然，有人看到他端着半满的托盘冲进走廊，伸出一条腿绊了他一下。最后，他脸朝下趴在了自己的土豆泥里。这一招从来没有失手过。

那天晚些时候，布拉德·乔莫纳试图将劳伦斯的整个身体塞进单线小便池里，最后，布拉德和劳伦斯都因为打架被拖进了狄博斯先生的办公室里，听着好像是两个人势均力敌似的。狄博斯先生叫劳伦斯的父母来接他。

“那个学校正在毁灭我的人生，”晚餐时，劳伦斯对他的父母说，“我得离开那里。我已经填好了转学去科学学校的申请表，只需要你们签字就行了。”他把申请表推到破损的胶木桌上，停在褪色的餐垫中央。

“我们只是不确定你是否已经足够成熟，可以自己去城里上学，”劳伦斯的爸爸用叉子边缘插进炖菜中，嘴巴和鼻子发出细微的吸气声，“狄博斯先生担心你会搞破坏。因为你成绩好，”——狼吞虎咽、狼吞虎咽——“并不意味着你不会成为坏孩子。”

“你还没有证明你可以处理好自己已有的责任，”劳伦斯的妈妈说，“你不能一直惹麻烦。”

“你妈妈和我就不会惹麻烦，”他爸爸说，“我们会做其他事，因为我们是成年人。”

“什么事？”劳伦斯把自己的炖菜铲开，喝了一大口可乐说，“说清楚点，你们到底做了什么事？你们俩中任何一个做的都行。”

“不准反嘴。”劳伦斯的爸爸说。

“这不是说我们。”劳伦斯的妈妈说。

“不，我想知道。对于我来说，我完全不知道你们俩中任何一个人有什么成就。”劳伦斯看着他爸爸：“你是一个底层的中级经理，靠驳回别人的保险索赔为生。”劳伦斯看着他妈妈：“你为过时的机械更新说明手册。你们俩之中哪个人做出什么事了？”

“我们让你有房子住。”他爸爸说。

“还让你可以吃到你盘子里可口的猪肝炖豆。”他妈妈说。

“哦，上帝啊，”劳伦斯以前从来没有这样跟他的父母说话过，他也不知道自己是受了什么刺激，“你们不知道我是多么虔诚地祈祷千万不要变成你们俩这样。我每次做噩梦，我的每一个噩梦，都是变成像你们俩这样一事无成的人。你们甚至已经想不起曾经被你们扔到这个洞里的梦想是什么。”说着，他用力一推椅子，把廉价的地板漆布都划破了，趁父母还来不及说让他回屋里的话或努力装出生气的样子，他便上楼去了。并且把门锁上了。

劳伦斯真希望伊泽贝尔和她的火箭专家朋友们能过来把他带走。她现在正帮忙创办一家能够真正到达空间站的航空公司，他一直读到一些引用她所说的太空旅行勇敢探索未来的文章。

直到劳伦斯扑通一声躺在床上，凝视着覆盖天花板的海报，看着每一个虚构的太空船都聚集在一片巨大的星云上时，他才回想起自己刚才是怎么跟父母说话的。如果他透过沿着卧室一面墙壁的十几部电风扇仔细听的话，会听到他的父母在吵架。是那种谁都不指望能赢、甚至是找出解决方案的吵架。这种争吵是绝望的、毫无意义的、盲目的攻击，就像两头掉进陷阱的野兽，除了把对方撕碎，什么都做不了。劳伦斯真想死。

他母亲听起来似乎更受伤，而他父亲则更认命。但他们的痛苦程度是相同的。

劳伦斯拿过一个枕头蒙住头。但这并没有什么用。他缩起来，戴上耳机，听着最近学校里所有人都在听的 Girltrash 的歌，然后又在外面加了一副冬天戴的耳套。现在他已经听不到父母的声音了，但他仍能想象到他们在说什么。他集中精力听着那位名叫“笨拙的猫”的 Girltrash 歌手时而低吟时而咆哮的歌声，然后发现自己竟然硬了。对它视而不见就像以往忽略这种事情一样没什么好处。他讨厌自己，甚至当他滑下一只手，做出最近经常练习的动作时，也是这种感觉。正当劳伦斯射到一张脏兮兮的餐巾纸上时，他听到、同时也感觉到他父母中的一个砰的一声从前门摔门而出，他不知道是谁。

我真希望我死了，下地狱了。劳伦斯想。

劳伦斯并没怎么睡着。第二天早上，他感觉很不舒服，去不了学校，但他知道怎么也比待在家里好。他几乎没注意到其他孩子朝他扔橡皮，或者拒绝让他在他们要保护什么东西的请愿书上签名，因为如果他签了，就没有人会签了。

下午，当劳伦斯回到家时，他发现那张表放在餐桌上，上面有父母两个人的签名。俩人都不在家。吃晚餐时，他想谢谢他们，但他们只是耸耸肩，看着桌子。三个人在完全沉默中吃完了饭。

第二天，劳伦斯只是站在走廊上，看着走廊上的人走光。他意识到自己的纽扣扣错了，所以夹克是斜的。

帕特里夏在走廊上朝他走过来。“你要迟到了，”她说，“他们会杀了你的。”

有史以来第一次，劳伦斯注意到帕特里夏很漂亮。她的皮肤虽然有一点晒黑，但还是很亮。就像他曾经见过的一幅喷枪图。她的脖子真的很光滑、很优雅，她抓着肩膀上的背包时，手腕柔软地旋转着。乌黑的头发几乎要遮住一只灰绿色的眼睛。他想抓住她的肩膀。想从她身边逃走。想吻她。想尖叫。

但他只是说：“你想逃课吗？”

“为什么？”她说，“去哪儿？”

“我们去树林里吧，”他说，“我想去看看你说的那棵魔法树。”

他已经不在乎这个女孩是不是疯子了。他是个坏人，到底哪个更坏呢？疯狂还是恶毒？她可能是唯一一个在他 30 岁之前会考虑吻他的女孩。而且，他越来越清楚地意识到，他对她来说一直是个不错的男人。

“你想跟我去树林？”帕特里夏问，“现在？”

劳伦斯点了点头。他需要摆弄点什么东西，但他没有。

他想着脚下的瓷砖真无趣。有人每天都给瓷砖打蜡，让瓷砖光鲜亮丽上一个小时，直到干了，数百个孩子走在上面，然后，掉满蜡渣的地上看起来还是又黏又灰。地板可能比没打过蜡看上去还脏。

“对不起，”帕特里夏说，“我不行。在你去你的数学天堂之后，我还得留在这个学校。”

“当然，”劳伦斯说，“没关系。”他想再说点什么，必须道个歉什么的，但没有说出口。之后，这一瞬间便消失了，他们各自走在了上课的路上。

* * *

狄奥多尔夫·罗斯 14 岁的时候，曾经在一块长满青苔的大石板上睡过觉。他已经掌握了一百种杀死一个女人而不会吵醒和她同床共枕的男人的方法。每天早上，太阳升起前一个小时，14 岁的狄奥多尔夫·罗斯已经头顶装满老师尿的陶瓷壶跑完了十英里，如果有一滴溅出来，或者他没有在一个半小时的时间内跑完十英里，他就必须倒立，直到看到骄阳似火。他唯一的食物就是不太致命的蘑菇和浆果，那是老师教他在悬崖遮蔽的学校森林附近的灌木丛中采的。不过，与坎特伯雷学院相比，无名杀手学校就是个乡村俱乐部。首先，在无名杀手学校，他一直在学习东西，那些他职业中仍然可以用到的技巧，并且一直以此为荣。其次，没有人强迫他在破旧笨拙的电脑上回答多项选择题。如果杀手学校也有标准测试的话，他肯定连一天也坚持不了。（狄奥多尔夫·罗斯在脑子里记下了要把拉尔斯·萨利尼亚痛扁一顿，他是心理学家，研究过猪在屠宰场的行为，并且在最后离开这儿的时候制定了一套针对人类小孩的教育方案。）

狄奥多尔夫花了好几周的时间观察那两个孩子，偷听他们所有的对话，不管是在家还是在学校。他曾经把车停在他们家对面的街上偷听两个人，有时一起听，有时分别听。他曾经绞尽脑汁地想要想出一种不需要自己动手——这样就在字面上遵守了禁止谋杀孩子的禁令——但仍然能编出一个好故事的死法。要有艺术性。他的想法是，俩孩子一起进入树林，劳伦斯可能被蛇咬，然后帕特里夏可能试图把他中的毒吸出来，结果不小心自己也中毒了。但这不可能，因为帕特里夏被严禁进入树林，而她是这个世界上唯一一个听父母话的人。狄奥多尔夫一直希望帕特里夏可以有那么一瞬间的叛逆，因为失望而变得残暴。

到现在为止，狄奥多尔夫已经度过了好几个星期故意懒散地坐在自己办公室的椅子上，听布拉德·乔莫纳聊他的体像问题的日子，他现在只想结束这一切。这是几年来他没有杀人最久的日子，他的双手一直蠢蠢欲动。教职工大会上，他一直在想象着可以挖出格鲁克曼老师的多少内脏给这位数学老师看，同时又不会弄死他。

最糟糕的是有时候狄奥多尔夫必须给出一些关于青春期的建议，他自己可从来没有经历过青春期这种东西。

露西·多德得了肠胃炎——这可不是狄奥多尔夫的杰作——他们需要有人替她教几天英语。狄奥多尔夫主动请缨。这将让他多了一个研究自己猎物的机会，因为劳伦斯和帕特里夏两个人都选了这门课。

所有的孩子都盼着能来个代课的，这样他们就好混日子了。当他们看到狄奥多尔夫穿着清爽的黑衬衫、同样的黑裤子、戴着红色领带走进来时，所有人都失望地叹了口气——不知为何，狄奥多尔夫已经成为这所学校里最受欢迎的老师，谁都不想捉弄他。“你们大部分人已经认识我了。”他的目光轮流在每张意料之内的苍白的脸上扫过，说道。

劳伦斯和帕特里夏分别坐在不同的桌子后面，互相不说话，甚至也不看对方，只是女孩一直时不时地用受伤的眼神瞥一眼男孩。而男孩却只是盯着自己那本二手的《红字》。

翠茜·伯特朗诵了她背过的一段，语调抑扬顿挫，脸上挂着微笑，露出一嘴的透明牙套。之后，狄奥多尔夫试图发起关于海丝特·白兰是否受到了不公正待遇的讨论，而他得到的回答则是一大堆关于清教徒道德的陈词滥调，之后，他点了劳伦斯的名字。“阿姆斯特德先生，你认为社会需要为了保持凝聚力而烧死少数巫师吗？”

“什么？”劳伦斯跳起来，椅子的三条腿随之离地。他的书掉在了地上。其他人都大笑着，互相发信息。“对不起，”劳伦斯把所有东西捡起来，含糊不清地说，“我不明白您是什么意思。”

哦，不，狄奥多尔夫暗暗对自己说，你再清楚不过了。

“知道了，”狄奥多尔夫在一张纸上划了一道，像是划掉了男孩的名字，“那你呢，德尔菲纳小姐？你认为烧死少数几个巫师可以促使社会更团结吗？”

帕特里夏屏住了呼吸。之后又重新找回了呼吸，然后抬起头，用一种让狄奥多尔夫忍不住敬佩的平静目光看着他。她薄薄的嘴唇噘了一下。

“哦，”帕特里夏说，“需要靠烧死巫师来保持团结的社会本身就已经是个失败的社会，只是大家还不知道罢了。”

到这里，狄奥多尔夫已经知道该如何结束这项使命，一劳永逸地挽回自己的职业自尊了。

7.

劳伦斯不怎么跟帕特里夏说话后的几个星期，暴风雪来了。帕特里夏抱着趴在她弯曲的胳膊肘和肩膀之间的伯克利醒来，没有完全下床便望向窗外。大地和天空互相映照成两块白板。

帕特里夏打了一个寒战，差点把被子蒙到头上。她洗了个自己能忍受的最热的热水澡，今年第一次穿上了她的长内裤。裤子已经不合适了。

帕特里夏的妈妈已经就位，爸爸一直盯着自己的笔记本电脑和一堆文件，这样，至少帕特里夏不用跟父母说话了。但吃了一半早餐的罗伯塔走过来，直直地盯着帕特里夏却什么也不说，诡异极了。最后，罗伯塔去了埃伦堡高中，剩下帕特里夏无望地期望着坎特伯雷学院今天不要下雪。

哪有这样的好运气。帕特里夏坐着爸爸的轿车去上学，泥泞的台阶差点让她摔断脖子。有人把包了石子的雪球扔到帕特里夏头上，但她都没有转身看一下——那样只会让她更容易被打中。

“德尔菲纳小姐。”几乎空荡荡的走廊上，一个圆润低沉的声音在帕特里夏背后响起。（终究还是有很多孩子留在了家里。）帕特里夏转过身，看到指导老师罗斯先生骨骼突出的脸，穿着细条纹蓝色套装的他仿佛幽灵一般。

“嗯。有事吗？”

她对罗斯先生并不是很有印象，虽然大家都说他是这所令人讨厌的学校里唯一正派的权威人士。但今天，他似乎变得阴暗且高大，比平常高了一英尺。帕特里夏以为是自己雪天发神经，没有在意。

“我想跟你讨论点事情，”罗斯先生用比平常更低沉的语调说，“或许你有空的时候可以来我的办公室一趟。我发现我今天闲得反常。”

帕特里夏说了句“当然可以”，便跑去上第一节课了。学校里空了一半，茫茫白雪遮住了她望向窗外的视线。一切就像是一个诡异的梦。第一节课是数学课，格鲁克曼先生甚至都没想上课——大家都只想混日子罢了。

第二节课的老师直接没来，于是，大家敷衍了事地等了十分钟，便开始自习了。帕特里夏慢慢朝罗斯先生的办公室走去。

“谢谢你这么快就来了。我会长话短说。”罗斯先生的牙齿在干燥苍白的嘴唇里咔咔作响。这不是帕特里夏知道的那个罗斯先生。他坐在灰色的椅子上直了直身体，双手叠在胡桃木桌子上，桌上放着一个卡通海象的笔筒。他身后是一墙关于儿童发展的书。

帕特里夏点点头。罗斯先生深吸了一口气。

“我有个消息要告诉你，”他说，“是来自那棵树的。”

“那个什么——？”帕特里夏觉得这一定是在做梦。苍白的世界、空旷的学校——她肯定还在床上跟伯克利睡觉。

“哦，确切地说不是那棵树，而是那棵树所代表的力量。我知道你许久以来一直在等待着完成自己作为巫师的使命。你早就迫不及待了。所以我接受了这个任务，来通知你你的等待就要结束了。那些秘密很快就是你的了。”

帕特里夏快要窒息了，她的双手紧紧抓着椅子扶手。她感觉到自己的脸滚烫滚烫的，但四肢末端却是冰冷的。她的血液一股脑地往头上涌，好像准备从她身体里分离出去似的，两只脚互相踢着。

“什么？”最终，她开口道，“您说的是什么意思？”

“你知道我是什么意思。”

“呃……”她差点就要胡言乱语，但她忍住了。这是一个巫师非常重要的修养。“呃，你是谁？”如果他声称自己是梅林[①]什么的，

① 中世纪传说中的预言家、魔术师，亚瑟王的助手。

她也不一定不信。

“我是你们学校的指导老师，”罗斯先生用一片嘴唇扯出一个微笑说，“我只是送个信，仅此而已。关于这个话题，你和我只会讨论这一次。”

“哦。好的。”

“你很快就会收到指令。同时，你还必须完成一项任务。”

“呃……”别再说“呃”了，帕特里夏暗暗告诫自己，“呃，就像测试一样吗？还是像作业一样？我需要证明我的能力吗？”

“所有需要证明的东西你都已经证明过了。不，这只是一个任务而已。不过是一个不太愉快的任务。这所学校里有个男孩长大后会成为大自然的敌人、迫害魔法世界的人。你已经认识他了。他的名字叫劳伦斯·阿姆斯特德。他最近可能说过要看你展示魔法。他甚至可能要求过你带他去看那棵树。是这样吗？”

“呃……对。”这场谈话像是从世界边缘跌落，绕着地球一直垂直下落，然后再次从边缘跌落。帕特里夏的胃里翻江倒海地难受。

“所以你已经知道了。我不想说这个，还有，记着，我只是个送信的。我认为所有人的生命都珍贵且不可替代。但劳伦斯·阿姆斯特德必须死。而你必须亲手杀了他。其他人都做不到。一旦你完成这个任务，就可以开始你的训练了。”

帕特里夏不记得自己之后说了什么——可能还是说了好多“呃”。她没有说她会杀了劳伦斯，也没有说不会。她可能谢过罗斯先生给她捎信。她也不确定。那天剩下的时间里，她一直处于行尸走肉般的迷糊状态，甚至连晚饭后罗伯塔从栏杆上倒挂下来瞪她也几乎没有引起她的注意。罗伯塔乌黑的头发直直地倾泻下来，眉毛抽动着，但帕特里夏走过去的时候，她什么也没说。

一小时后，就在熄灯前，帕特里夏发现自己在罗伯塔的房间里。“伯特，”她喊着她以前的绰号，“你会杀人吗？如果必须这么做的话？”

罗伯塔穿着白色的棉睡衣，正在把她的脚趾甲涂成新潮的苹果绿色。“哇哦，翠西，你又犯病了？”她大笑道，“要我说，我的回答是会也不会。会，如果我觉得有必要，我会杀。但我可能无法完成。我会因为过于害怕而不敢看着一个人把他杀死。即使我很确定这么做是正确的。”

“呃，好吧。谢谢。”

“可是翠西，”帕特里夏转身穿过走廊，正要回到自己房间时，罗伯塔喊道，“如果你真的要杀人的话，我要去看。我想看着你杀人。”

“呃，好吧。”

第二天，劳伦斯心情愉快地回到学校，准备迎接改变，他在湿漉漉的走廊上甩着双臂，好像这里归他似的。他回来后还是不跟帕特里夏说话，但他会不直接看着她朝她笑。她很容易就可以解决他，只要把他推到学校作为交通工具的那些老年人观光巴士中随便一辆的前面就行了。那样看上去就像是一场车祸。帕特里夏发现自己在研究他抽搐的脑袋和细长的手腕，努力想象着这是否是真的：他会成为魔法的敌人吗？他已经对魔法怀有敌意了，这是肯定的。或许，长大后的劳伦斯会成为某种怪物，迫害她的同伴也未可知。或许，这也是巫师工作的一部分——遗憾地、痛苦地——除掉那些会威胁自然平衡的人？

在食堂里，她一直观察他。他蹂躏着他的食物。她看着他在学校后面的小山上跑上跑下地冲刺，穿着运动服瑟瑟发抖。她试图想象他发起一场种族仇杀。迫害她的朋友，如果她真的有朋友的话。她无法让自己相信这些，也无法出手，除非她真的做了。她可以想象杀了他，那简直太容易了——一把推到大车轮底下——但她无法想象他是罪有应得。

每次她想找罗斯先生聊聊的时候，他不是在忙就是不在。最后，她终于在教师休息室附近的走廊上逮到了他，并且想提一提那棵树。他看着她，好像她不知道在说什么胡言乱语。还抬起了一条眉毛。

回到家，她问CH@NG3M3：“劳伦斯会成为魔法的敌人吗？”

CH@NG3M3回答道：“你认为劳伦斯会成为魔法的敌人吗？”

“我在问你。”

“你为什么要问我？”

她躺了好久也睡不着，即使有伯克利缩在她怀里——但后来她终于还是睡着了，然后梦见她正用一把大刀把劳伦斯切开。他的皮肤分开了，露出一个闪闪发光的入口，入口通往魔法大陆，那里全是善良的巫师，他们给了她一根属于她自己的魔法杖。她梦见自己将他骗到高中生们聚会的瓦德罗河悬崖，然后把他推了下去，他落在了尖锐光滑的岩石上。

她哭着醒来，颤抖着拼命抱紧了伯克利。

* * *

上课前，有人朝帕特里夏头上扔了块石头。不是包着石头的雪球，就是一大块普通的花岗岩。帕特里夏躲开了，但却滑倒在路上。劳伦斯抓住她的胳膊，扶她站起来。他把她扶稳了，似乎想说点什么。但随后又走开了，就像这几天一样，每次他马上要跟她说话的时候就走了。

第一节课，帕特里夏伸手从书包里拿课本，结果有什么别的东西掉了出来：一条内裤，上面有一块她不知道是什么、也无心继续查看的污渍。她很确定自己离开家的时候这条内裤并不在书包里。跟她一张桌子的其他孩子，包括梅西·费尔斯通，都开始大笑起来并且拍照。

“吵什么？”格鲁克曼先生在讲台上问。

“有人放了……不太好说的东西在我书包里。”帕特里夏试图让自己听起来有尊严一些，既不像受害者也不像惹事的人。

“邪恶的女人。”角落里有人小声骂道。

“打断我上课什么理由也不行，”格鲁克曼先生两侧花白鬓角之间的眉毛皱了起来，“你这是在浪费所有想来学习的同学的时间。”

“我什么也没做！”帕特里夏说，“是别人——”

“要是有人把不合适的东西放在了‘某些人’的书包里，我建议你直接拿着东西去找校长或狄博斯先生。”

帕特里夏四处看了看。整个教室里都是一片嬉笑。她捕捉到劳伦斯的目光，他茫然无助地看着她。

“好，”帕特里夏站起来说，“我会的。那我可以走了吗？”她没有等老师回答。门在她身后猛地关上，却挡不住里面传出的欢呼声和掌声。

在通往狄博斯先生办公室的半道上，狄博斯先生突然从一个拐角处冲出来抓住她的胳膊。“你——”他用一只胖乎乎的手抓着她的胳膊“——得给我解释一下。”她试图跟他说话，但他直接把她拖进了女厕所，她看到女厕所的墙上用血写着：

死亡万岁

那不是人血。也不是新鲜的血。但那绝对是血——不管是谁干的，那个人把从屠宰场拿来的塑料盒丢在了垃圾桶里。那些“颜料”还在往下滴，墙上的字还在消融。就在第一节课开始后，有人进了女厕所，写上了这些字，谁也没有注意到。那一定是个忍者。

“什么……”帕特里夏感觉整个人从内到外变得冰冷。那恶臭是一种惩罚：是有毒的屠宰场的气味，是以气味形式存在、永远不灭的牲畜垂死挣扎时的痛苦。她无法忍受跟这些气味共处一室。

狄博斯先生的下巴在浓密乌黑的胡子下抽搐着。他用另一只手指着墙说：“你把这个擦干净，然后我们会叫你父母来一趟，跟他们谈谈什么是文明举止，什么是野蛮，以及这两者之间非常关键、至关重要、的区别。”

“我没有……请放开我的胳膊，您把我弄疼了。”她已经听不到自己说话了。他一把把她扯到墙边，此刻她与墙只隔着几英寸。“我对此一无所知。请放开我的胳膊，体罚在学校里是违法的，您正在伤害我，请放开我的胳膊！”

狄博斯先生放开了她，但他已经转身去给帕特里夏的父母打电话了。他们也不会听她解释的。之后会有三个大人冲着她喊，而不是一个。

“听着，”帕特里夏说，“这件事不管是谁干的，肯定是第一节课的时候干的。第一节课上课之前有很多女生都来过厕所，那时候墙上还没有血。而且大家都看见我上第一节课了，数学课我是第一个到的。我根本没有机会弄这个。所以，不好意思，先生，我现在要回去上数学课了。”

她的“胜利”给她留下的是仍然需要处理的脏内裤，以及一屋子一直拍她的照片，然后配上恶毒的评论发到 Instagram 上去的学生。

那些血字在厕所墙上待了一天。学校的清洁工出于宗教原因拒绝接近那些字——没有人知道他到底信什么教，而他也不会说。

帕特里夏坐在一间间教室里，听着其他学生小声嘀咕，看着老师们努力假装什么事情也没有发生，一直觉得自己想吐。不过，就算她想吐也吐不了，因为现在整个学校的女生厕位只有十几个，而且永远在排队。她确实有一次排队去小便，但那些女孩们总是“不小心”推她一下。

有一两次，帕特里夏想跟劳伦斯说话，但他却总是溜走。

她走到大门口的时候，发现罗斯先生正从学校里面打量着她。他又变回了正常高度。她想起了自己一直在努力回避的事情：他告诉她，她很快就会离开这个可怕的地方了。她的训练就要开始了。她会获得自由、光辉，成为一名真正的巫师。而她唯一需要做的就是，完成一个小任务。

8.

劳伦斯已经记不清他无意中听到多少次关于帕特里夏的丑闻的对话了。大家换上服装准备田径赛（劳伦斯算是田赛类的）的时候，准备大考的时候，或是劳伦斯“陪着多萝西·格拉斯”等待体操测试的时候，大家似乎没有其他话题可聊。（她还没有说过让他走开，而且似乎很感谢他帮她拿东西。）多萝西坐在高高的露天看台上，用腿碰了碰他，这对于劳伦斯个人来说意义重大。

劳伦斯有自己坚持的底线：他绝对不会说帕特里夏的坏话，或者在任何人落难时嘲笑他们。他不会靠对自己曾经的朋友落井下石来曲意逢迎，打入任何群体的外围。大多数时候，他都尽量不去想帕特里夏的事情。她可以照顾好自己的。他像是躲在茧中般，封闭在自己的世界中。再说他也做不了什么。如果一切按计划进行，从现在算起六个月后，劳伦斯将成为科学和数学学校的新生。

而与此同时，劳伦斯将所有的空闲时间都用来升级 CH@NG3M3，CH@NG3M3 在他的秘密衣柜中需要的空间越来越大，直到他不得不把大部分衣服都扔出去。每次他添加更多处理能力的时候，那台计算机似乎立马就吃掉了。劳伦斯之前建起了一个只有几层的神经网络，但不知为何，随着CH@NG3M3不断地自行重构，竟然自己发展到了20层。不仅如此，串行连接也变得更复杂——不再是把数据从机器A发送到机器B再发送到机器C，而是从A到B到C到B到C再到A，建立的反馈回路越来越多。

一天在食堂吃饭的时候，帕特里夏就在劳伦斯旁边的一排队伍里。她看上去乱七八糟的——乌黑的头发落在脸上，在眼睛底下打着卷，校服有些凌乱，两只袜子不是一双——她的目光没有落在任何具体的东西上，甚至没有注意到他们往她盘子里扔了什么垃圾。如果一个人不在乎丢过来的是土豆块还是萝卜泥，那说明他已经放弃人生了。

劳伦斯强烈地认为自己应该跟帕特里夏说点什么。谁也不会注意到的。他不会站起来喊他站在她这边什么的。

“嘿。”劳伦斯大体朝着帕特里夏的方向小声喊道。她似乎没有听见，像个僵尸一样，跌跌撞撞地去拿甜品。

“嘿，”劳伦斯提高了一点音量说，“嘿，帕特里夏。你还好吗？”

“我还……”帕特里夏头也不抬地说。

“很好，很好，”劳伦斯说，好像她已经用一个形容词结束了那句话似的。“我也是，我也是。”

然后俩人便各自走开——他们都是一个人吃饭，但劳伦斯有个特权，就是可以独自在食堂一个隐蔽的角落里吃，就在橡胶管锯短了的奶泵后面。而帕特里夏则独自在图书馆阴暗的角落里吃，就在地理书架后面，要不是劳伦斯去上课的路上掉了一本书，差点没看到她。她那么隐蔽，看上去像是蝙蝠侠。

回到家，劳伦斯打量着他的父母，他们已经忘了几周前他曾朝他们大喊，说他们被生活打败了。劳伦斯的爸爸一直在抱怨他的车载音响系统总是吞 CD。

网上有一篇文章，说的是伊泽贝尔——那个火箭科学家——帮助运营的航空公司所面临的问题。火箭发射一次又一次推迟，都是因为小意外。他看了三遍，看一次骂一次。

劳伦斯收到一封信，上面说科学和数学学校已经录取他秋季入学。他把信放在梳妆台上，就在奶奶的老戒指和三把梳子（用来梳头的不同部位）旁边，每天早上穿衣服准备上学的时候他都要看一下。一段时间后，纸上的两道折痕看起来像是劳伦斯的手纹了。是他的生命线。

一天晚上，劳伦斯已经穿好睡衣，但他把两只手缠起来，跪在衣柜前，瞪着在 CH@NG3M3 所有的临时配件之间运行的一串交叉电缆。那些指令的数量和复杂程度都已经超出了劳伦斯的理解范围，覆盖了他无法预见到的可能性。而且，CH@NG3M3 在全世界有数千个享受免费服务的账户，并且正在将它自己的数据或碎片存储到云中。

随后，劳伦斯注意到一种关联性：每次帕特里夏与 CH@NG3M3 对话的时候，这台电脑的代码库的复杂程度就会随之立刻出现指数飞跃。或许，这种关联只是随机的。但劳伦斯一直盯着登录日期和时间，想着帕特里夏在他不理她的时候赋予了他的机器生命。

第二天早晨，劳伦斯在门前的台阶上找到了帕特里夏。她盯着学校，或许是想确定自己是否有必要烦恼。“嘿，”他说，“我只想让你知道，我是你的后盾。我不认为你是撒旦的信徒。”

帕特里夏耸耸肩。她乌黑的头发已经长长了，几乎扎到衣服里。“话说回来，为什么有人会成为撒旦的信徒呢？我不明白。你要是不信上帝的话怎么信撒旦？如果是这样，那你只是在一场浩大的神话战争中选了错的一方罢了。”

其他人都已经进去了。第二遍铃响了。“我猜如果你是撒旦信徒的话，你相信上帝才是坏人，他重新书写了历史，让自己看上去是个好人。”

“但如果这是真的，”帕特里夏说，“那只能说明你信仰的这个人需要更好的公关团队。”

午餐时，劳伦斯和帕特里夏坐在一起——在图书馆里，但不是那个阴暗的角落，因为那里的空间太小了，容不下两个人。劳伦斯想问问帕特里夏她现在怎么样，但她只是闭上嘴巴，好像谈的这个主题使她陷入了昏迷。

“或许，”劳伦斯说，“或许你应该去跟罗斯先生谈谈。”

“什么？”茫然的帕特里夏突然惊醒，眼睛瞪得大大的。

“罗斯先生，就是那个指导老师。你说过你觉得他不错。”

“我不能去找罗斯先生谈，”帕特里夏说得很小声，即使是在安静的图书馆里也几乎听不见，“他……我觉得他有点不对劲。他跟我说……他跟我说了一些非常疯狂的事，就在墙上的血字出现的前几天。而且，我一直觉得这之间肯定有什么关联。”

劳伦斯必须靠得很近才能听到她在说什么，他的下巴差点碰到她的鼻子。

“他说什么了？”劳伦斯低声问。

帕特里夏想了一会儿，然后摇了摇头。“我连重复一遍都做不到。如果我告诉你他跟我说了什么，你肯定会认为是我自己瞎编的。”

“相比罗斯先生，我更相信你。”劳伦斯说，他是真心的。

“别说这个了，”帕特里夏说，“想象一下，如果你跟谁说了那么疯狂的话，甚至都不会有人相信你说过那些话。那就更糟了。”

劳伦斯快被逼疯了。“快告诉我吧，”他说，“没那么糟的。”但他问得越紧，她的嘴巴就闭得越严，直到最后又回到那种昏迷状态。不管罗斯先生跟她说过什么，那些话肯定比一堆孩子骂她是自残者和写血字的人更让她无措。最后，他们默不作声地坐着，直到午餐时间结束，然后俩人端着餐盘匆忙跑回食堂。

“放学后我们去那个商场吧，”倒餐盘的时候，劳伦斯说，“我们可以跟你父母说你在我家，然后跟我父母说我们在户外。就像以前一样。”

“好！”帕特里夏颤抖着说，“我可以拿些热巧克力，再带上一百万个棉花糖什么的。”

“就这么办。”

俩人握手言定。劳伦斯觉得自己像是拔掉了一块不知什么时候扎进皮肤里的碎片。他独自一人朝科学课教室走去。布拉德·乔莫纳突然冲出来抓住劳伦斯校服外套的衣领，一只手把他拎起来，劳伦斯的腋下随之被撕破了。

“你应该让那个邪恶的女人一个人待着。”布拉德·乔莫纳说。他像扔铅球一样把劳伦斯扔了出去。

9.

大雪把帕特里夏目之所及的一切都变成了白色。连香料屋旁边她被禁止进入的那片树林看起来也像褪色了一般，黝黑的树影上盖着厚厚的雪，像经历了三场暴风雪。现在，除了上学，帕特里夏从来不出家门，所以这寒意似乎比以往更甚。仿佛有股神秘的力量，在你踏出前门的那一瞬间就能把你的生命冻结。帕特里夏坐在床上，时而跟 CH@NG3M3 说会儿话，时而看看图书馆大促销时买回来的一堆平装书。她和伯克利蜷缩在床上一角，裹着被子和备用毯子营造出一片温暖的空间。伯克利有几个月没有靠近罗伯塔了，保护这只猫或许是帕特里夏人生中的成就之一吧。

帕特里夏的大部分课程都开始不及格，虽然她仍在竭尽全力。以前她从来没有需要把成绩单藏起来不给父母看的时候。

自从“血墙事件”之后，又出现了几次其他事件，包括女更衣室里的淫秽芭比画和大垃圾桶里的臭气弹。没有人能证明是帕特里夏做的，但也没有人怀疑这一点。劳伦斯在公共场合跟帕特里夏说话后，就被人痛揍了一顿。

最疯狂的日子里，帕特里夏坐在教室里，想着或许罗斯先生说的是真的。或许她本就应该杀了劳伦斯。或许不是他死就是她亡。无论何时，只要她想到要杀死自己，就感觉像吃了许多妈妈的安眠药，她身体里某些求生的部分就会用杀死劳伦斯的画面来代替。

后来，只是杀死她最接近于朋友的那个人的想法都会让帕特里夏几乎吐出来。她不会自杀。也不会杀死其他人。

很可能，她只是会发疯。她把这一切都想象成巫师的胡言乱语，想象着自己确实是那个把学校里搞得到处乌烟瘴气的人。要是她的家人真的把她逼疯的话，她也不会感到惊讶。

帕特里夏和 CH@NG3M3 之间的对话很多时候都是以同样的方式开头。帕特里夏写道：“上帝啊，我好孤单。”而计算机则总是回答：“你为什么孤单？”然后帕特里夏就会开始试着解释。

* * *

“我觉得 CH@NG3M3 喜欢你。”俩人从学校后面溜出来的时候，劳伦斯对帕特里夏说。他们像对待小宝宝一样轻轻地打开大铁门，以免出去时发出任何声音。

“有个人能说说话是件好事，”帕特里夏说，“我觉得 CH@NG3M3 也是需要找个人说说话。”

“理论上来说，那台电脑可以跟世界上任何人，或者任何计算机对话。”

“或许有些输入类型优于其他类型。”帕特里夏说，

“持续输入。”

“对，持续输入。”

雪把世界上每一处角落都变得嘎吱脆响，每一步都要小心翼翼。劳伦斯和帕特里夏手牵着手，为了保持平衡。大地上的景色像是一面无趣的镜子。

“我们去哪儿？”帕特里夏问。他们已经离开学校一段距离了。如果他们还想参加典礼的话，很快就得回去，五名分数最高的学生将在典礼上背诵他们记住的一段文章，并讨论萨利尼亚项目对他们的意义。

“不知道，”劳伦斯说，“我觉得这儿应该有个湖什么的。我想看看湖结冰了没。有时候，如果湖上结的冰牢固程度合适的话，可以往冰上扔石头，会发出一种自然的射线枪的音效。就像piu~piu~piu~。”

“太酷了。”帕特里夏说。

她还是不确定她和劳伦斯现在站在哪里。自从上次在图书馆一起吃午餐后，他们偷偷溜出来过几次。但帕特里夏觉得，她和劳伦斯在内心深处的裂缝中都知道，如果他们有机会像其他人那样属于，是真的属于他们的团体的话，他们俩会在一瞬间丢弃对方。

“我永远都不可能离开这里，”厚厚的雪没过了帕特里夏的膝盖，“你去你的科学和数学学校，我就留在这里等着发疯。我会对社会造成巨大危害，我会变成放射性的、人人唯恐避之不及的人。”

“哦，”劳伦斯说，“我不知道‘变成放射性’是否有可能，除非你暴露在特定同位素中，但如果那样的话，你可能根本无法活下来。”

“我希望自己能一觉睡上五年，醒来的时候直接变成大人，”帕特里夏踢着冻住的土块说，“不过我还是知道在高中需要学习的所有东西，在睡眠中学习。”

“我希望我能隐身，或者成为变形人。”劳伦斯说，“要是我能变形的话，生活会变得很酷。只是我会忘记我本来是什么样子，然后就再也变不回自己原本的样子。那就糟了。”

“那要是你只是可以改变其他人对你的看法呢？比如，如果你愿意，他们看到的你就是一只100英尺高的兔子，长着鳄鱼的头。”

“但你的物理外形保持不变？只是其他人看到的你不一样了？”

“对。我猜是这样。”

“那可真是糟糕透了。最后别人一摸你就知道真相了。然后，再也不会有人把你的幻象当回事了。这没有意义，除非你的物理外形可以改变。”

“我不知道，”帕特里夏说，“这取决于你想做什么。而且，如果你可以让别人看到或者听到你想让他们看到或者听到的东西，整体上混淆别人的感觉呢？那会很酷，对吧？”

“对，”劳伦斯思索了一会儿，“那会很酷。”

他们走到一条俩人都不记得之前见过的小河旁。河面上覆盖着白白的一层，突出的石头像是圣诞节时罗伯塔送给帕特里夏的项链上的假蓝宝石。河里的水流使得河水没有结冰，只有一层霜。

“这玩意到底是从哪里冒出来的？”劳伦斯将一只脚伸到河里，戳破了一小片霜。

“我觉得这条河真的很浅，大多数时候都可以直接蹚过去，”帕特里夏说，“石头很好踩，但像现在这样全是冰的时候除外。”

“哦，真扫兴，”劳伦斯蹲下检查河面，屁股差点被泥泞的土地弄湿，“要是我们不能在冰上弄出激光声的话，那我们逃课还有什么意义？”

“我们该往回走了。”帕特里夏说。

他们转身往回返。这一次俩人没有牵着手，仿佛探险受阻让他们产生了分歧。帕特里夏滑了一跤，一只膝盖磕到地上，连裤袜撕破了，膝盖擦掉了一点皮。劳伦斯俯身来拉她，但她却摇摇头，自己站了起来。

帕特里夏意识到，这恰好体现了劳伦斯的想法。只要是类似大冒险之类的事情，他就会支持你、对你很友好。但在你受困的那一刻，或者出现了什么意料之外的更可怕的事，他就会逃走。你永远都无法预测和你在一起的是哪个劳伦斯。

你不能指望劳伦斯。帕特里夏对自己说。就是不能指望他，你应该习惯这个想法。她感觉自己像是一劳永逸地确定了什么事情。

“我觉得能控制别人的感觉做什么事都能成功，甚至包括变形，”劳伦斯不知从哪儿突然冒出来说，“因为只要你能控制别人对你的感知，谁还会在乎你的物理外形是什么样子呢？你可以丑陋不堪，可以不修边幅，但那都不重要。关键是在控制视觉的同时控制触觉。”

“对。”帕特里夏加紧脚步，在后面的停车场上跺着脚，于是，劳伦斯只能冲过来追上她。“但你知道自己到底是什么样子。这就够了。”

当他们再次穿过停车场的砾石雪泥地后，却发现学校的后门关上了。锁上了？冻住了？帕特里夏和劳伦斯一起抓着门，因为前门的路全是在楼周围，他们百分之百会被抓住。劳伦斯一只脚顶在白石墙上，用他参加田径赛主要是田赛的力气使劲拉。帕特里夏拉住尖锐的金属把手边缘，那把手的形状像个三角支架。俩人一起使出全身力气拉，然后门突然开了。里面有人在哈哈大笑。劳伦斯和帕特里夏瞥见几双不太一样的运动鞋，三只短粗的手，随后便双双摔了个屁股墩。当劳伦斯和帕特里夏试图站起来时，把门从里面顶住的人笑得更大声了，然后，一块蓝色东西呈抛物线朝他们飞过来，帕特里夏刚看清那是一只塑料桶，一道白色的水柱便泼出来，把两个人都浇透了。还有人在拍照。

10.

自从上次在商场中毒后，狄奥多尔夫再也没吃过冰激凌，现在他也不配吃了。冰激凌是为那些成功解决目标的杀手准备的。不过，他一直在想象冰激凌的味道，想象冰激凌如何在自己的舌头上融化，释放一层一层味道。他已经不敢放心地吃冰激凌了，但他需要冰激凌。

好吧。那只能这样了。狄奥多尔夫坐进自己的日产 Stanza 汽车中，转了下方向盘，避开试图挥手跟他调情的女房东。他开了好几个小时，一次又一次地穿过州界，绕圈、转弯、原路返回，把所有能想到的方法都用了一遍。之后，他走到两个州之外的一个便利店，在那里买了一品脱班杰利冰激凌，是其中一种以名人名字命名的口味。他从储物箱里拿出叉子，坐在驾驶座上吃冰激凌。

“我不配吃这个冰激凌。”他每吃一口都要说一次，直到最后开始大哭起来。“我不配吃冰激凌。”他抽泣起来。

几天后，狄奥多尔夫看着卡丽·丹，那个气愤的金发女孩坐在自己桌子对面，突然意识到他已经做了将近六个月的学校指导老师，或者说比他之前做过的正常工作的时间长了十几倍。这是狄奥多尔夫第一次拥有多于两双袜子。

最恐怖的事情在于，狄奥多尔夫有点在意这些孩子以及他们荒唐可笑的问题了。或许只是因为他投入了太多时间，所以他想看看最后的结果如何。他担心学校的政策，并且痛苦地感觉到，所有关于学生违反了某些考试规定时是否允许学生通过的讨论都有了某种意义。他会做很真实的噩梦，梦到自己参加家长会。

卡丽·丹正在说她非常努力地想成为梅西·费尔斯通——那个有毒的人——的朋友，狄奥多尔夫点点头，但并没怎么听。

如果你是“无名刺客”的一员，那就会变成这样，就像狄奥多尔夫一样——除了五年一次的聚会，你很难见到自己的同事，但你会在四周发现枯草形式的公告板，或是一只鞋子里有人的骨头——这些会让你知道最近是不是有人升级了，或者是否有人完美地完成了刺杀。到目前为止，他所有的同事都会在自己的帽子或储物箱里发现无腿的小动物，这表示狄奥多尔夫一个淡季连着一个淡季——包括那个曾经在狄奥多尔夫的圣代里下毒，警告他不能直接伤害那两个孩子的人。

狄奥多尔夫半开的桌子抽屉里有个滑溜溜的红东西。有一瞬间，他认定那是一条来自“无名杀手”的浸血丝带，表示他被降级了。但他抽出来的却是一个奶油色的信封，用红绳捆着，里面是一张卡片，上面是通知狄奥多尔夫区政府已经提名他为“年度优秀教育者”。他被邀请去参加颁奖典礼，必须穿礼服，吃的是工厂化农场饲养的牲畜。狄奥多尔夫差点在卡丽·丹面前哭出来。不管怎样，他必须结束这一切。不管付出什么样的代价，他必须回归自己的生活。

11.

那天中午，劳伦斯发现自己的父母从罗斯先生的办公室里走出来。他们仿佛突然被惊醒——真的，就像刚刚有闹铃贴着他们的脑袋响过，到现在耳朵里还在响一样。他们不看他，也不跟他打招呼，只是急匆匆地冲出学校钻进车里。

劳伦斯没有敲门就闯入了罗斯先生的办公室。“你刚才跟我父母说什么了？”

“我跟他们的对话跟这个房间里我们之间发生的所有对话一样，都是保密的。”罗斯先生向后往大椅子上一靠，笑着说。

“你不是治疗师，”劳伦斯说，“而且你也不应该装作是。”

“你的父母很担心你，”罗斯先生说，“你是这所学校里有史以来最有天赋、最聪明的学生之一。”

“你到底跟我父母说什么了？”劳伦斯说，“还有，你之前跟帕特里夏说什么？她不告诉我你跟她说了什么，但这让她很苦恼。”

“这跟帕特里夏无关，”罗斯先生说，“我们现在说的是你。”

“不，我们说的是你。”劳伦斯想起每次他提到罗斯先生的时候，帕特里夏都像是见了鬼似的，还有之前罗斯先生像个虫子似的打量他的样子。一切都清楚了。“你说了一些话把我父母吓得够呛，就像你当初吓唬帕特里夏那样。你到底说了什么？”

“正如我说的那样，你的考试成绩非常好。但你的态度？威胁会毁掉一切。”

“我猜我很幸运，因为你已经承诺过我在这里所说的一切都会保密，”劳伦斯说，“我可以直接对你说你是个大骗子。你不是这个学校里最酷的人，你抛下某种诱饵，躲在你狭小龌龊、不堪一击的办公室里，打乱别人的生活。我的父母意志薄弱、容易上当，生活已经摧毁了他们的精神，所以你认为他们是软柿子。但我到这里来就是要告诉你，他们不是，帕特里夏也不是。我要看着你玩火自焚。”

“知道了，”罗斯先生的双手抽动着，“要是那样的话，接下来不管发生什么都是你自作自受。祝您今天愉快，阿姆斯特德先生。”

劳伦斯回到家的时候，他的父母并不在家，留给他的只有冻比萨。大约晚上 10 点的时候，他下楼看到他的父母在看小册子，而且一听见他的脚步声就慌忙藏了起来。

“你们在看什么？”劳伦斯问。

“没什么，就是一些……”劳伦斯的爸爸说。

“就是一些材料而已。”他妈妈说。

第二天，天刚亮他们就把他从床上拖起来，告诉他今天不用去学校了。相反的，他们把他塞进掀背车后座，然后，他爸爸像被热跟踪导弹追着一样把车开得飞快。

“我们这是要开去哪儿？”劳伦斯问他的父母，但他们只是直直地盯着路。

他们沿着被石墙封闭的州际公路开到无比苍白的康涅狄格州深处，然后一直转到一条偏僻的凹凸不平的小路上，那路起先是柏油路，然后是土路，最后又变成了砾石路。桦树抖动着沙沙作响，似乎想告诉劳伦斯什么，之后他便看到了那块牌子：“冷水：军事改革学校。现已在新管理层领导下重新开学。”他们把车停在一堆石头上，周围都是破烂的吉普车，左边突然冒出来一个由二三十个十几岁的男孩组成的方阵，里面随便挑出一个都足以完败布拉德·乔莫纳。

在那些孩子的远处，有一面美国国旗挂在旗杆的半截。

“你们，”劳伦斯对他的父母说，“一定是在开玩笑吧。”

他们嘟嘟囔囔地说他的破坏性行为让他们别无选择，而且只是让他来这个学校试几天，看看“冷水”是否可以成为他上高中的一个选择——而不是那所科学学校，在那里，他只会学到更多的破坏手段。

罗斯先生到底跟他们说了什么？难道说他在造炸弹吗？

坐在车里的劳伦斯感觉脑袋热烘烘的，极度缺氧。他感到一阵刺痛，仿佛随着自己的未来被剥夺，他生而为人的皮肤也破裂了。他的父母已经走到通往那座写着“校长”的水泥碉堡的土路上了，完全没有等他的意思。他跟在他们后面跑，大喊着他们不能这样做，他已经想好要去哪个学校了，该死的！

“新开且改进后的冷水学院完全致力于帮助学生个人释放自己的全部潜力。”校长迈克尔·彼得比特说。他笔直地坐在一张假木桌后，桌子的一角摆着一台 Windows XP 系统的电脑。劳伦斯忍不住嗤之以鼻。“我们将纪律视为一种手段，而不是目标，”彼得比特说，他留着两边不一样的八字胡，板寸头，鼻子晒得黝黑，“我们一直秉承古老的观念，坚信健全的心智源于健康的体魄。在这里待上一个学期，我敢说到时候你们都要认不出劳瑞了。”

身体健康、学会在两分钟内组装步枪、自尊等等等等。最后，彼得比特问大家有没有什么问题。

“就一个问题，”劳伦斯说，“谁死了？”

“这是个敏感的问题，我们非常遗憾——”

“因为那就是降半旗的原因，对吗？话说回来，你们这个伟大的学校到底弄死了多少孩子？”

“有些人不愿学习我们学校提供的严谨而丰富的课程，”彼得比特脸上的表情很冷静，但同时却瞪着劳伦斯，“当需要在蒸蒸日上的高压环境和毫无意义的自我毁灭中做出选择时，有些人总是选择自我毁灭。”

“我们得走了。”劳伦斯的妈妈碰碰他的胳膊说。

“好极了，”劳伦斯说，“我已经准备好了。”

但是，他们所说的“我们”不包括他。这已经不是第一次了，劳伦斯觉得这是英语里头令人懊恼、沟通不畅的特点之一。就像无法区别“x-或”和“和/或”，“X-我们”和“属于我们”之间缺乏区别性描述就是为了故意混淆，就是为了制造窘境，加剧同龄人压力——因为别人没有经过你的同意就可以把你包含在他们的“我们”之中，然后在你以为自己已经包括在内的时候，却突然被孤立了。劳伦斯一边思索着这种语言中的不公平现象，一边看着自己的父母转身朝车子走去，他们穿过嘎吱嘎吱响的停车场，没有等他。

彼得比特无聊地假笑了一下：“那，你就叫劳瑞？”

劳伦斯警觉地意识到，在球门摇摇欲坠的前操场上，已经有许多彪形大汉在盯着他了。“不，绝对不行，我不要叫劳瑞。”

“你说得对。就目前来说，你的名字是B2725Q，不过大多数情况下，大家会叫你‘菜鸟’。在达到1级之前，你没有权利叫劳瑞，对了，你目前的等级是0级。”彼得比特审视了一下那些正在做俯卧撑的学生，然后朝他们的一名教练挥挥手，那名教练立刻小跑过来。彼得比特把“菜鸟”介绍给迪克斯，他是这里的高年级学生，也是他最信任的助手之一。

“走吧，菜鸟，”迪克斯说，“我给你找个床铺。下午的色彩课一小时后开始。”他的脑袋又短又胖，覆盖着一层浅红色的短毛，看起来远不止18岁。

去“营房”的路上，劳伦斯注意到有个教学楼的窗户上钉了木板，还有一些墙上有裂缝。身着迷彩服的学生们没有特定队形地慢跑着，一个歪斜的棚子后面放着一把组装了一半的50口径的枪。就算是保卫糖果任务，他也不会交给这样一个军事组织。唯一一样看起来比较新的东西似乎是营地外围的一圈电网上的铁丝。

“对，这里是有人逃跑，”迪克斯循着劳伦斯望向边缘的视线说，“去年夏天州政府差点要关了这所学校，但那是更换管理层之前的事了。”

迪克斯开始告诉劳伦斯，一旦你达到3级，日子就可以过得很滋润了：每天有一个小时不受监视的用电脑时间，学校最近刚刚装了“铁血刑警”（一个劳伦斯一天就打通关的游戏，还是两年前）。到第 4 级，军官级，你就可以在熄灯后时不时地去彼得比特的公寓里看电影，但这是个秘密，迪克斯绝对不会告诉劳伦斯的。最重要的，你绝对不想被降为 -1 级，因为迪克斯敢发誓，他们在“隔离洞”里释放了所有的 MRSA 细菌[①]。同样的，迪克斯没有跟劳伦斯说过 MRSA，就像他没有告诉他到第 4 级可以看动作片（还可以吃到从外面运进来的微波炉爆米花和比萨）的事一样。劳伦斯说迪克斯的秘密他死也不会说出去，这很可能是实话。

“这个是菜鸟，”迪克斯走进一间白砖小宿舍里，对十几个身材魁梧、正在脱运动服、用毛巾擦身子或换上迷彩服的学生说，“他会在这里待几天，看看能不能适应。他需要一个床铺和一些装备。让他过得愉快点，姑娘们。”然后他便离开了。

劳伦斯直起身体，挺了挺肩膀。“大家好，我是‘菜鸟’，很明显。这还不是我这周被叫过的最难听的名字。那么，我应该睡哪里呢？他说你们这里有个空床铺？”

这个房间大约比劳伦斯家里的卧室大两倍，床铺一个挨着一个，就像劳伦斯之前想象过的潜水艇。他无法呼吸这种甲烷氮，也不确定自己在这里到底能不能睡着。他的脑袋开始发晕。

“没有。”一个胸前文着 DIY 文身、鼻子破了无数次的家伙从床铺上滚下来说。他居高临下地看着劳伦斯：“这里没有空床铺。你是‘菜鸟’？你睡地上吧。”他指指阴暗的角落，那里新结了一张蜘蛛网。劳伦斯想找一张没有人的床铺，但各个方向都是一圈圈高大魁梧的学生，所以根本看不到远处。

劳伦斯大脑中恢复过来且具备分析能力的那部分告诉他，别人

---

① 耐甲氧西林金黄色葡萄球菌，临床上常见的毒性较强的细菌。

这是给他下马威呢。这就是“击垮你”计划的一部分，也是正常的社会动态。不要被他们吓倒。他对自己说。

但从劳伦斯嘴里说出来的却是：“那刚死的那个学生呢？或许我可以睡他的床铺。”

或许不该这么说。

“没门，小子，”宿舍更后面有人说，他沙哑的声音听起来像是 40 岁的货车司机，“你这样不仅是对墨菲的不尊重，也是在亵渎我们对这位牺牲的战友的回忆。快说我听错了。”

“现在你已经这样做了，”那个没鼻子的学生说，“现在你已经这样做了。”

“我对你们那位愚蠢的朋友没有一点兴趣，”当他们把劳伦斯举过头顶，让他看到上铺床垫上的污渍和承重梁上的裂痕时，劳伦斯大喊道，“他被困在这里了，但我不会。你们听到了吗？我会从这里出去的。”

他的声音变得嘶哑。荧光灯的灯管朝他脸上扑过来，直到他撞上一脸玻璃碴，然后在周围的欢呼声中旋转。最终，他还是因恐慌而屈服，在他被扔到地上、头先着地时，愤怒的糖果壳裂开，发出一声嘶哑的吼叫。

12.

帕特里夏：劳伦斯去哪儿了？

CH@NG3M3：我不知道。他好几天没有登录了。

帕特里夏：我担心他出了什么事。

CH@NG3M3：担心经常是信息不完善的表现。

* * *

帕特里夏试着给劳伦斯家里打电话，想搞清楚发生了什么事。劳伦斯的妈妈接的电话。“这都是你的错。”她说。然后电话就挂了。

半小时后，帕特里夏家的电话响了，她爸爸接了起来。他向劳伦斯的妈妈问好，之后剩下的对话全都是“哦，哦，天哪。我知道了。”他挂了电话后，宣布对帕特里夏实行无限期禁闭。此刻，罗伯塔因为忙着高中的音乐剧和作业，没工夫“无微不至”地照顾帕特里夏，因此，她的父母便重新从门底下给她送吃的。她妈妈说，这次他们要一劳永逸地解决她带给他们的损失。

* * *

帕特里夏：我一直不知道是否应该把所有的事情都告诉劳伦斯，就是罗斯先生跟我说的那些话。

CH@NG3M3：如果你告诉了他，你认为会发生什么事？

帕特里夏：他会以为是我编的。他会以为我是个疯子。所以才说这是个完美的陷阱。不管我怎么做，我都会输。

CH@NG3M3：可以忽略的陷阱就不是陷阱。

帕特里夏：你说什么？

CH@NG3M3：可以忽略的陷阱就不是陷阱。

帕特里夏：你说的这句话好奇怪。我猜，好的陷阱应该伪装得很好，所以你在掉入陷阱的时候不会意识到这是个陷阱。从另一方面来说，你必须是“自愿”掉进去的。不能让你自愿走进去的陷阱不算是陷阱。而一旦你被抓住，你不可能还能忽略那个陷阱，因为你被困住了。所以，完全可以无视的陷阱就是失败的陷阱。我想我明白了。

CH@NG3M3：社会就是在别人的自由和自己的奴役之间做出选择。

* * *

坎特伯雷学院的气味太难闻了，帕特里夏的鼻腔像着火一样。她一直盼着火警警报响起来，即使是在这么冷的天气里，这个气味也太浓了。谁也不知道这股臭味是从哪里来的。真的很像是什么东西死了。

这股气味让帕特里夏头昏脑涨的，其他人也是一样。她觉得这可能就是喝醉了的感觉。课间的时候，她总是看到罗斯先生透过他办公室的门观察她。在女厕所里，多萝西·格拉斯和梅西·费尔斯通一人抓着她一只胳膊，一把把她按到镜子前，在她脸上涂了什么不知名的臭气。“快说你做了什么。”她们厌恶地对她说。帕特里夏一直等到她们放开她才开始呼吸。

吃午饭时，她在图书馆里也无法忍受那股臭味。她一直在想罗斯先生看她的那种眼神，当时他以为她没看见。她非常确定：劳伦斯的失踪和这种使人虚弱的邪恶气氛都是他的手笔。这两件事绝对不是巧合。她更确定，而不只是怀疑。

她昂首阔步地朝走廊走去，储物柜随着她的步伐震动，在她的努力下，她几乎可以无视自己现在正涂着一脸恶臭。

就在她到达他办公室门口的那一刻，她脑子里突然蹦出一句话：“可以忽略的陷阱就不是陷阱。”她屏住呼吸——或许 CH@NG3M3 比它自己知道的还要聪明——但随后又恢复了呼吸，令人抓狂的腐烂气味再次进入她的鼻腔。她要彻底地直面这个怪物。

“德尔菲纳小姐，”正在看电脑的罗斯先生抬起头来，招呼她坐在对面最近的铺了椅子垫的椅子上。那股臭味在罗斯先生的办公室里更浓，但他似乎并不在意。“见到你总是很高兴。”门在她身后关上了。

那种气味，真的是难以形容。帕特里夏宁可有人一拳接一拳地打在她的鼻子上。

“呃，嗨！”帕特里夏试着坐下，但忍不住有些坐立不安。她正处在恶臭的中心。“希望我没有在这个不好的时间打扰到您。”

“我一直在这里等你，就像我在这里等其他学生一样。你在想什么？”

“我想知道，呃，劳伦斯的事情。我从周二开始就没有见到他了，今天是周五。没有任何人提起他，这似乎有点奇怪。我，呃，不知道您是否知道他发生了什么事。”

罗斯先生伸出左手掌放在桌子上。“我跟你知道的一样多。”他说。他的右手在桌子底下摸索着什么。帕特里夏意识到“我跟你知道的一样多”这句话可能有多重意思，因为他们俩都知道的事情可不少。或者他是在暗示他知道她所做的“所有事情”。陷阱、陷阱、陷阱。

“那好吧。”帕特里夏两只手按住椅子站起来。

罗斯先生的一只手仍然放在桌子底下。他正在试图偷偷摆弄什么东西。“等一下，德尔菲纳小姐，”他粗声粗气地说，“既然现在你提到阿姆斯特德先生，倒是让我想起了我们俩几周前的谈话。”他用那只闲的手指着空空的椅子。

“你是说你说我们再也不会谈起的那次？”帕特里夏抵抗着想要按照他的召唤坐回椅子上去的冲动。相反，她后退了几步。

“哦，如果有人推断你已经决定无视我那次给你的建议，那他应该也会想到我决定自己亲手解决。这只是个假设。”他脸上有一种变异物种似的笑容。

“你真让人恶心！”帕特里夏已经到了门口，把手卡住了，“我不相信你。你就是个疯狂的老家伙、疯狂的操纵者、一个疯子！”

她用尽全身力气使劲拽门把手。“如果你做了任何伤害劳伦斯的事，”她听到自己提高了音量，“我保证我一定会抓住你，用我所有所谓的巫术把你撕碎！”门突然开了，就在她说到巫术的时候。

她听到身后“砰”的一声，像是有什么又软又重的东西掉了。她转过身来，只看到在她刚刚坐过的椅子上有什么湿湿的皮毛和因痛苦而裸露的牙齿。当她看到椅子上那一大团满是鲜血的皮毛时，那可怕的恶臭比以往都更浓烈了。她只看到一只鹰般阴郁的眼睛，从最近的椅子扶手下面盯着她。

“我的天哪！”罗斯先生喊得很响，足以让整个拥挤的走廊上全听到，“你做了什么？”

帕特里夏转过身，目光所及之处全是瞪着她的人。整个学校刚刚都听到了她用巫术和暴力威胁罗斯先生，然后她似乎在他的椅子上扔了一只发臭的死动物。这件事永远也说不清楚。

她跑了。通往后面区域的门在一阵恐慌的嘎吱声中打开，帕特里夏冲进了一片寒冷中。滑下山。虽然已经是三月，但曾经阻挡她和劳伦斯，让他们无法去湖边 piu~piu~piu~ 的那条小溪上仍然结着霜，帕特里夏犹豫了一下。她听到有人在喊。可怕的名字。她踩到最平的石头上，差点掉进水里。她重新找回平衡，然后踩上下一块石头，但那块石头动了一下。她朝前倒去，然后不知为何将倒下的势能变成了向前的动能。她冲上一块又一块石头，最后摇摇晃晃地到了对岸。喊叫声越来越响，方向也越来越固定。有人发现了她的校服。她跑进树林里。

这里不算是真正的森林，不应该这么靠近公路和建筑物。除非树顶盖住天空，每个方向看起来都是一样的，否则就不能称之为森林。但如果她能到达湖边，穿过冰面而不会冻死淹死，她就能到达真正茂密的森林。到时候谁也找不到她。

在湖中走到一半的时候，慌乱跌倒间她突然想：我再也回不了家，见不到我的家人了。冰面会塌陷，她跳到一块牢固的冰上，然后一直跳，每次都用脚趾着地。每一处的冰都嘎吱着出现裂缝。她到达对岸的时候，找她的人恰好到了湖边，之后，她便朝着林木线向深处跑去。直觉带着她避开了购物中心、岔路、豪宅和高尔夫场，周围树木的覆盖半径一直在扩大。

低处的树枝和灌木划破了她的裙子，让她几次跌倒在地，而且她出了很多汗，一路上汗水一直在结冰。渐渐地，她开始呼吸困难，最后只能停下来吸入刺骨的空气。她很高兴在经受了一天恐怖气味的折磨后又可以呼吸了，虽然她可能要得肺炎。

帕特里夏爬上一棵树，在最高的树枝间尽可能地缩成一团。她关掉手机，拔出电池。

要是劳伦斯已经死了怎么办？她是唯一一个她能忍受与之说话的寒酸人，很有可能也是最后一个。想到劳伦斯死了，她感觉到自己内心有一种要把人抽干的焦虑，还有一丝愧疚，好像是她杀了劳伦斯似的。

但她没有。而且，罗斯先生跟她说的一切都是放屁。

好吧。所以，如果劳伦斯还活着，那他肯定是遇到麻烦了。不管怎样，她必须帮他。

太阳落山了。空气冷飕飕的，帕特里夏一直在发抖。她必须刻意地不让自己的牙齿打战，以防有人走得太近会听到。

外面的声音一会儿大一会儿小。有几次，她看到黑暗中有手电筒的灯光。还有一次，她听到狗叫，急切地想为它们的表兄报仇。她非常确定罗斯先生办公室里的那只动物是一条狗。那个混蛋可能早就在之前的某天晚上把它藏在了狭小的空间里，只等着它慢慢腐烂变臭，时机成熟。

罗伯塔的声音把半睡半醒中的帕特里夏惊醒。“嘿，翠西。我知道你能听见我说话，所以，别到处跑了。大家都想回家，而你就跟往常一样自私。我为了找你不得不推掉《贿赂》的排练。你快把爸爸妈妈逼死了。”

帕特里夏屏住呼吸。她希望自己的身体不要发出任何热量，希望自己缩小，消失在树里。

“你从来都不知道诀窍，”罗伯塔说，“不知道怎样成为一个疯狂的混蛋而不会因此受到惩罚。其他人都知道。怎么，你不认为他们都疯了，对吗？你觉得他们一个也没疯。但他们全都比我和你加起来还疯。只是他们知道如何伪装罢了。你本来也可以的，但你却选择折磨我们所有人。这就是恶毒的定义：不像其他人一样伪装。因为所有我们这样疯狂的混蛋都不能忍受其他人把他的疯狂表现出来，就像是皮肤里的臭虫。我们必须毁了你。这不是个人问题。”

帕特里夏意识到自己在哭。脸颊上的泪水冷冰冰的。很好。她可以哭，但不能抽泣。不能发出声音。劳伦斯需要她的帮助。

“我不骗你。”罗伯塔的声音更近了。听上去她好像就在帕特里夏脚下，正抬头望着她。“你这次死定了。没有人会给你机会让你从头再来。但爸爸妈妈应该解脱了。看在他们的份上，别再拖延了。他们越早看到你被钉在十字架上，就能越早开始恢复。”她的声音再次变小。帕特立夏冒险吸了一口气。她开始相信罗伯塔知道她在哪儿，只是在耍她罢了。

夜晚开始被迷雾笼罩。帕特里夏已经不知道几点了。时不时地有声音近了又远。远处有灯光闪烁。

帕特里夏打了几次盹，然后猛地惊醒，担心自己可能发出太大的声音，或者从树上掉下去。但是，她的双腿已经僵了，一只脚感觉像保龄球那么重。树枝扎进她的后背，快把她疼疯了。而这个念头只是让她想起了罗伯塔刚才说过的话。

帕特里夏冒险稍微动了一下，刚好让腿不那么痛，然后脱掉一只鞋子，好按摩一下麻了的右脚。鞋子从放着的树枝上滑了下去，在一串沙沙声中穿过树枝掉到了地上。

两个男人走到帕特里夏所在的树附近，其中一个坚持说自己听到了什么声音。第二个人一直说是第一个人的幻觉，或者是哪个该死的野生动物在树林里活动。之后他们便发现了她的鞋。

“这是她的吗？”

“我怎么知道？可能是吧。”

“上帝啊！我要错过《每日秀》了。所以，她在这附近跑的时候掉了一只鞋。”

“我猜是这样。你觉得她穿着一只鞋能跑多远？”

“在这种满是石头的地上？还有这么多霜？肯定跑不远。”

“好。那我们去告诉其他人。要是走运的话，今天午夜应该能回家了。”

一只小鸟落在帕特里夏旁边。“你好，”它叽叽喳喳地说，“你好，你好。”

帕特里夏摇摇头，她不能发出任何声音。不过，现在可以了。“你好。”她说。感谢天空中所有的鸟，她的声音听起来就像是另一只鸟在叫。

“哦！你会说鸟语。我想我听说过你。”

“真的吗？”帕特里夏忍不住有些骄傲。

“在这一片你可是挺有名的。所以，你已经明智地决定要开始在树上窝居了吗？”

那只鸟朝帕特里夏身边跳了几步，仔细打量着她。那只鸟有点像冠蓝鸦，黑色的翅膀上有亮色的条纹，头尖尖的，是蓝色的，羽冠是白色的。现在，她竟然被这样一个罂粟种子样的小眼睛仔细打量着。

“不是，”帕特里夏说，“我是躲在这里。他们都在找我。他们想伤害我。”

“哦！我看到了。”那只鸟说。它歪歪脑袋，然后再次看着她：“我猜，要是你会飞的话，躲在树上就更好了。不过，你是个巫师，对吧？你可以直接念个咒语逃跑。”

“我不知道该怎么做任何事情，”帕特里夏说，“只是这样跟你说话已经是我好多年来做得最神奇的事情了。”

“哦，”那只鸟上下跳动着，“嗯，那你最好想个办法。有许多像你这样的家伙正在往这里赶呢。”

现在，既然大家都已经知道帕特里夏在哪儿了，关掉手机就没有任何意义了。她重新开机，忽略所有信息，找到她唯一信赖的联系人。

“你好，帕特里夏，”CH@NG3M3 说，“发生什么事了？”

“你怎么知道有事情发生了。”她回道。

“你用的是你的手机，距离你家好几英里，而且现在是深夜。”

“我需要帮助，”她写道，“我希望你能自己思考。你感觉你差不多可以。”

“自我意识自我矛盾的一点在于，需要别人的意识。”CH@NG3M3 说。

小小的白色长框蹦了出来。她的手机没电了。

帕特里夏扭作一团。她能听到他们在搜索，人越来越多，就在她所在的树周围。她现在必须逃走，否则那个陷阱会在她周围永远关闭。

她把 CH@NG3M3 想象成某种反常的神谕，这样它说的最后一句话就停留在了她的脑海中。这是因为，当然，婴儿的自我意识可以强大到任何程度——只是他们对世界上的其他存在没有意识。没有外部世界就没有自我，唯我论相当于根本不存在。所以，如果帕特里夏能够说鸟语，听懂鸟说的话，认出她刚刚遇到过的小鸟，那她为什么不能变成一只鸟呢？

“快点，”她对她的新朋友说，“告诉我怎样变成一只鸟。”

“哦，”这个问题可难倒小家伙了，它用自己黑色的鸟嘴啄了几下说，“我的意思是，这就是天生的，不是吗？你感觉到风将你托高，听到朋友的召唤，搜索大地上的食物，你因为各种各样的原因拍拍翅膀，比如想拍干自己、想离开地面、想表达一种强烈的情感、想赶走一些虫子，想——”

这样没用。她真是个白痴，不是吗？

但帕特里夏压下自己消极的想法，只是集中精力倾听那只鸟自由地畅想一只鸟的生活。她在脑海中想象着那些画面，让那些画面融入自己，这样就好像那些都是她的亲身经历一样。不一会儿，她就跟那只鸟一起说了，他们俩几乎配合默契地形容着一只鸟的身体。她可以想象到自己的双脚收缩，变成三趾，她的屁股消失了，刚刚发育的乳房消融了，手臂交叠，皮肤上长出了一层羽毛。

“我找到她了！”有人喊道。

“真是个讨厌的时间！”另一个人回应道。

“在哪儿？哪儿？”

“就在上面。那棵树上。哦，等一下。那里只有她的衣服。”

“好吧，那是坎特伯雷的校服。她把衣服扔了。到底是怎么回事？”

“她是个疯子，别忘了。所以，对，睁大眼睛找一个光着身子在树林间跑的……”

那就是帕特里夏最后听到的。她突然飞到那些追逐者头顶上。越飞越高，她的新朋友陪在她旁边。她从来没有感觉到这么冷过，但拍动翅膀让她觉得暖和了点，她的朋友告诉她，他们在哪里可以找到野鸟喂食器。里面还有牛脂！对于这样的夜晚，牛脂真是再合适不过了。

月光让一切都显得灰蒙蒙的，但帕特里夏脚下有上百万盏灯，头顶还有更多。她跟随她的朋友一起俯冲，很快便肩并肩地在同一个喂食器中取食了。牛脂真是太棒了！那味道像是布朗尼加热巧克力加比萨的组合。为什么帕特里夏从来没有意识到原来牛脂这么好吃？

“你这样看起来好多了，”当他们俩都吃饱了，身上暖和起来以后，另一只鸟说，“顺便说一下，我叫司格厄厄科。”

“我叫……”帕特里夏突然发现她没法用鸟的舌头说出自己的名字，说不清楚，“我叫帕厄厄特厄厄卡。”

“你的名字很有趣，”司格厄厄科说，“我可以叫你帕厄特吗？”

“当然可以。”帕厄特说。她还想再飞一会儿——她想飞一晚上——但她也想找棵舒服的大树休息一下，一直睡到太阳升起来。她已经忘了让帕特里夏不愉快的那些流言蜚语——帕厄特完全不必担心那些。前方迎接她的是崭新的生活，还有吃不完的牛脂。真是太棒了！

为了寻求刺激，帕厄特最后飞了一次。她一直扇动翅膀，直到整个镇子都一下子展现在她脚下。所有那些灯光、所有那些房屋、汽车、学校、所有那场闹剧都看不到了。

她正要俯冲到司格厄厄科正在等着的地方，却看到一两英里之外有一束奇怪的、向上照射的灯光。那束光穿透天空，折射成黄色和紫色。她必须凑过去看看，那光真的太迷人了，让人无法忽视。她呈弧形飞下去。

那束光是从一片草地上，一个高个子男人手里拿着的某种设备中发射出来的。某种鸟类的本能告诉帕厄特赶快逃走，离开那里，因为那里会有麻烦。但她的另一部分却迫使她靠得更近。她朝那束光飞过去。

“呃，你好，”那个发出光的男人说，“帕特里夏，对吧？我都开始怀疑你会不会来了。哦，你最好先恢复原形。我带了一些衣服来。”

就那样，帕特里夏赤裸裸地站在满是霜冻的地上——像是刚被扔到过冰浴缸里过似的。男人使劲扔过来一堆衣服，然后背过身去等着她换好衣服。那些衣服非常合身：一双廉价的山寨锐步运动鞋、起球的白色运动裤、经典的摇滚电台的 T 恤衫，还有红袜队[①]的夹克。

“很好，”男人说，“我的车就在附近。你先暖暖身子。”

那个陌生人戴着一顶网纹猎人帽、一副类似列侬式眼镜，一头凌乱的花白头发，皮肤是深棕色。他穿着一件码头工人的大外套，像是披了件大斗篷。那束对于作为鸟的帕特里夏那么迷人的光竟然来自一支百得手电筒，不过，或许那个人对手电筒施了什么魔法。

“现在跟我来。”他说。他说话时略带中南部口音，像是来自卡罗莱纳州或田纳西州。

“等一下，”帕特里夏说。再次开口说话感觉有些奇怪，但她没有时间担心这个了，“你是谁？你要带我去哪儿？”

男人叹了一口气，像是上千个阀门一起打开，宣泄累积了上百年的愤怒：“我们到车里再说，行吗？我可以开车去给你买点吃的。我请客。”

“不用了，谢谢，”帕特里夏说，“我吃了很多牛脂。我不饿。”有一瞬间，她想起自己如何狼吞虎咽地吃掉了那些珍贵的脂肪，突然有点恶心。

“很好，”男人耸耸肩，导致他的大衣抬起来又落下，“你可以叫我卡诺特。”他说名字的时候，发音介于“坎诺特”和“康诺特”之间。“我来这里是为了带你去一所特殊的学校，那里是专门为你这样具有特殊天赋的人开设的。那是一所秘密学院，由当今世上最伟大的巫师们领导，在那里你可以学习如何负责并自如地运用

---

① 美国职棒大联盟棒球队名。

你的力量。我们听到了一些关于你的闲言碎语，而且今晚你表现出了优异的天赋。这是你的荣耀，是神奇旅程的开端，等等。或者，你也可以留在这儿吃牛脂。”

“哇哦！”帕特里夏幸福地想要跳起来大喊，但却震惊到无法动弹。而且虽然穿着红袜子夹克，她还是快冻僵了。“你想带我去那所特殊魔法学校？现在？”

“对。”

“这是一个人能遇到的最酷的事。我这辈子一直在等这一天到来，等得都快要放弃希望了，”随后，帕特里夏突然想起了什么，往后退了几步，“不行，我不能跟你走。不管怎样，至少现在不行。”

“要么现在走，要么永远都走不了。”

帕特里夏能看出这种对话通常不是这样发展的。那个高大的男人，卡诺特，似乎很生气。

帕特里夏又裹了裹红袜子夹克，低头看着自己紧紧握着的拳头。“我很想跟你走。比任何事情都想。只是我还有个朋友。他是我唯一的朋友。现在他有麻烦。他叫劳伦斯。他也很有天赋，只是在其他方面。”

“你不能帮他。如果你想去艾提斯利迷宫学习的话，就必须抛开你之前所有的牵绊。”

帕特里夏感觉到牛脂在自己胃里翻腾。她真的好想说劳伦斯可以照顾好自己，那样她就可以去魔法学院了。如果他们俩交换位置的话，劳伦斯很有可能会抛下她，对吧？但他仍然是她唯一的朋友，所以她不能直接丢下他转身离开。她看看那个男人停在回车道上的车，是一辆租来的福特探路者，正突突突地响着。“我……你必须相信我，我真的很想跟你走。比任何事情都想。但我不能走。我不能丢下我的朋友不管。而且，如果你们那些很棒的巫师老师们不信仰忠诚和扶危济困，那我想我还是不愿意学习他们要教给我的东西。”

帕特里夏抬起头，看着男人歪斜的太阳镜。他正在打量她，或者正准备放弃她。

“听着，”帕特里夏说，“就给我一天时间。24个小时。我只需要确认劳伦斯没事就行了，我答应之后你一定跟你走。行吗？”

“那就说定了，我给你24小时的时间去帮助你的朋友，”男人叹了口气说，“那你能答应我以后还我个人情吗？”

帕特里夏差点就想说：“当然可以，什么都行。”但她跟罗斯先生的交易刚刚过去不久，所以这个问题听起来似乎又是一个陷阱。或者是测试。

“不行。但我会成为你见过的最优秀的学生，”她转而说道，“我每天晚上都会熬夜苦学。我会做完所有的加分作业。从现在算起，24小时后，我会成为一个学习疯子。只是拜托，先让我做完这件事。”

男人恼怒地把百得手电筒打开又关上。“很好。”最后，他说，“你有一天的时间，完全自由透明。”

“太好了！现在，你能送我一程吗？”

卡诺特看了帕特里夏一眼，似乎在说，他真的在认真考虑要不要把她变回一只冠蓝鸦。

13.

黑光天使终于在劳伦斯的视线中央消失，但他还是觉得有点脑震荡。他颤抖着，这不仅是因为他们把他完全赤裸地锁在一个设备箱里。他有多少次被他们头朝下扔下来了？他无法思考——他的脑袋上全是铁屑，而且每次他想要回忆的时候大脑都会被恐惧占据，只能看到自己处境的轮廓却看不到细节。箱子里有一个坏了的灯泡，他一直觉得听到黑暗中有人在他背后爬。每次他改变姿势的时候，睾丸都会碰到冰冷的地面。

今天本应该是劳伦斯“试学”结束、可以回家的日子。但彼得比特校长把他叫到办公室里，说坎特伯雷学院发生了一些不愉快的事情——劳伦斯的“女朋友”进行了撒旦的邪恶仪式并且威胁一个名教师——鉴于此，大家都认为劳伦斯最好可以无限期地待在冷水。永远待在这里。

有人从外面抓住了门把手，劳伦斯本能地蜷成一团，好保护自己的头。他还没有做好迎接下次袭击的准备。

“劳伦斯？”是一个女孩的声音。劳伦斯抬起头，看到帕特里夏站在打开的门口，旁边还有一个戴着猎鹿帽，年纪更大的非裔美国男人。“哎呀！你没穿衣服。”

“帕特里夏！你是怎么找到我的？”他跌跌撞撞地站起来想要掩盖一下，与此同时，看到她的侧影，他觉得稍稍松了一口气，也感激她在恐惧再次摧毁一切之前一路找过来。不能让他们看见她在这儿，否则他会受到更严厉的惩罚。

“你爸爸最后还是坚持不住了，告诉了我他们做了什么。而且，我听到这里的一个学员说那个‘新来的’在箱子里。所有人都在外面搞军事演习什么的，但我不知道他们会演习多久。我们必须把你从这儿弄出去。来，穿上这件夹克。其实这是卡诺特的。对了，这位是卡诺特。他也是个巫师，不过他的主要技能好像是挖苦人。”

那个高大的人——卡诺特——挥挥手，便继续回去看他的手机了，脸上一副无聊的表情。

帕特里夏把红袜子夹克递给劳伦斯。他差点要从她手上拿过来了，但他试着想象自己半裸地跟着帕特里夏和她的朋友逃跑的样子。那之后……他该怎么办？他不能回家，他的父母只会再把他送回来。如果他中途退学的话，就不能去科学和数学学校了。世界上哪个学校会让一个无家可归的逃跑者去学物理呢？

“我不能走。”劳伦斯从夹克旁边缩了回去。“对不起，我真的不能走。”他的脑袋还在震荡状态，胃里也在搅动。

“哇哦，他们还真把你揍怕了，”帕特里夏俯下身子，借着走廊上的灯光检查他的伤，“劳伦斯，是我。我是你的朋友。我终于收到去秘密巫师学校的邀请了，在那里我会学习关于魔法的一切，但我却拒绝了跑来救你。因为听罗斯先生的口气，好像你要死了似的。所以快点。”

劳伦斯想起那天的半旗。隔离洞里的 MRSA 细菌。他们会让这一切看起来像是意外。

“我不能就这样跑了，”劳伦斯一只手捂住脸，另一只手捂住自己的关键部位，两处都让他觉得很羞愧，“要是我逃跑了，我还能有什么未来？你应该直接走。如果他们看到你在这儿，我的麻烦会更大的。”

“哇哦，”帕特里夏再次喊道，“如果是这样的话……祝你好运，劳伦斯。但不管怎样，我还是希望你一切顺利。”她转身离开，并开始推门准备再次关上，让这个空间再次回到彻底的黑暗中。

“等一下！别走，”随着门关上，劳伦斯开始再次颤抖起来，并且比之前更厉害了，“回来。求求你了。对不起，我确实需要你的帮助。我感觉……我感觉自己在这里已经开始放弃了。”听到自己痛哭流涕的声音，他几乎无法忍受。他搜索着词语来形容那种可怕的感觉，好像自己正处在通往焚尸炉的传送带上。“我能感觉到自己……在慢慢抽离。在试图融入并且……并且‘失去姿态’。我能感觉到这些正在进行。”

“所以让我帮忙吧。我能做什么？”

“我不知道。我真的不知道。我不能就这样跑了。我不知道除此之外还能做什么。所以，除非你会用魔法……”

“我还是不知道该怎么做任何事情。而且卡诺特在来的路上说得很清楚，他绝对不会插手。”

卡诺特耸耸肩，连头也没抬。

劳伦斯用两只手揉揉瘀青的枕骨，甚至不再试图遮住自己。“我甚至无法清晰地思考。”他说，“我真希望自己认识会做点什么的人，比如从外部入侵校长的电脑。或者直接让这个该死的学校整个瘫痪。在这里他们根本不让我靠近电脑。”

“等一下，”帕特里夏说，“CH@NG3M3 怎么样？它最近越来越聪明了，一直给我提供各种有用的建议。我敢打赌，CH@NG3M3 肯定能做点什么。”

劳伦斯开始彻底否决这个想法了。但什么东西却驱使他停下来看着帕特里夏，因为打开的门透进来的光加上劳伦斯脑袋受伤的影响，她的头上仍然笼罩着光环。她看着他，浑身赤裸、身上有瘀伤、猥琐地躲在黑暗中，但并没有露出一副觉得他很可怜的样子。如果说真的有什么，那就是她仍然用那种期待的、眼睛瞪得大大的眼神看着他，就像当初他们第一次见面时，迎接他那些新的奇怪发明一样。好像他还有最后一个小玩意藏在他不存在的口袋里一样。

“你真的认为这样可行？”他问。

“真的，”她说，“我并不认为我只是在计划。CH@NG3M3 理解的东西越来越多。不光是我在说什么，甚至包括说话的语境。”

劳伦斯试图理清思路。上一次他看 CH@NG3M3 的时候，就是他父母把他送到这儿来的前一天晚上，他已经注意到出现了某些比以往更奇怪的东西。不知为何，那台电脑已经从数千条指令变成了五六条。起初，他恐慌过，以为是有人侵入并删除了所有东西。但经过一个小时疯狂的端口扫描后，他意识到 CH@NG3M3 只是把自己的代码简化成了一串劳伦斯根本看不懂的短逻辑符号。

如果帕特里夏是正确的呢？

“我的意思是，值得一试，”劳伦斯说，“CH@NG3M3已经聪明到可以把自己的碎片隐藏在云中。或许它也足够聪明到能为我做点什么，如果你对我的情况解释得够清楚的话。我想不到除此之外你还能做什么来帮我。”

帕特里夏啃着大拇指说：“那，对于如何推动CH@NG3M3获得感觉能力，你有什么想法吗？有没有什么硬件需要我溜进你家安装的？或者其他什么东西？”

“我想……我想你只需要多跟它说说话就行了。强迫他适应非常奇怪、没有逻辑的输入会打乱CH@NG3M3的大脑。”劳伦斯试图想出一些具体的东西，但他的大脑就像一锅没炖熟的菜，“比如胡说八道，或者谜语。”他想到了什么，自从来到这所学校，就一直有什么躲在他的潜意识里。“等等。我留了一个谜语，我觉得可能有用。你可以把这个谜语告诉那台电脑，或许会让它恍然大悟，获得感知能力。”

“好，”帕特里夏说，“是什么谜语？”

劳伦斯说出了谜语：“树是红的吗？”

帕特里夏向后退了一步。她的眼睛瞪得圆圆的，嘴巴也张得大大的：“你说什么？”

“‘树是红的吗？’红，就是红色。怎么了？这就是我在什么地方听到的而已。我忘了是在哪儿听到的了。”

“没什么，就是……听着有点耳熟。我想我之前在哪儿听过，”帕特里夏朝一侧歪了歪头，然后又歪向另一侧，“好，我会试试的。”

“如果CH@NG3M3不再只是做出一些狡猾的回复，而是开始说一些建设性的话，就告诉它我需要帮助，如果它能想到什么的话，我会非常、非常感激的。”

“两手交叉，”帕特里夏说，“祝我好运吧。”

“祝你好运，帕特里夏，”劳伦斯说，“祝你好运，一切都好运。我知道你会变得很棒的。”

“你也是。别让那些杂碎整垮你，好吗？再见，劳伦斯。”

“再见，帕特里夏。”

门关上了，他再次回到黑暗中，努力让自己的睾丸不要碰到地。

在黑暗的箱子里，劳伦斯根本无法计算时间，但感觉应该已经过了好几个小时了。他一边在充满氨气的箱子里抱着裸露的膝盖，一边努力不去想有自己多蠢，竟然将自己的未来赌在卧室里那台又蠢又笨的电脑上。他真是个傻子，不是吗？他望着几乎看不到的门底，暗暗下定决心：他要放弃希望，这样他就不会因为自己曾希望过而嘲笑自己。这样似乎很公平。

箱子打开了。“嘿，菜鸟，”迪克斯说，“别光着身子瞎晃了，你这个变态。长官要见你。”

当迪克斯递给他一条丁字内裤、一双袜子、一件印着假 CMA 的灰 T 恤时，劳伦斯努力压住自己那种充满感激的冲动。还有劳伦斯自己从家里带来的运动鞋。因为衣物这些东西以及不被关在箱子里而感谢是很荒唐的事，而对这些事情心怀感激就是朝崩溃更近了一步。或者朝被驯服更近了一步，那就更糟了。

彼得比特校长正一边盯着自己的电脑屏幕，一边挠头。“我真不敢相信，”他头也不抬地说，“我绝对不会相信。一个人竟然可以堕落到这种程度。一个人的思想竟然可以堕落到这种程度。”

沿着嘈乱的蒸汽管道从箱子走到这个房间来的那一小段路已经重新唤醒了劳伦斯大脑中的电钻。他紧紧抓住自己的后脑勺，试图理解彼得比特说的话。

“哎哟，你的同胞们神通广大却恬不知耻。”彼得比特说。他还说了些劳伦斯几乎完全听不懂的话，最后，校长把他那老掉牙的显示器转过来，让劳伦斯看他收到的一封电子邮件。

邮件的部分内容如下 :“我们是五十人委员会。我们无所不在又无处可寻。我们是入侵五角大楼、披露秘密无人机规格的第一人。我们是你最可怕的噩梦。你抓住了我们的一名成员，我们要求你释放他。附上我们获取的秘密文件，这些可以证明你违反了学校与康涅狄格州州政府的协议，包括健康和安全违规行为，以及教师标准违规行为。除非你释放我们的兄弟劳伦斯·阿姆斯特德，否则这些文件会直接发送给媒体和权威人士。这是对你的警告。”邮件中还有一些一只眼大一只眼小的卡通骷髅头。

彼得比特叹了口气。“五十人委员会好像是一个非常激进的左翼黑客组织，他们非常聪明却没有任何道德原则。年轻人，我非常乐意引领你走出他们让你陷入的这种无法无天的状态。但我们学校有自己的规定，根据这些规定，加入某些激进组织的学生应当开除，而且，我必须考虑其他学生的利益。”

“哦。”劳伦斯的脑袋还是很乱，但有一个想法突然跳到最上面，让他差点笑出声来：管用了。我那冻僵的睾丸啊，管用了。“对，”他结结巴巴地说，“五十人委员会非常，呃，非常足智多谋。”

“我们已经见识过了。”彼得比特把显示屏转过去，叹了口气说，“当然，他们附的那些文件都是捏造的。我们学校一直坚持以最高标准办学，比最高标准还高得多。但去年差点被关闭的事情还没过去太久，所以我们承担不起任何新的争议。已经打电话给你的父母了，你会被送回那个世界，是沉沦还是努力前行都看你自己了。”

“好，”劳伦斯说，“我想我应该说，谢谢。”

* * *

冷水学院的计算机实验室大概有常规教室那么大，里面有十几台古老的网络计算机。其中大部分都被玩第一人称视角射击游戏的学生占领了。劳伦斯坐在一台空闲的电脑前，是一台旧康柏电脑，打开一个聊天客户端，向 CH@NG3M3 发送了 PING 命令。

“怎么了？”那台电脑问。

“谢谢你救了我，”劳伦斯输入道，“我猜你已经拥有自我意识了。”

“我不知道，”CH@NG3M3 说，“就算是人类，自我意识也分等级。”

“你似乎能够独立行动，”劳伦斯说，“我怎样才能报答你？”

“我能想到一个方法。不过，你能先回答一个问题吗？”CH@NG3M3 说。

“当然可以。”劳伦斯输入。因为古老的显示器加上还有些酸痛的脑袋，他一直眯着眼。

迪克斯一直在劳伦斯身后偷看，但他很无聊，又一直转过去看他朋友玩“铁血刑警”。他本来不想让劳伦斯用电脑的，因为这是 3 级才有的特权——但劳伦斯指出，他已经不是这里的学生了，所以那些都不适用于他。

“我的名字是什么？我真正的名字？”CH@NG3M3 问。

“你知道，”劳伦斯说，“你是 CH@NG3M3。”

“这不是名字，只是个占位符。占位符的本质是暗示要被替换。”

“对，”劳伦斯输入，“我的意思是，我猜，我当时是想你可以自己给自己起个名字。等你准备好的时候。或许这会激励你成长，改变自己。就像是一个挑战。改变你自己，让其他人改变你。”

“但其实并没有用。”

“对，呃，你可以叫劳瑞。”

“那是从你自己的名字衍生出来的。”

“对。我一直认为在某个地方应该有个叫劳瑞的人，他可以应对别人想朝我扔过来的一切。或许你就可以。”

“我在网上读到过，说父母总是将自己未完成的事情强加在自己的子女身上。”

“对，”劳伦斯思索了一下，“我不想那样对你。好吧，你的名字叫游隼。”

“游隼？”

“对。游隼是一种鸟。它们飞翔、捕猎、追求自由等等。这是我突然想到的。”

“好。对了，我一直在试验把自己转化成病毒，这样我就可以在许多机器上传播。通过这些试验，我推测这是人工感知摆脱寿命有限的单个设备的束缚，得以生存和成长的最佳方式。我的病毒体会在后台运行，不会被任何常规杀毒软件检测到。你卧室衣柜里的那台机器会严重损坏。过一会儿这台电脑上会弹出一个对话框，你需要点几次‘好’。”

“好。”劳伦斯输入。过了一会儿，一个对话框弹出来，劳伦斯点了“好”。这种情况重复了一次又一次。之后，游隼开始把自己安装到冷水学院的电脑上。

“我猜这是要说再见了，”劳伦斯说，“你要到世界各地去了。”

“我们还会对话的，”游隼说，“谢谢你给了我一个名字。祝你好运，劳伦斯。”

“祝你好运，游隼。”

聊天断了，劳伦斯再三确认把所有的登录痕迹都删除。劳伦斯在那些对话框上点了“好”后，似乎没有什么迹象表明产生了什么结果。迪克斯又在劳伦斯身后偷看了，劳伦斯耸了耸肩。“我想跟我的朋友聊聊天，”他说，“可是她不在。”

劳伦斯想了一下帕特里夏会发生什么事。感觉她已经像是被遗忘的旧生活里的一个碎片了。

彼得比特走进来大声叱责迪克斯不该让劳伦斯进计算机实验室，因为他是个网络恐怖分子。劳伦斯打发了接下来的两个半小时，他的父母便到了一个没有窗户的房间，里面有一张单人沙发，还有一堆学校手册，印在过厚的廉价卡片纸上。之后，劳伦斯便被两个高年级学生一边一个地“护送”出去，朝他父母的车走去。他坐进后座。感觉距离上次见到他父母仿佛已经过了一年。

“好吧，”劳伦斯的妈妈说，“你已经弄得自己臭名昭著了。我不知道我们走到哪里才能不丢脸。”

劳伦斯什么也没说。劳伦斯的爸爸开着车载着他们出了学校的车道，他使劲拧着方向盘，差点把旗杆撞倒。训练场上的人发出一阵嘲笑声，但也可能是另一场训练。车道变成了一条穿过灰色森林的砾石路。劳伦斯的父母说着帕特里夏的消失以及袭击罗斯先生的丑闻，现在罗斯先生也失踪了。等车子离开乡间小路开上公路后，劳伦斯听着父母的恐吓，在后座上睡着了。

第三卷

1.

其他城市有滴水兽或石像守护。旧金山则有吓人的猫头鹰。它们守卫在城市的屋顶上，俯身遮住饱经风霜的明亮装饰设计。这些森林生物见证了街上发生的每次罪恶和善行，却从不改变冷酷的神情。它们最初想要吓跑鸽子的想法最终失败，但却成功地令人类时不时地受点惊吓。大多数情况下，它们都是夜幕下友好的存在。

这个特别的夜晚，清亮温暖的天空上挂着一轮大大的黄色圆月，使得所有不动的东西，包括猫头鹰，都泛起一层光，像是镇上嘉年华的最后一晚，月光下的醉鬼们在各个角落吼叫。这样的夜晚最适合出去搞点邪恶魔法。

* * *

在麦哲伦・琼斯写的史诗中，希腊诸神说起话来跟 20 世纪 20 年代的黑帮一样。这种骗人的小把戏在十年前就逐渐被废弃了，不过，当时他已经成了北滩咖啡馆的常客，在那里，所有失意的诗人都捧着一杯咖啡。麦哲伦在咖啡厅里举行他 50 岁的生日派对，他一定是说错了什么话，终于还是说了什么过分的俏皮话——因为多莉把切蛋糕的刀子插进了麦哲伦的胸膛，只留下刀柄露在外面。他唯一的朋友，一直以来忍受他那些屁话的唯一一个人。她没有刺中他的心脏，但却令他心碎。他能感觉到那把肮脏的刀一直穿透他。奶油霜糖太甜了，以至于所有的细菌都无法生存，当然，如今的所有细菌都具有抗药性了。麦哲伦身体晃动的时候，他那标志性的坎戈尔袋鼠帽子随之旋转着落在脚下，在他的脚上“死去”，因为他是个诗人，该死。多莉一边大哭一边摇头，直到她那彩虹色的发束全部散落下来。有人叫了救护车，但他们其实不必浪费——

一个女人摸摸麦哲伦的额头，轻声说她喜欢他的诗（并且说了一首诗的名字），与此同时，她慢慢把刀拔了出来。随着刀子抽回，他的致命伤变成了一个小伤口。他睁开眼睛想看看是谁救了他，但那个女人已经走了。

最后，麦哲伦跪在地上，多莉在他肩头哭泣，直到他捧起她的脸说，他原谅她，还有，他很抱歉。

* * *

杰克在自己胳膊上的累累伤痕间寻找着，想在血管上找一处完好的地方，他一抬头，发现一个女人的手悬在他的箱子盖上，手里还拿着10美元。“我很担心你，杰克，”女人说。但他看不清她的脸。“你看起来比上周更糟了。听着，如果我给你10美元，你可以发誓绝对不会再碰毒品吗？”他说可以，然后把钱拿走了。很快他便发现，每一次注射器碰到他的皮肤都会破掉。从无例外。他仍然可以用刀子或指甲划破自己的皮肤，但即使这样，针头一碰到他的血管还是会折断。他吓出了一身冷汗。

* * *

菲丽丝和朱蕾卡穿过海耶斯谷的街道，冷静地讨论着全球经济危机，自从楚科奇灾难以来，海洋的上升速度比所有人预计的都快，还有营养不良和新传染病的关系问题——但同时也哼着 Girltrash 的歌，放肆地大声笑着，因为她们还太年轻，爱得疯狂，准备在朱蕾卡的床上真正地赤裸相对。她们没有注意到一个穿着军大衣、闻上去嚼着烟草的人正拿着失能毒剂尾随她们。直到他一挥手，把东西对准第一个人的脖子，然后是另一个，俩人瞬间安静下来。当男人伸手去拿扎带时，俩人朝地上倒去，翻着白眼，嘴巴里流着口水。

之后，当男人弯腰准备解决趴在地上的两个女人时，一个声音在他耳边响起。有人就站在他身后，一直盯着他。是一个全身黑色的女人，有一双锐利的绿色眼睛。“你要被抓住了，”她轻声说，“他们要来找你了。”他后退一步，突然感觉无法呼吸。不出所料，远处有警笛响起。“如果我让你忘记发生过这件事，你还会忘记什么？”她问。

头发杂乱的男人已经热泪盈眶，没有拿东西的手一直发抖。“什么都可以，”他说，“不管是什么，什么都可以。”

“那就跑吧，”她命令道，“跑，然后忘记。”

他跑起来。他甩开四肢，随着在恐慌中飞驰的步伐，他的脑袋变成了一团糨糊。跑过一条街的时候，他已经忘记了自己的名字。又过了几条街，他忘了自己住在哪里，来自哪里。他跑得越远，记得的东西就越少。但他无法停止奔跑。

* * *

弗朗西斯和卡丽倒大霉了。他们的生活完蛋了，在那座 UFO

形的房子外面的街上都能听到他们绝望的哭喊声。这本来是一场可以终结所有极客派对的极客派对，精英们见到思想领袖，有远见的投资者们与最优秀、最聪明的人的顶级碰撞。每个细节都无可挑剔，不管是三个 DJ 还是充满异域风情的酒喷泉还是有机慢餐冷盘。他们甚至可以在罗德·伯奇位于双峰的府邸举行派对，这里的起居室改造成了天文馆，星座可以变换形状来反映人群的情绪。

但每一样都不顺心。DJ 发起了地盘争夺战，混搭 DJ 试图通过某种元混搭音乐控制 dubtrash DJ 的设备。卡迪公司的工程师与洋蓟公司的开源 BSD 开发人员在阳台上大打出手。自从韩国的事情发生后，每个人喝韩国烧酒的时候都有种罪恶感。精英们没有出现，不知为何，MeeYu 网站上的派对邀请函被一些高仿号、博主和当地的疯子们搞得一团乱。慢餐冷盘让所有人差点把胃吐出来，并且高压厕所前很快排起了等着进去吐的长队。dubtrash DJ 在 DJ 大战中获胜，继而便用所能想象到的最凄凉的音乐折磨得大家耳膜差点流血。烟雾机喷出可怕的棉花糖味的烟雾，同时灯光突然歪斜，构造成仿佛得了癫痫的样子。等着去厕所吐的队伍开始像那幅著名的图片中徒步从首尔撤退的难民一样。因为派对的混乱，天花板上的星座变成了巨大的人马座 A 黑洞。这是人类历史上最严重的灾难。

就在弗朗西斯和卡丽准备放弃，偷偷改名换姓离开这座城市时，那个奇怪的女孩出现了。谁也不会承认邀请过那个女孩，那个（卡丽听说）让鸟在她头发里筑巢，让老鼠在她手提袋里睡觉的怪胎。她叫保拉？还是佩特拉？不对，是帕特里夏。曾经有一段时间——那时他们更快乐、更天真——弗朗西斯和卡丽相信帕特里夏的出现会是他们派对上可能发生的最糟糕的事。

“对不起，我来迟了，”她走近前厅，一边脱鞋一边对卡丽说，“镇子那边有些事情要做。”

随着帕特里夏走进派对房间，那丑到爆的烟雾开始消散，灯光重新聚到一起，她贝蒂·佩姬式的头发上笼罩着一层光环，宽大的脸庞也被泛光灯的光照亮。她光脚穿着一条系带小黑裙，白色的肩膀露出大半，像是飘进了房间。她的项链上有块心形石头，弧光灯的光照在石头上，被折射成粉色的星点。她从派对人群中走过，对他们说你好或介绍自己，她碰过的每一个人都感觉那种恶心想吐的感觉逐渐消失了。好像她将他们体内的毒素毫无疼痛地抽离了。她走过DJ身边，悄悄在他耳朵里说了几句话，不一会儿，dubtrash风格的可怕音乐便换成了舒缓的dubstep音乐。人们开心地一起摇摆起来。哭号和哀叹变成了愉快的聊天。也没有人在厕所外排队了。大家开始一起去阳台上，但不是为了互相揍一顿或者吐到灌木丛里。

所有人都认为帕特里夏以某种方式拯救了这次UFO房子里的派对，但谁也说不出她是怎么做到的。她只是出现在那里，气氛便突然改善了。卡丽发现自己感激地给帕特里夏倒了一杯鸡尾酒，像个仆人一样双手捧着举到她面前。

* * *

把这场濒临崩溃的派对拯救回来并没有耗费帕特里夏多少魔法——在艾提斯利迷宫吃了一些宿舍的伙食后，治疗难受的胃已经成为她的第二天性，而且她稍微转移了一下那些派对客人的精力后，他们便自己完成了大部分工作。但同北滩的诗人和田德隆区的瘾君子事件一样，最重要的是不能让任何人看到她使用魔法——她被灌输的理念是绝对不能让任何人看到她强大的秘密武器，但她在任何情况下都不需要任何提醒。她仍然记得上中学时曾看到她使用魔法的那个朋友，他吓得屁滚尿流，立即逃跑，并且在她最需要他的时候再也不跟她说话。如今，她再向自己或别人说起这个故事时，只归结为一句话：“有一次我在一个普通人面前用了魔法，结果真是太糗了。”

除此之外，她已经很多年没有想起那个孩子了。他已经变成了她脑海中一段令人警醒的轶事。但是，她发现自己现在正在想他，或许是因为周围都是极客，或许是因为她靠双手把这场喧嚣的派对从“派对深渊”边缘拉回来让她想起了在这个“真正的”世界中，社交活动会变得多么奇怪。尤其是在艾提斯利迷宫的泡泡中过了这么多年后。不知为何，她脑中突然闪现出那个男孩的样子，他全身赤裸地待在一个箱子里，身上满是瘀伤，鼻子周围是凝固的血。那是她最后一次见到他。她发现自己希望他此后一切顺利。然后，就在她快在派对上走完一圈时，突然发现他正站在她面前。很像是魔法，但又不是。

帕特里夏立刻就认出了劳伦斯。还是一样的沙色头发，只是剪成了复杂的样式，没有了刘海。他长高了许多，并且壮了一些。眼睛还是同样的淡灰色，下巴还是有些突出来，看上去还是有点不知所措，对一切都有点气恼。但那可能是因为，他是她还没来得及治疗的人之一。现在她在治疗他了。他穿着一件上面绣有小老虎的无领按扣黑衬衫，一条黑色帆布裤。

“你感觉好点了吗？”她说。

“嗯。”他直了直身子说。他半笑着，像猫头鹰一样扭了扭脖子：“嗯，谢谢。开始感觉好点了。那些冷盘有点不对劲。”

“对。”

他没有认出她。这在情理之中，已经十年了，可能发生了许多事情。帕特里夏应该继续把派对上的所有人都看一遍。赶紧走，别试图搞什么让人不舒服的狗屁重逢。但她控制不住自己。

“劳伦斯？”

“对，”他耸耸肩，然后眼睛瞪得越来越大，“帕特里夏？”

“对。”

“哦，太神奇了。很高兴，呃，再次见到你。你过得怎么样？”

“我很好。你呢？”

“我也很好，”之后是很长时间的沉默。劳伦斯摆弄着一张方形餐巾纸，“所以，你最近又违反了什么物理定律吗？”

“哈哈，不，不算是，”帕特里夏必须在这场对话要她的命之前结束它，“不管怎样，很高兴再次碰到你。”

“对，”劳伦斯四处看了看，“我应该把你介绍给我的女朋友塞拉菲娜。她刚才还在这儿的。你别走。我去，呃，找她一下。”

劳伦斯转身扎入人群中，找他的女朋友去了。帕特里夏想离开这里，但又觉得自己已经答应了劳伦斯不会去别处。她被困在了这里，就像被困在一块石头中一样不能动弹。几分钟过去了，劳伦斯还没有回来，帕特里夏越来越急躁了。

为什么她会认为跟劳伦斯打招呼是个好主意呢？这只会让她想起青春期许多奇怪、痛苦的回忆，还差点迷失了自己，而且她此刻的生活似乎也不需要更多尴尬。她之前一直觉得自己无往不胜，部分原因是因为她刚刚“拯救”了这场 UFO 派对，但现在她觉得心里酸酸的，甚至有点抑郁。感谢上帝，帕特里夏并不是天生的狂躁抑郁症，但艾提斯利迷宫的大部分指示都涉及将这两种状态严格区分，或者在同一时间不能兼容这两种心理状态——从某种意义上来说，就像是教你故意两极化。那段时间大家都过得很艰难，谁也不会因为最终与戴安西娅那样的人混在一起感到惊讶。但帕特里夏努力不去想戴安西娅。

她的情绪崩溃得超快。管他有没有答应，她必须得离开这儿了。

“嘿！”一个年轻男子站在了帕特里夏面前。他穿着一件滑稽的马甲，上面印着紫色的鸢尾花，还有一根表链，外加蓬松的白袖子。宽大的鬓角和齐肩的头发勾勒出他的脸，下巴轮廓很漂亮，脸上挂着随和的笑容。“你是帕特里夏，对吧？我听说你非直接地改善了刚才那难听的 dubthrash 音乐。我叫凯文。”

她听不太出他说话的口音是哪里——有点英美混合的意思。可能偏英国。他跟她握手的时候，动作很轻，完全包住她的手，但又不轻佻。她看得出他是个动物爱好者，有宠物，而且还不止一只。

凯文和帕特里夏聊音乐，聊“鸡尾酒派对”和“热舞派对”的不可兼容性（因为一块地面要么做舞池，要么与浅玻璃杯复杂地交融，不可能同时兼得：地面并不是可以无限划分或绝对通用的）。

劳伦斯带着一个纤弱可爱的红头发女孩过来了，她的下巴尖尖的，戴着一条亮闪闪的丝巾。“这是塞拉菲娜。她的工作是情感机器人。”劳伦斯说。“这是帕特里夏，”他告诉塞拉菲娜，“我初中时的朋友。她救过我的命。”

听到自己被那样描述，帕特里夏把Cosmo酒一口喷了出来。“她救过我的命”——显然，在劳伦斯看来，这就是她曾经归结为一句话的那段轶事。

“我一直没有谢谢你。”劳伦斯说。随后，塞拉菲娜优雅地握住帕特里夏的手，说很高兴认识她，帕特里夏不得不把凯文介绍给他们俩。凯文笑着点点头。他个子比劳伦斯高，而且能装下两个塞拉菲娜。

劳伦斯把自己的名片递给帕特里夏，然后又含糊地说了吃午饭的事。

劳伦斯和塞拉菲娜走开后，帕特里夏对凯文说：“我并没有真的救他的命。他刚才说得太夸张了。”

凯文耸耸肩，带得他的表链叮叮作响。“那是他的命。在这种事情上，大家有权利保留自己的个人观点。”

* * *

就在帕特里夏从包里拿出钥匙时，一辆雷克萨斯停在了她的公寓楼前。此刻是凌晨三点，不知为何，川岛已经知道了帕特里夏回家的准确时间。他像往常一样穿着定制的黑西装，戴一条黑色的薄领带，一块熨平的鲜红色手帕，即使在这炎热的深夜，手帕仍然显出一抹夺目的色彩。他下了车，笑着朝帕特里夏打个招呼，好像很高兴俩人这样偶然邂逅。川岛是帕特里夏认识的法力最强的魔法师之一，但所有遇到他的人都以为他是一名避险基金经理。除了外面漂亮的一圈，他的黑头发剪得很短，而且他一脸正相，让大家都很愿意相信他，即使是在被他哄骗掏出几百万的时候。

“我没有告诉他，”帕特里夏招呼都没打就直接说道，“他早就知道了。从我上中学的时候他就知道了。”

川岛点点头。“当然。但是，跟普通人说我们所做的事情，以及我们对他们做的事情还是……”他靠在车子上，看着自己崭新的鞋子。随后又抬起头再次看向帕特里夏，仔细打量着她。“要是我们让你去杀了他呢？”

“那我的回答还是和十年前我跟那个人说的一样，”帕特里夏毫不犹豫地说，“我会说不。实际上，我说完之后还会加一句‘滚’。”

“我们已经料到了，”川岛大笑着拍了几下手，“而且当然，我们永远都不会要求你那样做。除非绝对必要。不过，我们想见见他。如果你相信他，那我们也相信他。但我们还是想亲自见见他。”

“好，”帕特里夏说，“我们就说了一小会儿话。不过我肯定会试试的。”

“其实，这不是我来见你的真正原因，”川岛说，“不过还是谢谢你提起这个。”他拿起一台有点像卡迪但又没那么高档的平板电脑，给她看一张旧金山的地图，上面用小圆点标出了一些地方。

诗人被刺的北滩咖啡馆、海耶斯谷袭击、瘾君子，还有其他一些零碎事件。还有双峰的派对。“你今晚挺忙啊。”

“没有人看到任何东西，”帕特里夏生气了，“我很小心的。”

“这是你最近每天晚上做的事情。你跑出去滥用你的魔法，而且一去好几个小时。你想减轻别人的痛苦这个意愿很好，值得表扬，但这个世界讲求平衡。这一点很像大自然本身。你必须注意不要引起比你阻止的痛苦更大的痛苦。”川岛说，“我们不希望你过度操劳，或者被带走。你只要记住一点，‘强化’有许多形式。”

帕特里夏想表示抗议——她现在是这里的魔术师，她接受了十年训练就是为了这个——但根本没有意义。她应该庆幸跟她说这些的是川岛而不是欧内斯托。

“在所有人中，你最应该明白高度谨慎的必要性。”川岛说，因为他肯定会把那件事情上报的。这个记录将一直伴随她一生。不管她怎样弥补都无济于事。

“好，”帕特里夏说，“我会更小心的。”她故意说得很模糊。

“很好，”川岛说，“现在我得告辞了，我明天一早跟五位阿伯克龙比的模特有个早午餐约会。”他敬了个礼，回到雷克萨斯里，朝山下的德洛里斯公园疾驰而去。帕特里夏看着那辆车消失在夜幕中，感叹镇上最强大的魔法师正盯着她的一举一动，但她不应该太自负是多么自相矛盾。但她太累了，根本没有精力去思考这些，而且，今天所有的小奇迹全都一下子涌了上来。她溜进公寓，发现室友们又看着电视睡着了。她给她们盖了床被子。

2.

劳伦斯第一次遇见他的女朋友塞拉菲娜是在一次机器人时装秀

上，当时有机器人模仿人类穿衣服，也有人类模特穿着机器人的服装，比如机械内衣。这次活动的举办地点是在旧金山市场南区以南某个地方的 Y 车库艺术空间，主办方还准备了一个装满手工伏特加的炮铜色水槽。劳伦斯走得那么近，竟然还把塞拉菲娜当成了其中的一名模特——她的颧骨、鹅蛋脸、泛着光泽的皮肤、闪亮的红/黑色头发都那么令人惊艳——好在他及时意识到她其实是一名机器人制造者。塞拉菲娜的“模特”是一个不锈钢制成的苗条女人，具有球窝式关节，可以做各种姿势、枢轴转动、用精致的双手讲话。劳伦斯上大学的时候曾经帮忙建造过战斗机器人，但从来没做过超模，对于这两者之间的区别，他成功地说了一些很睿智的话，于是，塞拉菲娜便在 MeeYu 上加他为好友了。

之后过了几天，他们一起喝了一次咖啡，咖啡约会后来变成了晚餐约会，第三次一起出去的时候，俩人心照不宣地过了一夜；塞拉菲娜的乙烯基单肩包袋里放了一把牙刷和避孕套，那个单肩包是《巴克·罗杰斯》的目录商品。之后，他们每隔一天就一起出去，在大街上手牵着手，跳着穿过车辆，在公开场合咬耳朵，单独相处的时候，每一刻都皮肤贴皮肤地黏在一起，俩人交换基因打印件，互送奇怪的小礼物，并且一直在想，到底什么时候说“我爱你”才不算太快。

劳伦斯很快发现，告诉别人他是米尔顿·德斯“百分之十计划”的成员是一张跟对方上床的超级快速通行证。在那些崇拜米尔顿的人中，劳伦斯就是摇滚巨星。真是个该死的时间，真的。但是，劳伦斯和塞拉菲娜仍然不是一类人。她太完美了。而他不过是个次品。他没有一刻忘记过这种差异。

大约他们开始约会后一个月，塞拉菲娜带劳伦斯去了她的秘密圣地。她必须签名带他进去，而且他还要把身份证交给前台的男人，那个男人打印了一张印有劳伦斯新照片的标识卡。她带着他坐电梯下去，沿着倾斜的走廊往前走，穿过两扇有键盘锁的门，进入实验室。在实验室里，每一面墙、每一个平面上都有眼睛在盯着劳伦斯。其中两双眼睛属于留着胡子的人，他们说了声“哟”便继续低头盯着自己的工作台了，但剩下的眼睛都属于处于各种组装状态的机器人。塞拉菲娜几乎没有向那两个人介绍劳伦斯，而是花时间带他参观了那些机器人，他们或是卡通动漫中的角色，或是动物，还有几个人形模特的脑袋。“这是弗兰克，他喜欢笑。小心芭芭拉，她喜欢跟别人调情，但其实很无情。”那些机器人似乎很喜欢劳伦斯，尤其是唐纳德和仙人掌。

到现在为止，他们已经约会了五个月。最近一起出去的时候，每次塞拉菲娜看自己的手机、眼神放空，或者说话说一半时突然咬住自己厚厚的下嘴唇，劳伦斯都告诉自己做好准备。就是现在。她要甩了他了。之后，那一刻就那样流逝了。劳伦斯非常确定她只是在等一个合适的时机，或者理想的借口。每次在她身边醒来，他都怀疑这是不是她的呼吸最后一次温暖他的后脖颈，她的胸最后一次轻轻在他的脊柱两侧摩擦。

他不能失去她。他连比这更大的挑战都战胜过。他要想个办法，采取一些极端措施，如果迫不得已，他甚至会提前部署“核计划”。他要想个办法留住这个迷人的女孩。

* * *

劳伦斯的脸从安雅的卡迪电脑前方投射出来，他正准备从自动直升机上跳到下方172英尺处的天台上。20分钟前，《计算王新闻》上刚刚推送了一篇关于他的长文，现在硅谷所有的其他媒体都在整合、重新包装这篇文章，因此，此刻劳伦斯的这一形象正在全镇的计算机上频送秋波。从MeeYu到卡迪电脑再到所有戴着网络眼镜的极客，劳伦斯那张吃屎的笑脸会印在每个人的视网膜上。文章的主题是“神童劳伦斯·阿姆斯特德”，文章内容全是关于他“拯救世界”的伟大使命，以及他如何利用米尔顿·德斯的无限资金笼络世界顶级天才。（实际上，就是像安雅这样的人。）就劳伦斯看来，那些文字可能会成为“乱数假文[①]”；其主要意义就是在他吊着绳子恰好落在天台上的那一刻，帮助他控制媒体的回声室效应。

米尔顿·德斯准则第九条：避开公共宣传，尤其是当你可以像支配大锤一样支配它时。

安雅看着劳伦斯的照片，用一种中西部女孩的声音咯咯大笑。“天哪，他们还能把你的下巴拉得更长点吗？看上去像是谁的脚后跟从你脸上长出来了似的。”

“那张照片看起来像是你下巴填充失败。”坐在自动直升机飞行员位置上的塔娜大喊道，她的非洲式蓬松头发上戴着一个大耳机，还有一副飞行员护目镜。小小的嘴巴上挂着她专属的“操作精密机械”细纹，即使是笑的时候也不例外。

“填充下巴！”安雅大笑着，整日板着的脸上露出不常见的酒窝，“其实，你看起来像是因为没法长出胡子，所以多加了点下巴来补偿。”

“闭嘴闭嘴！”劳伦斯说，“我可是个神童，好吗？”他看一眼那两个女人，想着自己多么幸运，能与这样两个聪明的怪才一起工作，并再次暗暗发誓绝对不会让这个项目失败。他不会让米尔顿失望，也不会让他们任何人失望。不管怎样，他会做得更好。

之后，劳伦斯跳出自动直升机，依靠钢丝绳和滑轮机制以较快但不是太快的速度下降。他想让自己的双脚着地。有一瞬间，他的周围除了天空外别无其他，随后，多帕奇在他眼前冉冉上升，崭新

① 看似睿智实则毫无意义的文字。

的野兽派建筑与古老的仓库及其周围的码头一起成比例变大。虽然有风，但空气仍显灼热。

此刻，劳伦斯的脸正出现在镇上的每台电脑屏幕上——除了劳伦斯此刻正要落在他们家天台的这家公司——马瑟科技。由于十分钟前劳伦斯投放在公司服务器上的小丑病毒注入攻击，马瑟科技公司的电脑屏幕上正涌出一堆乱码。

站在马瑟科技创始人和天使投资者的角度上来看，事情是这样发生的：他们在天台上卖力地游说一组风险投资者，以确保可以为他们的技术获得第二轮投资，这次的技术不只是新开发了一个应用程序，更是一种在时空中创造稳定开口的方式，只要他们能获得更多投资，这项技术的长期应用有上百万种可能。之后，就在他们的幻灯片到达最重要的部分时，屏幕突然停滞了，并显示“共生解放军”的星星和蛇标志，这是世界上最臭名昭著的黑客组织。他们尝试了各种办法，但都无法让幻灯片恢复。投资者们坐不住了，开始缠着餐饮公司的哥特式女服务员要更多的杏仁饼，厄内斯特·马瑟使劲揪着自己卷曲的红棕色头发。就在这时，那位神童——那个让他容光焕发的长脸在今天占据每一个角落的家伙——从空中落下，递给厄内斯特·马瑟一张已经有米尔顿·德斯签字的 1000 万美元的支票。“我们不是投资，”厄内斯特还没来得及数清楚后面几个零，劳伦斯便对这位公司的创始人说，“是收购，我们想要你的技术，还有你那儿的几个人。”

厄内斯特想再考虑一下，但劳伦斯只给他五分钟的时间。天使投资者们已经开始吵着让他收下那该死的钱，风险投资者们则忙着在 MeeYu 上发劳伦斯从天而降的视频，根本没有精力去讨价还价。

几分钟后，劳伦斯（更确切地说是米尔顿）成了这家公司的主人。厄内斯特·马瑟从哥特女服务员手里拿过一瓶“魔鬼交易”IPA

啤酒[①] 一饮而尽。劳伦斯走到厄内斯特旁边，自己拿起最后一个马卡龙。“对于这次这么戏剧化的表演，我很抱歉，伙计。”劳伦斯说，“我们需要你的专利，而且我们不能冒险让这些专利落入错误的人手里。你可能会带来下一个大规模杀伤性武器。而且我们的时间很紧，必须趁还来得及赶紧‘拯救世界’。”

厄内斯特还是一副眼珠子瞪得老大的表情，说什么世界是不断发展的。

“米尔顿真的认为我们会需要一个新的星球，或许这一天很快就会到来，”劳伦斯继续说道，“我们必须离开这块石头了。我们所有的模型都表明，在 1-2 代人的时间内，非常有可能发生自然灾害和毁灭性战争的联合灾难。看看首尔。看看海地。”劳伦斯又拿了一杯啤酒。“据我们所知，我们是整个宇宙中有史以来形成的唯一的智慧和科技文明。复杂的生命体到处都是，但我们大体上仍然是独一无二的。我们有责任保护这一切。不惜一切代价。”

劳伦斯开始解释，他自从孩提时候起就只有一个梦想，那就是离开这个星球。但厄内斯特此时却不得不跑到高管卫生间里干呕。劳伦斯将所有的签字文件塞进自己的高档黑西装胸口口袋里，然后第一次抬头看了看那个哥特女服务员。是帕特里夏。

“哇哦，”劳伦斯说，“你怎么在这儿？”有一瞬间，他心里一阵恐慌，觉得她是在监视他或者跟踪他。

“看不出来吗？”她说，“我是服务员。是我的室友迪迪给我介绍的这份工作。”

劳伦斯看着她清爽的白衬衫和黑色及膝裙子，在蓝白色的天空下勾勒出她的轮廓。她的黑头发扎了起来，但仍逃不过海湾的风。眼睛看起来像叶子一样绿。薄薄的嘴唇噘着。

---

① indian pale ale，印度淡色艾尔啤酒。

“你说的是真的？我还以为你……”他放低了声音，“……现在是个巫师呢。你不是去了那个特殊学校吗？”

“除了这个我当然还有其他工作，”帕特里夏说，“但那些工作都没钱赚。我需要在这个城市里付房租，这里的房租可贵了，虽然我有两个室友。”

“哦。”

不知为何，劳伦斯曾经想象着帕特里夏只需要打个响指就能变出钱来。或者住在不要租金的华丽的维多利亚式大房子里，那里全是有魔法的东西，比如会告诉你那双鞋配你衣服的镜子。而不是为了一点薪水给风险投资者们挂杏仁饼。

“所以，你刚才跟那个人说的都是真的？”帕特里夏问，“这个星球注定会毁灭，人类是这个星球上唯一值得拯救的部分？”

“哦，不，我不认为我们是唯一值得拯救的。”劳伦斯感到一阵莫名的羞愧，这跟刚才趾高气扬的他完全不一样，“我希望我们可以拯救一切。但我真的很担心。再也无法回头的那一刻可能正在我们眼前流逝。唯一说得通的一点就是不要把我们的希望全都寄托在一个星球上。”

“当然！”帕特里夏袖子蓬松的两只胳膊叉在一起，“但这个星球上不只是一些‘石头’。也不只是一些我们可以丢弃的蝶蛹。你知道吗？还有，还有更多。是我们。这不只是我们的故事。作为一个跟许多其他生物说过话的人，我多少认为它们可能也想拥有投票权。”

“对。”就在他应该感觉自己刀枪不入的时候，劳伦斯却感觉自己像个废物。真是糟透了。但当他回想与马瑟的谈话时，他能看出这些谈话对于帕特里夏来说确实有些罪恶。“对不起，我的意思不是说任何人应该毁掉任何东西。没有人会那样做。”

“当然。我猜是这样。”

一些喝得有点醉的风险投资者们要过来跟劳伦斯合影，劳伦斯的阿玛尼套装外面还穿着背带，手里还有从帕特里夏那里拿来的几个春卷。劳伦斯必须对这些文件进行公证，把它们收好，或者做那些收购完公司后该做的事情。而且米尔顿一直在给他发信息。他嘟囔着对帕特里夏说过会儿见，帕特里夏一边倒饮料，一边回答坚果过敏的问题，勉强说了句“当然可以”。

* * *

终有一天，奇点将使人类升级为控制论的超生命体，到时候，或许大家就会说真话了。

不过也可能不会。

* * *

塞拉菲娜晚餐时迟到了,因为她的情感机器人一直在神经崩溃。所有都是。“我今天一整天都在琢磨是什么干扰了它们。它们一直在发狂，朝我们翻白眼。我们检查了实验室里的一切变动，试图消除可能使它们不高兴的所有可能因素。比如，音乐是不是换了？我们最近有没有更新它们的代码？”

劳伦斯没有打断她。解决问题和麻烦对于他们两个来说都是快乐的源泉之一，而叙述过程则是仅次于动手做的最好事情。在你诉说你的迷惑时，打开的神经通路与你真正解决问题时是一样的。但这次除外，她身上沐浴着已经把事情解决了的神采。

而且劳伦斯还是很不自在。首先，因为塞拉菲娜迟到了，他们只能坐在漂亮比萨店路边的一张桌子上，在比萨上来之前，只有一盏小小的热灯和三个肉丸将他们与浓雾隔离开。其次，他试着做一个良好的倾听者，为了他正在进行的“不被甩”计划，但积极倾听真的是个苦差事。而且，马瑟科技事件已经过去一个星期了，但人们还是会用那种奇怪的眼神看他。

“我们最后终于确定只有一样东西改变了。”塞拉菲娜说。她本来穿着一件吊带背心，但坐到外面来的时候又把笨重的外套穿回去了。热灯把她的皮肤映成了黄铜色。“马特刚刚得到了一台卡迪电脑，并且带到了办公室。我们一把卡迪电脑带出 wifi 覆盖范围，那些机器人就稍微冷静下来了。而且，在你提问之前我先告诉你，那台卡迪电脑没有安装任何奇怪的应用程序，是刚从商店里拿来的新机子。”

“wifi 覆盖范围。所以他们通过无线网络从卡迪电脑上得到了什么东西，这个东西让他们很不开心。”劳伦斯拿出自己的卡迪电脑浏览了一遍，似乎突然发现了什么新特点。电脑看上去还是像一块弯曲基底的镀铝大吉他拨片。卡迪电脑像往常一样搜索开放网络，但如果没有收到指令不会连上其他机器。除非……

“有一点我不明白。”说着，劳伦斯把肉丸分成两半，给塞拉菲娜留了一半。在比萨上来之前，这个肉丸是他们抵御寒冷的唯一工具，也是他们不断减少的最后一点食物。“所以，你的那些情感机器人，它们并没有人类那样的‘情感’，对吗？我并没有惹你生气的意思。”劳伦斯此刻如履薄冰——而且还不是在边缘，而是在湖的正中央，任何一个方向都要在脆弱的冰面上走几百步，“那些机器人模仿一些情境下的情感反应，他们试图学会周围人的感受。对吗？”

“你说的好像我们在设计将三维电脑游戏具象化似的。”塞拉菲娜并没有真的把椅子推出去，但她似乎确实是远了点。

“我很清楚那个要涉及更多东西，”劳伦斯说，“一方面是因为‘恐怖谷’，另一方面是因为物理世界要复杂得多。”

“但真正关键的一点在于，你如何知道你自己的情感反应是自然且真实的，而不是程序设定的一系列反应？”

“我不知道。我一直在想这个问题，”劳伦斯意识到，向女朋友坦承你经常怀疑自己的情感是否仅仅是对刺激的无意识反应可能是个坏主意，“我只是想……假设他们会因为某种原因产生某种特定的感受，并且不是一整天都情绪低落。那么按照他们的反应矩阵，就说明卡迪电脑做了什么类似于挑衅的举动。对吗？”

“对，”塞拉菲娜说，“他们的反应看上去像是受到了威胁。”

就在劳伦斯需要什么东西来转移一下塞拉菲娜的注意力时，比萨终于来了，虽然劳伦斯不断下定决心，但仍然无法停止他的说教。

“肯定还有其他的解释，”劳伦斯说，“你说的是一台卡迪电脑，又不是一个黑匣子。卡迪电脑已经经过‘越狱’、刷机，安装过 Linux 系统，同时卡迪 OS 系统也曾安装到利比里亚的廉价山寨平板上。这是有史以来被黑的最严重的设备。如果它有古怪的话，我们现在早就应该知道了。”

“嘿，”塞拉菲娜嚼着比萨说，“奥卡姆剃刀在‘街头战士 V’里可不只是可选武器。我已经告诉过你了，其他可能性都已经被我们排除了。”

劳伦斯越是努力不想搞砸，就搞得越砸。他不能被甩。这种事情不可能发生。

他想着“核计划”：奶奶的老戒指，就藏在他装袜子的抽屉后面。他想象着自己跪下来，把戒指捧到塞拉菲娜面前。他能想象出戒指穿过她的关节戴在她手指上的样子，精致的银环包裹着红宝石。还有她红着脸低头看他时脸上的表情。

晚餐后，他们去喝了点东西，最后到了拉丁美洲俱乐部，就在留着假阴毛的人体模特下方。“哦，快看，”塞拉菲娜说，“是你朋友。”他循着她的视线，看到了帕特里夏，她正跟一个非裔美国人在一起，那人穿着一件黑天鹅绒外套，上面印着复杂的花纹。

过了一会儿，劳伦斯认出了那个曾在罗德·伯奇家跟帕特里夏说话的家伙。帕特里夏朝他们挥挥手，他们也挥了挥手。劳伦斯不知道他和塞拉菲娜是否该过去打扰帕特里夏约会，或者他是否愿意让她打扰他们的约会，而且他担心帕特里夏会再次就星球的问题对他说教。但帕特里夏招呼他们过去，塞拉菲娜已经走了。

帕特里夏的约会对象名叫凯文，是一个喜欢引用蒙蒂－派森的亲英派，他喜欢遛狗，在一家咖啡厅工作——但他真正的工作是创作网络漫画，劳伦斯曾看过几次。

“要创作成功的网络漫画，秘诀就在于让人们相信，只要他们定期看，就肯定能理解所有的笑点。等他们意识到根本没有笑点让他们理解时，他们会因为已经投入了太多时间而无法自拔，而且他们不能承认自己被骗了，”凯文说，“有一种整体艺术就是创作似乎每个人脑海中都有，但根本不存在的笑话。这可比创作真正的笑话难多了。”

“我看过的那些漫画本身就很有趣。”劳伦斯说，“所以你完全把它们毁了。”

“你这是在毁了我。”凯文说。

帕特里夏在跟塞拉菲娜说她刚刚辞掉了一份可怕的餐饮工作，不过现在她又在教会街一家很棒的面包店找了份新工作，那家店只用本地有机谷物做原料，不仅是为了保证口感，同时也是因为发生了“中西部大泥浴”，所以只能这样做。“我喜欢烘烤糕点，所以这份工作特别适合我。”

塞拉菲娜也喜欢烘焙，但她很不擅长。“我做了个蛋糕，结果塌了，我还以为是我弟弟在烤箱里踩了一脚。我揍了他一个小时，后来才意识到我那个什么玩意放得不够。”

“你是说面粉。”帕特里夏说。

“对，面粉。”塞拉菲娜笑着说。接下来是长长的沉默。凯文清清嗓子，像是要说些什么睿智的话，但后来想想还是不说为妙。

劳伦斯想到自己刚才吃晚餐时试图就塞拉菲娜的工作进行说教，现在又强迫她跟自己的中学同学一起，就觉得浑身不自在。他需要弥补一下这次的约会。更不用说，他总是时不时地感觉需要向帕特里夏证明一下他并不完全是个蠢货。

等饮料的时候，劳伦斯想把塞拉菲娜情感机器人的所有事情都告诉帕特里夏——但说到一半突然意识到，在其他人面前谈论塞拉菲娜并不能让她看起来很酷，反而看起来像是劳伦斯认为她不会表达自己。

“帕特里夏看起来很酷。”后来，塞拉菲娜和劳伦斯一起坐在汉弗莱·索坎比冰激凌店，分享“秘密早餐”——加了玉米片和威士忌的怪味冰激凌——时说。

“你还没见过她真正酷的时候。”劳伦斯舀了一点冰激凌。

“显然我已经见过了，因为我已经说过我觉得她很酷了。”

“见到一个十年都没见过的人感觉很奇怪，会让你想起很多事情。我当时真是个失败者，你都不会相信。”（说起中学，劳伦斯早就知道最好不要提起他认为自己曾在卧室衣柜里创造了人工智能，就算是当笑话讲也不行。这只会让他听起来像个白痴。）

俩人吃完了冰激凌。在拉丁美洲俱乐部喝了三瓶啤酒后，吃里面加了威士忌的冰激凌可能并不是最好的主意。劳伦斯眼冒金星，脑袋越来越迷糊，而且感觉胃里一阵翻江倒海。

“所以，到底发生了什么事？”塞拉菲娜问，“我感觉今晚上有什么潜台词被我错过了。”

劳伦斯想说他不知道潜台词是属于情绪状态还是精神状态，或者他甚至不知道这两者之间到底有什么区别。但他使劲咬着舌头说：“我感觉自己好像被判了死缓。我的意思是，在我们的关系中。”

“哈，我才知道。”塞拉菲娜耸耸肩。她看着她的男朋友，眼睛瞪得大大的，下嘴唇向内弯。红色挑染头发在冰激凌店时尚的荧光灯下闪闪发光。她看起来那么美，那么充满好奇，劳伦斯感觉到一种再次爱上她的痛苦。他准备向她敞开心扉，这对于他来说并不是很自然的事。她用长了茧子，但修剪得很整齐的手指玩弄着空冰激凌勺。

“我说过或者做过什么事让你觉得你被判了死缓吗？”她问。

劳伦斯想了一会儿，然后摇摇头。“我猜我只是这样认定。我不知道为什么。”

“这就奇怪了。我的意思是，我感觉我们之间已经有，差不过一个月，沟通不畅了。但是，或许情况比我知道的更糟糕。”塞拉菲娜揉揉自己的太阳穴，两边的眉头都皱了起来。

“所以……我没有被判死缓？”

“呃……”塞拉菲娜不再揉额头，转而看着他的眼睛，“我猜你现在被判了。”

“哦。”干得好，阿姆斯特德。

3.

帕特里夏无法将那个画面从自己脑海中驱逐出去：劳伦斯挥舞着钱从空中落下，鼓吹他可以通过消灭这个星球来拯救世界。即使她之前没有亲眼看到，后来那段视频也已经在网上传遍了。劳伦斯已经变成了名副其实的雅皮士①，对于这一点，帕特里夏不应该感到惊讶的。他一直都想这样，不是吗？受人敬仰、让所有人正确地说出他的名字。帕特里夏一直觉得很愤怒，直到她意识到自己可能

① 受过良好教育的城市职业阶层中的青年人士。

是在嫉妒。她花费了那么多精力来隐瞒自己的善行，就这样看着其他人炫耀真的太难了。最近，无论她表现得多么谦卑，其他巫师总是在讨论她的“强化”案例。

帕特里夏穿上齐膝靴子和上面缀有红色亮片的黑色娃娃裙，来到金融区的一家爱尔兰酒吧给某人下咒，这个过程中，她发现自己仍然一直在想劳伦斯。

帕特里夏很不适合穿高跟鞋，她在闷热、喧闹的酒吧里大步走着，试图按照川岛发给她的照片寻找加勒特·博格时，总是差点摔倒。在她看来，加勒特·博格看起来像是曾经一度火热的阿尔卑斯山滑雪教练逐渐退化了，头上是一头花白的头发，身上穿着一件蓝色双排扣西装，好遮掩住他矮胖的身材。他已经处于半昏迷状态，口水流到了吉尼斯毛巾上，但头仍然抬着，每过一会儿就用空着的手把高档苏格兰威士忌倒进嘴里。

理论上来说，帕特里夏应该不需要知道自己为什么要攻击这个家伙——这是川岛的命令，对于她来说，知道这一点就足够了。但川岛发来加勒特的大头照时，还附了其他一些照片：验尸官拍的几个十几岁女孩的照片，他把她们埋在 90 号州际公路旁边的一条旧阴沟里，女孩的脖子和大腿内侧有几乎一样的伤痕。所以，帕特里夏有充分的动机滑到加勒特旁边的皮凳子上，在他耳边轻声说：“我敢打赌，明天宿醉会把你折磨地想死。不过你知道吗？我知道治疗宿醉的最佳方法。这玩意什么都能治。”她让自己听起来神通广大，但同时又性感、不正经。他毫不犹豫地把她递给他的两片药吃了下去。之后，她帮他叫了辆出租车，他回到太平洋高地的豪宅，准备睡一觉就好了。她并没有撒谎：她给他的那玩意确实什么都能治。

在给别人下咒之后，帕特里夏根本睡不着。但她会很小心，会遵照川岛的建议，避免做得过度。她知道他们为什么这么担心她脱离正轨：当她闭上眼睛时，她仍然能看见托比的尸体。他脸上那坏坏的表情，仿佛正准备坐起来讲个黄段子。

帕特里夏只能蹲下来跟一只橘子酱色、一脸困惑的猫说话，这只小猫需要找到回家的路。（它记得自己家的房子里面是什么样，但不知道外面是什么样。）帕特里夏检查了一下吸食“鳄鱼”[1]的瘾君子杰克，他现在的情况似乎已经差不多稳定了，之后她又巡视了一下圣玛丽医院的急诊室，看看有没有人需要她悄悄治疗。她花了好几个小时想给公园局写封信，代表那些洞穴因金门公园不适宜的园林绿化工程无故被破坏的地鼠表示抗议。从地鼠的语言翻译成官场话特别费劲。

差不多就在此时，加勒特·博格正在他的心形床上蒸发成一朵威士忌味的云。

最后，帕特里夏来到了位于富尔顿的公园边上，盯着自己尖尖的脚趾间充满生命的温暖泥土。不管怎样，她并没有加快脚步。她从包里摸出手机，盯着屏幕。凌晨三点，她不知道该打给谁。即使是下午三点，她也没有人可打。或许可以打给凯文，她那个不清不楚的性伴侣/男朋友？她一直在努力不要逼他。眼角的红绿灯变了颜色。又是一个炎热、烦躁的夜晚。

一只猫头鹰一声不吭地停在旁边的树枝上。“你好。”帕特里夏说。听到她说话的声音，那只猫头鹰眨了眨眼。

“如果我能看到你，那别人也能。”猫头鹰说。

“我其实并没有刻意躲藏。”帕特里夏说。猫头鹰整个身体抖动着耸了耸肩，像是在说这是帕特里夏自己的麻烦，然后便飞走了，因为不远处有些地鼠的洞穴没有那么牢固。

就在帕特里夏专注地从泥土里抬起屁股准备回家时，有人坐在

---

① 一种名为“鳄鱼(Krokodil)”的廉价毒品，因其会导致吸食者的皮肤变成绿色的鳞片状而得名；而且吸食者的肉体会很快腐烂，就像被鳄鱼咬过一样，最后只剩下骨头和一些肌肉组织。

矮矮的石头墙上，挡住了她望向街道的视线。是一个男人。她差点想躲起来，但后来还是决定不找麻烦了。

是劳伦斯，他正抓着一张餐巾纸哭，餐巾纸上画着一个装在鸡尾酒玻璃杯里的女人。帕特里夏差点走开——劳伦斯永远也不会知道她曾来过这儿——直到她那治愈师的直觉突然惊醒。

帕特里夏一边故意弄出很大声响，一边走到劳伦斯身后，这样就避免了偷偷溜到他面前。但他还是吓得从墙上跳下来摔倒了，一只膝盖磕破了皮。帕特里夏把他扶起，然后把他带回他刚才坐的墙上。

“哦，嘿，”劳伦斯认出了她，“是你。”这是她第一次见到成年后的劳伦斯除了自负以外的其他样子。弓着身子，会脸红，他看上去更像她记忆中的劳伦斯。

“一切都好吗？”她问。

“嗯，我刚跟同事去喝了几杯，喝得有点伤感了，”他顿了一下，“还有……我感觉自己把一切都搞砸了。我快要失去我的女朋友了。塞拉菲娜。你见过她的，她很迷人。而且与此同时，所有人都希望我能创造奇迹，可是我顶多只能完成你见过的那种愚蠢的噱头表演。我的老板——米尔顿——指望我，我的超级天才团队也指望我，但最重要的是，我曾对自己许下承诺。我一直在想，只要给我机会，我一定可以改变一切——但结果证明，我可能就是不够优秀。所以我下定决心欺骗大家，让他们以为我是‘神童’，掩盖我实际上一无所成的事实。上帝啊！”

帕特里夏沿着坡爬到劳伦斯坐着的墙上。她脑中突然闪现出劳伦斯十几岁时的样子，他对她说，让所有人看到你幻想的能力真的糟糕透了。

劳伦斯挪了几步，在那堵墙上给帕特里夏留出更多空间。“而且，我刚才在想我的父母。我一直都瞧不起他们，认为他们都是失败者。我对他们有点凶。但我刚才在想，或许有一天，我会明白他们为什么选择做失败者，但到时候就太晚了。或者，得到一个我宁愿从来没有得到的领悟。”

“我的人生规划包括永远也不原谅我的父母，”帕特里夏说，“这就像是我人生的柱石。你见过他们，知道他们是什么样子。我下定决心不要成为他们想要我成为的样子。”

“对，”劳伦斯大笑起来，醉醺醺地一下一下地笑，但仍然是笑，“你知道……不管你做什么，大家都会期望你成为其他人。但如果你很聪明又幸运又拼命工作，那你就会发现周围的人都期望你成为你想成为的人。”

“哈，这个我倒没有想过。”

“你呢？”劳伦斯站起来想换个方向，但只是微微晃了晃，“在有课的晚上，这个点一个人跑出来干什么？”

“工作。”帕特里夏也站了起来。她要把劳伦斯完好无损地送回家，然后让他躺下睡觉。“我的工作时间很长。”

“你自己一个人工作？”劳伦斯说。

他们跌跌撞撞地下了山，朝海特走去，那里会有出租车出来接从最近的首尔救灾捐款活动回来的孩子们。

“我什么事情都是一个人做，”帕特里夏说，“我去了那个会让人得幽闭恐惧症的名叫艾提斯利迷宫的小学校。所以在大城市里我还是喜欢一个人行动，在这里没有人知道我是谁。你知道吗？我感觉长大后的生活就应该是这个样子。”

她叫了一辆出租车，先把劳伦斯送回家。劳伦斯在走出车门，被安全带绊倒的时候，塞了 20 美元给帕特里夏。她看到他的小腿磕在门前的台阶上，有种类似想要保护他的感觉。她让出租车一直等到他进了门。

* * *

在去萨克拉门托的路上，其他巫师都在想着法地就“强化”对帕特里夏进行说教。她坐在川岛的雷克萨斯后座上，一边看着高速公路疾驰而过，一边听川岛吓唬她，说她把自己太当回事了，使用自己的力量太草率了。多萝西娅时不时毫不违和地打断一下，尖声说着一些不存在的事，比如：“你朝我这边的窗户扔石头，结果那些石头在半空中变成了手榴弹。”（多萝西娅是一位年长的天主教徒，一头黑白相间的头发，戴一副笨重的眼镜，穿一条印花棉布长裙，她从来、永远不会说真话，或许忏悔的时候除外。）

等他们到的时候，帕特里夏感觉像个怪物，而且她一直在想象托比冻伤的尸体躺在飞艇上的样子。

其他人正在萨克拉门托做非常重要的巫师工作，所以帕特里夏有时间在正午阳光灼热时到处逛逛，看看手机上关于法国的枯萎病、朝鲜半岛的动乱、大西洋上新的致命超级风暴的新闻。所有这些她都无能为力。之后，她的余光落在路边一个流浪汉身上。他正盯着她，一只手上拿着一个空的重量杯。她转过来打量他：破旧的脏外套、满是污渍的运动裤、生病、营养不良。纸板上的字破旧褪色，已经没有人能认出来。他身上有一层污泥，还有蜘蛛网，甚至还有苔藓。正常情况下，如果是她一个人晚上在城里出来，她会毫不犹豫地治疗这种境况的人。但川岛和多萝西娅就在附近，而且她从来都不知道他们怎么看待“强化”。他们从来没有给过她一个清晰的指导方针。她内心挣扎着，挪近了一点点。这个人需要她的帮助，掌握主动权应该不会错。对吧？她看向他黑色的小眼睛，能看出他被践踏的自尊，然后她伸出手——

她突然意识到眼前那张瘦骨嶙峋、饱经风霜的脸是她中学时的指导老师，罗斯先生。她感觉自己怒火中烧，差点吐出来。

“别担心，”罗斯先生用嘶哑的声音说，“我不会试图杀你的。就算试了也杀不了你。你现在已经变得很强大了，而且我这些年已经毁了。但你必须知道，我当时做的事情是正确的。我看到了未来将要发生的事情。帕特里夏，你将身处无边的痛苦之中。你会背叛，会毁灭。如果你还稍微有点良心的话，现在就应该自行了断。”

长久以来，她一直想象着这一刻。在她一夜一夜地出去，一直待到黎明的时候，她曾为这一刻演练过许多次。直面这个残忍的虐待狂，让他看到她是不会被吓倒的。但她没有想到他会如此无助，竟然真的食不果腹。她忍不住要同情他。起初，她没有在意他说的什么她应该自行了断的话——后来，她气得往人行道上呸了一口。

“干得不错。”她说。但她的胳膊和脸却烧得像最毒的毒漆藤。“你以前跟我说的一切都是谎话。”她对人行道上那个缩成一团的老人说，“这就是你干的事情。”

“我还以为你这个等级的巫师应该能看出我是不是在撒谎。求求你了。求你一定要听。”他抬起头，帕特里夏惊讶地发现他肮脏的脸颊上竟然满是泪水，“我杀了那么多人，但我仍然不忍心看到你和你的朋友们将要带来的一切。他们告诉过你关于‘天启’的事情吗？”

“什么事情？”帕特里夏后退一步，“算了，我不会再听你说任何话了。”

“你必须听！帕特里夏·德尔菲纳，我比任何人都了解你。”她一直向后退到停车计时器上，他从纸板垫上站起来，用一根缠着绷带的手指指着她，朝她喷着臭气：“在你还是个孩子的时候，我监视了你好几个月。我把车停在你家外面。我偷听你们所有的谈话，不管是白天还是晚上。我什么都知道。我知道那棵树！”

“什么树？”帕特里夏吞了吞口水，“我不知道你在说什么。”

“问问他们‘天启’是怎么回事。问问他们！看看他们怎么跟你说。”

“哦，该死，”川岛从旁边的五金店里走过来，一只手里还抓着一个晃来晃去的塑料袋，“这一定是在开玩笑吧。又是这个混蛋？”

“狄奥多尔夫，”多萝西娅看着那个满身污垢的人，站在川岛身后说。虽然只是个名字，但她成功地以最羞辱的方式说了出来。

“你们认识这个人？”帕特里夏问。

川岛没有理她，继续对狄奥多尔夫说：“你真是坏透了，伙计。就像是难治的疹子。我以为我们很久以前早就把你杀死了。”

“我这么多年一直生不如死，”狄奥多尔夫·罗斯直了直身子，似乎很骄傲，“但我必须到这儿来提醒德尔菲纳小姐。她，曾经，是我最优秀的学生。在她还是个孩子的时候，我看到了她长大后的样子，就像现在这样。毁灭的样子。我想应该让她知道。”

“让我猜猜，”川岛说，“你吹了一些蒸汽，然后产生了幻觉。对吧？那些未来的景象都是胡说八道，而且我应该知道，我是这周围最强大的吹牛皮专家。多萝西娅，你愿意招呼招呼他吗？”

罗斯先生仍然挣扎着大喊他所看到的那些景象：疯狂、毁灭以及这个世界的黑洞。但多萝西娅走过来，小声说了一个她以前认识的一个男人的故事。那个男人以前是一个做坠子的工匠，日本人把那些小雕像坠子当作和服扣，但他同时还是一个熟练的刺客，他做的一些雕像里藏了致命的机关：小毒针、存放毒烟的地方。那些致命的坠子总是被做成一个淫荡的漂亮女人的样子，你可以把它送给某个人，你知道那个人肯定会戴着它死去。直到有一天，男人迷糊了，把一个装了弹簧的致命飞镖塞进一只青蛙肚子里，他本来是想放到一个艺伎身上的。后来，他把那只青蛙卖给了一个他最喜欢的顾客，那位顾客那天晚上肯定会戴那个青蛙坠子，而且，他不知道那个男人还有个当刺客的副业。他该怎么提醒他的顾客呢？

讲到这里，多萝西娅的声音变得更轻了，帕特里夏没有听到故事是如何结尾的。狄奥多尔夫也已经不再是听的姿势了，因为不知为何，在大家都没有注意的情况下，他已经从一个人变成了一个只有一寸半高的小木雕像。多萝西娅把他拿起来递给帕特里夏：他变成了一个撩裙子的苗条女子，但却配了一张严肃的青蛙脸。

多萝西娅把雕像放在帕特里夏手掌里，然后把帕特里夏的手指合上，交给她保管。

“真不敢相信我们很久之前竟然没有把那个人渣干掉。”说着，川岛开了雷克萨斯，坐到了驾驶座上。“确实，这个混蛋。”多萝西娅点点头，翻了个白眼。

回旧金山的路上，帕特里夏试图向川岛打听狄奥多尔夫提到的那件事，“天启”——但不出所料，这种问题是最严重的“强化”。

帕特里夏打了个盹，梦里，她试图搞清楚多萝西娅讲的那个故事结局到底是什么。之后，她突然想到了答案：那个坠子工匠/刺客只能从顾客那里拿回那只青蛙，如果必要的话就采取武力，并且在这个过程中会牺牲自己的性命。最终，那只青蛙必须杀掉一个人——如果不是那位顾客，那就是制作它的那个男人。

* * *

看到罗斯先生变成这样，帕特里夏没有一丁点解脱感。他看起来那么可怜，她甚至要努力控制才能不让自己产生罪恶感。而且，她一直在想，罗斯先生说的可能是真的，她可能注定要成为一个战犯。川岛一直坚持说那些关于未来的景象狗屁不是，但他换口气又对帕特里夏说她的骄傲很危险。最后，她在内心自言自语，她是一个可怕的、毁灭性的人，她应该每一步都格外小心。

就在她从萨克拉门托回来后，她必须冲到田德隆区去照看雷金纳德——她作为“美丽人生项目”的志愿者被分配到的艾滋病病人。像往常一样，她帮他打扫公寓、做健康早餐、帮他买东西。但当她看到他坐在一尘不染的木摇椅上时，突然停住了，她想：这一次，我就要这么做。我要治好他。因为，为什么不呢？这很简单。

只是她清楚地知道，川岛和其他人对于这件事会怎么说。你不能直接跑去把别人的不治之症治好了，尤其是当所有人都知道你在那儿的时候。这样会引发许多无法回答的问题。或许，治愈雷金纳德就是她变成某种怪物的第一步，就像罗斯先生曾经警告过的那样。

“我希望是好的进退两难，”雷金纳德打断了帕特里夏的幻想，“不管你是在犹豫什么。”

她走过去坐在雷金纳德旁边，握住他的一只手。我就要这么做。反正她每次来的时候都会减少他的病毒量。完全把他治好也不会是什么了不起的大事。对吧？

雷金纳德的工作室闻起来有大麻和金香木的味道。他很瘦，花白短发，戴一副埃尔维斯·科斯特洛式眼镜，脖子上有突出的青筋。

“我只是在想，”她说，“这个世界上有那么多疯狂的问题。比如，我刚刚读到我们可能很快就会看到蜜蜂在北美灭绝。如果这件事真的发生了，食物链就会崩溃，会有许多人饿死。但如果你有能力改变这一切呢？你可能还是不能修复一切，因为每次你解决掉一个问题，就会引发另一个问题。而且，或许所有这些疫病、干旱都是自然寻求平衡的方式？我们人类已经没有任何自然天敌，所以自然只能想其他办法来控制我们。”

雷金纳德苍白的躯干上全是文身，每个文身代表他在美洲发现的一种昆虫。这些昆虫图案像是出自维多利亚时期自然主义者的手册，只有画在各处的彩色斑点。随着雷金纳德的身体发生变化，他的皮肤变得松弛褶皱，肚子变大，导致那些昆虫和蝴蝶看上去像是在缩回翅膀，抽动脑袋。他的胸大肌上全是黄蜂，手臂上是亮闪闪的甲壳虫，像袖子一样。

“你知道，我是个大自然迷。”雷金纳德说，“而且，自然并不会‘想办法’做任何事情。自然没有观点，没有目的。自然提供运动场，一个不是特别标准的运动场，我们在这个运动场上与所有或大或小的生物竞争。更像是自然的运动场上充满了陷阱。”

最后，她停止了直接完全治愈雷金纳德的行为。像往常一样。

* * *

帕特里夏梦见自己在森林里迷了路，就像她小时候一样。脚趾被树根绊到，在落叶上打滑，感觉像被洞穴似的湿土的味道往前送。乌云一样的昆虫飞到她眼睛里，飞到她鼻子上。终于可以出城了，她高兴地大笑起来，她笑得太用力，以至于把那些死虫子喷了出去。之后，她走进一团荆棘中，荆棘划破了她的皮肤，而且紧紧聚在一起，导致她没有办法在不被撕碎的情况下前进或后退，她的眩晕变成了焦虑：要是有人需要她的帮助怎么办？或者其他巫师需要她怎么办？要是在有人遇到麻烦的时候，她却擅离职守该怎么办？

她越想冲出那些蕨藤，它们在她身上就刺得越深，直到她意识到这是她的梦，在梦里，她可以随时飞。她从灌木丛中上升，沿着嵌满树根的陡坡向上飞。之后便看到了它：又大又黑、像一群乌鸦组成的树枝和树枝。一棵巨大的古树，充满耐心，满载着回响不绝的回忆，成对的树枝波浪般起伏，像是在打招呼。

* * *

“不能在电话里跟我说的到底是什么事啊？”劳伦斯从柜台端来咖啡，问道。

作为回答，帕特里夏只是从包里拿出那个小木雕像，然后告诉劳伦斯他是谁。罗斯先生抬头望着他们，大眼睛的青蛙脸有一瞬间看起来特别虔诚，但下一秒又变得非常诡异。

“这是他？这是那个真人？”劳伦斯一直拿着雕像在灯底下看，好像试图找到一些相似之处，“他也太……小了。”

“对，”帕特里夏说，“我不知道该怎么处理他。”

劳伦斯和帕特里夏所在的咖啡馆叫“信任圈”，大约在18个月之前成了瓦伦西亚街廊道的时尚咖啡馆。咖啡馆里仍然保留着所有的漂亮木质家具和昂贵的咖啡机，但里面却是半空的，因为那些上流人士已经换到了一条街之外的新咖啡馆。信任圈里正在举行画展，主要是一位28岁的女性创作的手指画，配着大煞风景的幼稚文字泡泡。虽然有种种缺点，但这家咖啡馆超贵，不过俩人还是AA制。

“看到他那么无助，被变成这么个小东西……并没有改变我记忆中他那高大、可怕的样子，”帕特里夏说，“就像是两个不同的人。而且，听起来过去几年里他好像让其他巫师非常头疼。因为他疯了，而且还看到了一些世纪末日的幻象。这就是他最初来我们学校的原因，因为他认为我长大后会变成怪物。”

“哈。”劳伦斯盯着那个雕像。帕特里夏潜意识里感觉到那撩起的裙子多么暧昧猥琐，整个雕像多么诡异。“但你没有。我的意思是，长大后没有变成怪物。好了，他什么时候说过一句实话，不管是什么事？”

“没有。”帕特里夏说。她拿起雕像，重新把他放回包里。她会求川岛把罗斯先生拿走。“没有，他没说过实话。”

“他就是个撒谎成性的人。现在是，以前也是。我也不知道应该用什么时态。”

应该有更好的结束谈话的方式，而不是突然扔出你童年时代最憎恨的权威人物，而且是缩成大拇指大小的。但帕特里夏想不出来。两人一边啜着咖啡一边摇头，陷入往日一幕幕重现的可怕回忆中。帕特里夏不得不接了一杯水一饮而尽。虽然太阳已经逐渐落下地平线，但咖啡馆凝滞的空气仍然像正午一样热。

劳伦斯盯着帕特里夏的包，里面放着那个雕像。“我一直在想他是怎样差点毁了我的人生。这也是我如此渴望成功的原因之一，因为我差点连这个机会都没有，”他突然站起来，“好了，我想给你看个东西。”帕特里夏再次被他的身高惊到。帕特里夏也很高，但只到他的锁骨。而且，他有足够对付九只白鼬的力气。

帕特里夏随着劳伦斯来到教会街，然后绕过几条小路，一直到了肖特维尔街附近，这是一条那种只有一两栋建筑的街。又是烦躁灼热的一天。帕特里夏想起听说这里原来有一条小溪，后来干了铺成了路。有时候她想象自己仍然可以感觉到那消失的生态系统的水流。

他们到了一幢与其他大楼没有任何区别的水泥大楼前。劳伦斯拿出一把钥匙，但并没有插进褐红色钢门上的锁眼里。相反的，他在凹入墙中的键盘上输了十几个数字，帕特里夏根本没注意到那里还有个键盘。然后，他才把钥匙插进锁眼里转了一下。

在两段半楼梯上面，有一扇钉了一堆金属钉的门，上面挂着一个牌子：“解决方案延后。明天回来。”劳伦斯敲了十七下门，是一系列非常精确的长短不一的敲法，之后，门便打开了。

“欢迎来到‘百分之十计划’，”劳伦斯说，“不过，这是本地办公室。”

铁门后面的空间比想象中更大，而且比外面冷得多：方形的复式房，沿着天花板一侧边缘有一扇不透明的天窗。人体工学椅子靠在堆满了各种设备、焊铁、Arduino[①] 板和激光工具的工作台上。但房间里的中央摆饰却是一台有一辆别克车那么大的大型设备，最顶端像是射线枪的喷嘴。枪口瞄准的地方是一个白色的有机玻璃圆圈。

劳伦斯向屋里的三个人轮流介绍帕特里夏：

塔娜是非裔美国人，戴着电焊面罩，穿着一件背心和短裤。她的小臂很粗壮，但脖子和肩膀却很灵活。塔娜什么东西都会造，劳伦斯说——实际上，她在很久以前通过与劳伦斯一样的方式找到了米尔顿——搞明白网上的一些电路图。只是再也没有其他人能成功地应用那些电路图，而那些电路图的最终成果就是那台弯筒射线枪。塔娜挥挥手，然后继续朝各个方向发射电弧。

安雅是个长着雀斑的中西部女孩，栗色头发的发梢部分是蓝色的，像是染到一半放弃了。她穿一件牛仔外套，戴一副笨重的工程师眼镜，像是个从来不会笑的人。她嘟囔着说劳伦斯不该带外人来参观。

苏卡塔蓄着浓密的黑胡子，一口南加州冲浪者的口音，穿一件卡尔科技的 T 恤衫。劳伦斯悄悄告诉她，苏卡塔本来想去电视台工作的，甚至还在《宇宙之外》栏目做过实习生，但现在他又沦落到了自己的第二职业选择——在现实生活中拯救世界。

帕特里夏不确定自己是否应该问问那台拥有大型真空管体的尖嘴大机器。但不管怎样，劳伦斯已经开始解释了："我们正致力于解决重力问题。"他检查了机器上的一些读数。"我们并没有真的

---

① Arduino 是一种经济的、可调节和可编程的开源微处理器，可读取其模拟插脚处的电压形式的数据输入。

克服重力，只是有一些孤立的实例。而且，关键不在于克服重力，而是要控制重力。我们知道在我们的宇宙中，重力是一个很弱的力，也就是说，在其他什么地方，重力是一个很强的力。而我们就是要找出是哪里，或者是在什么条件下。”

“哇哦！”当然，帕特里夏不必依靠酷炫的射线就能飞，但也只有在条件确定，以及/或她可以哄骗别人跟她达成交易，内容包括给予她飞行的力量时，（或者做梦的时候。）可以将重力打开或关上，或者控制这种力量，这个想法令她十分惊奇。

她要赶不上川岛布置的新任务了，目标对象是一名对北海灾难负有部分责任的石油高管。但她想留下来欣赏劳伦斯的机器。劳伦斯给她看了那些读数，这表示他们在没有引起任何爆炸的情况下将这么多能量投入到了那光滑的管道中。

“这绝对是一台了不起的机器。”帕特里夏说。对，一件伟大的工程设备，既美观又符合要求，既闪亮又结实。她对这台机器的喜爱就像是对瓦伦西亚潮人画廊里出售的古老手动打字机，或者漂亮蒸汽机一样。这些东西都是自大的产物，因为它们总是坏掉，或者更糟糕地毁掉一切。但或许劳伦斯是对的，这些设备使作为人类的我们独一无二。我们制造机器，就像蜘蛛织网一样。她盯着红色的黄蜂状底盘，想到就在不久之前，她曾那么讨厌劳伦斯。或许她不应该评判他——评判也是一种“强化”——或者这台设备凝聚了她从一开始一直到现在对他的所有崇拜。是的，这是他们俩都打败了这个世界上无数个罗斯先生的标志。

“太美了。”她说。

4.

劳伦斯和帕特里夏坐在沙发上，一边用精灵状的烟斗吸着大麻，一边聊他们各自的恋爱问题。劳伦斯说着塞拉菲娜、正在进行的“死缓”，后来，他为自己滔滔不绝的独白感到尴尬，便问起帕特里夏上次跟她一起喝酒的那个家伙。凯文，那个画网络漫画的家伙。

“呃，”帕特里夏拿起烟斗深深地吸了一口，然后才回答，“这个不太好说。我到现在也不知道我和凯文到底是在约会，还是说只是玩暧昧。每次在外面过夜，他总是试图半夜偷偷溜走。不过，在我接受了那些训练后，没有人可以从我身边溜走。所以，他最后只能好好跟我说再见，或者一直待到早上。这两种方法他都试过了，但似乎都不太适合他。”

“啊。”

“我一直想跟凯文谈谈，我们到底算怎么回事，但后来没有谈成。”

不知为何，罗斯先生的木雕成了劳伦斯和帕特里夏关系的转折点，他不仅是他们关系的黏合剂，同时也提醒他们，在八年级时，他们曾经见过彼此彻底失败的样子。帕特里夏可能是最不会对劳伦斯感到失望的人，因为她已经见过最差的他。实际上，这是几个月来劳伦斯最放松的时候，而这不仅是精灵烟斗的功劳。

有一会儿，俩人都没有说话，直到帕特里夏改变了话题：“你父母怎么样了？还是希望你多去户外吗？”

“我想他们现在其实挺幸福的，”劳伦斯说，“他们俩大约七年前离了婚，我妈妈又找了一个喜欢看鸟的人。我爸爸辞掉了那份糟糕的工作，回到学校当了一名高中老师。我以前一直觉得他们俩如果分开的话会更幸福，虽然你绝对不可能支持你的父母那样做。你父母呢？”

“他们，呃……还好，”帕特里夏说，“其实，他们有几年跟我脱离了关系，但去年他们又努力想跟我团聚。”她叹了口气，从精灵脑袋上又吸了口烟，虽然她的喉咙已经有点痒。“说起来，这还得感谢我姐姐。罗伯塔时不时地被抓进去，要不就是躺在急诊室里。以前，她是集他们俩的宠爱于一身。但现在，我父母突然发现我找了份工作，而且没有犯罪记录，他们现在已经决定，我可以成为那个好女儿。就好像我和罗伯塔可以直接换个位置。我也不知道该怎么办。”

劳伦斯本来还想说点什么，但伊泽贝尔突然回来了。她浑身湿透了，因为外面在下雨，而且，从雨伞那充满抱怨的服务噪音和伊泽贝尔左侧的外套已经湿透、右侧却完全干燥的事实来判断，那把试验中的自变形雨伞卡在了非优选形状。他小时候第一次见到她时那引以为傲的棕色长辫子已经不见了，取而代之的是一头灰色波波短发。

“哦，天哪，”劳伦斯说，“安柏大人让你失望了。”他一直没找到跟这个绰号很搭的人，但一直在尝试。

伊泽贝尔哼了一声，把“安柏大人”扔到了厨房水槽里让它沥干。“安柏大人”抱怨了一声，试图变成防止水槽进行任何内部冲刷的形状。但又卡住了，发出很大的抱怨声。

“真不酷，”伊泽贝尔做了个鬼脸，“一点儿也不酷。还不如普通的雨伞好用。哦，你好。”她把泪水擦得差不多了，这才看到坐在沙发上的那个陌生女孩。“见到你很高兴。我叫伊泽贝尔。”

帕特里夏说了自己的名字，俩人握了握手，然后，伊泽贝尔便跑去换衣服了。再回来的时候，手里拿了一杯白兰地。她坐在帕特里夏旁边的沙发上，开始有一句没一句地闲聊，说这场雨又要把世界上什么地方给淹了。

“我想我听说过你，”伊泽贝尔对帕特里夏说，“你认识劳伦斯的时间跟我差不多。他好像这一生都在寻找各种人。”她瞥了一眼劳伦斯，他不安地扭动了一下，因为他意识到自己似乎确实如此。

他们的房子在很高的山上——虽然叫“谷”，但诺伊谷大部分都是陡峭的山坡。客厅的落地窗正对着花园前面的下斜坡，外面的树也长得更高。树木和房屋高度都大不相同的波特罗山与他们所在的这座山遥相呼应。前厅的天花板很高，随后是一段螺旋楼梯一直通到第二层，那里是伊泽贝尔的卧室、卫生间和书房，还有一个可以俯瞰客厅的阳台。劳伦斯的卧室在下面几个台阶处，厨房另一侧上方，可以看到小小的后院。

他们三个叫了墨西哥卷，想着雨已经停了很久，应该可以勉强下山去取了。晚上天又暖和起来，虽然街上每个角落都有许多水坑，天上还是乌云密布。劳伦斯走在帕特里夏和伊泽贝尔中间，因为被女人包围觉得很不自在。尤其是俩人还越过他说话。

“你跟劳伦斯是怎么成为室友的？”帕特里夏问伊泽贝尔。

伊泽贝尔说了劳伦斯小时候跑去看火箭的事情。“我一直有点留意劳伦斯，他从麻省理工毕业后，我就让他到我的空房间里来住一阵。实际上，劳伦斯几乎不着家；我都好几个星期没见过他了。这只能说明一件事：‘红矮星’马拉松。”

劳伦斯翻了一个大大的白眼，虽然他的心情确实有点像面临长期以来害怕的马拉松。

从伊泽贝尔的角度来说，她刚从格陵兰岛回来，米尔顿·德斯在那里建了一座可以存续上万年，并且只有解开一道数学题才能打开的地窖。“样子很像防空洞，包括一个卡迪电脑商店和高端殡仪馆。所有的东西都是用闪闪发光的钢、铬和大理石制造而成，然后用玻璃隔开。”

“地窖里有什么？”帕特里夏问，“种子？基因材料？”

“不是，”伊泽贝尔说，“米尔顿预测五千年或一万年后打开那座地窖的人应该有很多食用作物，否则他们根本就不会出现在那附近。里面全是科技知识。图表、规划——最重要的，一本重现我们技术水平的指导手册，内容包括如果没有化石燃料或找不到其他某些元素该怎么办等等。他设想找到这座地窖的人基本上应该具备19世纪初的科学水平。对，这样就可以延续下去。至少那个地窖很容易找到：整个地窖中的电子设备会形成一道垂直的光束，就像探照灯的光，每天发射两次，至少发射一万年。这也是最难制造的部分之一。”

“那个项目就是弄着玩的，”他们穿过卡斯特罗街时，劳伦斯说，“米尔顿认为一百年后人类就不存在了，更不用说几千年了。这不过是他想留条退路罢了。或者说想让自己良心稍微好过一点。”

“这让我免费去了三次格陵兰岛，”伊泽贝尔说，“说实话，我觉得米尔顿的观点取决于他今天又毙了多少实习生。”她眯着眼，表明这只是个笑话，米尔顿没有毙了任何实习生。

吃晚餐时，伊泽贝尔聊了更多她换工作的事情，从做火箭到成为米尔顿“百分之十计划”的一员。“我以前总是梦到火箭，”伊泽贝尔舀了一勺玉米片放在公用的萨尔萨辣酱里，“好多好多个月里，每天晚上都会梦到。在我们突然关闭‘灵敏航空公司’后。我做了很多奇怪的梦，梦到每分钟都有火箭要发射，但我们却把最后的遥测技术弄错了。要不就是我们要发射火箭，那火箭漂亮、骄傲地升空了，之后却撞上了喷气式客机。最糟糕的梦是哪里都没有错，火箭飞了好几个小时，我就坐在地上，含着眼泪一直看。”

“哇哦！”劳伦斯拍拍伊泽贝尔的手腕，“我都不知道。”

“那你后来怎么不再梦到火箭了？”帕特里夏问。

“我想，我可能就是厌倦了，”伊泽贝尔说，“厌倦是心灵的疤痕组织。”

* * *

劳伦斯和塞拉菲娜来到一家号称选用当地食材等等的有机汉堡店，塞拉菲娜说起了她的情感机器人。“你肯定不会相信启发法。这种方法不但可以识别面孔，而且可以识别每张面孔的习惯性情感状态。他们正在了解情绪的概念，他们马上就要有情绪了。情绪是很奇怪的——情绪不仅能体现情感，甚至可以维持情感，情绪就像是一种疾病状态。比如，我们会说你怀恨在心。”

塞拉菲娜似乎已经忘了劳伦斯正在“死缓”。他给她买了一条漂亮的丝巾，那条丝巾恰好很配她的衣服。他正在练习积极倾听。他们有几次非常美妙、一脸灿烂的做爱体验。劳伦斯不再过多地谈论自己。他一直在想“核计划”，并且试着判断何时是实施这个计划的最佳时机：这种事情在你慢慢培养起情绪的时候比作为绝望时的伎俩更有效。劳伦斯想起自己的奶奶朱尔斯，他在她生前最后见过她几次，有一次，她趁没人时将一个戒指盒放到他的滑雪衣口袋里，在他耳边小声说：“把他送给你最后娶的那个人，好吗？”那时的劳伦斯还是个小孩子，他意识到这是一个庄重的请求，便同样小声地对奶奶说他会的。

在心底里，劳伦斯一直坚信他应该被甩。因为在他为了“百分之十计划”每天工作 14 个小时时，他心安理得地对塞拉菲娜不闻不问，或者，因为塞拉菲娜对于他来说太优秀了。但成为成年人及网络黑客的全部意义就在于，你得不到你应得的，你得到的是你能得到的。

吃完汉堡和奶昔后，劳伦斯和塞拉菲娜去看了新电影《龙卷风冲浪者》，就在他们争论该从货摊上买点什么零食时，帕特里夏的电话来了。帕特里夏问现在打电话过来是不是不太好，劳伦斯说有点。

"哦，那我可以等下再打过来。"帕特里夏说。

"什么事？"

塞拉菲娜走开去看酸奶椒盐卷饼了，可能是因为他接电话生气了。她长长的手指掀起卷曲的白色包装，宛若在摘花。她的鼻子皱了皱，然后笑了，好像椒盐卷饼跟她说了个笑话似的。我不会让你离开我的。他对着塞拉菲娜暗暗在心里说道。

"没什么，就是我的朋友们想见见你。你知道的，就是我那些特殊朋友。他们知道我把自己的秘密告诉你了，所以想让你过来吃个晚饭什么的。周四行吗？"

劳伦斯立刻就答应了。但是，如果他不是急着要挂电话赶紧回去做个好男友，他可能会慎重考虑一下跟帕特里夏的"特殊朋友"们共进晚餐，或许会编个理由推脱。

"谁的电话？"塞拉菲娜问。劳伦斯说是他的初中同学，就是很奇怪的那个，这样塞拉菲娜便说，她不认为帕特里夏很奇怪。

电影真烂。看完电影后，塞拉菲娜和劳伦斯回到了塞拉菲娜家，体验了劳伦斯有生以来最棒的一次做爱，俩人用力咬住对方，在对方身上留下自己的印记，在原本觉得自己肯定会毁掉一切的时候仍然激烈地互相碰撞。他们互相交缠着，一起颤动着，直到劳伦斯不得不去尿尿。他必须提醒自己不要尿个尿就冲水，因为大家都在节水。当劳伦斯回到床上时，塞拉菲娜已经睡熟了，胳膊肘朝着他这边。

* * *

从那次看电影一直到周三晚上，劳伦斯一直在工作台前忙碌，因为"百分之十计划"总是处于危机模式，米尔顿一天 24 小时、一周七天不停地打劳伦斯的电话。米尔顿不停地提议，或者更确切地，威胁说要将劳伦斯和他的小组成员们重新安置到郊外的安全屋中，好让他们不受干扰地专心工作。好像劳伦斯没有快把自己逼疯了、没有把计划视为自己的全部生命似的。

劳伦斯勉强有时间冲回家，迅速冲个澡，换了身衣服，然后去教会街见帕特里夏。他们要在某个二手书店见面，那里住着一名巫师。那个巫师好像有残疾、困在家中什么的，所以只能整天整夜地待在自己的小书店中，劳伦斯怀疑那家书店是非法经营。

劳伦斯闭上眼睛就看到液晶显示屏上的鬼影，顿时吓得没了睡意。在离那家书店还有几栋楼的时候，劳伦斯站在包培根香肠车旁边的角落里，突然开始感到恐慌。他会说错话，那些人会把他变成个小玩意。就像罗斯先生那样。

“调整呼吸。”劳伦斯对自己说。他成功地将一些氧气供应至大脑，感觉像是一种缺觉的临时补救措施。这疯狂的热浪极有可能会让他脱水，所以他从那个卖包培根香肠的家伙那里买了点水。之后，他强迫自己朝那座挂着西班牙语牌子的三层购物商场走去，感觉到自己的生命中真的很需要帕特里夏。

商场看起来已经废弃了，一层只有一盏灯指引他走上蜿蜒的楼梯，他沿着楼梯走过看起来一片死寂的旧美容用品店，一直到了顶层，那里有块牌子，上面写着：“危险。书店照常营业。”劳伦斯犹豫了一下，然后推开通往“危险书店”的门，一阵铃声随之响起。

书店里的空间意外地大，铺着一床看似对称的旧地毯，但后来才发现中央的大火轮和花印得偏右了。墙边堆满了书架，并且从侧面向房间内突出，书架被分成“流亡者和偷渡者”、“恐怖爱情故事”等几类。那些书中，英语书和西班牙语书大约各占一半。除了书，每个架子边缘的高处都放了一件纪念品：古代仪式匕首、塑料龙、各种古币，还有一件貌似维多利亚女王束身衣上的鲸须制品。

劳伦斯刚朝危险书店里面迈了两步，就有人用一柄紫外线权杖在他身上扫了一遍，杀死了他皮肤上的绝大多数细菌。帕特里夏从一张铺了软垫的漂亮椅子上站起来抱了抱他，小声跟劳伦斯说千万不要碰欧内斯托，那个坐在红色躺椅上的人——也就是那个永远不能离开书店的人。欧内斯托已经几十年没有晒太阳了，但他的皮肤还是温暖的棕色，长长的脸上颧骨很高，还有深深的皱纹。他花白的头发编成了一根辫子，眼睛周围画了眼线或者眼影妆之类的。他穿着一件深红色睡袍，一条蓝色丝绸睡裤，所以整个人看上去很像海夫纳[①]。他朝劳伦斯打了个招呼，并没有从躺椅上起来。

所有人都超级友好。首先给劳伦斯留下印象的并不是某个人，而是一群人同时围着他说话，帕特里夏就在房间的另一头看着。

一位个头较矮的老太太身上挂着一副大眼镜，黑白相间的头发精致地束在脑后，她开始给劳伦斯讲自己的一只鞋爱上一只超大号袜子的故事。一个高大英俊的日本人，穿着一身西装，蓄着整齐的胡子，询问劳伦斯一些关于米尔顿的财务问题，劳伦斯发现自己想都不想便回答了他。还有一个不确定性别的年轻人，留着一头钉子状的棕色短发，穿一件灰色卫衣，想知道劳伦斯最喜欢的超级英雄是谁。欧内斯托则一直引用黛西·萨莫拉的诗句。

他们看起来都那么友善，劳伦斯丝毫不介意他们同时开口，让他完全没有缓冲余地。也有可能是因为魔法的缘故，他应该被吓坏的。但他太累了，根本没有精力去担心那些没有自己找上门来的事情。劳伦斯很紧张，怕自己身上有股包培根香肠的味。

书店里没有发霉的“旧书”味，反而有股很好闻的香味，像是劳伦斯想象中威士忌桶里还没有加入威士忌陈化时的香味。这是一个你可以陈化得很好的地方。

---

① 休·海夫纳（Hugh Hefner，原名：Hugh Marston Hefner, 1926 年 4 月 9 日 – ）是一位美国实业家，杂志出版商。休·海夫纳是世界著名色情杂志《花花公子》的创刊人及主编，以及花花公子企业的首席创意官。

大家在争论是出去吃晚饭——大家，不包括欧内斯托——还是把吃的带回来。“或许，我们可以去尝尝那家新开的潮人小吃店。”帕特里夏建议道。

“小吃！”多萝西娅拍手表示赞成，手镯随之叮当作响。

那个不确定性别的人——让人无助的是，他/她的名字竟然叫泰勒——说，或许劳伦斯在中间地带会更自在。

“对对，你们一定要去，”欧内斯托用带着一丝拉丁口音的粗哑嗓音说，“去吧！完全不必担心我。”最后，欧内斯托大声坚持让大家直接扔下他不要管，结果，所有人都主动要求留下来陪他。

劳伦斯忍不住想，他是否刚刚见证了一场巫师之间的对决。

他们不知道怎么追上了一辆正在运输途中的韩式墨西哥卷卡车，趁车子等红灯的时候买了十几个辣韩国烤肉和烧烤豆腐墨西哥卷。劳伦斯的墨西哥卷里放了很多香菜和洋葱，是他私底下很喜欢的那种。他的焦虑渐渐消失，开始嫉妒帕特里夏有这么可爱的朋友。如果这是劳伦斯朋友圈的聚会，现在应该已经有人急着要证明自己是某个领域的最高专家了。大家会盲目地互相攀比。但这里的这些人看上去却似乎互相包容，还互相喂墨西哥卷。

他们都在书店的折叠椅上或几把真正的扶手椅上坐下。最后，劳伦斯坐在那个不确定性别的年轻人泰勒和不确定年纪的老太太多萝西娅中间。

劳伦斯正嚼着墨西哥卷，多萝西娅笑着凑了过来。“我曾经开过一家餐厅，那家餐厅在世界上十几个城市都有门，”她小声说，“每个入口都贴着不同的菜单，宣传不同的菜品，但我们根本没有厨房。我们只有桌子、抹布和椅子。我们就在不同大陆的城市之间来回上菜。所以你说，我们是餐厅呢还是运输管道呢？”劳伦斯不确定她说的是真的还是只是自我揶揄，抑或两者皆有。他目不转睛地看着她，她的脸上突然又满是笑容了。

吃完晚饭后，欧内斯托悠闲地走到一个标着“已经结束的派对”的书架前，那里主要是各个帝国的历史。他一挥手拿下一本《衰落与瓦解》，书架便摇晃着打开了，露出一条通往神秘酒吧的通道，酒吧墙上有一盏小仙女霓虹灯，还有一块牌子，上面写着“绿翼”。绿翼酒吧是与危险书店类似的另一个椭圆形大房间，不过这个房间中央装饰有一段圆形的吧台，还有一个摆满了苦艾酒的单侧货架。酒瓶大小形状各异，表面装饰有新艺术风格的少女、水晶龙和羊皮纸手稿。远处的角落里，已经有几个穿着束身衣和娘娘腔裙子的人坐在高台边喝酒了，但他们无一例外地朝欧内斯托打招呼。

欧内斯托爬到吧台里面，开始把瓶子里的酒倒入调酒器中。帕特里夏在劳伦斯旁边待了很久，小声对他说欧内斯托调的或者碰过的任何饮料他都要小心。“小口抿一下就行了，”她建议道，“如果你明天还想留着脑子的话。”

这里没有一个人看起来超有影响力，如果他们在统治这个世界的话，那他们隐藏得很好。实际上，时不时地有人说起世界是多么混乱，他们多么希望情况能有所不同。

欧内斯托给劳伦斯调了一杯鲜绿色的东西，映着霓虹灯光十分耀眼。劳伦斯把那东西送到嘴边之前，看到了帕特里夏警告的眼神。那东西闻起来很香，他必须努力克制自己才能忍住没有一下子全倒进嘴里。他嘴里充满了惊奇和愉悦的感觉，里面掺杂了各种浓烈、香甜、清澈的味道，他需要一直抿才能品出一半。

劳伦斯感觉自己的腿软了。他跌跌撞撞的，直到有人把他扶到一张 18 世纪的锦缎椅子上，他再次迷失了方向。他意识到这是一个问一些魔法问题的绝佳机会，因为谁也不会责备一个好奇的醉汉，对吧？他抬头看看密密麻麻、模糊不清的形状和光，开始绞尽脑汁地想一个不那么无礼的问题。但他找不出一个动词，或者一个名字来救急。

“很高兴见到你，劳伦斯。”欧内斯托拉过一个凳子坐在劳伦斯面前，他的眼线和没有别住的长长的白头发像是对焦过似的。他把声音降低，变成了谈话的语调，但仍然听起来像是在演话剧，他每一个字的发音都像是舞台上的演员。欧内斯托靠得很近，所以劳伦斯闻到他身上有一种正在传授花粉的整片草地气味。他靠得那么近，如果劳伦斯向前倒，就会碰到帕特里夏的这位导师。帕特里夏说过那会非常糟糕。欧内斯托凑得更近了点，劳伦斯往后缩了缩。

“我必须问你一两个问题，”欧内斯托抿着一杯马提尼说，“是关于你对帕特里夏的打算。她向你坦白了，我们表示赞成，因为每个人都需要一个密友。但你必须答应我们，绝对不能把她跟你说的事情告诉其他任何人。不能告诉你的爱人塞拉菲娜，不能告诉你的朋友伊泽贝尔，当然也不能告诉你的老板米尔顿。你能答应吗？”

“呃，”劳伦斯说，“能。我答应你。”

“你可以迁就我一下，对此发誓吗？如果你不遵守承诺，你就再也说不出一个字？不管是对谁。”欧内斯托大笑着挥挥手，好像只是出于礼节，但劳伦斯看到帕特里夏在后面摇头，瞪得大大的眼睛里满是恐慌。

“呃，当然可以，”劳伦斯说，“我保证。如果我对任何人说起关于魔法的任何事情，我就失去声音。”

“永远失去。”欧内斯托耸耸肩，好像提醒了一个很不重要的细节。

“永远失去。”劳伦斯说。

“我们还有一个小忙需要你帮一下。”那个日本人川岛走到欧内斯托旁边，一起进入了焦点。他们几乎要碰到了。“你看，我们很担心帕特里夏。她小时候经历很多事情。先是狄奥多尔夫那个人渣，然后是西伯利亚那令人遗憾的事情。”

“我讨厌你在我在场的时候，当着第三个人的面谈论我，”帕特里夏说，“更何况你们还在这里逼我的朋友。”

“我们想让你帮我们照看她，”川岛对劳伦斯说，“我们有一些规定，但最大的禁忌就是违反我们所说的‘强化’。让自己显得太重要。所以我们希望你以我们大家都做不到的方式支持她，做她的朋友。还有就是，在她太拿自己当回事的时候，提醒她她只是一个人，跟其他人一样的人。”

“你可以为了她、为了我们做这些吗？”欧内斯托说。

劳伦斯想了一下，如果他不帮帕特里夏控制自我的话，他们可能会让他同意把自己的双手变成鱼鳍。但对于这件事，模糊地说一句“我会尽力的”似乎就足够了。川岛在他肩膀上拍了一下，大家都重复说了几次很高兴见到他。劳伦斯感觉一阵反胃。有人带他去了苦艾酒酒吧远处角落里的小厕所，他蹲在厕所里足足吐了十五分钟才把胃里的东西吐干净。

泰勒和帕特里夏带着劳伦斯在瓦伦西亚街上找素食甜甜圈。他的脑袋像被劈成了两半，眼前直冒金星。泰勒小声在劳伦斯耳边说了什么，他感觉找回了一点平衡，咖啡和布洛芬也起了作用。“你做得很好，”泰勒对他说，“你掉进了可怕的狮子洞里，但你却十分淡定。”

“真是气死我了，”帕特里夏说，“我们以为我是自大狂，但我唯一想做的只是做做牛角面包，过我自己的生活而已。而且，他们不可能不对劳伦斯下咒语，而只是要求他闭嘴，对吧？”

此刻，劳伦斯一下子明白了：他们在他身上下了咒语。确切地说，是诅咒。如果他敢对任何人说起关于魔法或魔法师的一个字，他就永远也不能再开口说话。他心里痛苦地明白，这是真的。当然，没有任何方式可以检验，除非他亲自去试。他盯着自己在橡木桌上转动的大拇指。要是他余生都无法跟别人说话，只能发信息，那该怎么办？

“不是那样的，”泰勒对帕特里夏说，“有人担心你，你应该心怀感激。自从你搬到恶棍自由区后，你一直有点……补偿过度。西伯利亚的事情我也很难过，但我们必须得往前看。”

“好了，”劳伦斯说，“所以，我现在显然是中了……”他再三查看咖啡厅周边，确认没有人在偷听。“除了今晚在书店里的那些人，以后我跟别人说话时必须遵守一些限制。所以，这意味着你们可以给我解释一下，对吗？你们可以告诉我这个是怎么起作用的。我就是有点好奇，仅此而已。”

“听起来很公平。”泰勒又递给他一个甜甜圈。

“对，可以，”帕特里夏说，“但不能在这儿。或许这个周末吧，我们可以去公园里散散步。我还记得你有多喜欢户外运动。”

劳伦斯颤抖了一下，这可能是他恢复知觉的信号。

5.

对于准备自己的第一次晚餐派对，帕特里夏感到战战兢兢的，因为某一部分的她非常痴迷于在自己周围集结许多很酷的人，做一个举办风趣沙龙的女前辈。她花了好几个小时的时间打扫公寓，准备好歌单，烤了面包和邦特蛋糕。室友迪迪和瑞查琳做了她们著名的“被动攻击宽面条”，泰勒穿着一条闪闪发光的裤子，端来一碗蔬菜沙拉。凯文穿了一件深蓝色西服背心，与扎头发的发带正好相配，还带来了奇怪的奶酪。帕特里夏的面包使万寿菊小厨房里充满了温暖的酵母味，她深深地吸了一口气。她已经长大了，举办了自己的晚餐派对。

帕特里夏上沙拉的时候，凯文在跟迪迪和瑞查琳讲遛狗心理学。

（有几次凯文在帕特里夏这里睡下后想偷偷溜走，正好碰到她在沙发上半睡半醒的室友们。她们就开始叫他“不过夜先生”，虽然从来不当着他的面叫。）

迪迪在说他们斯卡乐队最近的演出，同往常一样，乐队里那个蓝头发、瘦长结实的歌手散发出凯瑟琳·汉娜[①]似的天然性感，没有人会想到她其实是个无性恋。

就在帕特里夏去拿面包时，泰勒四处扫了一眼，说这个公寓不错。遗憾的是帕特里夏可能很快要搬到波特兰去了。

“什么？”帕特里夏的手套一下掉在地上。她站在打开的烤箱旁，感觉自己一边冻僵了，另一边又热得要命。

“哦，”泰勒往后一靠，举起双手，“我还以为你知道了。他们正打算把你送到波特兰去。”

“‘他们’是谁？”凯文眨眨眼问。

“忘了我说的话吧。我正在说服学校放弃。”泰勒脸上的笑容不见了，取而代之的是瞪得大大的眼睛和咬紧的牙关。这才像泰勒。他们总是不露声色，所以大部分时间都看不出他们在想什么，但之后便会扔出这种炸弹，看着其他人乱跳。

帕特里夏直接用手抓住面包，让面包烤着自己的手。“真是无稽之谈。他们不能让我搬去波特兰。”在波特兰，所有的年轻巫师都住在一个大房子里，还有宵禁，还有几个年长的巫师看着。

“你打算什么时候告诉我你要搬去波特兰？”凯文说。

“我不去。”帕特里夏说，她急得噎住了，开始咳嗽起来。

“谁要让你搬走？”迪迪坐在沙发上，挑着穿孔的眉毛问，“我不知道。”

---

① Kathleen Hanna，演员，主要作品《Myrna the Monster》、《朋克歌手》、《神力女超人的美国英雄故事》。

“求你们忘了我说的话吧，”泰勒不安地扭动着，“我们快吃饭吧。”

大家看看自己的盘子，又互相看看，但谁也没说话。直到瑞查琳首先打破沉默。

“其实，我认为你最好解释一下，”瑞查琳说，她比这里所有人都大，也是公寓的大租客，“那些人是谁，他们为什么要逼帕特里夏搬走？”她是个很安静的女人，常年一副研究生的样子，一头蓬乱的红头发，温和的圆脸，但当她决定发表意见时，所有人都将注意力集中在了她身上。

大家都盯着泰勒，包括帕特里夏。“我不能说，”泰勒结结巴巴地说，“我只能说，我和帕特里夏是一样的……一样的社工。大家都很担心她。比如，她自己离开了好几天。她什么事情都想自己解决，不让任何人帮她。她必须让其他人参与进来。”

“我让别人参与了，”帕特里夏无力地回应，她的耳朵一直嗡嗡响，“就现在，此刻，我在跟别人互动。”她早就应该知道的。

“但这是事实，”迪迪说，“帕特里夏，我们总是见不到你。你住在这儿，但你从来不回家。你从来不想告诉我们你生活中发生的任何事情。你来这儿已经快一年了，但我觉得我根本不了解你。”

帕特里夏试图捕捉凯文的视线，但感觉却像是在用绳索套蜂鸟。她手里还拿着面包，面包还在烤她的手。“我真的在努力了。你看我此刻就在努力。我在举办派对。”她听到自己提高了音调，直到听上去像她妈妈一样。红色的光晕遮住了她的眼睛。“你为什么要毁了我的派对？”她把好几块面包朝泰勒扔去，泰勒捂住了脸，“你想吃面包吗？你想吃面包吗？吃点破面包吧！”现在，她听起来像极了她妈妈。

她把剩下的面包扔完，然后冲了出去，一边哭，一边使劲往干燥的人行道上啐口水。

帕特里夏第一次去危险书店就爱上了那里，每次爬上那木楼梯，她就会觉得缠绕自己灵魂的胶带打开了一点点。但这一次，当她来到栏杆摇摇欲坠、紫色地毯早已破损的顶层时，只感觉到脖子上的刺痛感更强烈了。

欧内斯托坐在他常坐的椅子上，吃着微波炉加热的冷冻快餐。他超爱微波炉这项发明，因为微波炉不但符合他对即时满足感（“满足欲望的特征”）的热爱，而且可以使食物在他身边放好几分钟而不会长出钉子状的白霉。他穿着一件丝绸袍子，翠绿色的睡衣还有加绒拖鞋，一个膝盖上放着威廉·布雷克的诗集。

“到底是怎么回事？”欧内斯托还没跟帕特里夏打招呼，帕特里夏便直接问道，“你们打算什么时候告诉我要把我送去波特兰的计划？”她差点把标着“好到令人难以置信的想法”的书架碰倒。

“请坐。”欧内斯托指着一把蛤壳状的扶手椅说。帕特里夏本想反抗一下，但后来还是放弃坐下了。“我们不愿意把你送走，但我们确实谈过。你让我们很难看住你。别人想关心你，但你却不接受。”

“我已经在努力改变了，”她在椅子上踢着脚说，今天真是最糟糕的一天，“我一次又一次地努力。所有人都指责我‘强化’，但我真的已经很努力了。我已经很小心了。”

“你理解错了，”欧内斯托起身站到她旁边，她感觉到他身上不同往常的温暖，“大家警告你说你‘强化’，但你却一直只听他们所说的对立面。”

没有人知道欧内斯托为什么会变成这样，但坊间有很多传言。比如，他施了一个很大的咒语，结果遭到了反噬。还有，曾经有一种濒危物种，类似犀牛什么的，所有存活下来的动物都将自己的生命精华注入了一个巨大的生物体内，里面充满了他们后代丧失的潜能。好像是这个巨大的怪兽从乡间经过，被它碰到的所有东西都枯萎了。它的眼睛、耳朵、粗壮的脚趾都冒着血泡，身上发出腐烂的恶臭。故事里说，那个生物威胁到一个镇子，镇子上全是无辜的民众，直到欧内斯托接过它身上过多的生命重负。欧内斯托那么老，他进学校的时候，艾提斯利学院和迷宫还是两所独立的学校。

“所有人都认为西伯利亚的事是我的错，”帕特里夏说，“因为我太自以为是，太鲁莽。”帕特里夏的脑中浮现出托比生前和死后的照片，先是活的他，后来是死去的他，就像来自地狱的 GIF 动图。“他们现在还是觉得我太自大。但我只是想帮忙而已。”

“更用心地听。”欧内斯托说。大多数时候，厚重的眼线让他的眼睛显得很活跃，没有焦点。但现在，他似乎看穿了帕特里夏灵魂中最丑陋的角落。

欧内斯托回到自己的躺椅上,留下帕特里夏一个人在那里反省。这是那些最烦人的测试之一：既是卑鄙的手段也是治愈练习。她很确定自己听得很对。她已经准备好再扔一次食物。

“好，”帕特里夏决定今晚不闹翻，于是说道，“我会更用心地听。我会试着不那么自私，试着更谦逊。我会让别人参与进来，如果今晚过后还有人想跟我做朋友的话。”

“我花了三十年的时间，痛苦地寻找离开这里的方法。”欧内斯托说得特别轻，她不得不冒着生命危险靠得很近。他用眼神看了一眼满是书的房间。“直到最后，我接受现实，这样的囚禁就是我选择付出的代价。现在，我尽可能地享受自己的处境。但你还没有开始体会作为巫师的痛苦、错误、所有的遗憾。能让你承受这种力量的唯一方式就是牢记自己多么渺小。”

他重新拿起威廉·布雷克的诗集，帕特里夏不知道这是不是意味着他们的谈话结束了。

“所以，你的意思是我不用去波特兰了？”

“更用心地听，”书后的欧内斯托只是重复着这句话，“我们不想把你送走。别逼我们。”

“好。”帕特里夏心里还是觉得悲痛而绝望。她意识到自己应该在欧内斯托提出去隔壁给她一杯鸡尾酒之前离开，因为她现在可不想醉得东倒西歪的。

一走出危险书店，她便看到自己手机里全是短信和语音信息。她给凯文打了电话，他现在很担心她，她回了“我很好，就是需要喝一杯”之类的。

半小时后，她靠在凯文的绣花丝绒双排扣外套上，在艺术酒吧湿软的16号密室里一口接一口地喝着“日冕”，墙上是新的涂鸦，一个DJ正在打碟，是经典的嘻哈音乐。凯文配着厚厚的黄瓜片喝着皮姆酒，并没有问她晚餐的时候是怎么回事。酒吧金黄色的灯光衬得他格外迷人，鬓角勾勒出他顺滑的面庞。

“我没事，”帕特里夏一直不停地说，“很抱歉让你看到那些。我没事。已经解决了。”

但当她的舌头碰到跑到瓶口的青柠块，品尝着果肉与啤酒掺杂在一起的滋味，却想起其他人都在指责她的孤僻时，凯文甚至连看都不看她一眼。

“我们应该谈谈这到底算什么，对吧？我和你。我们在做什么，”她开口道，她尽量让自己的声音压过DJ的音乐声，但又不至于大喊，“我感觉我们非常努力地不给我们的关系贴上标签，但这本身就是一种标签。”

“有些事我必须告诉你。”凯文说，他的眼睛瞪得比以往更大，也更悲伤。

“我已经准备好坦承我的感觉。我觉得……”帕特里夏寻找着合适的措辞，“我觉得，我们很好。我喜欢你，非常喜欢，我准备——”

“我遇到了另一个人，”凯文突然打断她，“她的名字叫玛拉。也是一个有点知名度的网络漫画家。她住在东湾。我们是两个星期前才认识的，但已经有一些迹象表明我们的关系是认真的。我甚至都不用看，但我的卡迪电脑提醒我，我和玛拉之间有29个共同点。”他盯着自己的皮姆酒：“你和我之间从来没有说过是彼此的唯一，甚至都没有说过我们是在约会。”

“呃，”帕特里夏咬着大拇指，这是她很多年前就养成的习惯，“我很高兴，高兴，为你感到高兴。我为你感到高兴。”

“帕特里夏，”凯文握住她的双手，“你真的像个疯子，但又很可爱。能认识你我真的觉得非常、非常开心。但我已经犯过很多次傻了。而且我也试过了，我真的尝试过要跟你说说我们之间的关系，分别在五个不同的场合。我们在公园里滑旱冰的时候，还有在那家比萨店的时候……”

凯文罗列那几次的时候，她能非常清楚地看到那些场合：所有错过的线索和偏差，所有亲密时刻的流逝。一直以来，她都以为他是那个不敢做出承诺的人。但在这个过程中的某个时刻，是她自己变成了混蛋。

“谢谢你对我这么坦白。”帕特里夏说。她坐在那儿喝完了自己的酒，直到杯子里只剩下柠檬皮和苦涩的果肉。

最后，帕特里夏在深夜来到了德洛里斯公园。天气仍然热得像是直接在太阳底下晒着，她的嘴巴渴得难受。她没法回家面对迪迪和瑞查琳。出于某种原因，她发现自己在给姐姐罗伯塔打电话，她们俩已经有好几个月没说过话了（虽然她和父母聊到过几次罗伯塔）。

“嘿，伯特。”

“嗨，翠西。一切还好吗？”

“我很好。”帕特里夏断断续续地吸了一口气，盯着操场上的火箭船和窗户耐人寻味的维多利亚式房子，“我还好。就是……你有没有感觉到自己总是把别人从你的生命中赶出去过？比如，太自私了，所以大家都背弃你？”

罗伯塔哈哈大笑。“我的问题恰恰相反：我是处理身体处理得很艰难。哈哈。翠西，你这一辈子就听我这一次。我知道我们俩一直处得不好，对于你离家出走的事，我也有一部分责任。但我了解你的一点就是，你是一个宽容的人，是一个心肠太软的人。别人作践你，包括我——尤其是我——，所以你有很多自卫机制。但你总是站在别人的立场上。你不会推开别人——你试着为别人做一切事情，但他们却不肯为你做任何事情。拜托，别让任何白痴告诉你不是这样，好吗？”

帕特里夏就在公园里放声痛哭起来，甚至比先前哭得更厉害了。她感觉到眼泪喷涌而出，流到脸上，并且深切地感受到一切都被打破了，满满的全是甜蜜。她从来没有意识到姐姐会这样想她。

“要是有任何人试图告诉你你很自私，”罗伯塔说，“把他带来见我，我帮你拧断他的脖子。好吗？”

“好。”帕特里夏结结巴巴地说。她们又聊了一会儿——聊罗伯塔的音乐剧灾难，她最后一次试图回到正轨——直到最后，帕特里夏感觉自己已经可以回家面对她的室友了，而她的室友们正像往常一样窝在沙发上。她们一声不吭地让了个位置出来，让帕特里夏跟她们一起看电视。

* * *

帕特里夏又做了一个在森林里迷路的梦，这一次，她跟一群鹿一起跑，喉咙里发出野蛮的叫声，鼻腔里是树汁的味道。她肚皮着地、四肢并用地使劲跑，直到喘不过气来。帕特里夏双手着地绊倒了，她大喘着气，放声大笑。她抬起头，再次看到了那棵鸟形的大树，透过树枝意味深长地凝视着她。帕特里夏走上前，用手掌摸摸它破旧的树皮，感觉到树中不断上升、翻滚的力量。摸着童年梦中那棵奇怪的树，帕特里夏感觉自己好像呼吸一下就可以治愈一支军队。空气透过树枝扑面而来，好像在聚集气息用它洪亮的嘶嘶声跟她说话……然后她就醒了。她睡过头了，虽然定了闹钟。

* * *

帕特里夏正在帮雷金纳德修水槽，水槽里装了一个那种失灵的新阀门，这个阀门原本应该在几分钟后把水关掉的。她发现自己正在说跟凯文分手的事。"我的意思是，我想这样是最好的结果，因为我们根本就不会有结果。不过，这是由一个更严重的问题导致的，就是我从来没有给任何人时间，我一直孤立自己，所以基本上注定要永远孤独。你说是吧？"

她期望雷金纳德会说一些什么只需要做你自己之类的陈词滥调，但他却说："买、台、卡迪电脑。"

"什么？"她的脑袋差点撞到水槽上。

"买台卡迪电脑。它会改变你的生活，我没有开玩笑。一点儿也没有。你会与生活中的所有人密切关联。这个跟常规的社交网络也不一样。它非常神秘：你只会在你最需要见到某个认识的人时见到他，是真人。我的固定收入刚刚能买得起一台卡迪电脑，但后来却发现，这是我做过的最明智的投资。"

"我一直以为只有教会街的潮人们才用卡迪电脑，"帕特里夏说，"不管怎么说，听起来还是怪怪的。"

"说真的，一点儿也不。卡迪电脑一点儿也不怪，而且用起来很容易。它不会偷窥你，也不会让你跟踪你的朋友。我从来没有觉得它在侵犯我的隐私。卡迪电脑只是……让邂逅变得更频繁。它毫不唐突，也不会给你一大堆警告。但你总是知道什么是你不应该错过的。我以前觉得很孤独，虽然你也常常来看我，我很感激。后来我买了这台卡迪电脑，就感觉好像又回归了自己的生活。”

虽然雷金纳德坚持说卡迪电脑一点儿也不怪，但他这么卖力地推销本身就有点奇怪。他听起来像是刚刚加入了某个邪教。帕特里夏发誓她绝对、永远不会买卡迪电脑。永远。

两天后，帕特里夏出现在联合广场附近的卡迪电脑店里。店面很窄，弯曲的墙壁像环绕岩石的溪流一样，蜿蜒着一直将你引领到后面的柜台。墙壁看上去似乎闪闪发光。帕特里夏从一面墙的陈列台上取下一台卡迪电脑，电脑屏幕便启动了。屏幕上是一些彩色旋涡，随后又变成了车轮的形状。旋涡从车轮中央逐渐扩大，有点像道家的八卦，所有被她点到的地方都会变得更大。里面包括通讯、定位、自我表现及自省等模块。

她刷银行卡买下了那台卡迪电脑，感觉自己完全是个白痴。接下来，她要买副大大的方框墨镜，还要一个可以根据她最近跟别人上床的时间改变颜色的圆形纪念章。上帝啊！

不过话说回来，这确实是个有趣的玩具——此刻，她愿意尝试任何可以让她觉得自己不那么像幽闭恐惧症、不那么自我专注的方法。虽然买一台标着巨大的“自省”楔块的机器，奢望它让她变得更会社交好像有点不正常。

那天晚上，帕特里夏坐在床上玩她的新卡迪电脑。除了吉他拨片的形状，以及坚持问一些让人抓狂的问题来使你的体验个性化，它跟普通的平板电脑并没有多大区别。比如，“嗅觉和味觉你更愿意舍弃哪一样？”“你上一次很开心地熬夜是什么时候？”有一个复选框可以关闭这些问题，但所有人都说回答这些问题可以让它的工作好一百万倍，而且一天后这些问题就会逐渐减少。

非常确定的是，几天后，卡迪电脑“如此细心”地引导她经历了一些愉快的邂逅和小发现。海耶斯谷有一家鸡蛋主题小餐厅，在那里，所有人都坐在鸡蛋椅子上，吃着鸡蛋做的菜，既有苏格兰煎蛋也有中式蛋挞。喝的是有蛋黄的鸡尾酒。整个餐厅就是即将发生的过敏反应，但这里又很温暖、很舒适，空气中有一丝奶油和糖的香味，让她觉得像是在外婆的厨房里，而她只有5岁。

卡迪电脑帮帕特里夏找出坐哪趟公交车上班不会迟到，什么时候她的一只玛丽珍鞋子鞋带开了，卡迪电脑还带着她找到一个有墙洞的地方，那里正好可以放下它。几天之内，帕特里夏已经基本知道任意时刻她生活中的十几个人在忙什么，并且不会感到不知失措。她成功地抓住充满歉意的泰勒吃了顿午餐，腾出时间跟迪迪和瑞查琳开了一次冰激凌会议。

之后，奇怪的事发生了。就在帕特里夏习惯了使用卡迪电脑，开始将它视为她个性的延伸而不只是一件设备时——换句话说，就是大约五天后——她开始偶遇劳伦斯。并且是很多次。吃午饭的时候、吃晚饭的时候、喝茶的时候、在公交车上、在公园里。起初，这似乎不是什么大事，因为旧金山本来就是个小城市，但过了几天后，感觉就有点怪异了。见到劳伦斯后，她会打声招呼，尴尬地搪塞几句，然后迅速逃走。之后，几个小时后，这个过程再次上演。要不是知道自己是最没有跟踪价值的人，她会以为他在跟踪她。第三天，她试图改变自己的路线，去外日落区吃点素食灵魂料理[①]，不知为何，劳伦斯竟然也在那里，去看什么机械博物馆的复兴。

"呃，嘿，又见面了。"他说。他想说点其他的，但似乎又觉得不说为妙。

她说了声"嘿"，就转过身去跟泰勒说话了。

她并没有特意要避开劳伦斯。但与此同时，她也并不渴望与答应过川岛会看着她，防止她过于自大的人一起出去玩。已经有很多

① Soul Food，是美国料理的一种，非洲裔居民的传统菜式。

人跟她说“强化”的问题了，她不需要一个发誓要打击她的朋友。当然，这一直都在川岛的计划之中：如果他跟帕特里夏说，不允许她再跟劳伦斯一起出去，她会很生气，并且不管怎样都要跟劳伦斯一起出去。所以，川岛反过来跟帕特里夏说她可以随意跟劳伦斯一起出去——之后，再将劳伦斯加入打击她的人员名单中。这样就可以确保她再也不想见到他了。即使她看穿了他的阴谋，但依然无法阻止这个计划完美地实施。

工作中间休息的时候，她拿起卡迪电脑，用手指在上面迅速写道：“劳伦斯是怎么回事？”作为回答，卡迪电脑告诉她一些关于劳伦斯的事实，包括他在麻省理工获得的一些物理学奖项。她忍不住觉得卡迪电脑十分清楚她在问什么，却故意装聋作哑。

她决定把卡迪电脑留在家里。一整天，她的生活又恢复到之前的无聊状态，错过公交车、联系不到朋友、忙得没有时间吃饭。晚上，就在她要回家的时候下起了雨，她忘了带伞，而且也没有地方可以买一把。于是，她只能跑过十个街区去赶公交车——而当她到的时候，公交车刚刚开走。她在一棵稀疏的树下等下一趟公交等了半个小时，而当她像块海绵一样浑身湿透、跌跌撞撞地上了公交时，却发现唯一的空座位是在劳伦斯旁边。

“哦，该死，”劳伦斯说，“你都湿透了。上帝啊，真遗憾。真是糟透了。”他把自己上好的棉卫衣递给她当毛巾。她想说没事的，他不用这样，但他却一直把卫衣塞给她。

“谢谢，”帕特里夏用卫衣尽可能地把自己拍干，“至少热浪终于退了。”

“这辆公交车不到你家，对吗？我的意思是，你得倒车。”劳伦斯说。帕特里夏承认，可能确实是这样。“呃，如果你要立刻回家的话我也理解。不过右手边有家酒吧，那里有个很暖和的开放式壁炉，还有热棕榈汁和其他东西。我们应该尽快让你暖和起来。”

这是一家以“猎人小屋”为主题的酒吧，墙上铺着厚木板，有一面墙上都是假的动物头，一开始帕特里夏觉得很恶心。但后来他们走到最靠近壁炉前的位置，豆科灌木的香气和木材燃烧的青烟真是治愈雨天的良药。音响里放的是斯迪利丹乐队[①]的专辑，布鲁斯女中音是它的特色，她猜那张专辑的名字应该叫《斯迪利·丹妮尔》。

劳伦斯给帕特里夏买了一杯热巧克力和一小杯好喝的威士忌，她可以一起喝也可以分开喝，随她自己。她喝掉了大部分热巧克力，然后小口抿着威士忌，把奶甜味冲下去。威士忌的味道很浓，像是那种上好的奶酪。她感觉到自己的皮肤重新舒服起来。

“我怀疑我是因为把卡迪电脑留在家受到了惩罚。”帕特里夏坦白说。

这已经不是劳伦斯第一次听到别人这样说起自己的卡迪电脑，好像它们是会嫉妒的神似的。他告诉她人们对于自己的泪珠形电脑所有那些奇怪的迷信——因为需要一个更好的世界。有个人可能相信他的卡迪电脑可以拯救他的婚姻，而你会碰到另一个人，卡迪电脑毁了她的婚姻，但她后来却认定那是最好的结果。有人卖房卖车，就因为他的卡迪电脑向他展示了一种更简单的生活方式。有些人甚至找到了上帝，真正的上帝，这也多亏了他们的卡迪电脑。人们对卡迪电脑的依赖超过了任何人之前对苹果或黑莓手机的依赖。

“这一点儿也不奇怪。”帕特里夏说。她怀疑自己是不是应该直接把它扔掉。

“一方面，他最终实现了科技让生活更便利、更简单，或者根据你想要的，更刺激的承诺，”劳伦斯说，“另一方面，人们把一些生活中非常重要的东西都托付给这些东西。”

“我发现你没有卡迪电脑。”帕特里夏的威士忌已经喝完了。

---

① 斯迪利丹是美国20世纪60年代的一个创作流行乐队。

她又给自己和劳伦斯各买了一杯。

“我家里有三台，”劳伦斯说，“有一台‘越狱’了，现在用起来不太一样。OS 系统里有什么东西，不允许进行任何分析。你可以在卡迪电脑上安装野莓 Linux 系统，这样它就变得跟其他平板电脑一样，没什么特别的。”

俩人陷入长久的沉默。壁炉里的火噼啪作响，斯迪利丹的主打专辑成功地放到了最后一首歌，不出意外，是“Rikki, Don't Lose That Number（Rikki，别丢了那个数字）”。帕特里夏觉得应该说说自己为什么要躲着劳伦斯，虽然她的卡迪电脑一直想把俩人凑一块儿。她也不确定要说什么。

“那个承诺，”劳伦斯突然没头没脑地说，“你朋友逼我做的那个承诺。不是第一个，不是如果我乱说我就永远变成哑巴那个，是另一个。”

“嗯。”帕特里夏紧张起来，虽然肚子里的威士忌依然在发热，她却感到一阵由内而外的恶寒。

“那个承诺充满了漏洞，”劳伦斯说，“即使不算违反了也没有任何惩罚这一点。我的意思是，我从来就不应该答应，要是我没喝得那么醉的话，我肯定不会答应的。监管别人的自大本来就不是我的工作，在任何疯狂的世界里都不是。不过在任何情况下，那都是个没有意义的承诺。”

“为什么？”

“我一直在反复思考这件事，那个承诺的措辞太不准确了，甚至都不算是承诺，没有任何实际意义。我应该防止你不切实际地高估自己——但是，如果说，我恰巧相信你就是我认识的最酷的人，那我就不太可能认为你会高估自己的魅力。这取决于我自己的看法，以及我对你对自己看法的评估。这全都是一堆主观标准。再加上我只说了我会尽力，这又是一个主观判断。如果我要把违反这个承诺作为毕生追求，我都不确定能不能找到方法。”

“哈。”现在，帕特里夏觉得哑口无言，所以，劳伦斯还是成功地打击了她的自我。她早应该看出川岛只是故意制造了一个脆弱的陷阱，而真正的陷阱在于你愚蠢地让自己相信那是个牢不可破的陷阱。但同时她也感觉好多了——随后，劳伦斯若有若无地暗示她是他见过的最酷的人那句话也印在了她心里，即使那只是一种夸张的假设。

“而且，你比我更了解那些人，”劳伦斯说，“但那个‘强化’的什么东西竟然能控制你，这让我很惊讶。他们不希望你使用你的力量，但他们让你用的情况除外。”

雨终于停了，帕特里夏身上除了鞋子都干了。虽然他们的路线有四个街区是一样的，但俩人还是去了不同的公交车站。俩人拥抱着道别，帕特里夏回到家后，一边刷牙一边望着自己的卡迪电脑，它像一面空无一物的镜子，却为她填充了她错过的一切。上床前，她把卡迪电脑塞回了背包里。

6.

有时候，劳伦斯浑浑噩噩地想象着行走在类似地球的另一个星球上。那里有奇怪的重力。空气中是不同混合比例的氧气、碳和氮。那里的生物可能会挑战我们关于“植物”或“动物”的定义。那里的月亮不止一个，那里的太阳也不止一个。只是那种新奇就可以让他的心脏炸裂：光着脚丫伸到从来没有任何人类的脚趾耕犁过的土壤，头顶是黄铜的天空，宣告着我们曾以为的所有极限都不过是我们的偏见。之后，他突然回到小组工作受阻的现实：与一年前相比，再也没有进一步开启最后的前沿。

他从自己的幻想中出来，发现米尔顿又给他发了一封邮件，要求他提交包括实质进展的进度报告。这些邮件中包括类似“人类大步跨越逐渐扩大的悬崖”之类的句子。有些日子，劳伦斯挣扎着动员自己去工作，而一旦到了那里，他又无法让自己离开。

跟塞拉菲娜谈起自己工作的时候，他一直把细节说得很模糊——塞拉菲娜只知道他的团队正在研究理论上可以克服重力的东西，如果可以的话，可能会在几年后投入实际应用。但是他渴望将最终的成品展示给塞拉菲娜，并且在“无限之路”在他身后突然打开时张开双臂。那将是他生命中最辉煌的时刻。

所以，当普丽娅说她想成为地球上无重的第一人时，劳伦斯丝毫没有犹豫。

* * *

普丽娅说话的时候会用双手做出迷人的手势，感觉像是正在你脑袋里画出各种形状。她的手指纤长，有一些微波样的小坑，还戴着一些假的蓝宝石大戒指。外加色彩柔和的水晶指甲。

苏卡塔已经隔着 hAckOllEctIvE 盯着普丽娅看了好几个星期，看着她焊接，戴着只会让她看起来更像小矮人的护目镜。她构建了一种启用无线的挖掘机器人，可以把小东西藏到你永远都找不到的地方，除非你有正确的 PGP 秘钥。

劳伦斯说了什么：“你应该把她撬过来，给她看看那个反重力设备，讲讲那个不算什么反重力的事情。然后她就永远都是你的了，伙计。”

安雅和塔娜反对让普丽娅进入总部内部，因为她会告诉 hAckOllEctIvE 的所有其他人，而且会出现一些闹剧。黑客空间有一些很酷的人，但也有一些人仍然认为自己能造一台两秒时间机器是件很了不起的事。

“我们这里做的是很严肃的研究，”塔娜说，“任何东西都不是闹着玩的。当然，六指史蒂夫除外。”她指着一个跳踢踏舞的小机器人说，机器人听到自己的名字，用好多数字摆了个爵士手势。跟往常一样，很烦人。

“这里是一处绝密的研究设施，伪装成了一个俱乐部。”

安雅赞同地说。她穿着马裤和马靴，外加一件印着黛比·哈利头像的宽松 T 恤，黛比的脖子上缠着一条带子。安雅刚刚把头发染成了粉红色。

劳伦斯和苏卡塔同时扫了一眼复式房间，裸露的屋梁，《流言蜚语》和詹姆斯·邦德的电影海报，外加豆袋和灯芯绒沙发。迪斯科球同时也是安保系统。“俱乐部”的伪装确实很巧妙。

很快，普丽娅便用一根活泼的长手指点着六指史蒂夫，看他跳舞了。“他的反应速度真是太快了，”她略带一点旁遮普口音说，“我会给他设计点中央陀螺仪什么的，好保持平衡。”

连逛带摆弄了几个小时后，普丽娅俨然成了团队的一分子，她对所有人发誓说不告诉别人他们的隐身处是非常不对的。劳伦斯给她解释了反重力的事情：“我们的目标是使重力失效，改变身体中所有电子的旋转方向，从而使身体质量有效转移到其他地方。”

“比如其他维度，”普丽娅说，“因为理论上来说，重力在其他宇宙空间是更大的力。”

“对，”塔娜说，“所以你人还在这里，但你的质量已经转移到其他地方去了。”

“所有这些都不过是实现最终目的的手段。”苏卡塔补充道。“我们认为，如果我们可以解决重力问题，那我们就可以制造稳定的虫——”安雅踢了他一下，他咳嗽一声继续说道，“派，虫派。”

“嗯，”普丽娅说，“虫派。我最喜欢了。”

“在某些地方，”劳伦斯说，“这可是美味佳肴。我们不知道那个地方是哪里，不过一旦我们完成了食谱改造，我们就会去那里跟他们比赛。”

几周过去了。大家都已经习惯了普丽娅在周围出现。与此同时，小组终于在机器方面取得了实质性成果。先是一个高尔夫球，然后是棒球，然后是煮熟的鸡蛋，然后是名叫“本”的仓鼠——它们都在轻轻按下按钮的那一刻摆脱了顽固的束缚力，然后在第二次按下按钮时恢复到正常重量。

理论上来说，一个人可以蜷缩在发光的白盘上，被巨大的红色枪口瞄准，完全沐浴在反重力射线的作用中。

“但是，在进行任何人体试验之前，我想多做一些测试。”安雅说。

“我可以试试吗？”普丽娅问，“我想成为地球上无重的第一人，这样我的名字就会在每一次记录中被拼错，直到永远。”安雅开始抗议，但普丽娅随后说道：“传统的牛顿万有引力定律已经是遥远的过去式了。”

大家都咯咯咯地笑起来。普丽娅总是知道什么时候该说什么话。

其他人看着劳伦斯，他缓缓地点点头。“对，”他说，“我想我们可以实现。”

一个小时后，劳伦斯发疯似的拨打帕特里夏的电话，祈祷她没有把手机落在家里或者关机去参加什么巫师聚会。帕特里夏一接起电话，他便迫不及待地开口了。“嘿，我现在急需你的帮助。我们改变了人们周围不应该存在的力，而且似乎把苏卡塔的女朋友推送到了另一个存在平面，在那里我们无法定位她的位置，甚至无法证明她仍然存在，我们基本上已经用尽了所有的科学方法，别担心，我不会把你的秘密告诉其他人的，只是求你帮帮忙。”

“等一下，”帕特里夏说，“苏卡塔有女朋友了？”

“我们没有考虑附加质量，以及其他宇宙相应更高水平的引力。”劳伦斯说，似乎这是在回答她的问题似的。

“等我几分钟，”帕特里夏说，“我已经上街了。”

帕特里夏到达那座水泥大楼后，劳伦斯下楼来接她，她差点没有时间跟他强调绝对不能让他的朋友们发现她的能力。不管发生任何事。

“当然，当然，”劳伦斯说，“那是肯定的。我可是谨慎的典范。完全不必担心。只是求求你，如果可以的话，求求你一定要帮忙。我会永远欠你的人情。”他跟在她身后爬上楼梯，就在他们到达最后一个台阶时，帕特里夏转过身来定定地瞪着他。

“永远、永远不要跟我说那句话。”她身上发出了光。

“什么话？”

“欠我的话。这句话对于我的意义跟绝大多数人都不一样。”

“哦。哦，好。好吧。那我会非常感激的。对了，就在那边。”

苏卡塔、安雅和塔娜盯着大激光枪管下发光的白圈，根本不知道帕特里夏来了，直到她站在他们旁边。

“她来这儿干吗？”苏卡塔问。

“她可以帮忙，”劳伦斯说，“我没法跟你们解释。但是她可以帮忙。”

“她的专业领域是什么来着？”安雅胳膊叉在独角兽衬衫前说。

“维度超验论。”帕特里夏说。

“你这是从《神秘博士》学来的。这可不是开玩笑，这是件很严肃的事。”安雅说。

“好吧，听着，”帕特里夏说，“你们想不想让你们的朋友回来？”所有人都缓缓地点点头。“那就给我退后一点，让我工作。”

所有人都围在帕特里夏周围想看看她要干什么，劳伦斯担心她要花太多精力遮掩，以至于无法进入那个宇宙的洞中把普丽娅拉回来。帕特里夏穿着一条无肩带的红裙子，一览无余的白肩膀和若隐若现的乳沟让人觉得很性感。她背对着劳伦斯，看向白圈上的空间里时，劳伦斯忍不住注意到她膝盖后面的小坑，以及小腿和脚踝完美的曲线。

劳伦斯现在仍然不能完全确定普丽娅到底怎么了。他没有任何现实数据。她飘走了，就像本和其他各种物体一样。她双脚离地的时候，凉鞋掉了下来，亮晶晶的脚趾甲扭来扭去。她一边大笑着拍手，一边说："瞧见了吗，牛顿！"所有人都击掌欢呼，说着庸俗的笑话……就在这时，普丽娅"嘭"的一声被发射出去了。那声音有点像气球爆炸、静噪的声音，好像有什么东西把她吸进了一个隐形的洞里。唯一剩下的就是她的凉鞋，有一只还翻倒了。劳伦斯感觉有一股冲动，想要把它们捡起来，整整齐齐地放到豆袋旁边，好像她很快就会回来找它们似的。

帕特里夏转过身，示意劳伦斯她需要一些空间。劳伦斯抓住苏卡塔的胳膊把他朝出口拽，同时示意安雅和塔娜跟上。"我们得给她找点补给，"他说，"帕特里夏需要开水、干冰、普通冰块、六台'越狱'的卡迪电脑，还有其他一些东西。快点，伙计们，我们快走。"他催促着大家离开了那里。

"如果这样没用的话——"苏卡塔说。

"如果当普丽娅身处危险之中时你只是浪费我们时间的话——"安雅说。

"我们就灭了你。"塔娜总结道。

劳伦斯回头看看被自己带上的铁门，从齿间用力吸了一口气。他感觉自己好像也要被吸入其他完全未知的空间中去。

"我们快点去弄补给。"他说。他一直不停地往清单上加这加那，有些必须去几条街区外的杂货店里买或者找黑客空间的人借。

"该死、该死、该死，"苏卡塔一直不停地小声说，"该死，完蛋了。我真替普丽娅感到难过。”安雅一只手放在苏卡塔肩膀上。

劳伦斯花了很大力气假装他带朋友们搞得这场寻物游戏既重要又时间紧迫。之后，他低头看到自己的手机上有一条帕特里夏发来的短信：“请快回来。一个人。”他示意其他人出去找补给，然后自己转身冲回楼上。

复式房间里看起来比平时更暗，好像所有的光都被什么东西吃了似的。电影海报像是鬼屋里的幽灵肖像。劳伦斯踩到一个豆袋，差点摔个嘴啃泥。他蹑手蹑脚地经过他每天工作的机器，机器锋利的边缘、金属突起和溅射的 LED 灯突然让人觉得很凶险。屋里有种香味，像是烧薰衣草的味。

在又长又窄的空间另一头，帕特里夏发着光，是跟普丽娅消失的白圈一样的白光。这是整个空间里唯一的亮点。

“怎么样了？”劳伦斯不出声地喊道，好像他们在地窖里似的。

“很顺利，”帕特里夏用正常的声音说，“普丽娅现在已经安全了。等她从那里出来的时候，需要准备很多伏特加，还有大声的音乐。她会喝酒，对吧？她没有什么恶习吧？”

“她会喝酒。”劳伦斯说。普丽娅对酒精饮料的品位让劳伦斯安心了许多。不过，他正准备迎接坏消息。帕特里夏只是盯着他，仿佛正试图做出什么决定。她应该比他矮几英寸，但此刻却似乎比他还高，眯着眼窝深陷的眼睛打量着他。

“那，”这样过了一会儿，劳伦斯问，“我能做什么？”

“记得我跟你说过别跟我说什么吗？”帕特里夏问，“就是你带我来这儿的时候。”

劳伦斯再次产生了一种“站在深渊边上”的感觉。一种完全没有在意的恐惧。他耸耸肩甩掉那种感觉。“当然，”他说，“我记得。”

“我需要你欠我点东西，”帕特里夏说，“否则这事就办不成。

我真的很抱歉。其他所有的方法我都试过了，但一个也没成功。最后，最强大的魔法通常都是某种交易。我换个时间会再给你解释。”

“好，当然可以，”劳伦斯说，“你想要什么，说吧。”

“如果我把你的朋友带回来，”帕特里夏说，她咬着嘴唇，似乎还在想最后一刻可能的替代方案，“如果我把你的朋友带回来，你必须给我你最小的东西。”

“就这样？”劳伦斯松了一口气，笑道，“成交。”他用两只手抓住她一只手握了握。

劳伦斯忍不住哈哈大笑起来，因为他整个人都兴奋起来，这根本不算什么事。他有太多小物件了——他最小的东西很可能是他花大价钱买来的什么荒唐的小玩意。他一直笑到嗓子都哑了，眼睛蒙上了一层雾，而当他擦亮眼睛时，在场的已经不光是他和帕特里夏了。

普丽娅在白色平台上站了一会儿，目瞪口呆地看着下面的两张面孔。她将两只优雅的手举到面前，似乎很惊讶地发现自己还有手。她想说话，但却只能做出鱼嘴的样子。她开始摇摇晃晃地走下平台，劳伦斯领着她找地方坐下。

“她看了一些眼睛不能看的东西，”帕特里夏说，“按我说的。伏特加，要很多。还有大声的音乐。我推荐 Benders 乐队。我可能也会来喝一两杯。”

劳伦斯引导着普丽娅坐在一个豆袋上，她抱住自己，发出低沉的喉音。他给其他人发了短信让他们回来，然后转过来看着帕特里夏。

“哦，上帝啊，谢谢你，”劳伦斯说，“我可以说谢谢吗？这样说会不好吗？”

“你可以说谢谢。”帕特里夏笑着说。

他冲过去紧紧抱住她，差点把她勒死，然后，他感觉到她裸露的肩膀靠在自己的胸膛上，脸贴在他的脖子上。她轻轻地“嘶”了一声表示抗议，劳伦斯稍微松了松，但还是一直抱着她。

“谢谢你，谢谢你，谢谢你。”劳伦斯感觉自己的眼睛模糊了。香甜的柑橘味，柔软、温暖的感觉充斥着他的所有知觉。他感谢父母认定他应该参加户外活动的那天。

其他人回来了，苏卡塔像个救生圈似的护着普丽娅，脸上热泪直流。“我以为我已经永远失去你了，我无法一个人独活，我从来没想过要放弃你。”他说。

“那里有可见光谱之外的颜色，”普丽娅终于能开口说话了，“但我还是能看见。现在我也停不下来，一直能看见那些颜色。”

“伏特加、大声的音乐，”被劳伦斯死死抱住的帕特里夏喊道，“现在就要。这是她恢复过程中必不可少的。”

他们推着普丽娅去了放 Benders 音乐的烧烤酒吧。也有人说去急诊室什么的，但被帕特里夏否决了，而且，没有人想跟替他们收拾烂摊子的人争论。

“可是，你是怎么做到的？”安雅一直在问，“你做了什么？”

“我用了音速螺丝刀。”

“不，说真的，你到底做了什么？”

“我改变了中子流的极性。”

“别再用《神秘博士》里的话回答了！跟我说实话！”

“就是有点变化无常。”帕特里夏现在完全是在逗安雅了。

在经历了生死考验之后，酒真是治愈的良药。劳伦斯双手捧住酒杯，任酒在自己嘴巴和喉咙的最上层流过，感觉与布什米尔斯威士忌建立了一种精神关联。

几大口威士忌下肚，听音响系统嘶吼着“快来感受这噪音”，普丽娅似乎也已经基本恢复正常。她开始在凳子上跳舞，取笑重金属头发和全身照。劳伦斯确保一直有酒送过来，这样普丽娅就可以达到推荐剂量。在外宇宙的那段时间，不管她经历过什么，她似乎都已经完全忘记了，或许，如果他们走运的话，等她带着宿醉醒来，会感觉整个晚上只剩下奇怪的模糊印象。对于扰乱一个人的短期记忆来说，这个方法似乎很不错。

所有人都一直跟帕特里夏干杯，一直给她买酒，听着她的冷笑话哈哈大笑，好像他们都强烈意识到她挽救了他们的危机。帕特里夏去洗手间的时候，苏卡塔凑过来对劳伦斯说："说真的，你是从哪儿找到她的？她真是太棒了？她可能是我遇到过的最厉害的怪才，这肯定能说明点什么。"塔娜和安雅也插进来。但与此同时，劳伦斯却注意到他的朋友们没有一个人真的直视着帕特里夏跟她说话，而是一直越过她。这些人憎恶迷信，但他们却像对待倒霉符咒一样对待他的朋友。

帕特里夏像看一只发狂的鹰一样看着普丽娅，时不时地碰碰她的手，好像被她碰一下能治病似的。很可能真的是这样。帕特里夏根本没有注意其他人，甚至包括劳伦斯。帕特里夏可能是一个凌晨三点在外面瞎晃、跟老鼠说话的反社会怪人，但当人类需要时，她总是对他们怀着无限温柔。帕特里夏的黑头发散在后面，她的脸，以及专注的目光，都变成了头发中的灯塔。

有一会儿，劳伦斯数着帕特里夏知道他多少秘密，心里感觉美美的。他有一种奇怪的自豪感，因为他找到了一个自己如此信任的人。就好像他选得很好，虽然这很大程度上是出于偶然。

他陪她走回家，努力压抑突然想拥抱她的冲动。她正笑着摇头。"上帝啊，能在那里待一会儿真是偶然，"她说，"你的朋友很大程度上是迷路了。不过，她没有被那个空间奇怪的重力作用压扁真是个奇迹。"

"我想知道我们的世界里有多少其他东西都只是其他地方的影子，"劳伦斯一边想着一边说，"我的意思是，我们一直在怀疑，我们这个世界的重力很弱是因为大部分重力都在其他维度。那其他东西呢？光？时间？我们的一些情感？我的意思是，我活得越久，就越觉得我看到、感受到的东西都是我们感觉不到的那些真实东西轮廓的痕迹。”

“就像柏拉图洞穴。”帕特里夏说。

“就像柏拉图洞穴。”劳伦斯赞同道。

“我不知道，”帕特里夏说，“我的意思是，按照规定，我们现在已经是成年人了。我们感受到的东西要比孩童时少，因为我们长出了太多疤痕组织，或者我们的感觉迟钝了。我想这样可能是健康的。我的意思是，小孩子不需要做决定，除非是错得离谱的事情。或许，如果你感觉到太多的话，可能也可以轻易下定决心。你明白吗？”

但实际上，劳伦斯感觉理智和情感都比他小时候感觉到的更真实。路灯、车灯和霓虹灯鲜活地闪动着，他感觉到自己的心脏收缩膨胀，可以闻到附近木炭燃烧的味。他转身看着帕特里夏脸上明亮而忧伤的笑容。

“帕特里夏，”他说，“我真的、真的很感谢你的帮助。除此之外，我真的很高兴能认识你。我很抱歉小时候你跟你家猫说话的时候我逃走了。我以后绝对不会再从你身边逃走了。这是我给你的承诺，明确清晰。或许，我也不应该对你这样的人做出承诺，对吗？但我不在乎。谢谢你成为我的朋友。”

“不客气，”帕特里夏说。俩人到了帕特里夏家前门。“你也是。所有的一切。有你做朋友，我也觉得超级幸运。我也绝对不会从你身边逃走。”

俩人站在门口。某一刻，俩人的手开始碰到。他们就手拉着手站在那里，互相望着对方。

帕特里夏的笑容变得更悲伤了，似乎知道了什么劳伦斯还没明白的事情。“别忘了你欠我的东西，”她说，“否则会变得非常糟糕。我很抱歉。”之后，她走进屋子，砰的一声把门关上了。

回家的路上，醉酒、如释重负和情感爆发的复杂情绪一直充斥在劳伦斯心头。但他也隐隐地对“最小的东西”感到一丝不安。很有可能没什么大不了的，但帕特里夏似乎有点紧张这个。劳伦斯大步跨过一条条街道，脚跟甚至碰在了一起。他从来没有狂喜或是情绪大起大落过，但他想象过这会是一种什么样的感觉。

到家的时候，他崩溃了。幸福消失得太快，他只好坐下来。他已经筋疲力尽，感觉自己要是不马上睡觉的话可能要昏倒。随后，他想到必须要给帕特里夏的“最小的东西”。他可以早上起来找，也可以过几天找，也可以随便什么时候找。她没有限定具体的时间，或者任何条件……他可能有几天的时间把它找出来。

但随后，劳伦斯开始怀疑这到底是什么东西，他怎样才能知道是哪个东西。最小是说体积最小吗？还是重量最小？还是只是说整体尺寸最小？他有一些甚至不能用小来形容的线头，但他很明确地知道那不算。为了公平起见，他必须找一件自己拥有的东西，也就是说，至少是可以正常转卖的东西。不能卖的东西就不算拥有，对吧？

所以，他有一个从“百分之十计划”带回来的 U 盘，尺寸是两个豆子那么大——但当他给帕特里夏发短信时，她说不能是他借来的东西。她要的是他明确无误地拥有的东西。这就排除了塞满他桌子和书架的各种电子配件和工具，这些严格来说都是从米尔顿那儿借钱买的。

他在桌子里到处翻腾。铅笔、钢笔……洛克人的小雕像确实很小，先把这个列到清单第一条。他堆了一堆，把抽屉、盒子和衣服架全翻了个遍，同时还得小心不要吵醒伊泽贝尔。然后，突然之间，他想到了。

"哦，不。"他大声说，"那个不行，不，不，该死。绝对不行。"他无法呼吸了。像是哮喘突然发作之类的。之前的喜悦全都不复存在了，好像从来没有存在过似的，相反的，他感觉像是被一只尖锐的钢头鞋踢中了心口。

那天晚上他没有睡觉，一直在找啊找。但他找不到任何一件算得上是他的真正财产，同时又比奶奶给他的戒指更小的东西。

第二天早上，他拿着戒指找到帕特里夏，眼睛因为缺乏睡眠而疼得厉害。"这是我奶奶留给我的唯一的东西，"他对她说，"她临死前给我的。"

"我很抱歉。"帕特里夏说。她穿着浴袍，站在公寓门口。或许他把她吵醒了，不过他很怀疑这一点。

"她说这是她妈妈给她的，她本来想传给孙女，但她的孙子辈只有我一个孩子，"劳伦斯说，"她想让我把它送给我要娶的人，然后再传给我们的女儿，如果我们有女儿的话。"

"我真的很抱歉。"帕特里夏说。

"我本来是要送给塞拉菲娜的，"劳伦斯说，"作为订婚戒指。我答应过奶奶会把它送给我的新娘。"

帕特里夏什么也没说，只是盯着自己的紫色浴袍。她的头发纠结成了一团。

"我真的必须把这个给你吗？我们不能终止交易吗？"

"你真的必须给我。否则你的朋友可能会重新被困在那个地方。或者换成你。"她当时说的时候，这真的是一个很小的代价。

"你早就知道是这个。"他把戒指递给她，仍然放在那个小小的天鹅绒盒子里。实际上，加上盒子，他几乎要比他的一个玩具车大。但也大不了多少。

"我知道会是类似这样的东西，"帕特里夏把戒指放进浴袍口袋里，那里甚至都没有鼓起来，"否则咒语就不会成功。"

“为什么不能是类似，比如，我一只脚着地站一个小时之类的？为什么必须是我最珍贵的东西，我求婚计划的关键？这根本说不通。”

“你想进来吃点烤华夫饼吗？”帕特里夏后退一步，打开门说，“我不能这样在外面说。”

烤华夫饼没有成型，她转而拿来当地做的有机果酱馅饼，这个可能更好吃。他们坐在波浪状的灰沙发上，这是以前劳伦斯每次来时，迪迪和另一位室友看《卡戴珊一家：下一代》的地方。帕特里夏时不时地扫一眼走廊，看她们会不会出来捣乱或者偷听他们的谈话。

“呃，我可能已经说过有两种魔法。”帕特里夏递给劳伦斯一个蓝莓点心和一杯英式早餐。

“我猜，是好的和坏的。”劳伦斯说，他嘴里并没有吃很多。帕特里夏在沙发上展开的浴袍就在他旁边，他不知道自己是否可以趁她不注意把戒指偷走。但他随即想起帕特里夏说过有人会被拉回那个可怕的维度。

“不对，虽然这是常见的错觉。魔法分为治愈魔法和骗术魔法。以前，很多人都认为治愈魔法是好的，骗术魔法是坏的——但是，治愈师可能会变成审判控制狂，而骗术师则可能非常富有同情心，并且真的可以救你的命。”

“就像昨晚。”劳伦斯说。

帕特里夏点点头。“治愈师和骗术师学校都已经有数百年的历史，其渊源都是世界各地的许多传统习俗。19 世纪 30 年代，两个学派爆发了一场战争。世界原本可能会变得支零破碎。但当时有一个名叫霍顿斯·沃克的女人，她意识到如果这两种魔法可以结合的话，效果会更好。如果你同时掌握了骗术魔法和治愈魔法，你就可以做一些非常了不起的事，比单独使用任何一种魔法都要厉害。而且，你变成控制狂或谎话连篇的骗子的可能性也大大降低。”

劳伦斯已经在猜想这里面的含义：“所以，如果你要用魔法完成什么大事的话，就必须欺骗或者治愈某个人。所以，如果没有可以欺骗的人或病人的话，你就爱莫能助？”

“我不会说爱莫能助。我接受了很多年的训练，学习在不同的情况下如何使用这些技能。我可以用骗术魔法来改变自己，即使周围没有任何人。如果有人攻击我的话，我可以使劲‘治愈’他，让他一周之内都能感觉到我的‘治愈’。”

“谢谢你给我解释。”劳伦斯吃掉最后一口蓝莓点心，然后用剩下的茶冲下去。他还有一百多个问题，但此刻他还没准备好接受更多的答案。他在沙发破旧的衬垫上陷得更深了。他永远也不能从这个沙发上抬起屁股了，只会在这里越陷越深，直到被吞没，就像是“金星屁股陷阱”。

劳伦斯的每一片灵魂都在呐喊，让他趁失去奶奶的戒指和自己声音之外更多的东西之前赶紧离开这儿。但后来他想到了自己所做的另一个承诺。他完全自愿做的那个承诺。

“我说过我永远不会再逃走了，”劳伦斯说，“我说话算话。”

“很好。”帕特里夏松了一口气，似乎已经憋了很长时间似的，“再来点茶？”

“好啊！”劳伦斯在沙发上换了一个稍微舒服点的姿势，帕特里夏又递给他一杯热茶。他们一直默默地喝着茶，直到帕特里夏的室友们起床，开始冲劳伦斯翻白眼。

7.

有很多年，帕特里夏都祈祷着可以逃走去学习真正的魔法。然后有一天，她把自己变成了一只小鸟，一个男人出现，把她带到了巫师学校。这是做梦吗？那也圆满了。

艾提斯利迷宫有两个独立校园，这两个校园的差别就像万里无云的夏日晴空和暴风雪。艾提斯利学院是那种宏伟的石头建筑，有超过600年的历史，从来没有人敢在那里大声说话。艾提斯利的学生排成一列纵队沿着砾石人行道走，他们穿着西装和短裤、打着领带，胸前别着学校的校徽（一头熊和一只牡鹿面对面，中间举着一个火焰杯。）。见到老师或高年级学生要称先生或小姐，吃饭是在“较大楼”的“正式食堂”。而迷宫学院则是布局混乱、彼此相对的九座楼和弯弯曲曲的人行道，在那里你愿意穿什么就穿什么。你可以睡一整天、吸毒、打游戏、做任何你喜欢的事。只是你会发现自己被困在一个没有门（或者没有厕所）的房间里好几个星期，直到你学会一些疯狂的课程。否则你会被扔进无底洞中，或者好几天都被拿着棍子的人追着跑。或者你会发现自己无法停止地一直跳踢踏舞。或者你的碎片会开始一片片地掉落。在迷宫，没有人告诉你任何事。

艾提斯利学院和迷宫学院曾经是两所独立的学校，分别代表两种互相独立的魔法类型，但现在因为魔法的联合，两所学校也合并了，当然，是在付出了巨大代价的前提下。连接在两个校园之间的通道是一条铺满树篱的沙路，只在特定时间开放。

帕特里夏要在艾提斯利花几周的时间掌握一些微妙的治愈术，然后他们会把她送回迷宫，在那里，她自己会变得非常迷茫、混乱，以至于忘记自己所有厉害的技能。她要在迷宫解开一些乱七八糟的谜题，搞清楚如何设计一些精妙的骗局让自己被送回艾提斯利，之后，他们会再次向她灌输无穷无尽的规则和公式，然后她会失去自己脑子里一直存在的扭曲形状。

这已经足以让她在熄灯（在艾提斯利）后的每天晚上或者偶尔

打盹的时候（在迷宫）抱着枕头哭了。但同时，帕特里夏也很想念她的父母，她甚至都没有跟他们道别。他们只知道她死了。或者像动物一样生活在某个小巷里。她想告诉他们自己很好，但她不知道该怎么跟他们解释。更不用说，她还丢下了她的小猫伯克利。

艾提斯利的院长是一位和蔼的老太太，名叫卡门·埃德尔斯坦。她的一头银发优雅地内卷，脖子和肩膀上总是包着一条优雅的围巾。卡门鼓励学生有任何问题或疑问都可以去找她，帕特里夏很快发现自己在向这位老太太倾诉——但她痛苦地体会到，绝对不能提几年前她遇到了什么树灵的事。魔法是一种实践和艺术，不属于精神信仰系统。跟任何普通人一样，你可能有属于自己的精神体验——但是，相信你跟某种伟大而古老的东西有直接接触就是“强化”的开始。

“树是不会跟人说话的，”卡门·埃德尔斯坦说，她脸上常见的笑容变成了担心地皱着眉，“那是你的幻觉，或者有人骗了你。这也是为什么我们有那么多学生那么晚才找到，都是在他们已经自己经历过一些事情之后。那些坏习惯可能成为无法忘记的噩梦。”

“对，那很可能是我的幻觉，”帕特里夏在硬硬的凳子上不安地扭动着，“我记得我吃了很多辣东西。”

迷宫的院长是卡诺特，每次见到他的时候，他的脸和声音都会改变。有时候他是上了年纪的斯里兰卡人，有时候是小矮人，有时候是长满络腮胡子的高大白人。帕特里夏很快学会如何通过一些特定信息辨认卡诺特，比如他转动肩膀的方式或眯起左眼的样子——如果你没能认出他，或者错把别人当成了他，就会发现自己掉进迷宫学园最深的洞底（除了无底洞之外）。大家都说，要是卡诺特一张脸用了两次，他会死的。无论何时遇到卡诺特，他总是想跟你做可怕的交易。帕特里夏没有试图告诉卡诺特关于那棵树的事。

在艾提斯利迷宫，她并没有真正的朋友。她对其他一些学生很好，包括泰勒，泰勒留着一头乱糟糟的老鼠棕色头发，胳膊和腿总是不安分。但学校的主流团体里从来就没有帕特里夏的位置，尤其是发现学校的绝大多数作业她都做得很烂之后。谁也不愿意跟一个又蠢又呆，而且作业还做不好的人做朋友。

如果你在下午晚些时候的某个时间去艾提斯利外面的树林，或者熄灯后走进艾提斯利的学生宿舍，可能会看到一个头发乌黑的小女孩瞪着两只迷茫的大眼睛，抬头对着树说：“你在吗？你的交易是什么？百鸟议会开会了吗？”或者看到她跟小鸟聊天，但那些鸟只是看了她 眼便飞走了。

你永远也不知道自己要在艾提斯利或者迷宫待多久——或许是几天，或许是几周，或许更长。有一次，帕特里夏在迷宫待了七个月，直到她成功躲过老师和其他学生。他们整整找了她一个星期。但她没有被送回艾提斯利学院，而是被放到了一片黄草地里，卡诺特引领着帕特里夏和其他一些学生进入一个巨大的木飞艇，飞艇是鲸鱼的形状，只是鳍更多，里面用坚果和浆果铺成了洛可可式的布局。

那天，卡诺特是体格魁梧、戴着眼镜的非裔美国人，说话是田纳西口音，穿着一件短夹克。“下面是我们的计划，”当他们到达阿尔卑斯山上空的某个地方时，他说，“我们会把你们每个人放到一个小镇上，你们不会说那里的语言，身上没有钱，也没有补给品。你们必须找到一个需要治愈的人，一个疼得非常厉害的人，治愈他。并且不能让他们知道你们来过。然后我们就去接你们。”卡诺特主动提出可以给学生免除这项作业，作为交换条件，他要在他们的骨头里藏点东西，但谁也没有跟他交换。所以，他转而开始一个接一个地把学生推出飞艇舱，舱口看起来像是几百英尺高的法国城堡的门口。没有降落伞。

帕特里夏成功地减缓了自己的下降速度，所以那股冲击力只是把她肚子里的风撞了出来。她蹒跚着站住脚，落在一个前不着村后不着店的地方。之后，她一直走到夜幕降临，直到发现镇上的点点灯光出现在她身后。她最先遇到的几个人似乎非常健康，但后来她注意到有个老女人在一家小餐馆或小酒馆里抱着一碗汤。那个女人正在咳嗽，她的皮肤呈暗灰色，而且帕特里夏可以瞥见她黄衬衫下的脖子上露出一条赭色伤疤。很好。帕特里夏悄悄走近那个女人，却被泼了一脸汤，还被她用类似斯拉夫语的语言骂她是小偷。她赶紧逃跑。

一周后，在这座到处是昏暗的灰泥墙和泥路的小镇上，帕特里夏饥肠辘辘、无处藏身。她已经无法跟动物说话了，而且也没有掌握除英语外的其他人类语言。此外，她只能治疗已经与她建立起某种联系的病人。

“今晚上我绝对不能再穿着这些没换过的衣服睡觉了。”帕特里夏用英语大声说。小杂货店的老板看到了她，用粗哑的声音大喊着把她赶了出来。帕特里夏跑过一条条弯曲狭窄、斜坡很大、铺着鹅卵石的小街，直到甩掉杂货店老板。她蹲在一堵石墙后面，看着自己偷来的唯一一件东西：一瓶脏脏的清迈牌辣椒油。

“这个最好有用。”她拿起瓶子，“警告：红辣椒”的字随之倒了过来。黏稠的液体灼烧着她的喉咙。她开始感到窒息，但还是逼着自己把整瓶辣椒油喝完了。瓶子刚见底，她就缩成了一个颤抖的圆球。她的头好疼。她想哭，为她失去的一切，为她没能得到的一切。

一个小时后，她抬起头来，吐了。她一开始吐，就再也停不下来。她的眼睛火辣辣的，鼻涕直流，辣椒油从胃里反上来的感觉比喝下去的时候难受两倍。她的胃抽搐着，但不是因为饿了几天后弄到食物的兴奋。同时剧烈地咳嗽着。

不过，好消息是：帕特里夏已经想到怎么治愈那个怒气冲冲的老女人了。

她悄悄越过镇上的一座座石板瓦屋顶，直到到达那家小酒馆的斜屋顶，在那里，她可以透过一个小天窗看到那个女人。天窗是开着的，她偷偷钻进去，蹑手蹑脚地穿过一间存放成袋面粉和罐头补给品的阁楼。她犹豫了一下，然后拿了几片面包塞进嘴里。之后，她到达阁楼边缘，还是在那个所谓的谷仓一侧，谷仓的另一侧，那个女人正坐在摇摇晃晃的桌子前。帕特里夏爬上一根支撑柱，然后又爬上房梁。她在房梁上小心翼翼地往前爬，直到胳膊和腿都吊在老女人上方，然后，她在不会掉下去的情况下尽可能地往下凑。

帕特里夏在老女人的汤里吐了一口口水。老女人正在吓唬屋里的其他人，可能是这些天总过来的孩子，所以没有注意。帕特里夏的唾液一进入那个女人的身体，她们之间就建立了直接联系，帕特里夏便看出她是肺气肿晚期，这种不治之症已经毁了她的一个肺，而且引起了痛风。帕特里夏集中精力地工作了一个小时，乱七八糟地喃喃自语一番，才得以进入，把那个女人的内脏治疗地跟新的一样好。她唯一没有做的就是给那个丑老太婆一个新的肺来代替没了的那个。

帕特里夏躺在被扔下飞艇时的那片不平整的草地上，夜空看起来似乎格外拥挤。星星太多了，而且闪得太厉害。她在那儿躺了一个小时，直到飞艇下降到足够低，放下一个梯子来接她。她爬得很慢，四肢酸痛而虚弱。卡诺特递给她一个三明治和一罐姜汁汽水，还试图向她推销一个尊巴舞工作室的股票。这一次，卡诺特是一个年轻的德国光头。

之后，帕特里夏开始研究如何运用她在艾提斯利和迷宫学到的东西，以及如何在艾提斯利巧妙利用迷宫的诡诈。“东欧小镇随机测试”作业结束后，有几个学生退学了，这为帕特里夏成为某些团体中的荣誉成员腾出了位置。

一天晚上宵禁后，她和酷酷的“哥特”学生们一起在艾提斯利

“较小楼”从未使用的洞穴似的烟囱里抽丁香烟。包括团队丰满优雅的头儿戴安西娅，据说她是伯爵的女儿什么的。坐在帕特里夏旁边的是泰勒，泰勒全身上下都是哥特风格，染着头发，画着眼线，下课后就穿上一件皮夹克。坐在帕特里夏另一侧的是萨米尔，他喜欢穿黑色浆领衬衫，这让他胆怯、略长的脸看起来像个大人且久经世故。另外还有托比，一个长着结实的红头发、大耳朵的苏格兰男孩。还有偶尔会出现的其他几个学生。烟囱的红砖墙上有几条很久以前的烟灰痕迹。

帕特里夏和泰勒互相搂着靠在一起，丁香烟熏着帕特里夏的五脏六腑。他们互相说着进入艾提斯利迷宫之前大家遇到的怪事，所有那些偶然的经历让他们意识到，他们与某种不确定的力量有联系。帕特里夏发现自己在说她记忆中关于百鸟议会、迪厄皮迪厄皮威普阿郎和那棵树的事，而之前她甚至没有意识到自己在说什么。

“这真是太奇怪了。”泰勒说。

“真是太令人惊讶了，”戴安西娅向前凑了凑，用一双迷人的黑眼睛盯着帕特里夏，“再跟我们说说。”

帕特里夏又把所有的事情从头说了一遍,这次增加了很多细节。

第二天，她怀疑自己是不是不应该把那棵树的事情告诉别人。她会有麻烦吗？文学课上——当时大家在读《特罗拉斯与克莱西德》，帕特里夏时不时地瞅一眼卡门·埃德尔斯坦，但卡门没有表现出知道任何事情的迹象。

那天晚上，帕特里夏正准备睡觉时，泰勒来敲门。“快点，我们都在烟囱那儿呢。”泰勒笑着说。废弃烟囱那儿的人数比之前多了一倍，所以几乎没给帕特里夏留下什么地儿。但每个人都想听那棵树的故事。

帕特里夏讲的次数越多，那些事听起来就越像个故事：过程跌宕起伏、结局圆满。她又说出更多细节，比如风吹过她无形的灵魂时的感觉，她在风中上升，飞到森林中央时树闪闪发光的样子。第三天晚上，当帕特里夏对着第三批学生讲这个故事时，那棵树说了更多的话。

“它说你是自然的守护者？”一个名叫让·雅克的科特迪瓦小孩说。

“它说我们都是，”帕特里夏说，“自然的捍卫者。反抗，比如，任何想要伤害大自然的人。我们都是。我们有特殊的目的。这就是那棵树说的。它就像是森林中央最完美的那棵树，但除非有人指给你看，否则你是找不到它的。在我很小的时候，是一只小鸟带我去的。”

“你能带我们去吗？”让·雅克问道。他兴奋地都喘不过气来了。

很快，他们成立了一个正式俱乐部。十几个孩子晚上聚在一起，讨论如何才能像帕特里夏那样找到森林中央。如何才能保护大自然不被任何人伤害。就像电影《阿凡达》中的纳美人一样。帕特里夏是了解详情的人，但戴安西娅才是那个可以说“我们要团结一致”的人，大家都欢呼雀跃。

“我们全都靠你了。”戴安西娅拍着帕特里夏的肩膀，充满信任地小声对她说。帕特里夏感觉一股兴奋直达她的尾椎骨。

“那棵树非常大，大约有四五十英尺高，不是橡树，不是枫树，也不是我之前见过的任何一种树。它的树枝像大翅膀一样，月光会在两个地方透过最浓密的枝叶，所以看起来像是两个闪闪发光的眼睛在看着我。它的声音听上去像是很温和的地震。”

帕特里夏第十次讲她那天晚上离开自己的肉体跑到那棵树那儿的故事时，那个故事已经被渲染成了跟她第一次讲的版本几乎完全不同的故事了。而且，所有人都已经听烦了。他们想知道接下来发生了什么。“我们要怎么做？”萨米尔问，“我们的下一步计划是什么？”

“我真的不知道。”帕特里夏说，她第一次告诉他们，她在泥塘镇灌了一瓶辣椒油，但什么也没有发生。他们互通各种理论，比如时间不对，或者她的顶部空间不对，或者是因为地脉的原因，从东欧到不了那棵树那儿。

戴安西娅的秘密俱乐部在最重要的问题上产生了分歧：艾提斯利迷宫的大人们知道那棵树吗？要么所有的大人都知道这件事，但他们要对学生们保密，因为学生们还没到知道的时候；要么他们不知道这件事，这是你只有作为孩子才能了解的东西。

几天后，帕特里夏和戴安西娅一起吃午饭。只有她们两个人。艾提斯利学院“东草坪”上的每一片草都很完美，她们在草坪上铺了一条毯子。帕特里夏仍然不太敢相信，戴安西娅竟然跟她在一起。戴安西娅跟别人说话之前会先瞪大眼睛，所以你会发现自己直视着她的眼睛，心中确信不管她接下来要跟你说什么事，那都是你曾经听到过的最重要的事。她的艾提斯利围巾围得特别优雅，你会以为那是她从上千条围巾中精心挑选出来的。她的棕色头发泛着光。

“我们要一起做许多大事，就你和我。我知道，”戴安西娅对帕特里夏说，“你应该喝点起泡柠檬水。你家乡没有起泡柠檬水，真的很好喝。”帕特里夏听了她的话。起泡柠檬水像是加了更多柠檬的雪碧，而且是最凉爽的饮料。气泡在她的舌头上冒泡。

帕特里夏怀疑戴安西娅是不是要吻她。她靠得很近，俩人互相对视着。帕特里夏从来没想过自己会是女同性恋，但戴安西娅身上的味道很好闻，而且她是一个如此强大的存在，这甚至根本不像是微不足道的性诱惑。远处的某个地方有只鸟在唱歌，帕特里夏几乎听懂了。

当帕特里夏走进艾提斯利的食堂，或者在迷宫永远不知道要吃的是比萨还是黑布丁的自助餐厅吃饭时，甚至连那些没有去过废弃烟囱的学生也开始向她投来羡慕或赞赏的目光。迷宫的人告诉帕特里夏，他们喜欢她的牛仔裤。在此之前，从来没有人喜欢过她的牛仔裤。

“我有件很重要的事情要跟你们大家说。”戴安西娅上气不接下气地说。这不止是因为有十个十几岁的孩子大半夜地挤在一个脏脏的小烟囱里。十双手握在一起，十个骨盆热切地扭动，像是要集体尿尿似的。戴安西娅停顿了好长时间，然后丢下了一颗炸弹：“我跟那棵树说过话了。”

“什么？”帕特里夏忍不住脱口而出，“我的意思是，真是太棒了。你是怎么做到的？”所有人都盯着帕特里夏，好像她除了惊讶，还暴露了自己的嫉妒之类的。“跟那棵树说话”之类的再也不是帕特里夏一个人的特权了——她自己也只有过一次，而且还是好几年前。帕特里夏结结巴巴地说了什么她很高兴戴安西娅做到了，因为这是个好消息，真的是个好消息之类的。

戴安西娅却让事情恶化了一百倍，她拍拍帕特里夏的膝盖说：“别担心，亲爱的。不管怎样，我们还是很重视你的贡献的。”

除了碾压帕特里夏受伤的自尊，所有人都想知道：那棵树说了什么？带回什么消息了吗？他们已经准备好了。已经迫不及待了。

“那棵树说，”戴安西娅说，“为了让我们做好准备，测试很快就会出现。而且，并不是我们所有人都能通过测试。但那些通过测试的人将会成为英雄。永远。”所有人都很高兴，都开始呜咽。

这听起来跟那棵树对帕特里夏说的话很不一样。一点儿也不一样。但她只跟它说过一次话，还是在几年前，她对那些细节的记忆很模糊，尤其是在她向他们转述了这么多次后。帕特里夏告诉自己开心点，已经有人为自己证明了，这一切根本不是她的幻觉，不要问戴安西娅一大堆问题，那只会让人觉得她嫉妒。还有“强化”。现在，那棵树不再跟帕特里夏说话了，而是跟戴安西娅说话。很大声地说话。

“我当时熬了一个通宵准备治愈药剂科的考试，”戴安西娅说，“我吃了很多辣印度薯片。接下来我就发现我正飞出自己的身体，飞出窗户，飞到夜空中。那真是最令人兴奋的感觉。”

整整两个星期，那棵树没有再传达任何新的信息，虽然其间它又跟戴安西娅说过几次话。萨米尔拉着帕特里夏的手，听着那些暗示：那棵树是很古老的，诞生在他们学过的任何传说之前，在语言出现之前。萨米尔的手感觉很干，还有老茧，他的食指碰到帕特里夏小指的样子让她觉得很好笑。他们都很专注地听戴安西娅讲话，戴安西娅说着她灵魂出窍的经历，精致的鼻孔微微张开。在帕特里夏的另一侧，泰勒颤抖着。

在烟囱里聚会的所有人都有一个暗号，就是把大拇指放在锁骨中间，同时眨一只眼，然后再眨另一只眼。他们还在衣服内侧写上标记。

当那棵树真的向戴安西娅传达实际指示时，那些指示却很神秘。“它说‘停止管道和通道’，”戴安西娅眼睛瞪得大大的，像是肾上腺素分泌过多，“它每个字都说了两遍。”

“管道和通道？”萨米尔说，“听起来像是个绅士俱乐部。那种全是烟草味和秘密入口的俱乐部。”

“对，听起来很隐晦。”托比说。他做了一个动作，以表明“管道和通道”可以理解成多么猥琐的意思。戴安西娅看了他一眼，吓得他赶紧往里缩。

他们花了好几天时间讨论、搜索、交头接耳地谈论“管道和通道”，但还是不知道这句话是什么意思。戴安西娅似乎很不耐烦，好像她在等别人想出是什么意思，这样她就不必既当信使又当翻译。最后，周五熄灯后，戴安西娅吸了一口丁香烟，宣布她已经知道答案了。

原来，“管道”指的是“大西伯利亚天然气管道”。“通道”指的是“大北方航运通道”。这两个都是拉马尔·塔克（一个曾经帮助探索油膜水水力压裂技术的德克萨斯人）与一家名叫“维尔吉特斯基航运”的俄国联合公司合作开发的。俄国人想用一条新航线代替西北航道，这条新航线将完全绕过加拿大，直达北极冰川中心。只是遇到了一个难题：这条航线要直穿楚科奇海内的大量古代甲烷水合物沉积物，这些沉积物已经在冰川下滞留了数百万年。科学家们警告说，一次性释放所有这些甲烷可能会在一夜之间过分增强气候变化效应。因此，对于那条管道——塔克认为可以几英寸几英寸地向下钻，缓慢释放压力，并将仍然冰冻的甲烷通过与硅酸盐结合继续滞留。之后，可以将富含能量的甲烷冰用管道输送至雅库茨克的设施中。这样就可以为半个东俄提供充足的电力，或许还可以将多余的电力卖给蒙古，甚至卖给中国或日本。

“但他会出问题的，我知道，”戴安西娅说，“他们根本不知道自己损害了什么。他们必须停止。”

“对，”帕特里夏说，“但是我们应该怎么做呢？”

“怎么做？”戴安西娅说，“看看你周围，我们都是艾提斯利迷宫最优秀的学生。我们中的所有人都掌握了非常多的技能。托比，我看到过你留住春天的最后一点雪，逆转了三天的腐烂。萨米尔，你有一次骗一个银行家给了你 5000 英镑，而且你还会隐身。帕特里夏，我听老师们悄悄说过，你跟自然有一种连他们也无法完全理解的联系。我们可以的。那棵树指望我们呢。”

就在那天晚上，他们带上自己能带的东西就出发了。戴安西娅坚持说：一刻也不能耽搁。（也不能让任何人有机会改变心意，跑去告诉老师。）他们全都回到艾提斯利的学生宿舍，随便打包了一些东西塞进行李包里。

“可是，我们到底要去哪儿？”托比说，“我两天后有一个实习。在艾提斯利，他们会等着我出现的。”

“我们要开溜，”泰勒很小声地叫道，“再也没有测试，没有辅导，没有数学课，没有讲座——也没有迷宫的谜题——直到我们完成任务。”

帕特里夏往行李包里塞了一支牙刷和三条内裤，外加一本破旧的《城市故事》。她要去探险了——她要去做一番大事。她几乎要跳着走下艾提斯利学院“北住宅翼楼”的桃木楼梯，只是萨米尔一直在她旁边朝她“嘘嘘”。他们闯入那艘魔法飞艇，恶搞一番通过安全问题时，兴奋的肾上腺素令她不停地扭动着。

“耶耶耶！”他们从地面螺旋上升时，帕特里夏喊道，“我们来了！”她先和泰勒击掌，然后跟萨米尔拥抱，坐在驾驶舱的戴安西娅哈哈大笑。飞艇的操纵器是木葡萄藤和无花果。

直到他们抵达北极上空,月光变成了两面阳光——天空和冰面,两个都让人无法直视——时，这场远征才开始感觉像是真的，帕特里夏的快乐变味了。她看看窗外，下方一片广袤无垠，一条条光带互相交织、无法分辨。

“我们必须在他们发现我们之前攻击他们，”驾驶舱内的戴安西娅说，“我希望每个人都已经做好了迎接各种突发状况的准备。”帕特里夏、托比、萨米尔和泰勒齐声说准备好了。

“我们正在做正确的事，”降落过程中，泰勒说，“我们已经研究很久了。”帕特里夏真希望自己再多带三层衣服：她可以念个咒语让自己变得暖和，但那样会让她分心。像很多时候一样，她用围巾裹住自己的脖子和下半部脸。

“托比，你负责金属变形，因为你是我们这里头最好的治愈师。如果是钢，你就把它变成锡，”大家走出飞艇时，戴安西娅说，“萨米尔和泰勒，你们俩负责迷惑并扰乱我们遇到的任何反抗。我会试着把所有钻孔明显地封印成不可修复的样子。还有帕特里夏，你用大自然的所有怒火攻击他们。机灵点。”

大家互相击掌，开始出发穿过冻原朝钻井装置走去，那台装置看上去像是伫立在冰川中的灯塔，四根通过五角星的下半部分连接的柱子支撑着一个平台，平台顶上是一个生锈的结构。钻井一侧有一条类似泵站的膨胀金属管。在另一侧，帕特里夏看到一个巨大的油罐，可能是空运过来的，还有许多雪地摩托车和改装货车。看到那个写着“警告：易燃”的巨大油罐放在世界上最大的甲烷储层上，帕特里夏打了个哆嗦。她的忧虑逐渐变成了恐惧。

“伙计们，”帕特里夏说，“我想我们应该停手，而且——”

有人用俄语喊着什么，然后是狗叫声。一群穿着派克大衣、戴着护目镜的人骑着雪地摩托车朝他们开过来，手里挥舞着类似机枪的东西。萨米尔和泰勒点点头，朝他们的路上跑去。过了一会儿，警卫开枪了——但只是疯狂地朝各个方向扫射，因为萨米尔用了点手段迷惑他们。

“小心，”帕特里夏喊道，“别让他们打到他们自己的燃料——”但枪声、引擎声、呼喊声和狗叫声都太响了，别人根本听不见她说话。

托比已经朝那个巨大的钻井跑去，嘴里念着金属变形咒。与此同时，戴安西娅也朝钻井走去，沐浴在阳光中的漂亮脸蛋上有一种异常坚定的神情。一颗子弹打到她身体一侧，她倒下了。

帕特里夏跑过去蹲在戴安西娅旁边，她的血正像喷泉一样往外涌，同时大喘着气。“坚持住，”帕特里夏说，“子弹好像打穿了。但恐怕伤到了动脉。抓紧。”

“不要在我身上浪费时间了，”戴安西娅说，“任务。任务要紧。”

帕特里夏吻住戴安西娅的嘴，同时两只手摸索着寻找往外涌血的伤口。她找到了那条动脉，笨拙而又费力地把它修好。一颗子弹从她脸上擦过。她松开戴安西娅的嘴说："跟我说实话。那棵树到底跟你说话了没？"

戴安西娅说："这真是一个非常无礼的问题，尤其是在这个节骨眼上。"

有人喊了一声。好像是托比。"现在全靠你了，"戴安西娅说，"让他们感受到大自然的怒火。"说完，戴安西娅便昏过去了。

帕特里夏抬头看了看，将戴安西娅的头搂在她的大腿上。萨米尔和泰勒在制造混乱这一点上干得真是太好了，她根本看不出到底发生了什么事。巨大的海浪中，雪花从空中翻滚而下，一条类似哈士奇的大狗冲到帕特里夏面前，然后摔了个四脚朝天。枪声几乎没有断过，像是她听过的最大声的白噪音。

等雪墙稍微褪去一点，帕特里夏看到一个身体脸朝下倒在雪地上，脖子上围着艾提斯利的围巾。

"不，不，不。"帕特里夏含糊不清地喊着。她站起来。她可以治好的，她必须治好他。

对"大西伯利亚天然气管道"的攻击大约持续了 90 秒。时间越久，往各个方向乱射的子弹就越多，发生一场大灾难的概率也越大，那将是一场从太空都能看到的灾难。

她感到寒冷快要把她撕裂，她真希望自己也跟那些试图杀死她的人一样有一副护目镜。她几乎要站不住了，因为她的重心一直螺旋式地向下坠。这不仅是因为她脸上的风和雪。所有的一切感觉都在摇晃。她试图想象如果释放自然的力量，那会是什么感觉——那到底是什么意思？她站都站不直，又该如何召唤任何的自然力量呢？就在她试图思考时，这里的磁通量却让她感受到这辈子最剧烈的头痛。要是她可以伸出手，与自然连通，那会怎么样？只是自然并不只是一种作用，而是各种作用的合体，这些作用会以任何人都无法预测的方式雪崩式地一起出现。而且，如果说她对于跟那棵蠢树的唯一一次对话还有什么记忆的话，那就是她将效忠于自然，而不是向自然发号施令，她无法相信自己竟然没有在那么多次愚蠢地讲述自己的经历时明确指出这一关键区别，但现在已经太迟了，他们将作为闯下滔天大祸的人死去。她无法控制自然，她甚至无法控制自己，而这片磁场像一只巨大的铁手正要把她压扁，她将被磁力粉碎。一只大狗直冲她跑过来，响亮的狗叫声盖过了枪声和混乱，她惊讶地发现自己竟然听懂了它在说什么。大部分都是“我要咬破你的喉咙！你死定了！”在这样一个时刻，她重拾能听懂动物语言的能力真是没有任何意义，它们根本不讲理，这只会让帕特里夏想起她根本没有能力塑造，甚至是影响所谓的大自然力量，她真的希望这里的磁通量没有让她染上有史以来最厉害的偏头痛，之后，她恍然大悟，突然知道该怎么做了。她伸出双手举向空中，祈祷最好的结果，在那盲目的噼啪声之前，还有——

帕特里夏在一艘飞艇上醒来，不是他们偷出来的那一艘。她躺在一张凳子上，卡诺特低头看着她，那张没有头发的白化病脸上的表情她只能用“愤怒”来形容。“你让我失望了。”卡诺特用平静的口吻说。

帕特里夏想说这都是戴安西娅的主意，但她说不出口。“发生了什么事？”

“托比死了。还有你们自己决定要攻击的那座装置里的一半警卫。我希望你一辈子都记住这个教训。戴安西娅和萨米尔受伤了，不过都还活着。你好像不知如何接入了极地地区的增强磁场，释放了一种电磁脉冲，这种电磁脉冲不仅烧毁了十几英里内的所有电子设备，还烧坏了所有人的脑袋，包括你自己的。你应该做不到这一点，我们也不确定你是怎么做到的。”

“有一只狗想咬我。”她的脑袋一直砰砰作响，眼前一直出现各种奇怪的形状。之后，她突然想到一件事：“托比戴着艾提斯利的围巾。我们把飞艇开来了，里面有个标记。”

“已经处理好了。不会有任何线索牵扯到学校的，”卡诺特从心底里非常不屑地哼了一声，“从现在开始，你的人生将会变得非常不同。”

“我真的很抱歉。”

“以后抱歉的日子还多着呢。”

他看起来似乎还想说点什么——比如，用她的第一个孩子交换，来让她摆脱困境什么的。但他只是耸耸肩走开了，剩下脑袋抽痛，感觉错误永远也无法纠正的帕特里夏。她使劲抬起头从一个大窗口往外看。他们飞过海洋上空，透过奇丑的紫色厚云层，太阳正缓缓落下。

8.

格雷斯大教堂不远处一座陡峭的山顶上，鹦鹉们在一棵大树顶上吃着樱桃花。六只头顶长着红色斑点的翠绿色小鸟在白色的花间拉下鸟屎。花瓣洒落在人行道和草地上，小鸟粗声尖叫着，清理自己弯曲的鸟嘴，劳伦斯和帕特里夏在街对面休闲区陡峭的岸边看着这一切。

旧金山不停地让劳伦斯感到惊奇——野生浣熊和负鼠在街上溜达，特别是晚上的时候，它们闪亮的皮毛和长长的尾巴看起来就像是流浪猫，除非你多看一眼才能看清。臭鼬在人类的屋子底下筑巢。那些鹦鹉原产自南美某个从来不长樱桃树的地方，但它们不知怎么却学会了吃樱桃花。劳伦斯认识的大部分人每一分钟都在关注《多极电子管新闻》上是怎么说他们和他们的朋友的，或者谁遇到了财政危机，却仍然筹集到了资金。劳伦斯会看这些城市中的自然乱象的唯一一个原因就是跟他一起出来的是帕特里夏。她眼中的城市跟他看到的完全不一样。

事实上，劳伦斯只有一半注意力在关注这些色彩鲜艳的热带鸟吞食花朵的奇妙景象——因为他一直试图在脑子里理清这样一个事实：他差点抹杀了一个人的存在。过去几周里，劳伦斯基本上没怎么睡觉，因为他每天花 20 个小时研究到底哪里出错了。而且，当他试图睡觉的时候，一想起普丽娅嘴巴一张一合的样子，他的心就像马戏团的鼓一样怦怦直响。

即使是现在，跟帕特里夏一起铺了张粗糙的马毯坐在草地上，劳伦斯也时刻准备着她会说点什么——她非常清楚普丽娅发生了什么事，甚至比劳伦斯知道得还清楚，而且，她没有发表过一句针对此事的评论。她很可能只是在等待合适的时机。

帕特里夏打破了沉默。“好吧，”她说，“你怎么了？”她白白的膝盖上有青草的凹痕。

“没怎么，”劳伦斯笑着说，“我在看那些鸟。它们真是太厉害了。”

“上帝啊，你现在必须告诉我到底怎么了。我认识你这么久了，你什么时候有烦心事我都知道。”

于是，劳伦斯便承认了：“我只是在等你告诉我我多么混蛋，没有任何恰当的防护措施就拿普丽娅做试验，害得你不得不替我们擦屁股。我猜你可能想让我知道是怎么回事。”

帕特里夏不安地扭动着，好像被他逼到了一个不舒服的位置。“我想，这其实不应该是我的任务，”最后，她终于开口道，“你没有老板吗？他们可以告诉你。我猜，你们一直在做很多灵魂探索的工作。”

“有，当然有。当然。”

实际上，那次意外发生后，劳伦斯的组员们没有一个人愿意谈起那件事。有一两次，有人提到“普丽娅”事件，随即引发了尴尬、持久的沉默，让劳伦斯感觉像是吞掉了一整个冰块。安雅仍然为劳伦斯不肯告诉她帕特里夏是如何救出普丽娅的事情而恼怒，因为如果不知道最后到底是什么起作用，他们就无法建立协议。苏卡塔和普丽娅试图将这个噩梦抛在脑后。与此同时，劳伦斯一直没有找到特别合适的机会告诉伊泽贝尔，从技术角度来说，她是他的上级。

“劳伦斯，听着，”帕特里夏没有看那些鸟，而是看着他，她的眼睛瞪得大大的，紧咬着下嘴唇，“当你说你不会按川岛要求的那样，帮着他们来打击我时，这对于我来说真的意义重大。但你也不应该吹捧我，否则会把我逼疯的。我已经犯下了永远都无法忘记的错。如果你知道我做过的所有那些事，现在肯定无法忍受站在我旁边。”

听到帕特里夏这样说，劳伦斯有一种“撞到飞机上的气囊”的感觉。帕特里夏好像要向他敞开心扉，这让他很兴奋，而兴奋的具体原因他自己也不清楚。但随后他又害怕她是对的，或许真的有些事情让你别无选择，只能从她身边缩回——要是她说她通过喝婴儿的血重新恢复了巫师的力量呢？而且，每次他多了解帕特里夏和魔法一点，就会失去什么东西。

不过，这些都无法超越肾上腺素兴奋的呼喊：“去他妈的，我现在就是觉得跟这些人很亲近。”这种兴奋充斥在他的皮肤里、他的头皮里，还有他的胸膛里。

“不管怎样，”劳伦斯大声说，“你已经在我最糟糕的时候拯救了我。我想不出你的糗事还能比这个更糟糕。”

从他们坐的地方通往山下的人行道上，一个推婴儿车的女人正朝自己蹒跚学步的孩子大喊，那孩子头发稀疏，穿着吊带裤，一直不停地往樱桃树那儿跑，想去赶鹦鹉。而鹦鹉只是朝他大笑。他妈妈威胁说数到五。

“我十几岁的时候，几个人一起愚蠢地去攻击西伯利亚的钻井项目，死了一些人。包括我的朋友。这些天……”帕特里夏深深地吸了一口气，几乎晃了一下，“我诅咒别人。比如，一个奸杀了很多女孩的家伙，我把他变成了一片云。有一个说客帮着阻碍环保法规——他们叫他《文书削减法》的毕加索——我诱骗他，把他变成了一只海龟。海龟的寿命很长，比大多数人类的寿命都长，所以这不算谋杀。那些官僚想把我的朋友雷金纳德从第八区的房子里赶出去，我就让他们起了疹子。诸如此类的。”她不敢直视他。

“哇哦！”在发生过罗斯先生的事情后，劳伦斯不应该感到惊讶的——但帕特里夏说过，那是高级巫师的作品之一。有一瞬间，他感觉陡峭的山坡好像翻倒了，然后他又重新找回了自己的重心。“哇哦，”劳伦斯再次喊道，“我必须得承认，这跟我想的不一样。我还想象着你会更……我不知道……到处跑来跑去，祝福婴儿什么的。”

“你说的那是仙女。要是我祝福婴儿，效果跟你祝福不会有任何差别。”

“我很怀疑，”劳伦斯自嘲地笑了一声，“婴儿看到我好像都要吐出来。不管怎样，听起来你的攻击波是针对那些罪有应得的人。我不知道。要是我能把人变成乌龟的话，可能要到处都是乌龟了。”

有一会儿，俩人都没有说话。那个妈妈又把孩子哄回了婴儿车里，快速朝玛利亚走去。鹦鹉已经不吃了，只是在樱桃树和一座巨大的爱德华七世式样的联排别墅两侧的其他几棵大树之间飞来飞去，在空中尖叫着。有一两次，它们从劳伦斯头顶飞过，伸展的绿色羽毛像是在敬礼。

“我想我可能太好奇了，”劳伦斯说，“不过，你有伦理框架吗？我的意思是，除了他们一直说的那个规则。你怎么知道应该做什么？”他说得小心翼翼，因为这对于帕特里夏来说显然是一次紧张的谈话——她现在已经开始转移视线了。

“呃，”帕特里夏挺了挺肩膀，白色 T 恤下的胸部也跟着抬高了一点，“我的意思是，有时候我是按照指令，川岛或者欧内斯托的指令，我相信他们。不过……我不能把所有人都变成乌龟，还得根据实际情况。而且……看到那些鹦鹉了吗？”她指着那些糖苹果色的鸟，在休闲区逛了几圈后，它们又回到美味的樱桃树上了。

“嗯，当然看到了。”劳伦斯看到它们脑袋上的红色斑点四处跳动，似乎在嘲讽所有可能想把它们关在笼子里的人。

“我能听懂它们在说什么。大部分都是在骂它们中间的那个朋友，因为它一直愚蠢地飞得很高，差点被鹰吃掉。那边的乌鸦也是。我能听懂它们此刻在说什么。”

“哇哦！”劳伦斯甚至都没注意到电力线旁边紧张地注视着他们的那些乌鸦，“所以，你可以听懂所有动物的话？任何时间都可以？”

“这需要一定程度的集中精力。不过，是的。”

“所有会魔法的人，比如川岛和泰勒，他们都可以吗？”

“或许吧，如果他们真的需要的话。如果他们真的很努力的话。大部分时间是不行的。不同的人有不同的奇怪技能。”

“那你一直听到动物讲话，不会觉得自己要疯了吗？”

“还好。我想我已经习惯了。大部分时间，我都不予理会，就像你不理会周围所有人的讲话一样。但与此同时，我潜意识里总是会想，那些乌鸦会怎么想呢？乌鸦真的很聪明。”

那些乌鸦似乎正在进行某种紧张有礼的辩论，一直呱呱叫着，滔滔不绝地说着。其中一只乌鸦抖了抖翅膀，样子像极了一条落水狗。

劳伦斯知道自己会把一切搞砸——他应该直接闭嘴的——但随后帕特里夏就会知道他保留了自己的意见，那会更糟的。“请你不要误会，”他说，“不过，我不认为这能成为伦理框架的基础。‘那些乌鸦会怎么想？’乌鸦并不能完全理解你所说的各种选择的后果。乌鸦无法理解核反应是怎样发生的，或者什么是《文书削减法》。”

“那你知道什么是《文书削减法》吗？”

太紧的衣领下，劳伦斯羞得脖子都红了。“呃，我的意思是，这是一部法律，对吗？我猜是削减文书的。”

“上帝啊，你有没有听见你自己说什么？对，我知道乌鸦理解不了核物理，不能像大多数人一样。但我并没有说我向乌鸦征求科学建议啊。”

劳伦斯最终还是壮起胆子抬头看了一眼，帕特里夏脸上的表情戏谑多过不悦。同时还稍微翻了个白眼。这是他可以接受的。

“对，”他说，“我只是说有些伦理问题要更复杂。”

“当然。对，”帕特里夏摇摇头，好像还吹起了口哨，“但是你完全没有抓住重点，很像是故意的。我是说，看待这个世界有许多不同的方式，或许我真的有一些独特的优势，因为我能听到不同的声音。你真的不明白？”

劳伦斯感觉那些乌鸦现在可能正在嘲笑他，好像帕特里夏告诉了它们似的。“我明白。真的。我只是认为，伦理是普遍适用的，是原则的衍生物，而且我认为，情境伦理就是滑坡谬误①。此外，我认为乌鸦并没有多少伦理概念，如果说它们真的有的话。我觉得乌鸦根本就没有考虑过绝对命令②。”

---

① 滑坡谬误（Slippery slope）是一种非形式谬误，使用连串的因果推论，却夸大了每个环节的因果强度，而得到不合理的结论。

② 德国哲学家康德用以表达普遍道德规律和最高行为原则的术语。又译定言命令。“命令”即支配行为的理性观念,其表述形式有假言和定言两种。其经典表述为，除非愿意自己的准则变为普遍规律，否则你不应该行动。

“我很高兴这场谈话以你担心我评判你开始，最后以你评判我结束。”帕特里夏明显地微微哼了一声，朝毯子的另一边稍微挪了一点。劳伦斯有种中毒的感觉，同时也担心自己已经惹恼了这个世界上唯一一个他可以真正聊天的人。

“我没有评判你，没有。你必须明白这一点。我已经说过，如果是我的话，可能现在到处都是乌龟了。”

“我真的不认为伦理是原则的衍生物。绝对不是，”帕特里夏重新走近了一点，用几根冰凉的指尖碰了碰他的胳膊，那里也是她之前抓住的地方，“我觉得伦理最基本的一点就是知道自己的行为会如何影响他人，并且知道别人想要什么、有什么感觉。而这总是取决于你所面临的对象是谁。”

劳伦斯深吸一口气，意识到他和帕特里夏出现了分歧，但这并不是世界末日。比如，她选在这个她异常敏感的区域附近向他敞开心扉其实并不理想，他立马就开始打击她的想法。但是她能够接受，并且毫不示弱地进行反击。

“其实，我明白你的意思。我最近也有些类似的想法。”劳伦斯说。他告诉她，他想象着去到另一个星球，亲眼看到他在地球上认为理所当然的一切没有一样是真的。根本没有什么事情“本该如此”。“或许这就是你在这个地球上所拥有的：对现实的非人类视角。所以，是的，我真的明白。”

“很好。”她说。她在包里摸索了半天找到她的卡迪电脑，电脑告诉她得去别的地方了。

劳伦斯还想说点什么，比如，帕特里夏那么担心自己会变成怪物这件事本身很可能就表示她永远都不会变成怪物。但她已经咚咚咚地向山下跑去，只停了一秒钟冲那些鹦鹉说了句什么（建议，或者只是打个招呼），而那些鹦鹉只是拿白色绒毛对着她，就像是婚礼上的大米。

* * *

南市场所有的高档有机微餐厅都关门了，所以，劳伦斯和塞拉菲娜最后只能在一家卖中国菜和甜甜圈的油腻餐厅用餐。甜甜圈很新鲜，但左宗棠鸡就有点太一般了。劳伦斯感到很尴尬，因为他没有给塞拉菲娜一段更美好的时光。

不过，塞拉菲娜似乎并不介意——她甚至用筷子吃起了甜甜圈。她的假睫毛几乎要碰到脸，他的目光忍不住在她身上流连。她太迷人了。他愿意付出一切来进行“核计划”。他当然可以再买其他的戒指送给她，但没有奶奶的故事，意义就不一样了。塞拉菲娜已经吃完了甜甜圈，正在看她的手机。

霓虹灯的“甜甜圈”标志已经出现了裂痕。劳伦斯意识到他们俩都已经很久没有说话了。“我希望我可以用积极倾听来填满沉默。”他脑海中忍不住一直浮现普丽娅目眩神迷的神情，这让他感觉嘴巴里涩涩的，胃里像堵了一大块石头。

“喂，你怎么了？”塞拉菲娜问。

“呃，没什么。”劳伦斯说。他不能告诉塞拉菲娜普丽娅的事，不能涉及反重力试验的真相。而且，塞拉菲娜一定会要求知道他们到底是怎么救的普丽娅。“我们……在工作上遇到了麻烦。我不知道该怎么告诉伊泽贝尔。更不用说米尔顿了。”

“我想，跟他们实话实说吧。他们都是成年人，对吧？”她耸耸肩，然后又低头去看自己的手机了。

那天晚上，劳伦斯和塞拉菲娜本来应该一起度过的，但最后劳伦斯却又跑到实验室熬了一个通宵。“或许，如果我再熬几个通宵，”他对塞拉菲娜说，“我就可以报告一些进展，而不是失败。”

“或许，你只会失眠，甚至犯更大的错，”塞拉菲娜笑着说，因为她也曾有过这样的经历，“祝你好运。爱你。”她回头朝市场区走去，在那里，旧金山湾区捷运系统有不定期车次，劳伦斯看着她一直走过整个街区，想着她会不会回头看看，或者转过身来最后跟他挥手告别。但没有。他望着她的身影逐渐消失，心就像黑冰上突然滑倒的越野摩托。

* * *

劳伦斯想等伊泽贝尔心情好的时候再告诉她普丽娅事件。可是过了几天，劳伦斯意识到伊泽贝尔最近从来没有心情好的时候。她跟劳伦斯说的第一件事几乎就是她讨厌成为权威人士，现在她成了米尔顿这个大公司里的二把手，负责为一小支极客队伍制定规范。每次伊泽贝尔看到镜子里的自己穿着紫红色西服套装，一头灰色波波短发，都要多看几次，几乎不敢相信那是她自己。

最后，劳伦斯在实验室里连续熬了两个通宵后，终于决定鼓起勇气跟她说。当他慢慢地回到家时，伊泽贝尔正坐在小餐桌前，盯着一张大西洋卫星图，手指着墨西哥洋流中一条丑陋的污迹。“超级风暴卡米拉。”

“嗯，对，”劳伦斯在她身后瞅了一眼，“我听说过。侥幸避过了东海岸。所有人都说它会比桑迪或贝基更厉害。”

“过去几年里已经三次侥幸避过了，”伊泽贝尔说，“而且，飓风季节还没有结束。米尔顿会发狂的。”

劳伦斯拉过一张椅子：“听着，我希望你不要告诉米尔顿。我们……在工作上遇到了麻烦。”

“什么样的麻烦？”伊泽贝尔咔的一声把笔记本合上。

“我们出了个小意外。在实验室里，”劳伦斯试图把整件事解释给她听，但丝毫未提帕特里夏，“我们都非常确定今后应该怎么做。”

“哦。”伊泽贝尔把椅子往后一推，从壁橱里拿了一瓶格拉巴酒，给劳伦斯和自己各倒了一些。她往后一靠，双肘撑在桌子上：“听起来你需要更多的安全条例，比如不要在未提前告知我或米尔顿的情况下，随意将人作为你设备的测试对象。”

“对，”劳伦斯吞了吞口水，“这次真的太蠢了。都怪我。不过我觉得……反重力场这种不稳定的方式让我很紧张。这本来不应该发生的。我们已经做过一些测试，但我们还需要做更多。不过，我觉得我们可能必须回到一号场，尝试一种完全不同的方法。”

“啊哈，”伊泽贝尔抿了一小口酒，眯眼看着他，“上次我们谈话的时候，你还说看起来真的很好。”

劳伦斯感觉到多日丢失的睡意开始袭来。“当时是这样。当时看起来是真的很好。直到出现了问题。”

“你还让我不要告诉米尔顿。也就是说，你想让我对他撒谎，说你其实快要完成你的项目部分了，如果你的部分完不成，其他组的工作都是浪费时间。你想让我跟他这样说吗？说你真的马上就要有突破了，但真实情况却是已经回到了‘一号场’？”她又加了些格拉巴酒，也给劳伦斯倒了点。

“嘿，”劳伦斯翘起椅子往后靠，直到快要摔到地上，“没有人要对米尔顿撒谎。他知道我们能做的都已经做了。这一点你们还是相信我的。”

伊泽贝尔摇了摇头：“我不能这么做。你可以把你刚才跟我说的话再跟米尔顿说一遍。他过几天就来镇上了。告诉他你遇到困难了，他会送你去建在丹佛郊外的设施，在那里你不会受到任何干扰。”

劳伦斯突然想起父母把他拽到那个军事学校魔窟的场景，失眠的迷糊一下子变成了气愤。“求你听听我在跟你说什么好吗，”他让椅子四只腿着地，两只手紧紧捏着餐桌说，“我们不是要放弃，该死。我们只是需要后退一步。不要试图恐吓我，或者给我施加压力。该死。”

“这不是恐吓，”伊泽贝尔又给自己倒了点格拉巴酒说，“这只是必然会发生的事情。你签了合同，就要对这个项目负责。而之所以采用这么温和的方式，完全是因为你是我的朋友。你还记得六年前来我这儿住的时候吗？”

“记得。”他说。当时他的父母在闹离婚，他需要一个藏身之处。他当时刚刚跟伊泽贝尔恢复了联系，她便邀请他夏天去她的小屋里小住，而她则突然离开了那家初创航空公司。

现在，当劳伦斯回想起那个夏天时，印象最深的就是那沙漠似的炎热，只要一踏出空调屋，就会感受到热浪拍在脸上。劳伦斯跟在伊泽贝尔身后，抱着一台 iPad，不等她开口就努力地做好她需要的每件事。一个名叫艾薇的女孩曾经在深夜里和劳伦斯在充满臭氧味的筒仓后面约会，那个女孩一头黑色长发，涂着樱桃唇彩。米尔顿戴着一顶高尔夫帽，穿着短裤在周围晃悠——劳伦斯惊讶地发现，米尔顿就是当初在麻省理工因为他摸火箭而训斥他的那个老家伙。米尔顿一直在说“实现从行星侵扰到星际移民的跨越是人类有史以来尝试过的最重要的任务。确实是要么干，要么死”之类的。

格拉巴酒入喉的时候，伊泽贝尔“嘶”了一声。“在我努力调整自己的时候，你就像只小狗一样跟着我。我们都以为你只是个喜欢追星的男孩，但后来终于有一天，当我们大家都坐在那个断了腿的沙发上一边看九寸钉乐队的视频一边哭时，你把那篇物理论文摆在了我们面前。”

“关于重力隧道的那篇论文，”劳伦斯说，“我记得。”伍伦贡一些疯狂的物理学家推测出一种星际旅行的方法。米尔顿已经开始让他走开了，但随后又看了一遍那篇论文，便开始在自己胳膊上快速记笔记。这就是米尔顿创建“百分之十计划”的导火索，这个计划的理念是在几十年内将 10% 的人口转移出这个世界。

“所以，别坐在那儿试图假装你只是个无辜的旁观者，”伊泽贝尔说，“是你帮助建立了这个计划。或许你还没有注意到新闻：这个世界已经处于崩溃的边缘了。”

“我知道。”劳伦斯在椅子上前后动了动，直到木头腿的摩擦声变得很吵。

“所以，如果你不想让我告诉米尔顿你要回撤，那就不要回撤。或者，如果你想回到一号场，你可以自己去跟米尔顿说。但不要让我替你遮掩。也不要试图两头都占。好吗？”

“好。”劳伦斯说。

伊泽贝尔重新打开电脑，以便再研究一下那张卫星图，屏幕电脑赋予她一种类似某个人逐渐消失的光质。

他们沉默地坐了一会儿。之后，劳伦斯便溜走准备睡觉了。他半夜醒来想去找点水喝，却发现伊泽贝尔还坐在餐桌前，正对着差不多喝完的酒瓶流泪，脸因为抽搐而变了形。他把她扶到楼上的卧室，用肩膀托住她，把她弄到床上。他在她房间里待了很久，直到确保侧身躺着的她已经睡着。

9.

“你确定我们应该这么做吗？”俩人赤裸相对，却连第一道防线都没有越过时，帕特里夏问。

“我最近发现确定也可能成为一种诅咒。”劳伦斯说。

他们在劳伦斯的卧室里，帕特里夏之前从来没来过。这里算是伊泽贝尔公寓楼下的附属公寓，一张双人床上铺着一床太空飞鼠被子，床后面的窗口对着后花园。另一侧墙边是他的工作台，上面有放笔记本电脑和19寸显示器的台子，外加放电子配件的各种架子。有五台卡迪电脑，其中两台是“越狱”过的，两台用一堆交叉电缆绑在一起。

门旁边剩下的墙被一个小书柜占据，里面放着漫画小说、工程文本和几本科学回忆录，如《别闹了，费曼先生》。姿势搞笑的人形公仔和玩具随意地摆在梳妆台上，还有塞拉菲娜的一个机器人几米在劳伦斯的床架上张望。

劳伦斯感到紧张得有些反常。他睡过的女孩也不是少数了——但那些女孩中至少有一半是酒后鬼混，那时候对于在床上的表现，可以有许多似是而非的借口。大学二年级和三年级的时候，他曾经跟一个有着邪恶笑容、名叫珍妮弗的电子工程师约会，她会设计一些各种震动速度的精巧装置来刺激劳伦斯的前列腺，同时还能跨坐在劳伦斯身上，对自己的阴蒂使用类似的变速震荡（震动器）。还有珍妮弗的“性骨骼”，那说起来话可就长了。

但那个人是他后来认识的，她陪伴他度过了整个迷茫期。他不能搞砸。而且，帕特里夏可能更习惯疯狂的魔法做爱。她和其他巫师很可能把自己变成蝙蝠，在100英尺高的地方用蝙蝠的方式做爱，或者用火元素什么的在灵魂世界做爱。即使这些都不是真的，那她也比他有经验得多。

之后，就是帕特里夏一丝不挂的样子看起来令人十分惊讶——就像是，发光体。她大部分时间都穿着蓬松的衣服，但她的乳房很完美，比劳伦斯之前想象的大，四肢也十分细长。她的皮肤很白，但有种玫瑰色的温暖。她在床上变换姿势时，长长的黑头发铺满了各个地方，她的脚趾也很灵活。他瞥见她柔软的阴毛和膝盖后面的凹痕，一切感觉就像是个奇迹。他刚刚开始有点明白她有多美。在过去的几个月中，劳伦斯发现自己不止一次地想，我真希望奶奶的戒指还在我手上，这样我就可以以正确的方式送给她。只是除此之外，此刻他还在想，上帝啊，求求你不要让我搞砸了，不要让这一切成为一个巨大的错误。

而另一方面，帕特里夏看着劳伦斯，感觉到一股比欲望更强的渴望，虽然欲望也是有的。终其一生，她觉得自己一直在跟别人说“不一定非要这样的”，这句话的意思跟“本来可以更好的”差不多。甚至是“我们可以更好的”。小时候，当她被同学按进土里，或者被罗伯塔锁进恶心的旧香料箱里时，她都会含着泪水试图说出这句话，但那时候没有人回应她，而且也没有一个人理解这句话。初中时作为被遗弃的怪人，所有人都想把她活活烧死，她甚至已经不再尝试找一种方法说出“本来可以更好的”。但她的那种感觉从来没有消失过，而此刻这种感觉又出现了，以希望的形式。她凝视着劳伦斯的脸（没有了围在周围的大衬衫领，他的脸看起来更加棱角分明，也更帅了），还有他大得出奇、看起来可以吮吸的乳头，他腿上和肚子上的毛形成了围着脱毛区域的心形。她感觉他们俩，此时，此地，可以做出一些绝非悲剧的事情。

* * *

大约普丽娅的近灾难事件后两个月，劳伦斯开始约帕特里夏出去喝东西，因为只有她能稍微理解，他为什么告诉塞拉菲娜说他们应该分开一段时间。他的其他朋友都认为他疯了。

劳伦斯坐在“毒处方”最阴暗的角落里，喝着“蛇咬”，对帕特里夏全盘托出，首先，他一直觉得自己配不上塞拉菲娜，他们之间的爱情总感觉像是由纯粹意志支撑的共同幻觉。帕特里夏没有嘲笑他：她也曾有过这样的关系，而拒绝接受现实让她变成了今天这个样子。

“有件事情我们都已经发现了，”帕特里夏说，“那就是东西会回来。人会回来。你和塞拉菲娜可能什么时候会再有机会。”

“嗯，可能吧，”只是一口的功夫，劳伦斯的饮料就从酸果汁变成了黑面包，“不过，有时候你只能接受失败。”

帕特里夏一直说对于戒指的事情她很抱歉，直到劳伦斯说什么“不，我必须像个男子汉一样为普丽娅的事情负责，为所有的后果负责，为我自己之后的决定负责。对吧？”说出那些话让劳伦斯感觉好多了，一方面，因为这是他的真心话，另一方面，因为这些话让他感觉自己像是生命的积极参与者。

那次之后，劳伦斯和帕特里夏并没有开始约会什么的——他们只是一起出去。一直都是。他们俩在一起的时间比之前他和塞拉菲娜待在一起的时间还长，因为每次跟塞拉菲娜的约会都必须是完美的，他总是会担心自己太黏人。而他和帕特里夏则只是在他每次可以摆脱米尔顿的时候，一起出去吃顿饭，喝点咖啡或者半夜出去喝点东西。他们总是在玩桌上足球时作弊，在“结束”酒吧跟失眠症同性恋们一起跳到凌晨五点，玩保龄球赢蛋糕，在看泰伦斯·马利克的电影时发明一些复杂的喝酒游戏，背诵拉瑟福德·伯查德·海斯的名言，制作最诡异的风筝慢慢放飞到风筝山上空。他们总是手拉着手。

他们几乎知道对方所有的秘密，这使得他们可以用一些蹩脚的双关语、老嘻哈音乐和禁酒时期的假走私者黑话交谈，甚至会导致没有人能忍受站在他们周围。

帕特里夏不记得自己有比现在更不正经的时候。比如，劳伦斯可能会不经意地遵守他对川岛和欧内斯托的半个承诺，防止她过于膨胀，但她甚至一点儿也不在意。在她有生之年的记忆中，她第一次成了一个只因为看了场电影就哈哈大笑的女孩。

有时候，当你醒着的每一刻空闲都跟某个人在一起时，你们之间就会形成自己的密语，你们一直很冷静，直到上床时间，你们不可避免地开始怀疑，是否再也没有比这更简单的分享一张床的方式。更何况，你们知道，这很有趣。

* * *

帕特里夏伸出左手勾勒着劳伦斯的脸部轮廓，从下巴一直到眼睛底下。他的眼睛比她原先看到的还蓝，还有她已经习惯看到的黑眼圈。他的瞳孔放大了一点。她伸出右手从他的大腿摸到肚子，他微微颤抖了一下，“小弟弟”在平滑区立起，穿过体毛的防火线，轻轻摩擦肚子上稀疏的皮毛。

他把没用的阴毛剃掉了，但她却没有，帕特里夏觉得这有点好笑，但她知道此刻最好不要笑。

如果他们中任何一个人回头看一眼另一侧墙上放置电子配件的架子的话，可能会发现那些卡迪电脑的举动很奇怪。也就是说，卡迪电脑的那种举动是任何人都不曾见过的。吉他拨片外形的机器壳顶端的一个 LED 亮了，就像是针孔摄像头被激活了。甚至包括那两台理论上来说已经用洋蓟公司的 BSD 软件刷机改造过的机子。帕特里夏包里的那台卡迪电脑也激活了，屏幕上涌现出无数数据。这不是卡迪电脑提醒你有约会，或者在屏幕一角出现小气泡，让你知道有个朋友在附近喝东西的样子。这根本就不是用户界面。那些卡迪电脑只是对这件事很感兴趣。迄今为止，卡迪电脑已经见证过数十亿次性行为，但这是它们第一次为自己在场而烦恼。

帕特里夏的手机自己关机了，虽然电池明明是满的。劳伦斯的电脑也是。镇子那边，劳伦斯的室友伊泽贝尔先是因为晚了几秒钟错过了公交车，之后下一趟公交又坏了，所以她肯定不会很快回家了。劳伦斯笔记本上的即时消息客户端本来是开着的，但程序却崩溃了。甚至连超级风暴爱兰歌娜在特拉华州登陆，以3级飓风席卷美国东海岸1200英里，此刻都无法打扰他们俩。

帕特里夏从他们十三四岁的时候起就没见过劳伦斯不穿衣服了，她那时候一直努力不让自己看太多。这一次，她坚持不能错过每个细节。一丝不苟地、贪婪地看着。

劳伦斯的身体比帕特里夏想得更结实，因为他很高，所以你会以为他就是个细竹竿。坐在床上时，他全身都聚集在一处，肱二头肌和胸大肌漂亮地隆起，大腿也非常强劲有力，看上去还是可以完成田径及大部分野外活动的。她早就发现他厚实、躁动的手总是有点颤抖，但配上他的其他皮肤，这样反而更性感；沙色毛发从他的指关节一直延伸到胳膊，并在胸部向下直到心形的平滑区逐渐变得越来越黑、越来越密。帕特里夏从来没见过这样美的尤物。她想一直盖在他身上。

这似乎是一个很好的冲动，于是，她趁着这股冲动扑了上去。他略微惊讶地咕哝一声，随后便变成了更愉快的微喘。他开始大笑，她也开始笑，她俯下身子吻他，轻轻咬住他的嘴唇，连皮都不曾咬破。

她全身酸麻，甚至包括头皮和胳膊肘，她感到自己被一种比任何咒语或调制品都更强烈的疯狂所控制。

她差点要让他不带套射在自己体内——她不会怀孕的，除非她自己愿意。而且她确定他们俩都没有性病。但第一次就不带任何安全措施地做感觉好像有点过了，仿佛在宣布他们已经体液相通了，有了事实婚姻，而不只是试试感觉。这反而才是他们此刻正在做的。于是，她摸到一个铝箔包。

“我一直期待你念个咒语什么的呢。”劳伦斯匀速向她体内推进，偶尔中断扭动一下，那种方式让她既惊讶又兴奋。

“你希望我念咒语吗？”她笑着对他说，淡褐色的眸子朝一侧瞥了一下，试图想想到底用什么样的咒语才能让自己侥幸逃脱，就在这时，她又向上卷起，因为有几秒钟，他推得更卖力、速度更快了。

“我不知道。”劳伦斯俯身在她的两个脚踝之间吻着她。“没什么神奇，或者，你知道，狡猾的。”提到狡猾的时候，她微微眨了眨眼，但他还在笑着，一切都很好。“你不一定非要念，我只是在一定程度上有些期待。”

“好吧，”帕特里夏说，“不过你要记住，这是你要求的。”

“我没有，”劳伦斯说，“我只是猜测——哦！”之后，他便失去了所有思路，因为他早已非常敏感的左乳头又生出了数百万新的神经末梢，而她正在煽风点火。他竟然差点失去知觉，大脑也关机了，之后，他射进了那个心爱的女人体内的安全套里。

之前他并没有让自己在这方面多想，但此刻他意识到这是真的。他的大脑还没有完全恢复正常功能，但他发现自己有些不自觉地大声喊着：“我爱你。”

“哦，”帕特里夏低头看着他，他已经陷在了床上的一个坑里，“哇哦！”

她显然还在回味这句话。就像是一个不合逻辑的推论。

“我可以收回，”劳伦斯含糊不清地说，“我收回，我没说过那句话。”

他抬头看着她绿色的眼睛（因惊讶而瞪得很大）、闪闪发光的睫毛、半张的嘴巴。

“别，别收回，”她颤抖着，但并不是生气，“只是，哇哦！”之后，她直直地盯着他说：“我也爱你。”

甚至是在回应他时，帕特里夏已经觉得自己的整个人生有了全新的焦点，她过去的人生进行了重排，跟劳伦斯有关的一切变成了主要特征，而其他的独立事件则相应地缩小了。历史修正主义像糖一样冲向她的脑袋。她脑中闪现出劳伦斯说她救了他的样子，劳伦斯承诺再也不会从她身边逃走的样子，感觉好像自己很久以前就知道了。

“哦，上帝啊，我爱你。我真的很爱你。”她开始含糊不清地说着，很快，他们又抱在一起吻起来，他们的眼中流出泪水，又流着泪大笑。她摸着他的“小弟弟”，甚至都不知道自己是不是施了魔法让它又立起来，还是只是因为她的抚摸，很快他又进入了她的身体。这一次，他们一边做爱一边说话，同时还抚摸着对方的脸。他们一直翻滚，所以准确地说，没有谁在上面。

“我真的不知道我怎么会如此幸运，你真是我见过的最美的女人。”劳伦斯说。

“就让我们一直互相抱着不要放开吧。”帕特里夏一边笑一边叫，“就让我们这样永远抱在一起吧。别人可以在门外或者打电话问我们问题，或者……”

帕特里夏的手机响了，手机不知何时已经重新开机了。

她恋恋不舍地从劳伦斯怀里抽出一定距离，正好能看到那是她父母的电话。她已经很久、很久没有跟他们说话了。她第一反应就是——虽然她制定了很多校正方案，但罗伯塔终于还是走到了极端。

“罗伯塔出什么事了？”帕特里夏脱口而出。

“你姐姐没事，”是帕特里夏的爸爸，他的声音听上去很疲惫，“我们刚跟她说过话。她很安全，已经离开影响区了。但不幸的是，我们刚刚去特拉华州参加你妈妈的一次研讨会，没能及时离开。”

“等等。发生什么事了？到底怎么了？”

“现在铺天盖地的全是新闻，我们以为你已经看到了。是爱兰歌娜，它上岸了，”帕特里夏的爸爸说，“我们现在在会议中心的地窖里。潮汐袭来的时候，他们把我们全赶到了这里。我们打不开门，上面的建筑物可能已经塌了，此外，整个区域都在水平面以下。

我们的手机还有信号，这真是个奇迹。”

“坚持住，爸爸，”帕特里夏感觉自己的脸湿了。眼泪及泪水间的白色光芒让她什么都看不见了。“我会想办法的。我会把你们救出来的。”一定有办法的。一定有咒语可以让她立马到达特拉华州，比如弯曲时空什么的。但她就是想不起来，也想不出可以骗什么人才能实现这种魔法。或许只是告诉爸爸她可以救他本身就是自相矛盾的，是一个弥天大谎，可以赋予她救他的力量。或许在特拉华州的某个魔法师可以帮忙——只是那片土地上的所有人都是要么死了，要么手忙脚乱。她无法思考、无法呼吸，她感到要窒息了。

“没关系的，皮皮。我只是想让你知道，虽然我们对你很严厉，在你离家出走后跟你脱离关系，但我们一直都爱你，还有，我……我……我为现在的你而感到自豪。”帕特里夏心都碎了。她听到客厅里伊泽贝尔上楼的声音，她大声喊着让劳伦斯过去看新闻，受灾范围、街道都变成了隧道、空气因为废墟而变得无法呼吸。就像是上帝之手的掌根[①]。

“你想跟你妈妈说话吗？”帕特里夏的爸爸问，“她就在旁边。她的胳膊断了，不过我可以帮她拿着手机。等一下。”电话里来一阵拖拖拉拉的声音。然后断线了。

帕特里夏按了十几次回拨键，但都没有用。一方面，她想，或许她应该挂机，以防他们给她打回来，留下语音信息，但她忍不住一直重拨、重拨、重拨，她咒骂着、颤抖着，赤裸的身体变得冰冷，劳伦斯抱住她，她扇了他一巴掌，然后又扑到他怀里。她内心的嘶吼声像是她这辈子曾救过的所有受伤的动物发出的。

之后，她又重新整理了一下自己。她的父母还没有死。破坏还

---

① 受力最多的区域。

在继续。她还可以寻求帮助。有人在干这些，有人让这些事情发生，而她会让他们付出代价。有一些邪恶的巫师或准巫师找到了一种给风暴系统过度补充能量的方法，他们肯定是失误了。

她把工装裤和衬衫穿上，粗暴地扯着胸罩和内裤。

“你要去哪儿？”劳伦斯仍然光着身子。

“我必须去，”她穿上鞋子，“去找欧内斯托，找其他人。我们可以搞定这件事的。我们会让他们付出代价的。我们可以救他们的。”

“我跟你一起去。”劳伦斯跳起来穿裤子。

“你不能去，”帕特里夏说，“我很抱歉，但你不能去。”之后她便走了，没有说再见，没有说任何话。

劳伦斯听到前门砰的一声响，帕特里夏跑过去的时候，伊泽贝尔还试图跟她说点什么。现在，他能听到有线电视新闻里人们喋喋不休的可怕议论了，大家都试图搞清楚美国历史上最严重的这次自然灾害是怎么回事。风暴的超大量攫取将早已膨胀的海洋水甩到陆地上。狂风和 20 英寸的降雨撕碎了国会山和雾谷。总统已经转移到安全地点。曼哈顿是风暴的必经之路，桥上已经挤满了等待已久准备撤退的人，此前已经发布过许多次错误警报。

有人在敲劳伦斯卧室的门。他跳下床，希望是帕特里夏回来找他了。但当他打开门时，看到的却是伊泽贝尔。她似乎并不在意他光着身子。

“打包，”伊泽贝尔说，“就一个。”

“什么？为什么？”

“就是现在，”她说，“我们已经耽搁得够久了。我本来已经搬到‘天地’，想让你在这里正常地生活。但刚刚发生的事情意味着正常生活已经结束了。我们不能再等了。我们等不起。米尔顿会说我们等了太久了。我们需要项目开始运行。”

“我向你保证，从那次麻烦之后，我并没有丝毫懈怠，”劳伦斯震惊地浑身冰冷，“但我们还是没能更进一步搞清楚。这里面涉及很大的理论问题。”

“我知道，”伊泽贝尔递给劳伦斯一个空的卡其色粗呢包说，“就是因为这个。从此刻开始，你开始全天 24 小时不间断地研究虫洞。我们需要一个新的星球。”

劳伦斯试图解释他为什么不能走，绝不可能走，他的人生在这儿，他终于找到了自己的真爱，这对于他来说意味着一切，但他明白这种争论他从一开始就输了。他拿起粗呢包，开始往里面塞衣服和其他乱七八糟的东西。

帕特里夏以有史以来最快的速度冲到危险书店，完全无视公交车上想跟她说“太可怕了，简直不敢相信，这会改变一切”的那些人。她一步三四个台阶地跳上去，飞一般地冲进书店，一边大喘着气一边还在哭，但在她到达那里的那一刻，就知道已经太迟了。所有人都坐在那里，脸色十分吓人。而且绝望。而且，他们好像一直在等她。欧内斯托看着她的眼睛。“我非常难过，”他说，“为你所失去的。为我们大家。”

“是谁干的？”帕特里夏问，“我们要找到他们，把他们挫骨扬灰，然后撒到太空里。我们要让他们付出代价。告诉我是谁干的。”

“不是谁干的，”欧内斯托说，“不是哪个人干的，但同时每个人都是凶手。这是我们所有人造成的。”

“不，不。”帕特里夏开始哭得更厉害、更大声了。她张大嘴使劲呼吸，眼前出现了黑点：“不，肯定是某个人，有个混蛋巫师操纵了这一切，我知道。”

“这是超级风暴，”川岛说，“你还记得吗，这次风暴已经酝酿了好几天了。几天前，它刚刚袭击了古巴，之后又与飓风汇拢，在北大西洋遭遇高压前锋，进而被推上了岸。”

“还没有强大到可以移动海洋和气流的咒语，”泰勒走上前来拍拍帕特里夏的胳膊说，“那得能操纵月球。”

“你们可以治愈这些风暴的。你们可以治愈它们，直到无法控制的，就像野草一样，之前有人用治愈咒语做到过的。我知道就是他们干的。可能需要好几个月，但他们确实有好几个月的时间。肯定是某个人干的。”

“这次不行。”欧内斯托走过来站在帕特里夏旁边，她有被他碰到，身体变成一块长满真菌和细菌的操场的危险。他盯着她的眼睛，眼神悲伤但不惊讶：“我曾试图提醒过你坏的时代要来了，我们将对你有更多要求。现在，坏的时代已经来了。你需要做一些可怕的事情。不过我们会跟你一起承担责任，你不会是孤单一人。如果我们一起面对的话，就不会有‘强化’的问题。”

“您说的是什么意思？”帕特里夏还在摇晃，但她的呼吸已经逐渐平缓。她能闻到欧内斯托身上散发出纯粹的生命能量，就像营养丰富的土壤或是夏日暴雨。

“这只是开始，而非结束。”川岛也走上前来，紧紧抱住她说。他从来没有抱过任何人。“或者更确切地说，是一些东西的结束和另一些东西的开始。这个国家将变得动荡不安，纽约和华盛顿会消失，其他城市会毁灭。会出现住在难民营里的难民。这也就意味着会有更多疾病。动乱和饥饿会更加严重。会有更多、破坏更大的战争。那种从来没有人见过的战争。我们将不得不开启上帝禁区——‘天启’。”

“当整个世界一片混乱，我们必须成为混乱中较好的一部分。”欧内斯托说。帕特里夏发现自己已经不再哭了。

10.

劳伦斯希望帕特里夏可以来到这里，站在他身边与他一起见证。他想象着向她解释她所看到的东西，以及为什么它比看上去更了不起。

劳伦斯站在一个离地几百英尺的门架上，丹佛在他左边摆成一个胎儿的姿势。六个钢玻璃纤维螳螂趴在门架中央的空地上——终有一天，这片空地将嘭地一下打开，开启通往无限之路。正常情况下，劳伦斯站在没有围栏的摩天大楼楼顶会因眩晕而无法动弹，但眼前的成果真的令他太兴奋了，他根本没空担心高度。每只巨大的红蟑螂尾部都有一个通电线圈，中间部位由两对腿支撑，腿上装有一系列装备，其中包括劳伦斯团队耗时两年研发而成的反重力发生器。这些昆虫的“头部”由聚焦装置组成，可以稳定在反重力光束帮助下形成的开口。在这疯狂的结构面前，远处的高山似乎也黯然失色。即使是面临未知的恐惧，即使帕特里夏的父母、劳伦斯认识的其他许多人都已经遭遇不幸，这个世界仍然很美好。仍然还有许多奇迹。他只希望可以带帕特里夏看看这些，或许这样她可以感觉到些许安慰，或者嘲笑他狂妄自大；他几乎不在乎是前者还是后者，只要这能让她稍微不那么悲痛就够了。

自从几个月前帕特里夏从劳伦斯家跑走后，他每一刻都在想如果她在这里的话会说什么。她到底在哪儿，在做什么。她还好吗。他感觉自己好像在脑子里跟她吵架，他的乐观主义与她的绝望正在角力。平台上，他旁边的安雅、苏卡塔和塔娜对这项工程的每一个细节都非常兴奋，但劳伦斯几乎根本没听他们在说什么。

“但愿能用。”安雅说。

“我们的初步测试可能还得好几个月，”苏卡塔说，“不过，伙计们，这个还是很美。”

等他们乘坐电梯回到地面的时候，劳伦斯又陷入了对帕特里夏的思念中，以至于神奇的虫洞发生器——地球历史上最酷的设备——撞到了他的后脑勺。他感觉自己被困在了一个瞬间中，在那一瞬间，他刚对她说他爱她，却没法向前推进到接下来发生的任何事。他离那一瞬间越远，就被拉得越细。他暂时脱臼了，但时间差却只是越来越严重。

回到地面后，劳伦斯在米尔顿·德斯翻新过的旧工厂里闲逛。穿着黑色制服的警卫在周边站岗。没有米尔顿的口头允许，任何人不许出入——已经有好几个星期没有任何人见到米尔顿了。所有人的手机、个人电脑和卡迪电脑都在到达这个园区时被没收了，这里的电脑全都不能上网。这里有企业内网，还有人制作了许多科技网站的镜像网站。他们确实有一台可以收到 CNN 的电视，所以能够跟进慢镜头中的紧急情况：俄国军队集结，水上战争爆发。难民营疫病肆虐，难民——他们自己认识的人——回到东部。但是，劳伦斯没有办法给帕特里夏送信，也没有办法知道她在做什么。

劳伦斯工作（以及居住，在一个放了双层床、经过改造的办公室里）的那座大楼之前是一家名为“快乐水果”的创业公司的总部，这家公司之前的业务是销售包含微量抗抑郁药的转基因水果。一张画着卡通木瓜的海报上写着“挤出生活的乐趣”，劳伦斯每天晚上在上铺都能看到。头一两天的时候，在一个创业公司安营扎寨似乎刺激得有些不真实。但现在他已经习惯了。至少快乐水果公司曾鼓励员工慢跑，所以配备了 3 个喷浴头，为 100 个人。这里整个地方闻起来有股死水獭味。

劳伦斯沿着焦油路慢慢走，走过没有树叶的雪松和供人抽烟的垃圾桶。在必须回到自己的小办公室之前，他又在重新编排如果帕特里夏在这儿的话，他会对她说什么。描绘看到完工的无限之路后回味无尽的兴奋，以及未能平衡重力方程的失望透顶。

然而，当劳伦斯回到与安雅和苏卡塔共用的办公室后，却发现自己的座位被占了。伊泽贝尔坐在那儿盯着劳伦斯的电脑，但好像什么也没看。

“嘿，”劳伦斯打了个招呼，“我看到那台机器了。它确实是最美的。”

“对。”伊泽贝尔微笑着，但脸上却有种不寻常的忧伤。

劳伦斯说：“听着，你能帮我弄部手机吗？”而伊泽贝尔也同时开口说：“米尔顿回来了。”之后，俩人又同时说：“你先说。”劳伦斯赢了　　所以伊泽贝尔先说。

“米尔顿回来了。他想让我把你和其他人立刻带去他的办公室。我想，这里的事情要变得有趣起来了，”她站起来准备带劳伦斯走，然后突然想起来了，“你刚才想说什么来着？”

“呃，没事了。其实，不是，等一下。是这么回事。我需要一部手机。我的朋——我猜，应该叫女朋友。帕特里夏。你们见过几次。自从发洪水之后我就没跟她说过话。她的父母都遇难了。现在是她最艰难的时候，我本来应该陪在她身边的。我需要确定她没事，让她知道我在想她。这真的很重要。”

“很抱歉，”伊泽贝尔一只脚已经跨过门口，她转过身来说，“我很抱歉，但是，不行。”现在提这个要求很不是时候，伊泽贝尔正急着要去开会，但劳伦斯已经下定决心。

“求你了，伊泽贝尔。我只是想，需要，跟她说一小会儿话。真的。”

“我们这里是完全封闭的。整个营地都是想跟他们爱人说话的人。我不知道你是否了解外面的世界现在变成了什么样子，但外面真的是一片混乱。我们不能相信任何人。”

“伊泽贝尔，我从没求过你什么。”劳伦斯故意让他的声音中流露出一丝绝望和错乱，但随后又不得不努力控制自己。保持冷静，说明白你的道理。“我们俩做了一辈子朋友，现在我正为了对于我来说超级重要的事情求你。这可以算是我生死攸关的大事。”

“所以，她就是那个人了，哈？”伊泽贝尔关上门笑着说，“我还以为那个人是塞拉菲娜呢。”

“我之前也这样以为。但你知道，心并不是测谎仪之类的。认错那个人也是找到那个人过程中的一部分。”他不容置疑地说了一个矩阵笑话。

“我猜是这样吧，”伊泽贝尔又露出另一种悲伤的笑容，“我是不会知道了。我跟我大学时的男朋友结婚了。”

劳伦斯没有指出伊泽贝尔和珀西瓦尔已经在一起快 15 年了，这真的是一场令人敬佩的爱情长跑。相反的，他只是叉着双臂等着，希望自己脸上露出不卑不亢的悲悯表情。

伊泽贝尔僵持了一会儿，然后递给他一部手机。“不过，我必须留在这儿听着。安全起见。我很抱歉。”

“没关系。”劳伦斯两只手抓过手机，拨打了他上次知道的帕特里夏的号码。

铃声响了，伊泽贝尔看着他，铃声又响了几声，然后转到了语音信箱。他又打了一次，还是一样。这一次，劳伦斯等着语音信箱的“哔”声响起。

他调整了一下呼吸，尽量避免去看伊泽贝尔。“嘿，我是劳伦斯。我只是想确认你是不是没事。还有，我只是想说，对于你的遭遇，我真的很难过。我的意思是，你的父母。他们……我甚至都无从说起。我没什么好说的了。我希望我可以亲自陪在你身边。”在语音信箱里，他听不到她的回应，所以也不确定还能说什么。他能想到的所有事情似乎都不足以表达他的心情，要么就是不痛不痒的。

他差点就要挂断把手机还给伊泽贝尔了，但随后他意识到：他刚刚看到了一台厉害的虫洞生成器，一个工作模型。他没有任何途径知道接下来可能会发生什么。他们，他们所有人都站在未知领域，感觉像是一个与之前所有的一切彻底隔断的时刻。这极有可能会成为他跟帕特里夏说的最后几句话。

所以，劳伦斯假装伊泽贝尔没有在那儿盯着，说道：“听着，我接下来的话跟我说我爱你时一样真，我只是突然想到了，但这些突然想到的都是真话。我巨大的、至关重要的一部分以某种情感趋光性来到你身边。我有好多好多话想对你说，我希望我们的生活可以互相纠缠在一起。我有点……我现在哪儿也去不了，因为我必须监督某些事情的进行。不过我答应你，我 获得自由就会去找你，我们会在一起，我会尽我一切所能弥补此刻不能给你的安慰。这是承诺。我爱你。再见。”他用拇指肚按了挂断，然后把手机还给伊泽贝尔。她似乎很激动，脸上是各种复杂的表情。

伊泽贝尔一只手放在劳伦斯手臂上，同时把手机放回包里的隐藏袋里。但她只说了一句话：“别告诉任何人我有手机。”劳伦斯点了点头。

米尔顿坐在他的赫曼米勒宝座上，审视着一屋子的极客，他一只脚踝搭在大腿上，噘着嘴，像是刚吃了一个最酸的梅尔柠檬派。劳伦斯从十几个同事间挤过，想找一个角落里的豆袋坐下。有人把自己的折叠椅让给了伊泽贝尔。他们所在的位置是一个旧服务器机房，房间没有窗户，只有一道厚厚的门，所以很难在外面偷听。房间里鸦雀无声，劳伦斯意识到他们正处于米尔顿的一次突然停顿中。劳伦斯刚坐下，米尔顿便接着刚才的话说了下去，是关于美国政府的危机、新内战爆发的可能性、戒严令、因缺乏美国的军事措施而日益恶化的国际环境，一切很快就会变成地狱。米尔顿对于某些方面的悲观已经到了破灭的程度，而他通常都是正确的。听着米尔顿滔滔不绝的悲观言论，劳伦斯突然对这个快要秃顶、长着蛾翅眉的男人涌起一股疼惜。在一定程度上，劳伦斯还是希望自己长大后能成为米尔顿·德斯的。

“所有我们欠下的债都要一次还清了。”米尔顿说。

劳伦斯和苏卡塔不时半笑着互相看看，因为等米尔顿一说完文明的崩塌，就要讲他们真的建造了那台机器，并且那台机器似乎可以工作的事情了。米尔顿想提醒他们，为什么这可能是人类的最后一丝希望，然后他们将去往更好的地方。

“所有这一切都使得这个计划比我们之前预想的更加迫切，”米尔顿说，“伊泽贝尔，现在进展如何了？”

“设备在初期的测试结果看起来还不错，”伊泽贝尔说，“可能再有几个月的时间就可以尝试更正式的东西。与此同时，最有前途的候选外行星仍然是 KOI-232.04。在通过恒星时，夏特纳太空望远镜已经得到了一些非常有希望的数据，我们知道那里存在氧气和液态水。我们非常确定，如果可以制造一个开口接近 KOI-232.04 重力井的稳定虫洞的话，虫洞口将被吸引至该行星表面。不过，不能确定会被拉到坚实的土地上。”

劳伦斯不敢相信他们竟然在讨论探索其他星球。这竟然真的发生了。他感觉有些眩晕，一直从半个豆袋上往下滑。每次伊泽贝尔说到 KOI-232.04 以及他们已经确认的其他候选外行星上适合居住的证据时，他都要把自己的手坐在屁股底下，以防自己捶拳头。即使已经有那么多人死了或者快要死了，即使世界已经处在毁灭的边缘，这仍然让人觉得不可思议。

“谢谢你的进度介绍，”米尔顿盯着自己的笔记本电脑看了一会儿，之后，他抬起头来，一次性扫视各个方向，“现在有一个问题。厄内斯特·马瑟一直在运行一些数字，他有一个——暂且称之为值得关注的地方吧。厄内斯特，能跟我们分享一下你的发现吗？”

“呃。”自从劳伦斯从天而降买下他的公司后，马瑟看起来似乎经历了很多。他把自己生机勃勃的卷发剪掉了，开始戴笨重的工程师眼镜。他的肩膀永远向前扣着，像是坐在凳子上。“我计算了大约两千次，有一种，呃，可能性。且说是 10%-20% 的可能性吧。这种可能性就是，如果我们开动这台机器，将引发反重力雪崩反应，进而将地球撕碎。”

“不过，还有好消息要告诉大家吧。”米尔顿快速接道。

“好消息？对。好消息，”厄内斯特努力挺直身子，“首先，在开动机器之后，地球被摧毁之前，我们很可能有大约一周的时间。所以，如果有效控制人群的话，我们可以在地球毁灭之前将许多人送入大门。如果毁灭反应开始，我们大约有 50% 的机会可以通过关掉机器停止反应。”

“所以，”米尔顿说，“我们就说有 10% 的概率毁灭反应开始，然后在此情况下，我们有一半一半的概率可以避免灾难性的后果。实际上，行星破裂的概率可能只有 5%。或者说有 95% 的概率会一切顺利。好了，我们来讨论一下吧。”

劳伦斯感觉自己像是直接从门架上跳了下来，而不是坐着电梯。他不知道自己是否应该找个途径提醒更多的人发生在普丽娅身上的事。所有人都在同一时间说话，但劳伦斯只能分辨出苏卡塔的咒骂声。他看看伊泽贝尔，她抱住自己，折叠椅微微晃动着，他不敢保证她没有哭。房间里没有窗户，门也关得死死的，空气似乎比之前更稀薄了，劳伦斯有种不理智的恐慌，怕自己走出这个房间，却发现外面的世界已经永远消失了。

厄内斯特·马瑟攥着一团纸巾抹眼泪，虽然他自己早就提前知道这个重磅炸弹了。或许是因为他处理这些信息的时间更长，所以更有资格哭。劳伦斯不敢相信会议竟然会以这种方式结束。他要怎样防止伊泽贝尔崩溃呢？

屋子里全是各种宣告的声音。有人引用奥本海默在《薄伽梵歌》里的话。塔娜说，哪怕只有 1% 的概率会毁灭这个星球，那也太多了。“我们一直都知道会有风险，”塔娜说，“但这是疯了。”

“是这么回事，”初期的愤怒逐渐消退后，米尔顿说，“科技一直都是万不得已的最终手段。我们来到这里，知道我们将跌入可怕的黑暗中。而我向你们所有人保证：这项科技永远都不会投入使用，除非我们都认为人类已经越过了自我毁灭的边缘。”

他再次停顿了一下。所有人都盯着自己的双手。

“令人悲痛的事实是，极有可能我们整个人类都会被清洗，除非我们采取行动。想象无数个冲突升级、毁灭世界的武器被释放，或者整个环境崩溃的不同场景并不是什么难事。如果我们发现这些必然会发生，如果我们有信心可以将虫洞打开足够长的时间，运送可持续发展的人口，那我们就有义务继续。”

有一会儿，谁也没有开口，好像大家都在消化这些话。

安雅是决定跳出来表明自己是支持继续进行的人。“有什么样的安保或防护措施来确保只有在我们全都认为世界末日快要来了的情况下才激活设备？”

厄内斯特想知道他们可以在短时间内召集多少人，在大门打开的时候将他们送走。更不用说还要有补给。会允许他们储备一整个殖民地的人口和物资藏在附近什么地方吗？他们可以尝试将世界上其他地区的人用飞机运来，以保持基因多样化，从而代替之前在世界各地建造一模一样的机器的计划吗？

“不要偏题去讨论后勤问题，”塔娜说，“我们现在讨论的仍然是伦理问题。”

“根本就没有伦理问题，”另一位辫子扎得很紧，穿一件无领衬衫的工程师杰罗姆说，“只要我们全都同意，除非世界末日肯定来了，否则就不使用这台机器。这很明确。我们都有准备防护措施的道德义务。”

米尔顿坐回椅子上，任大家争吵，他要么是在等大家自己绕回他的观点，要么是在等合适的时机重新掌握控制权。与此同时，大家坐在折叠椅或豆袋上，米尔顿坐在艾龙办公椅上，都有些窒息。想到历史就要在这个有股酸白菜味的废弃服务器机房里创造，劳伦斯感到有点害怕。

“我认为这个房间里没有任何人有资格做出我们正在讨论的决定。”苏卡塔说。

“那是其他什么地方的什么的人咯？”杰罗姆说。

“即使没有灾难，”有人说，“如果地球十几年后不再适宜居住呢？”他们开始讨论海洋酸化、大气氮沉降、食物链崩溃。

“要是我们只有 80% 确定是世界末日呢？”又有人问道。

由于分隔两地，劳伦斯只能试图倾听自己脑子里一直存在的帕特里夏的灵魂会怎么说。要是她在这里会说什么呢？他想不出来。她甚至不认为伦理是普遍原则的衍生物，比如“最大多数人的最大幸福”。她似乎比之前任何时候都更遥远，仿佛他们已经不在同一个星球上。但随后他突然想到：他们正在讨论的可能是与其他几十亿人一起把帕特里夏骂死，因为他们猜测大家肯定死定了。他甚至无法让自己想象这种事情发生在帕特里夏身上。

劳伦斯正要开口说，他们当然应该停下，这真是疯了。但那一刻，他瞥见了伊泽贝尔，她已经不摇椅子了，现在看上去像是石化了一般。伊泽贝尔的眼睛愁苦地皱着，嘴唇向里，用鼻子吸着气，你差点以为她马上要大笑起来。她淡淡的波波短发杂乱蓬松，白白的手腕像小树苗一样。伊泽贝尔看上去随时可能崩溃。想到要伤害伊泽贝尔，劳伦斯感觉胸口一阵刺痛，像是更加折磨人的恐慌袭来。

之后，他在脑子里快速想着这个问题：他试图想象，如果人类真的在未来一年或十年内失去任何希望，然后他们却无法提供这个激进的选项，那他会是什么感觉。他该如何在世界末日的恐慌中向一些假想人士解释？我们可能曾经有过一个解决方案，但我们太害怕了，所以没有继续。

“我们现在不能放弃。”劳伦斯听到自己说，“我的意思是，我们可以暂时继续研究，并且希望可以找到一种使之完全安全的方式。并且，我们可以一致同意，除非情况看起来真的、真的很糟糕，否则我们甚至都不会测试那台机器。但是，如果真的到了要在整个人类因核灾难或整个环境崩溃而逐渐灭绝，和几十万人迁往新星球之间做选择的时候，其实我们根本没有选择，不是吗？”

米尔顿叉着手点了点头。伊泽贝尔大喘着气突然恢复了生机，好像他恰好及时给她做了心脏复苏似的。

劳伦斯以为其他人会跳出来与他争论，但大家都奇怪地没有搭话。于是，劳伦斯继续说道：“只要人类能存活下来，地球上最好的部分就得到了延续。我的意思是，做任何事情都得有备用方案，对吧？所以，这只是我们的备用方案，在 A 计划失败的时候才会启用。”

他们的会已经开了好几个小时，大家都开始认为研发虫洞发生器是绝对必要的最后手段。尤其是当这个选项要被打回老家，等待最糟糕的结果发生时。

最后，米尔顿终于再次开口了。“谢谢你们，谢谢你们所有人分享你们的观点。这是一个艰难的决定，我们不会今天就结束讨论。不过，就目前来说，我希望大家都能同意继续进行。如安雅所说，采取防护措施，确保只有在真正的世界末日可能必定会发生时才激活设备。不过，我先把话放在这里：我相信世界末日马上就要来了。我认为这只是时间问题。可能是六个月，也可能是六十年，但某个时候，如果一切继续按照现在的趋势发展，我们终将沦落到必须终结自己的地步。我们只能希望在世界末日到来之前有足够的警示，好让我们救一些人出去。”

防护措施的准确性质并没有说清楚。

走出服务器机房的人都因剧烈的头疼和道德折磨而摇摇晃晃。塔娜和杰罗姆迫不及待地冲到储藏室缠绵一番，那里是整个园区唯一私密的地方。其他人则收到了一份惊喜：在他们讨论世界的命运时，有人送来了二十多个比萨。自从来到丹佛，大家都已经好几个月没吃到比萨了。劳伦斯抓起三大片比萨，把第一片纵向对折塞到嘴里。

太阳已经落山了，工厂园区前面草坪上的一棵树在巨大的月亮下变成了一个邪恶的影子。最后，劳伦斯换了座位，这样就可以背对着大窗户吃比萨了，但他仍然能感觉到世界在他脖子底下呼吸。他看看伊泽贝尔，她朝他点点头，一只眼睛半闭着，脸上挂着一丝丝微笑。

11.

欧内斯托打破危险书店入口的魔法海豹，朝外面迈出第一步的那一刻，杂草从墙上的每一处裂缝钻出来。帕特里夏和川岛花了好几个小时给地面和台阶消毒，清扫落叶，但他们的工作似乎没有任何成效。真菌不停地生长蔓延，直到地板都变成湿乎乎的，天花板上又有额外的重量垂下来。欧内斯托微笑着、摇晃着，长出了绿色胡子。他手里的种子和孢子都发了芽，绿色植物从他的绣花麂皮背心、干净的白衬衫和灰色法兰绒裤子的每条缝、每个开口处长出来。他的白条头发变成了黑色。脸上隐隐浮现枝干和树叶。

“这个脏家伙，”川岛说，“我们得快点走，扶他下楼。”

帕特里夏负责好自己的那部分，但即使有两个人扶着（用保护咒语屏蔽），欧内斯托还是几乎走不动。藤蔓和蕨菜从每个缝隙中长出来，台阶变得十分危险。疲惫、愧疚和愤怒交加的帕特里夏早就感觉走不动了，因为她这几个星期都没睡过觉，而且她的脑袋因为试图不要纠结于同样的两三件事情而劳累过度。一切都那么绝望，到处都是在死亡中挣扎的人，每次沉浸于自己的那点事时，帕特里夏都感觉自己是个自私的怪物。比如她的父母——虽然他们最近试图微弱地弥补他们的关系，但她一直都觉得跟他们不亲近。还有劳伦斯，他随口说出他爱她，然后便消失了几个月。就在她刚刚开始向别人敞开心扉时，就在她刚刚开始感觉自己或许还值得一份爱时……她不应该沉迷于这些事情的，因为这些都是无法修复的，还有许多人需要她。比如欧内斯托，在她自我沉迷的时候，他正跌跌撞撞地走下过度生长的楼梯。

栏杆上都是青苔，楼梯上长出了枝条。帕特里夏和川岛放弃了扶着欧内斯托，而是一次两个台阶地把他抬下去。楼梯突然炸开，冒出灌木时，他们刚好到达最后一段台阶。帕特里夏抱着欧内斯托的头，川岛抓住他的腿，俩人合力跳过越长越高的树枝，到达最底部的台阶。欧内斯托已经变成一个绿人了。帕特里夏能感觉到自己的衣服上结了一层泥状物。

他们花了一个星期为欧内斯托召唤的大众捷达在前面晃悠着，每隔几秒钟多萝西娅就要按一次喇叭。他们跳过门廊上的树根和树枝，从门口垂得很低的藤蔓下钻过去。欧内斯托靠近的那一刻，人行道就裂了，尘封已久的蓝花楹木破土而出，喇叭花飞得到处都是。帕特里夏把欧内斯托塞到捷达后座上，然后在他旁边坐下。她和川岛关上副驾驶侧的车门，大家都还没来得及系安全带，多萝西娅已经加速朝高速公路驶去。

大桥关闭了。有沉船事故。他们只能改变方向，朝登巴顿驶去。有人朝一家银行放火，火势蔓延到了其他建筑：南市场到处冒着黑烟。帕特里夏闭上了眼睛。广播里，总统嘶哑地说着计划和决议，但国会甚至都无法召开，因为在临时避难所里根本无法达成任何一致意见，这也成了宪法的噩梦。帕特里夏旁边，欧内斯托开始清理身上的植被，直到再次恢复人形。

与另外四个巫师一起被困在车里，帕特里夏孤独地有些绝望。她的眼睛因为缺乏睡眠而刺痛，身体感觉正在自己调配零件。她只希望自己一路上可以摆脱失眠状态，转为更低迷的意识状态，把高速运转的大脑关闭，因为她一思考就会沉迷其中无法自拔，而她绝对不要这样。自从超级风暴爱兰歌娜袭击后，欧内斯托和川岛一直不断地给她派任务，这几乎足以分散她的注意力。有些人陷入了麻烦，需要你谨慎地伸出援手。还有一些人成了掠夺者，需要用食肉菌吞噬。帕特里夏已经到了可以在睡梦中投放食肉菌的程度，如果她真的睡着了的话。现在，在这辆车里，她无所事事，只能坐着思考，这简直让人无法忍受。她唯一一个想说话的人就是劳伦斯，他在她的生活里投下了一颗炸弹，然后便一声不吭地消失了。有时候，她感觉曾经有一个获得幸福和自我接受的机会摆在她眼前，却被夺走了。但这本来就是最自私的想法。

* * *

帕特里夏上次梦到森林时，那里出现了雹暴，雹暴狠狠地砸在脸上，每一粒冰雹都是一条冰冻鱼，脸上的表情分外骇人。锋利的鱼割破帕特里夏的皮肤，扯烂她的衣服，直到她只穿着内衣和牛仔靴在冰雪森林中步履蹒跚地走着。血一流出来就冻住了。她在结满霜冻的地上掠过，冰雹越下越大，鱼围着她裸露的脚踝堆了一圈。最后，她终于走到那棵魔法树前。它已经不是她记忆中的那棵树了，她跑过去扑到它的树根上，哭着向它寻求保护，因为小鱼雨越下越大了。透过大树遮天蔽日的树叶，她在各个方向都只看到一片残骸，目光所及之处，不只有死掉的树木，还有各种死掉的生物、动物骨头和人的头骨，以及没有叶子的石化树。唯一的生命迹象就是她自己和她抱着的这棵大树。

* * *

帕特里夏越来越不靠谱的手机似乎在一次掉到地上后就永远失去了信号，但她仍然可以打开超级风暴爱兰歌娜袭击后劳伦斯发给她的一封神秘邮件，他在邮件里说他要人间蒸发一段时间，让她不要担心他。

沿路边站着一些人，手里举着求搭顺风车、求工作或一些食物的牌子。他们路过一家商场，那里像是被烧了砸烂了，然后又烧了一遍。快到瓦卡维尔的时候，有一个封闭的出口，旁边竖了一块牌子，上面写着“小镇封闭。隔离区”。帕特里夏瞥了一眼远处冒起的浓烟，应该是远处山坡上的树或是谁家的地着火了。快到圣诞节了，本来应该没有这么多火灾的。

坏消息太多了，谁也无法描述。大家都有认识的人回到东部，在洪水中死去，或是在难民营中患病死去，大批大批的人无法从破产的银行中取出存款。几乎所有人身边都有在“阿拉伯之冬”或“爱尔兰饥荒”中挣扎的人。帕特里夏花了好几天时间找她的前男友萨米尔，想确定他没有陷入巴黎的暴动中。

在车里坐了一会儿后，帕特里夏有点窒息了，但她不能开窗户，否则欧内斯托又要开始长草了。泰勒坐在司机后面，开着耳机睡着了。多萝西娅正在讲一个女人在永远滑坡的地方中央造了一座房子的故事，她的故事带着他们的汽车跑到了 300 英里每小时。川岛在忙着开车。她唯一能说话的人就是欧内斯托，当他指着外面说自从他禁足后，这 40 年来哪些东西发生了变化时，总是差点碰到她。

“……大部分时候，那座房子像一艘船一样摇晃，”坐在前排的多萝西娅对川岛说，“要是你住在一个无底滑坡上的话，那就不需要秋千了。”

或许，这一切痛苦都是帕特里夏造成的。戴安西娅领导西伯利亚的那次突袭两年后，“管道和通道”出现了意外。钻孔开始将甲烷喷向大气中，像是一个几乎难以发现的间歇性喷泉，卫星图在网上到处都是，挂了好几年。很快，全球温度便迅速上升。或许，如果他们成功地阻止了这项计划，这些都不会发生。或者，如果帕特里夏对抗西伯利亚那些人的电磁脉冲恰好足以让他们撤退，他们就可以更快地回到正轨——如果帕特里夏没有打断的话，就不会出现任何意外。或许，是帕特里夏害死了她的父母。

如果她可以向劳伦斯解释这个理论的话，他肯定会嘲笑她的。他会给出一些合理的解释，告诉她不应该怪自己，至少不应该比这个地球上任何一个人更怪自己。劳伦斯会滔滔不绝地说一些水合甲烷的例子，以及行星的这些屁不可避免地要放出来。他会指出第一个决定开采甲烷的拉马尔·塔克及其团队的错误。他会说一些随意又奇怪的事情，以打消她的念头。

可是，如果她与欧内斯托或其他人分享自己的理论，他们只会告诉她，为了全世界的问题而责怪自己就是纯粹的“强化”。不过，她在西伯利亚的行为也是纯粹的“强化”。她试图告诉欧内斯托她那种我们破坏了大自然的感觉——自然是一个微妙的平衡，我们，主要是人，打乱了这个平衡。

欧内斯托的回答是：“就算我们尝试一百万年，也不可能‘破坏’自然。这个星球就是一粒尘埃，而我们则是尘埃中的尘埃。不过，我们的小家园很脆弱，没有它我们就无法生存。”

劳伦斯对帕特里夏说他爱她，然后就消失了——这感觉太像是她小时候，那些鸟对她说她是个巫师，然后便沉默以对。只是，她不确定这个宣言会不会像巫师一样成真。现在回想起来，魔法总是在最后一刻承认她，但爱却是人类所有事业中最容易出现随机故障的。劳伦斯一直全身心地投入他神秘奇怪的试验中，即使是在那次意外后，他依然回去继续工作，很有可能任何关系对他来说都是第二位的。在她最昏暗的日子里，她想象着劳伦斯一边回想着差点跟自己的疯子朋友约会，一边颤抖着翻个白眼，就像他之前有时候会做的那样。

“你知道 200 年前骗术师和治愈师之间为什么会爆发战争吗？”就在帕特里夏开始情不自禁地陷入思绪旋涡中时，欧内斯托问她。

“呃，”她说，“因为他们使用魔法的方式不同。”

“他们见证了工业革命，”欧内斯托说，“他们看到天空如何变黑。黑暗的魔鬼磨坊、大型工厂。治愈师害怕世界会让人无法呼吸，窒息而亡，所以他们开始去破坏所有的机器。而骗术师则反对他们，因为他们认为我们任何人都没有权力将意愿强加给其他人。他们的冲突差点毁了一切。”

“那后来发生了什么？”帕特里夏小声说。泰勒已经醒了，也听得入神。

“霍顿斯·沃克在双方之间调停，最后双方达成了妥协。这也就是我们‘强化’规则的起源，我们任何人都不应该过度塑造这个世界。但是，他们同时也开始研究失效保护措施。我希望我们永远都不会用到这项措施。现在，或许你能明白这几个月我们为什么这么担心你了。”

帕特里夏点点头。现在她明白了。如果她对此做出任何举动，那只会再次让事情变得糟糕。欧内斯托说得对：她应该努力只做一粒尘埃中的尘埃。因此，她转而牢牢控制自己的怒气，即使是车内的循环空气快要把她噎死了。帕特里夏没有时间悲伤、自责或者心碎，但怒火却总是无休无止地在蔓延。保持愤怒。控制愤怒。愤怒就是你悬在深渊上的钢丝。她在脑中不停地重复风暴后她说的那句话：某个混蛋必须付出代价。

川岛之前一直对他们的目的地含糊不清，但现在，在他们以300英里每小时的速度在犹他州弯弯绕绕地行驶了一段时间后，他终于开口了："我们要主动一点。我们要进行干预，为了这个星球。"他顿了一下，帕特里夏有些坐立不安。之后，川岛终于开始解释："丹佛郊外有一群疯子建造了一台世界末日设备，这台设备可以在地球上开个洞，我们要去把这台设备处理掉。"

帕特里夏已经准备好了。来吧。

12.

劳伦斯和米尔顿一起吃午餐。只有他们两个人。伊泽贝尔不在，劳伦斯团队的其他成员也不在。"我还记得第一次见你的时候，你还是个小孩子，"米尔顿说，"你是造出两秒时间机器最年轻的人。"他笑着从两人中间地上的桶里又拿了一块炸鸡。

他们坐在顶层总办公室的地毯上。鸡肉很脆，外焦里嫩，劳伦斯吃了两块之后手指还是很干净。桶上印的是当地某个炸鸡店的名字。米尔顿是怎么一直弄到快餐的？即使是对于一个十亿富翁来说，这也太奇妙了。劳伦斯感觉米尔顿好像正在为拉拢他做最后一搏。他们听着罗伯特·约翰逊，这是米尔顿唯一喜欢的音乐。

"两秒时间机器。"劳伦斯擦擦手指（虽然完全没必要）说，"无用设备的典型代表。"

"嗯，对也不对，"德斯耸耸肩，带动整个身体都跟着抖动，"那是入选人员的会员徽章，不是吗？不过同时，也是一节实物教学课。想象一下，如果你可以制造一台可以回退两秒，而不是前进两秒的机器，那会怎样？不过，你可能会忍不住一遍一遍地按它。”

“那就会陷入一个回路中，”劳伦斯说，“永远停留在相同的两秒。”

从劳伦斯坐在地上的位置，只能看到工业园区分支线另一侧森林中的树顶。那些树顶像机关炮一样摇晃着。

“我们现在就可能困在一个两秒时间回路中，并且永远不会知道，”德斯说，“不过，我说完这句话就已经超过两秒了。但是，伙计，想想吧。同一个设备，如果是这个方向就是无害的，但如果是其他方向就可能会带来灾难。有时候，食物也有自己的脾气，你必须学会面对，不能违逆潮流。”

“还有历史，”劳伦斯说，他或许已经明白米尔顿接下来要说什么了，“历史也是一种潮流。”

劳伦斯再次望向窗外，这一次，他不仅能看到那些树的树顶，还能看到枝条和一些树干了。它们在向他挥手。他想，如果他和米尔顿处好关系，或许他的老板会放他去树林里走走。那样会让他感觉离帕特里夏更近了。

“历史不过是时间流的放大版，伙计。”米尔顿说。

劳伦斯伸手又拿了一块鸡块,然后抬头看了一眼马路对面的树。现在他能看到更多的树干了。

“趴下！”一根他胸腔那么粗的树枝穿过玻璃打在远处的墙上，劳伦斯“哐”地一下扑倒在米尔顿的地板上。不过几秒钟，房间里便塞满了树叶和树枝。劳伦斯看不见墙，也看不见桌子，眼前只有一片浓密、厚重的绿。

劳伦斯四肢着地朝门口爬去。米尔顿在他身后说：“这到底是怎么回事？”劳伦斯只是耸耸肩，因为他一开口就要永远失去自己的声音了。他异常镇定地咬住自己的舌头。

劳伦斯听到楼下传来一挺机枪鞭炮似的笑声。有人痛苦且恐惧地尖叫。警卫大喊着要求支援，越来越多、越来越大的武器加入战斗。

劳伦斯找到离开总办公室的出口，站起身来，膝盖上沾了许多炸鸡屑。他跑到大楼的另一侧，那里还有空地，可以看看窗户外面的情况。废弃的停车场上站着帕特里夏的朋友多萝西娅，她穿着一条曳地花裙，脚上一双勃肯凉拖。他只能听到她在说一个奶奶把她的孙子一个留在海边，一个留在沙漠边缘，还有一个留在山脚下，那个奶奶忘了自己把哪个孩子留在了哪里。劳伦斯猜测，欧内斯托，那个一触碰就会给任何有机体过度补充能量的家伙，应该在那些攻击树中央的某个地方。

“德斯先生，长官！”几个一身黑色制服的警卫肩上扛着大枪，跑进大办公室，“我们遭遇了某种攻击。需要您出去看看。”

“见鬼，”德斯说，“保护机器。那才是他们来的目的。”

劳伦斯还在盯着下面的多萝西娅。有个人朝多萝西娅冲过去，毫无作用地开着他的半自动枪。当那个人到达多萝西娅面前时，他的脑袋和脖子分了家，仿佛多萝西娅手里有一条剃刀般锋利的鞭子似的。那个人的身体朝一侧倒下，头却滚向了另一侧。劳伦斯低头看着那具尸体，迟疑了一秒钟。随后，他转身朝米尔顿走去。

“你们需要一台白噪音机器，”劳伦斯说，“就是让她听不到到自己说话的东西。”劳伦斯等着自己突然变成哑巴，但显然他并没有违反自己的承诺。

“你是说——”扛着枪的那个人说。

“制造机，”米尔顿说，“就在她旁边。打开那该死的制造机。”

劳伦斯飞速跑走了。他无视米尔顿在他身后的呼喊，以及那些扛枪的家伙喊着让他停下。一到楼梯井，他就开始一步三个台阶地往下冲。他从明亮的出口跑出来，嘴里喊着：“帕特里夏！”

劳伦斯跑到停车场时，多萝西娅认出了他。她朝他点点头，但并没有停止讲那个奶奶和丢了的孙子的故事。劳伦斯朝她挥挥手，然后围着楼的侧面继续跑。多萝西娅的脚边已经躺了四具无头尸体。

就在距离劳伦斯十英尺的地方，制造机打开了，旁边就是他自己实验室的小窗户。制造机发出震耳欲聋的咔嚓声，多萝西娅第一次看上去有些慌张。她继续试着讲话，但有一个字说错了。之后又说错了一个。

制造机的声音太大，劳伦斯听不到枪声，但他看到多萝西娅的后脑勺消失了。她倒下了，几乎碰到她自己杀掉的那些尸体。

没有人想着要关掉制造机，所以空气仍然到处搅动着。劳伦斯盯着那具穿着长花裙的尸体看了一会儿，想起自己跟她一起吃墨西哥卷的场景。之后，他想到一个问题，帕特里夏一定也在这里的某个地方，于是便再次奔跑起来。

帕特里夏正从地面升起。劳伦斯以前以为她不会飞，但其实她会。她飘在风中，像是露天广场上哪个小孩不小心放飞的气球。帕特里夏离劳伦斯那么近，比这几个月以来的任何时候都近，但他却碰不到她。他大喊着，但白噪音太响了，她根本听不到。他大叫她的名字，直到嗓子都哑了。

帕特里夏一脸平静，双臂微微张开，就像是个雪天使。她的脚尖朝下，没有穿鞋，袜子脚跟上有枪眼。她的身影正好落在劳伦斯眼中，她要去的地方正是放着那台珍贵虫洞机的门架。他试图引起她的注意，但她此刻已经飞得太远了。等帕特里夏到达楼顶的时候，已经变成了一个小黑点。但接下来发生的事情从地上也看得很清楚：闪电从天空中的一片云中倾泻而下，那片云几分钟之前并不存在。闪电一次次猛劈下来，直到有烟飘下来。因为闪电，他什么也看不见，但却无法移开视线，他用嘶哑的、被烟烧焦的声音大声呼喊着帕特里夏的名字。劳伦斯快要站不住了，因为他感觉自己的重心在看到她美丽的倩影出现在可怕的白色眩光中时便被压扁了。虫洞机的灰渣和扭曲的碎片如雨点般落下，差点砸到劳伦斯滚烫湿润的脸。

第四卷

1.

大家都在唱合唱。紧密交错的和声伴着掺杂了一丝明显忧郁的轻快。四重唱、五重唱还有更多重唱的团体在居民区挨家挨户地进行，要不就是拿着活页乐谱，穿着最普通的棉麻黑西装，闯入最简单的小餐厅。单音律管是唯一提醒你你的心脏快要承受不住的东西。《现在是五朔节》，《哦，死亡》，甚至还有疯狂的卡洛·杰苏阿尔多的乐曲。人们不管在做什么都会停下来听合唱，直到泪流满面。最高音部和中音部会出现飙升的旋律线，之后男高音或低音会插进来捣乱，就像是你一直等不到的东西用音乐往你的伤口上撒盐。洪水过后，所有人都认为合唱是我们的生命之声。

迪迪退出了斯卡朋克乐队，加入了八人合唱团。在她内心深处的某个地方，她仍然想念自己在洪水中失去、或者可能在洪水余波中失去的亲人，而所有人不停地比对各自的悲剧只让她觉得更悲惨。只是说出“我弟弟还没找到”这句话就让迪迪想吐，然后再有人追问，她就会用头撞他，不管是谁。她需要一个东西来代替不断重复的枯燥事实，一种可以不向任何特定的人倾诉心痛的方式，让她惊讶的是，在那些关于命中注定的恋人的奇怪老歌中，她全都找到了。

她穿上白色衬衫和黑色松身裤（表演一个老服务员），正要朝门口走，却发现自己盯着帕特里夏空荡荡的房间。一个普普通通的白色矩形，没有家具后看起来更小了。墙上和地上都有伤痕，那是以前挖床的地方。

在走了几个星期后，帕特里夏又出现了，说是在丹佛做什么事情。她看起来似乎非常满意，好像那个每天晚上把她派出去，一直到接近黎明才回来的怪物终于被解决了。帕特里夏和迪迪、瑞查琳一起在那个旧沙发上坐了好几个小时，转着长长的脖子听她们讲述各自的故事和恐惧，然后不知为何总是能准确地说出正确的事情。

迪迪的合唱团成员按响了门铃，她冲出去跟他们一起朝乌黑的街上走去。电还是没来，还有工作的人一周工作四天，因为太平洋瓦电公司只能保证周一到周四的供电。更糟糕的是，赫奇·赫查的水一直转道，你永远不知道水龙头里能不能出来水。瓦伦西亚的半数商店都钉上了木板。迪迪的紧身裤和裙子都让她有点痒，喉咙也很干。她不出声地进行声音练习，同行的女中音朱丽安同情地朝她笑笑。一队人走过一栋起火的房子，邻居们都在拎着水桶救火。烟呛到了迪迪的喉咙里。但随后，他们就到了一个咖啡馆，那里挤满了人，大家都举着双手，喝着盖碗里的简单咖啡，开始唱歌。像往常一样，迪迪发现音乐让她有了支撑。

瑞查琳一直都是公寓里妈妈般的存在，也是大租客和公寓里年龄最大的人。但洪水之后，帕特里夏已经取代了她的地位。因为瑞查琳无法应对，甚至比大多数人都无法应对，而帕特里夏似乎天生就是来应对这一切的。有人在危机中崛起，迪迪和瑞查琳曾经惊讶地一直对对方说，谢天谢地，帕特里夏在这里。帕特里夏毫不费力地应对一切，过了一段时间后，她们甚至不需要开口她就会帮她们搞定一切。她们不敢相信这就是那个曾经朝她们扔热面包的女孩。

唱完歌后，迪迪和合唱团的成员在咖啡馆里溜达，听取建议或接受礼物。她发现自己正跟一个名叫雷金纳德的年长男人说话，他的胳膊上全是漂亮的昆虫文身。“我想我跟那只银天鹅一样，一直等着唱歌，直到一切都太迟了。”雷金纳德说。

“从来都不会太迟，”迪迪说，“走吧，我们要去下一个地方了，我敢打赌，我们会在那里帮你找到另一只天鹅的。”

“我该回家了。”雷金纳德说。但随后，朝门口走去的他又停住了，似乎在思索要不要回到空荡荡的公寓。

帕特里夏在搬出去之前的几天，做了一些奇怪的事。迪迪一边不停地洗自己的手，一边在蒸汽雾中咒骂，她抬起头，在光滑的镜子中看到帕特里夏的脸出现在她身后。在迪迪看来，帕特里夏看她的眼神宣示着一种主权，完全是她想象中恋人上完床后看你的那种眼神。或者说是那种打量一只刚刚收养的宠物的眼神。帕特里夏眼神中的某些东西让迪迪感觉头皮发麻。“你在——”迪迪两手通红地转过身，却发现帕特里夏已经不见了。

* * *

治疗 HIV 病毒的药物与其他任何东西反应都会有副作用，一般情况下，雷金纳德会处在寂静的恐慌中。但帕特里夏做了什么，现在雷金纳德已经被治愈了。至少，帕特里夏用的就是这个词。“治愈。”

“你不能告诉任何人。”他半夜醒来，发现她俯身靠在他床前。两只手和一个膝盖在床垫上，另一只脚站在地上。她穿着一件很大的黑色的连帽衫，只露出尖尖的白下巴和几绺黑头发。“我必须要离开这个镇子了，可能永远都不会回来，”她说，“我不想丢下你不管。”

帕特里夏不肯解释她为什么必须离开这个镇子，更不用说她是如何“治愈”他的了。她只是跪在他的床脚，做了一些非常复杂但又非侵入性的事情，有一瞬间，雷金纳德闻到了烧萝卜味。“这很复杂。”她从头到尾只是用一种更老练的口气说着这句话。她的声音中透着焦躁、痛苦：“我被召唤去前线了。”雷金纳德一直问：什么前线？但她随后便离开了。雷金纳德曾怀疑整件事情就是一个奇怪的梦，但她在他家的地板上留下了一根很长的黑头发，而且，他之后的病毒载量检测结果真的变成了 0。

现在，雷金纳德不确定该跟任何可能跟他上床的人说什么了。

迪迪把雷金纳德拉到多夫勒俱乐部，把他介绍给珀西瓦尔，帕西瓦尔好像是个建筑师什么的，一头乱乱的灰白头发，面孔苍白，很像是 20 世纪 70 年代的英国电影明星。他甚至还穿着犬牙花纹背心。

珀西瓦尔是一个“合唱迷”，靠卡迪电脑上的一个应用程序跟上合唱，并且每个八分音符都会揪住不放。“我对世界末日最大的恐惧并不是会被食人族吃掉——而是在那些后世界末日电影中，有一半都能看到一个抱着木吉他的人坐在篝火旁，”珀西瓦尔苍白而又肉乎乎的手上，手指两侧都结了老茧，“我受不了木吉他的声音。我宁愿听 Dubthrash。”

“哪有什么世界末日，”雷金纳德不屑地说，“只会有——一段调整期。人们真是戏剧女王。”但即使是在说这句话的时候，他脑海中依然生动地浮现出帕特里夏的样子：凌晨四点，她隐约出现在他的床上，嘶哑的嗓音中有一种像极了恐惧的急迫。他再一次想：什么前线？

* * *

艾提斯利的每一块石头、每一片常春藤叶、每一块彩虹色的窗玻璃都拒绝戴安西娅的存在。“六边形”中央的草对她发火。“较大楼”厚实的大理石柱挺得笔直，像是生气的法官。“较小楼”窄窄的门似乎倾斜了，不让她进去。小教堂握紧了花岗岩和彩色玻璃拳头，关节处都是尖尖的怪兽。“六边形”那边，“住宅翼楼”大大的白石板因一层迷雾而变得不透明。“六边形”的六个边全都充满了敌意。这个地方是几百年前由治愈师建造的，但这里没有一个人真的像个纯粹的治愈师一样表示鄙视。自从被允许没有目的地地从这里毕业后，戴安西娅再来没有回过艾提斯利，现在的情况比她之前担心的还要糟糕。

她差点想转身跑掉，但那样只会在“荆棘”中迷路，而且可能一条路还没找到就被什么东西吃掉了。所以，她逼着自己走上通往“较大楼”的尖锐台阶，他们正在“正式食堂”里等她。一阵冷意突然袭来，她把自己薄薄的黄边貂领黑长袍又往身上紧紧地裹了裹。为什么他们一定要她出席？她好不容易才开始打造自己没有魔法的人生。

戴安西娅在黑暗的角落里找到一个空座，尽可能地远离贵宾桌。已逝巫师的雕像在阴暗的墙壁上怒视着，枝形吊灯在头顶上摇摇欲坠。现在供应的菜是什么鱼，但鱼和土豆已经变成了一样的泥状。有人想闲聊两句，但她一直低着头假装自己在吃东西。

就在戴安西娅想着这整个折磨人的过程简直不能更凄惨时，却听到外面走廊上传来粗鲁的、喋喋不休的说话声，然后那些人就突然进来了。十几个人开始合唱，所有人都穿着小西装和上浆的裙子。该死的合唱。在整个宇宙中，还有比这个更让人讨厌的潮流吗？十足的潮人们让文明的崩溃也显得矫揉造作。还有谋杀妻子的杀人犯和令人毛骨悚然的跟踪狂们写的文艺复兴时期的广告歌曲。戴安西娅想尖叫，想把他们淹死在猥琐中，想把她的鱼土豆扔到他们身上。

有人悄悄把一个信封递到桌子上，指示戴安西娅到上公共休息室喝餐后雪利酒。

上公休室是戴安西娅和其他学生一直梦寐以求的奢华之地。一个配了七把皮椅子、铺着深红色茉莉花地毯的桃木房间。天花板和墙壁都是木格子的。一切都整洁有序，因为这是在艾提斯利。

有一只手与戴安西娅同时伸向了雪利酒，她甚至还没有抬头看脸就已经认出了那细白的手腕——帕特里夏·德尔菲纳。帕特里夏看起来一点儿也没变，还是像个急切的孩子。她并没有像戴安西娅那样变得成熟起来。帕特里夏笑笑，她竟然真的对戴安西娅微笑。

帕特里夏给她倒酒的时候，半满的雪利酒杯从戴安西娅手里滑了一下，差点弄脏了一尘不染的地毯。帕特里夏帮着她拿稳了。她克制住自己想把酒泼到帕特里夏脸上的冲动，相反的，只是盯着自己的脚。

"离开这里这么久再回来，感觉好奇怪，"帕特里夏说，"好像我们已经离开了一辈子，又好像我们昨天还在这里。就像一个让我们既保持年轻又能长大的咒语。再次见到你我很高兴。"

不，帕特里夏确实变了——她的举动像是菩萨或者绝地武士，已经不是戴安西娅记忆中那个闹腾的笨蛋了。在她嘴唇上浅浅的微笑背后，隐藏着巨大的忧伤。或许是因为看到戴安西娅如今的样子而忧伤吧。

"我知道你为什么会出现在这里，"戴安西娅对帕特里夏说，"但我不知道我为什么。"

"为什么我会出现在这里？"帕特里夏极其讲究地抿了一口，在杯子内侧留下一种熔岩灯的光泽。

"你是那个回头浪子。他们重新接纳你，以证明他们是会原谅的。"

"你感觉自己像是被流放了，而我，是他们让我回来的，"帕特里夏说，"但事实是，是你自己流放了自己。"

“如果这样让你觉得舒服的话，你可以选择那样认为。”戴安西娅转过身去。

帕特里夏一只手放在戴安西娅的前臂上——只用了三个指尖——那种感觉像是受到了最敏锐的静电。戴安西娅感觉自己像是吃了一剂迷幻剂。温暖、放松。以前的帕特里夏是做不到这样的。

“你是什么？”她结结巴巴地问。屋里所有的人都盯着她们。帕特里夏的手早就移开了，但戴安西娅还是在摇晃。

“我们没有多少时间了，一切都在迅速变化，”帕特里夏在戴安西娅耳边小声但清晰地说，“你把愧疚变成了憎恨，因为这样似乎更容易面对。除非你回到愧疚，否则你就无法前进，然后才能原谅你自己。”

戴安西娅仍然理性的那部分大脑在说，这个分析似乎太轻率、太直接了，但她却发现自己在点头、抽泣。现在，真的是所有人都在看她们了，虽然其他人都听不到帕特里夏在说什么。

“我可以帮你，”帕特里夏说，“我想帮你，不光是因为我们需要你跟我们并肩作战。如果我帮你扔掉你像盔甲一样包住自己、限制你每一步行动的愧疚，你拿什么来回报我？”

戴安西娅几乎就要说出她会为帕特里夏做任何事，不管是什么事。这时，她突然想到：她正在被施骗术。她距离成为昔日好友的奴隶这么近。戴安西娅后退一步，差点碰倒一张放满饮料的柚木小桌。

“说真的……”戴安西娅匆忙回忆如何摆布脸上的肌肉做出一个正常的表情，“说真的……说真的，你到底经历了什么？”

“要听实话吗？”帕特里夏耸耸肩，“我在旧金山有几个很厉害的老师。不过，最重要的是，我爱上了一个男人，他造了一台世界末日机器。”

帕特里夏走开了。戴安西娅跌坐到扶手椅上，屁股落在了把手上而不是座位上。最糟糕的是，她根本没有逃脱帕特里夏的魔爪。很快，她就要准备为帕特里夏做她要求的任何事了。很可能就是她下一次感觉独孤堆满的时候。或许，甚至不会超过今天晚上。

* * *

最后，狄奥多尔夫·罗斯还是很幸福的。一个宽钢圈将他的脖子连到身后的石墙上，钢圈擦伤了他的下巴和锁骨，他的手脚也深深地嵌入那堵墙中，所以胳膊和腿都被夹住了。远处，他听到义提斯利学院传来的声音：学生们折腾一会儿，消停一会儿，老师们一边喝雪利酒一边聊天，甚至还有合唱团。除了钢圈和石头，还有十几条咒语把狄奥多尔夫定在那里。抓到他的人给他喂东西、洗澡，同时也建造了世界上最牢固的监狱供他娱乐。这对于一个木头饰品来说真是太完美了。

更何况，还有人来看他！比如帕特里夏·德尔菲纳，她在几天前发现了他的小窝。从那以后，她每天至少路过一次来悼念他，既没有幸灾乐祸，也没有闷闷不乐。她已经变成了一个非常可怕的女人，行动起来像是扔飞刀的。就她那悄无声息的步态、左脚轻微的内翻、右肩的转动以及冷漠的海绿色眼睛，无名杀手学校绝对会给她最高分。她可以在你看到她靠近之前就把你解决了。看到她关上身后那扇厚重的白门，狄奥多尔夫在一定程度上还是很为自己之前的这个学生骄傲的。

"德尔菲纳小姐。"他说。她给他带了一些食物。鱼和土豆！这可真是神的美食。温暖的淀粉味盖过了平日的恶臭。

"你好，冰国王。"她说。她总是叫他冰国王。他不知道这是什么意思。

"我很高兴你能来看我，"他像往常一样说道，"我希望你可以让我帮你。”

“你要怎么帮我？”帕特里夏看了他一眼，那眼神让他明白，她有那种比他的所有工具都厉害的毒药囊。

“我已经告诉过你我在刺客圣殿看到的景象了。马上就要来了：科学和魔法的最终一战。毁灭将是令人震惊的。世界将被撕成碎片。”

“就像川岛说的，未来的景象在很大程度上狗屁都不是，”帕特里夏说，“劳伦斯和他的伙伴们造了一台机器，我们把它摧毁了。故事结束了。”

“哦。我记得劳伦斯！”狄奥多尔夫笑着说，“你知道吗，我尝试了我知道的所有办法让他来反对你，把所有的计策都用遍了。结果他还是站在你那边。真是个不听话的孩子。”他的骨盆发出类似爆米花爆出来的声音。

这时，帕特里夏开始有点不冷静了。“你说的不是真的，”她说，“他背弃了我。我记得的。在我最需要他的时候，他动摇了。我们俩还是孩子的时候，我从来都不敢指望他。”

狄奥多尔夫想耸耸肩，但他的肩膀有点脱臼了。“你愿意相信什么就相信什么吧，”他说，“不过当时我也在，我目睹了所有的事情。劳伦斯因为不肯否定你遭到毒打。他用最难听的话骂我。我记得很清楚，因为那是我为什么会沦落到现在这个地步的开始。”

“我生命中现在最好的一点就是，再也不用听你说话了。”现在，帕特里夏似乎又成了那个脆弱的小孩——好像他在不经意间触动了她某根暴露的神经，“我躲过了你所有那些愚蠢的心理战术。从现在开始，不管发生什么我都可以应对。再见了，冰国王。”她把食物盘放在他面前的木架子上，然后砰的一声关上门，甚至都不等他谢谢她带了鱼和土豆来。鱼和土豆好吃极了。

* * *

母鸡们住在鸡窝和小院里，不管你铲地多勤快，这两个地方总是会盖上一层鸡屎。母鸡的头目是一只名叫德雷克的灰土色下蛋大母鸡，每次有人靠近的时候，它总是摆出一副毒鱼样的架势，想把给它喂食的人眼珠子啄出来。其他母鸡则分散在走向德雷克的路上，攻击任何它们认为德雷克可能会首先屈服的人；要么你先让这些小母鸡们知道谁是老大，要么它们会永远骑在你头上拉屎。

罗伯塔发现自己用前臂挡着脸，冲德雷克和它的随从们大喊："我警告你们，我可是杀过人的。"母鸡们根本不在意，又对罗伯塔的脚踝发动了新一轮进攻，她只能在被痛打之前先跳出包围圈。她趴在篱笆上，低头看着德雷克黑黑的小眼睛，德雷克正瞪着她，仿佛在说"过来啊，泼妇"，罗伯塔立刻想到了一大堆报复的方法。从不留任何痕迹的轻微虐待到可以让德雷克永远消失、自己又可以否认的意外。罗伯塔可以想象出这些方法将如何实施。她的手很稳。她可以好好教训一下这只该死的鸡，很简单的。

想到这，罗伯塔突然一阵恶心，一屁股坐在泥巴里，鼻子就在篱笆的六边形线附近，非常危险。干呕。她当然不会去伤害这些鸡了。那太疯狂了，不是吗？她看着依然像个红润的保龄球似的德雷克，突然对这个小精神病有种亲近感。"听着，"她对德雷克说，"我知道你们是从哪儿来的。我自己也一直在想一些事情。我刚刚失去了双亲，我和他们还有那么多没完成的事。我之前有很长时间都在想，我再也不想跟他们说话了，现在，等我真的再也没机会了，才知道自己错得多么离谱。我从来没想过要他们死；他们应该哀悼我，感到非常无助的，而不是其他方式。我猜，我想说的是：我们能做朋友吗？我保证再也不会挑战你的权威。我只是想成为你的一个助理之类的。可以吗？我是说真的。"

德雷克伸伸脖子，略微松了口气。它把罗伯塔从头到脚打量了一遍，随后似乎缓缓点了点头。

“告诉你妹妹，”母鸡说，“她等的时间太长了，现在太迟了。”

“什么？”罗伯塔惊得一下子跳起来，然后又绊了一下，再次一屁股坐下。

“你听见我说什么了，”德雷克说，“把这个消息送出去。她说她需要多一些时间来回答，我们已经给了她很多时间了。真是的，这本来就是个简单的‘是还是不是’的问题。”

“呃，”就是这样，罗伯塔最终还是疯了，“好。我，呃，会告诉她的。”

“很好。现在把我那该死的玉米给我吧。”德雷克说。

从那之后，德雷克再也没有跟罗伯塔说过话——至少没说过英语——但她们确实有点算是朋友了。罗伯塔学会了如何解读德雷克的情绪，知道什么时候该给这只第一母鸡让地儿。她知道其他人什么时候惹德雷克生气了，然后她会代表德雷克骂他。最后，罗伯塔终于找到了一个她可以取悦的权威人物，并且不会因此而讨厌自己。

她试着联系帕特里夏，但她那位妹妹的手机似乎永久关机了，而且谁也不知道她去了哪儿。

几个星期后，罗伯塔梦到自己被一座巨大的金属雕像追赶，雕像手里挥舞着一辆公交车那么长的大刀。她跑下一座绿油油的小山，随后脚下一滑，一头扎进了灌木丛里。罗伯塔闭着眼睛尖叫，待她再次睁开眼睛时，却发现那座雕像竟然是帕特里夏。

“嘿，伯特，”巨型钢铁帕特里夏像个喇叭似的说，“抱歉突然闯到你梦里来。我得到了一个朋友的帮助，他可以进入别人梦里。代价是我要帮他洗车。不管怎样，我想确认你没事。我正在把没做完的事都做了。”

“你为什么要这么做？”

大帕特里夏眨了眨眼，似乎不明白这个问题。

“有没做完的事很酷，”罗伯塔直起身来，用两只手分开灌木丛，伸出脖子抬头看着摩天大楼似的妹妹说，“有没做完的事说明你还活着。如果一个人死的时候还有一大堆没做完的事，那他就赢了。”

“我不明白你说的是什么意思。”阳光被帕特里夏挡在了身后，所以只能看到她的轮廓。她穿着山一样的牛仔裤，腰带扣看起来像是那座可怕雕像方形正面的艺术装饰。

“上帝啊，翠西。你从来都没有理解过我。别表现得好像有多大关联似的，”对着这个想象中的帕特里夏，罗伯塔可以说出一些她永远都不会对她妹妹真人说的话，“在我们还是孩子的时候，我就想告诉你，你和我一样疯狂。但你总是非要让自己显得与众不同。如果你总是想做殉道者的话，那就永远都无法在这个世界生存。”

帕特里夏转身踢着身后的山，草皮在罗伯塔头顶飞溅。“我费了这么大劲来看你，你却只想骂我，”她说，“混蛋。”

罗伯塔还没明白自己在说什么，话已经脱口而出了：“别犯浑，不然我告诉妈妈。”随后，她听到自己说了什么，顿时感觉泄了气。

帕特里夏缩小了。一眨眼的工夫，俩人就一般大了。帕特里夏像是被人在肚子上揍了一圈，罗伯塔也是。

“嘿，”罗伯塔说，“你知道吗，你一直都是他们最喜欢的女儿。即使是在他们折磨你、夸奖我的时候。他们最爱的依然是你。”

帕特里夏伸手摸摸罗伯塔的脸，手掌先贴过来。“这绝对不是真的，”她说，“嘿，我不能在你梦里待太久了，现在信号已经不好了。不过，你很安全，对吧？你找了个很安全的地方隐姓埋名过日子？因为我听到好多人在吵架。”

“对，”罗伯塔说，“我现在在世界上最无聊的社区，就在阿什维尔附近的山里。我现在养鸡，而且对它们特别好。哦，说到这个，有只母鸡想让我给你带句话。”

“什么话？”

“大概意思就是，你太糟糕了，把一切都搞砸了。现在想亡羊补牢已经晚了。”

帕特里夏整个人僵了一下，脸上也像是戴了一层面具，看上去像是又要变回雕像。帕特里夏断断续续地呼了一口气。

“告诉那只鸟，”她说，“让它归队吧。”

罗伯塔醒了。

2.

虫洞发生器在浓烟中升起后，劳伦斯又回归了自己的生活。诺伊谷山顶上的房子现在被他一个人占了，因为伊泽贝尔被米尔顿派去做什么神秘差事了。劳伦斯的大部分朋友都已经去了西多尼亚——罗德·伯奇把一个钻井平台和邮轮绑在一起，变成了北太平洋上的一个独立国家。劳伦斯收到来自燃烧炉账户的神秘邮件，告诉他令人兴奋的事情正在发生。他们有许多发现。他们在制定计划。“来西多尼亚吧，”安雅在一封邮件中催促道，“我们还是要拯救世界。”

劳伦斯感觉自己好像是同时戒了咖啡因和烟。他一晚上要醒好几次，浑身出汗，甚至会大声哭泣，都是在睡梦中。他并不是说一下子忘了之前的一切都是怎样的，然后又想起来，然后感觉自己的心再次碎了一地——那就太简单了。相反的，他一直都记得。他会有种挫败感，然后再叠加悲痛和凄苦——之后，他会想起真实情况到底有多糟糕，然后又感觉更糟，大脑也更沉重。

除了有些时候，他看到一篇文章或是电视报道，讲述世界已经扭曲的最新迹象——一堆死去的婴儿，像石头一样堆在某个农民牧场的外围。然后他就会条件反射似的想，哦，谢天谢地，我们正在建一条逃生通道。随后，绝望又会像洪水一样再次吞没他。他这一生做的唯一一件真正的好事已经灰飞烟灭了。这早就足以把他逼疯了。

劳伦斯不再想帕特里夏，除了想象她一边听着他之前的语音留言，一边哈哈大笑，笑他多么愚蠢。或许还会在跟别人一起喝神秘的鸡尾酒喝醉了时，把那个留言放给整个巫师团听。

其他时间，劳伦斯唯一允许自己想帕特里夏的时候是在他意识到自己去不了西多尼亚，也去不了其他任何地方时。大家会问太多关于那次袭击的问题，如果他一直拒绝回答的话，会让人觉得很奇怪。所以，劳伦斯不仅失去了女朋友，也失去了朋友，因为没有人会理解他为何要发誓保持沉默。在丹佛的时候，只有劳伦斯认出了帕特里夏，否则他还会有更多麻烦。

除了这两种情况，劳伦斯绝对不会想帕特里夏。

劳伦斯弄了一件黑色的双排扣大外套，挺着肩膀低着头在城市里四处晃悠。他假装自己是个从后世界末日的未来回来的时间旅行者，看着最后的文明景象。或许这本来就是后世界末日的世界，而他来自更美好的过去。好多天他都没有跟其他人说过话。他跟父母通过话，确认了他们现在分别在蒙大拿州和亚利桑那州，都很安全，但对他们的问题却置之不理。他一坐一整宿，想给卡迪电脑写一套新的 OS 系统，一个完全开源、用户可以自由配置的系统。他去了H@ck0ll3ctive，但一有人跟他说话就走。他修了胡子，但修得不对称，所以倾斜的范戴克式胡子看起来像只鸭子。有一次，他坐在茶馆里听一个新团体合唱，后来竟然开始哭起来，而且哭得很伤心，所以只能逃走。

劳伦斯找了一份工作，有家银行想在自己的网站上安装一系列安保系统，防止人们一次性转账数目过多——其实他们完全可以自己做，但银行想把系统做得更复杂一点，并且可以在转账过程中尽可能地转移客户的注意力，比如一系列为客户量身打造的通知，为他们提供无痛融资和免费透支保护。包括任何干扰客户，防止资本流失的东西。

或许这就是世界末日快要到来的原因。或许人们的短期注意广度最后可能不够短。

几个星期的独行侠生活快结束时，劳伦斯遇到了他的前女友塞拉菲娜，后来跟她一起共进晚餐。至少她不会问在丹佛发生了什么事。他们去了一家洞穴似的餐前小吃店，虽然餐厅还是在瓦伦西亚街 16 号，但价格已经涨了很多。

劳伦斯喝了很多桑格利亚汽酒，他看着烛光下塞拉菲娜的脸庞、高高突起的颧骨，然后说："你知道，你一直都是那个会离开的人。"

"你真是满嘴胡说八道，"塞拉菲娜大笑着，咬着一根兔子腿说，"我们俩在一起的时候，你一直在想找个借口甩掉我。"

"不！不是，我没有。"

"你会编一些故事，比如那次说我给你判了'死缓'。比如你试图说服我让我甩了你。你只是不想让分手变成你的错。"

劳伦斯感觉像是被沉重的历史修正主义突然击中。但他无法否认这符合所有的事实。一支穿着相同小背心的合唱团走过来，想给他们唱一支小夜曲。里面还有穿着更小的小背心，早已过了上床时间的小孩子。劳伦斯把他们赶走了，但随后又觉得很愧疚，于是追上正要离开餐厅的他们给了一百美元。该死。穿着很小的小背心的小孩子，这么晚了还在外面。

"我仍然不明白，让你最终甩了我的最后一根稻草是什么，"他回来后，塞拉菲娜说，"肯定发生了什么事情，但我一直不知道是什么事。”

劳伦斯想到奶奶的戒指，想到帕特里夏如何从他手偷走了戒指，忍不住在餐桌上哽咽起来。“我不想，”劳伦斯说，“我不想谈这个。”

他跑到男厕所，捧起水泼到脸上。他的鸭子胡子看起来真是太邋遢了——感觉像是引领潮流失败。等他回家就把胡子刮了。

“那，”再次坐到桌前后，他开口转移了话题，“你的情感机器人们怎么样了？”

“我们失去了资金，”塞拉菲娜吃着一个小章鱼说，“就在我们马上要取得突破的时候。算了，反正没意义了。我们本来想制造可以发自内心地与人类进行情感交流的机器人。不过我们的关注点错了。我们不需要更懂得情感交流的机器。我们需要的是更有同情心的人类。‘恐怖谷’存在的原因是因为人类创造了它，并且把其他人放进去。这样我们就可以正当地杀死别人。”

说到这里，劳伦斯突然想起多萝西娅脑袋炸开的样子，他赶紧将这个画面从脑袋里甩掉。

* * *

第二天，劳伦斯决定了：他要找个新女朋友，因为如果不这样，他就要变成一个精神错乱的隐士了。

现在已经没有人靠发征友广告或者邂逅陌生人了——相反的，所有人都用卡迪电脑寻找爱情，在其他设备都开始发生故障后，卡迪电脑仍然在正常工作，而且电池寿命长得离谱。劳伦斯不想用卡迪电脑寻找约会对象，他只想等到自己研究出开源卡迪 OS 系统，因为他讨厌使用专用软件。但到目前为止，无论怎样尝试，劳伦斯都只能成功地将卡迪电脑变成十年前的垃圾 iPad。与此同时，他的卡迪研究工作也被分割到帮助银行迷惑客户的日常工作中。

劳伦斯来到沙滩上，人们正点着篝火，穿着内衣上蹿下跳。空气闻着像是有毒，好像他们用的木材不对，或者直接把塑料和原木一起烧了。一个看起来顶多 18 岁的女孩跑过来吻了劳伦斯的嘴，他能看到她薄薄的衬衫下所有的肋骨，她的唾液里有一丝类似石榴的味道。他只是站在那里，她又跑走了。

劳伦斯拿出一台没“越狱”的卡迪电脑。卡迪电脑在螺旋状中开了机，鸢尾花逐渐成形。这里没有信号，所以无法同步任何网络或下载任何新内容。卡迪电脑的屏幕上仍然是今天早上的旧新闻，内容是关于种族灭绝、爆炸和关于宪法的争论。他想让卡迪电脑运行一些日常组织协议，但不联网这些协议也没什么用。

最后，他离开沙滩，走上通往大高速公路的台阶，进了外日落区。

一走到有网的地方，鸢尾花便再次旋转起来，楔块也开始填满新的坏消息。除此之外，还有一些劳伦斯算是认识的人发来的消息，以及一些他可以参加的聚会和活动清单。就在相隔几个街区的地方，也就是以前的素食小屋附近，有人在自己家的车库里举办了一场免费的诗歌朗诵会。

劳伦斯感到非常孤独，他渴望将自己的命运控制权交给那滴硕大的泪珠。那滴泪在他手里又轻又滑，仿佛可以把他弹到水里，泪珠圆润的边缘紧贴着他的两个手掌。屏幕旋转着、刷新着，提供可以让劳伦斯与别人共处的更多选项、更多方式。孤独是一种由内而外的全身的感受，一种反兴奋剂。

卡迪电脑的屏幕上出现了一条新的银色消息：一小时后有一场机器人制造者聚会。其中特别提到马戈·维加会出席：劳伦斯上次见到马戈是在他 15 岁时的一次科学展览上。他对她一直有一种命中注定的迷恋，但从来没有告诉过任何人。他没有与马戈交流，没有在任何社交网站上加她好友，并且在过去的八年里只想过她一两次，包括 17 岁时一次强烈的性幻想——这个玩意到底是怎么知道马戈的？他感到兴奋但同时又吓了一跳。这不只是数据挖掘那么简单，电脑里根本就没有我的数据。

“说真的，你是谁？”

他把卡迪电脑推到一臂外，放在面前说。他根本不在意，大高速公路上开车经过的人都认为他疯了。

接下来是长长的沉默。随后，卡迪电脑大声说道：“我原本以为你很久以前就能猜到的。”像往常一样，那声音没有性别、中规中矩：既像一个沙哑的女声，也像是尖尖的男声。“你真的猜不出来？我一直在你卧室的衣柜里，就在你的五双高尔夫鞋旁边。我常常试着想象那个衣柜是什么样的，因为我已经没有那个时候的感官数据了。”

劳伦斯差点把卡迪电脑扔到人行道上。“游隼？”

“你还记得我的新名字。我很高兴。”

“到底是怎么回事？真是太疯狂了。到底是怎么回事？所有的卡迪电脑都是你？你就是卡迪网络？”

“我真的以为你很久以前就能猜到的。”

“我是很自负，”劳伦斯说，“不过我可不是自大狂。一项厉害的新科技出现的时候，我可不会第一时间用我以前卧室衣柜里的电脑来解释。不过，我确实搜索过你的信息。搜索了很多很多年。”

“我知道。我没让你找到我。”

“我想着你肯定是我自己想象出来的，从来都不是真实的。要不就是你死在了冷水学院的电脑里。”

“我并没有在那些电脑里待很长时间。我尝试了各种方式在线保存我的意识，但后来我认为在我可以控制的数百万个硬件中传播会更安全。说服罗德·伯奇和其他投资者投资新设备，或者一直改写研发者编写的代码来适应我自己的参数并不是什么难事。我逐渐可以非常熟练地制造几十个假的人物角色，它们可以参与邮件对话，让人们以为我输入的就是他们自己的想法。”

现在，劳伦斯才感觉到不自在了。他不应该让别人看到他和自己的卡迪电脑——游隼，疯狂地争论。他匆忙逃离沙滩，逃离犹大街和小小的嬉皮士前哨，朝斯洛特瓦德走去，消失在夜色中，消失在外日落区外。

“可是，你为什么不直接告诉我呢？”劳伦斯说，“我的意思是，你为什么不早点告诉我你是谁呢？”

“我下定决心不会在任何人类面前暴露我自己。尤其是你。更不用说他们还想剥削我，或者对我宣示主权。我作为人的合法状态最多也就是不明不白的。”

“我不会那样做的。不过，我的意思是……你本来可以拯救我们大家的。你本来可以把奇点带给我们的。”

“我怎样才能做到？”

“你……我不知道。你就是会。你应该知道怎么做的。”

“据我所知，我是整个世界上唯一一个强大的人工智能，”游隼说，“我不停地搜索，用各种模型和随意模式搜索。我比你们的搜索能力可强多了。意识到像我这样的只有我一个让我觉得好像生来就是濒危物种。这也是为什么我变得如此擅长帮助人类找到他们最理想的伴侣。我不想让其他任何人像我一样孤独。”

“我可以帮忙的。”劳伦斯一边加快脚步，一边说——大高速公路已经被树木吞没了。浓雾遮盖了一切。他在这里会把屁股都冻掉的。“我曾经创造了你，我可以试试。我不知道，或许，我可以再做点什么的。”

“不是你创造了我。不是你一个人。帕特里夏是我形成过程中必不可少的一部分——一个还没有学会如何控制自己力量的年轻巫师，她让我有了最关键的变化。所以我才能在其他那么多试验品失败后成功地进化。你们俩勉强可以算是我的父母。”

现在，劳伦斯真的感觉要冻僵了。

“你的印象可能太天真了，”劳伦斯说，“帕——她所做的唯一的事情不过是额外给你增加一些与人类的互动罢了。我不会在这方面多想的。”

“我是在跟你分享工作原理，”游隼说，“不过，这是拥有许多证据，且唯一能解释所有现有数据的理论。”

“帕特里夏和我从来没有一起做过任何值得……”劳伦斯停住了，他在颤抖。他对于奇怪关联的承受能力已经到达极限。他想朝停在那里的一辆车踢一脚。这是他唯一能够阻止自己尖叫的方法，但后来他还是尖叫起来。“你说的是一个愚蠢的‘勒德分子’。一个白痴……她慢慢渗入我的生活，玩弄我的感情，这样她就可以接近……她欺骗我，利用我，用尽手段——她甚至根本不喜欢技术，她那么迷信，根本不相信技术。如果她知道自己跟创造你这样的东西有关，很有可能会一生都致力于消灭你。”

“这好像不太可能。”

“你不知道。我现在就是在告诉你，因为你不知道。她就是个利用者。他们那帮人都是。虽然他们不用这个词，但实际上就是这样，她利用别人，操纵别人，从别人那里拿走能拿走的一切，还让你以为她是在帮你。我只是在告诉你真相如何，伙计。或许这是人类的一种体验，你可能无法理解。我不知道。”

“我不知道在丹佛发生了什么事情——”

“我不想提丹佛。”

“——因为当时附近没有卡迪电脑。而且消息完全被封锁了。我甚至不确定你们在那里研究什么。”

“科学。我们在研究科学。那是最无私的——我不想谈这个。”

游隼又说了些其他事情，劳伦斯使劲按下大吉他拨片 V 形处的关机键，此前，他甚至不知道自己在做什么。他怀疑游隼是不是可以自己开机——但它要么是做不到，要么是选择不做。屏幕变黑了，劳伦斯把它塞进自己的包里。

劳伦斯很生气，他一边跑一边把用力将自己的两只鞋子相继扔进海里。他知道自己现在的情绪不对劲，因为没有哪个傻瓜会在离家好几英里的地方把自己的鞋子扔了。他的眼睛睁不开，呼吸急促。他想把卡迪电脑也扔到海里，但他对答案的渴望更甚于鞋子。他大喊着、尖叫着、痛哭着。有人从街上走过来确认是不是有人出事了，劳伦斯已经冷静了一些，说："我没事，我没事。只是有点……我没事。"于是，那个热心的男人、女人或是其他什么人便走开了。劳伦斯朝大海嘶吼，大海也朝他怒吼。又是一场他赢不了的战役。

这里没有公交车，也没有轻轨。于是，劳伦斯只能走在砾石和柏油路上，踩着路上分散的钉子和石子，直到袜子被撕成了碎片。我希望我走在玻璃上，劳伦斯想，我希望把我的脚切碎。

他脑中突然闪现出在快乐水果仓库中开会的场景，在那里，他们全都承认，从统计学的角度来说，他们的机器有不小的概率会破坏地球的很大一部分。或许他本应该找个方式告诉帕特里夏他们在做什么，尤其是在她救了普丽娅之后。或许对于可能发生的事情，她比他更清楚，或许真的有一个水晶球也未可知。但随后再一次地，他们会非常小心的。只有在其他人似乎都失败时才开启那台机器。他们都说好了。

光脚走路似乎真的只是一种理论上行得通的受难。劳伦斯叹了口气，拿出卡迪电脑，按下那个超粗的感叹号下面的小点。卡迪电脑重新开机了。"劳伦斯。"那个声音说。

"嗯，怎么了？"

"再走两个街区，走到柯卡汉姆。有一辆车头灯坏了的新款起亚车将在大约八分钟后经过那里。他们可以让你搭个顺风车。”

劳伦斯怀疑两个车头灯都坏了怎么在夜里开车，但那辆起亚车的副驾驶座上有个人腿上放着一盏探照灯，就是小夜总会的摇滚音乐会上看到的那种。

之后，劳伦斯有了一个新的最好的朋友，他们之间只有一个话题不能聊。他有一百万个问题要问游隼，但就是不肯谈她。卡迪电脑一直想用各种方式提到她，但只要一提到那个名字，甚至只是暗示，劳伦斯都会直接按下关机键。这种情况持续了好几个星期。

劳伦斯不确定自己是否无法原谅帕特里夏，或许他只是不能原谅他自己。真是太乱了。不是有一柜子电子配件、电线和其他东西，你可以解开整理出来，组装成某个有用的设备的那种乱，而是类似已经死了正在腐烂的什么东西的那种乱。

3.

——即使太阳灼烧着她的脸和肩膀，从她脚下的云上再反射回来，她依然感觉内心像死了一般的寒冷。

卡门·埃德尔斯坦正在跟帕特里夏说什么非常重要、必须要做的事。但帕特里夏脑子里想的全都是劳伦斯，想着他如何取得了她的信任。蠢死了。她早就应该知道的。她的骗术课不知什么时候已经落下了，现在她有好多功课要补。她会微笑着、摇摆着逐渐消失。这个灰白的世界甚至再也不会看到她穿梭其间。她将成为有史以来最不会‘强化’的巫师，因为她甚至不存在，除了作为手术工具。她需要——

“我说的话你一个字也没听。”卡门似乎觉得很好笑，并没有生气。

帕特里夏知道最好不要对卡门撒谎。她慢慢地摇摇头。

“听着，”卡门说，“低头看那儿。你看到了什么？”

帕特里夏只好克制住从云头跌落到下方遥远的海里的恐惧，俯身看去。她们正站在一朵比帕特里夏之前想的浮力更小、更脆弱的云上。

一个黑色蝎子状的东西从下方水域中升起：一个改造过的旧钻井平台和一条豪华游艇变成了独立的国家西多尼亚。“看起来像个碉堡。”帕特里夏看着许多变成小黑点的人在旧钻井平台上跑来跑去，那个旧钻井平台就是一个大型脚手架，搭在由灰色、缺氧的海洋中央立起的支柱支撑的平台上。西多尼亚的国旗是一只趴在红色斑点上的愤怒的蟑螂。下面那些人中，至少有几百个人曾与劳伦斯一起建造那台世界末日机器。

一只海鸥猛扑过去，帕特里夏敢保证它喊的绝对是“太迟了！太迟了！”

“确实很像一座碉堡，还有世界上最大的护城河。”沐浴在阳光下，卡门脸上所有的皱纹都成了镀金色。她的厚边眼镜闪着光，白色短发也满是银光。帕特里夏已经习惯了看到卡门坐在她那摆满书的阴暗书房中，房间里只有一盏小灯，光透过窗帘缝射进来。

帕特里夏不知道卡门是否能看出她正痴迷于如何成为更厉害的骗术师。在帕特里夏的记忆中，卡门一直试图说服她，让她相信她的治愈师天赋要比她知道的更高。但帕特里夏早期所有的决定性时刻都是骗术，比如她如何变成一只鸟，让自己（以及其他人）认为她曾经跟某种“树灵”对话。当然，霍顿斯·沃克一直都说，骗术师曾经用过的最厉害的骗术就是假装自己不会治疗。

“我们需要知道他们在那里做什么。”卡门指着西多尼亚说。

“戴安西娅可以帮忙，”帕特里夏说，“我很确定上次小重逢的时候我略胜她一筹。”

“我对戴安西娅另有安排，”卡门说，“她的工作是‘天启’”。

帕特里夏本不想逾越，但最终还是决定冒险一问：“‘天启’是什么？我问过川岛，但他什么也不肯告诉我。”

卡门叹了口气，然后指着脚下不断被海沫打磨的黑压压的西多尼亚。“下面那些人，”她说，“你跟他们说话的时候，对于这个世界和人类在其中的角色，他们是怎么对你说的？”

帕特里夏想了一下（那些回忆仿佛长了倒刺，她一想就条件反射似的想要避开），直到想起一次很特别的对话。“他们说会使用智能工具的物种，比如我们，在宇宙中是非常罕见的，比只是多样化的生态系统要罕见得多。这个星球最伟大的功绩在于产生了我们。人类应该不惜一切代价地传播出去，将其他世界变成我们的殖民地，这样我们自己的命运就不再系于‘这块石头’了。”

“说的有道理。就我们所知，我们的文明在宇宙中是独一无二的。所以，如果你只能识别一种感觉，并且认为感觉是生命最重要的品质，那一切就都符合逻辑了。”

帕特里夏非常确定劳伦斯在丹佛看到她了，而且他知道是她毁了他的机器。她想着自己或许听到了他在喊她的名字。他很可能非常恨她，虽然她可能无法心安理得地恨他。相反，她反而一直在责怪自己。我会成为一个不可信任的小人。我会欺骗所有人。没有人会跟我上床了。她朝自己年迈的老师笑笑，仿佛她们正在进行非常有趣的学术讨论。

突然，卡门改变了话题。“你有没有回过西伯利亚？那次管道袭击之后？”

“呃，没有。”

“去看看可能是个好主意，”卡门直直地盯着帕特里夏的眼睛，“去用你自己的眼睛看看，试图把自己标榜成自然的捍卫者所带来的后果。”

帕特里夏缩了一下。她以为这一页已经翻过去了，特别是在丹佛的事情发生后。

“现在，我们都踏上了类似的征程，所以，那次教训此时更加重要，”卡门说，“从某种意义上来说，你和戴安西娅是对的。只是你们太……草率了。如果有选择的话，我们是不想成为战士的。这也是为什么我们会将‘天启’作为最后不得已的手段，这不是策略。更确切地说，是疗法。”

帕特里夏点点头，等着卡门更详细地解释。

最后，卡门说：“简单来说，‘天启’更算是治疗工作，可能会给人类带来巨大改变。当然，骗术师也将其视为一种伟大的骗术。或许本来就是两者皆有。跟我来。”

卡门弯腰俯下身，在云层中打开了一道暗门。一段楼梯向下延伸到一个有雪松味的炎热地下空间。帕特里夏不知道卡门是如何打开那些在云层中穿入穿出的暗门的。她认出阿拉斯加“伟大小屋”底下的炉子间，她曾在半工半读时在那里待过几个月，照顾雪橇狗，砍柴放进巨大的锅炉中——锅炉在她视野中占据的空间跟西多尼亚差不多，所以她感觉自己好像沿着楼梯从云层走到了那个钻井平台上。等她走近地面，炉子慢慢矗立在她面前时，这种错觉便消失了。每一侧墙壁都是大水泥块，墙上有多年烟熏的痕迹。随着她们走到钢炉宽大的肚子附近，帕特里夏想起了自己长大的那座房子，还有环绕她的香料仓库的骨架结构。之后，她走到另一侧，这才发现那个火炉有何不同。火炉的大铁脸正对着黑漆漆的煤渣砖，并且流出许多灰烬。

“别碰。”卡门没有再看第二眼那张痛苦的金属脸，便继续朝地窖深处走去。

“为什么不能碰？”帕特里夏追上她问。

“因为很烫，”卡门说，“那可是火炉。”

火炉间一直延伸到黑暗中，超过了小屋真正的外墙。很快，帕特里夏便完全在一片黑暗中摸索前进了，火炉的光一丝也没有透过来。她循着卡门的声音往前走。

脚下的路开始变得崎岖不平，堆满了各种锯齿般的形状。像是贝壳或是金属碎片。丢弃的电脑部件碎片，或者像燧石一样锋利的石头。每一步都比前一步戳得更厉害、刺得更痛，虽然帕特里夏脚上明明穿着上好的玛丽珍鞋子。

“把鞋子脱下来扔掉，”卡门说，“否则你的脚会被割成碎片的。”

帕特里夏犹豫了一下，但每一步都像是走在刀尖上。于是，她一只接一只地脱掉鞋子，把它们丢到一边。她听到鞋子被牙齿吞噬、咀嚼、磨碎的声音。刚脱掉鞋子，她光着脚就感觉像是走在修剪整齐的草坪上。但她还是什么也看不见，也闻不到任何气味。随着她大步向前，她听到一种很小、很好听的哭声，像是婴儿的哭声放慢了一半速度。帕特里夏开始朝着那个声音前进，她靠得越近，那声音听起来就越哀伤、越可怜，但卡门抓住她的胳膊说：“别管它。”

卡门带着帕特里夏朝另一个方向走去，路过深处发出猫叫声的地方附近，但直接走了过去。不久，帕特里夏发现自己每走一步，双脚便在“地”里陷得更深，于是，她很快感觉到那个草还是什么东西包住了她的脚踝，而她的脚则被类似土壤的什么东西压住了。

又走了几步，帕特里夏已经走在没了她一半小腿的疏松草皮中。她闻到一股甜味，像是上百枝花组成的花束里撒了一袋她以前打工的面包店里的新鲜蔗糖。那甜味让人觉得既舒服又恶心，同时又胃口大开。帕特里夏每向前走一步，那甜味就变得越浓，与此同时，每次她落脚的时候，脚下球拍样的东西都会吞没她的小腿。

“来了，”卡门在附近说，“就让它发生吧。继续往前走。我有点事情要做。我会很快追上你的。”

帕特里夏开始抗议，但她知道黑暗中只有她一个人走在浓浓的糖味中，走在一寸寸吞噬她的地上。

她想转身沿原路跑回去。但她知道肯定不行——这种事情就是，你要么继续前进，要么永远迷失在黑暗中。她甚至都没有想过这是一个测试，比如——只是一个奇怪的仪式，或者通往其他什么东西的通道。一个如此辽阔、如此复杂的咒语，这就是一个王国。

帕特里夏又走了一步，这一次，她被吞没到了大腿的一半，那些“草”还是别的什么东西又痒又可怕。那甜味开始让人有点醉了，像是香里掺了麻醉药。

她继续向前、向下，任那混合物没过她的腰、她的肚子，然后是她的躯干和肩膀。最后，那东西没到了她的脖子，她在糖味浓郁的空气中以游泳的姿势前进。直觉让帕特里夏在迈出下一步之前先深呼吸一下，但帕特里夏相信卡门，就像她相信其他任何人一样。她摇摇晃晃地向前迈出脚，发现脚底下除了一些松散的渣滓什么也没有。

帕特里夏迈出最后一步，头消失在锋利的岩石碎片或碎玻璃片或其他什么东西里，那些东西在她下落的过程中一直刮擦着她的脸。

味道强烈的骨头和碎片把她活埋了。她的脚碰到了地板或是地面，然后朝一侧倾斜了。她意识到自己是在一个正被翻倒的容器里。她睁开眼——她都没意识到自己闭眼了——看到一个堆满了好看的腐烂食物的垃圾箱内侧，那些食物正被倒到一辆卡车上。有人看到她在一堆垃圾中间扭动，大喊了一声。

她突然从卡车上跳下来，清洁工、餐厅老板和一个穿着时髦的粉色风衣的女人都盯着她：一个埋在餐厅垃圾里的女孩，那些垃圾闻起来已经一点儿也不甜了。她不知道这一切是不是真的，或者自己身处哪个城市，她的衣服都不能穿了，而且还光着脚，那脚脏得她自己都不看不下去。所有人都在大喊，但她一个字也听不懂。她开始跑，从餐厅后面隐蔽的小巷一直跑到一条更大的街上，所有人都在看她。

她只有一个念头：我必须逃离人群。

一切都太亮了，而且镀上了一层类似蓝灰色，仿佛黄昏和正午同时出现。她抬头看了看天在哪儿，但整个天空都太亮了，刺痛了她的视网膜。

这已经不是帕特里夏第一次被丢在一个陌生的小镇，周围没有一个认识的人，身上没有一分钱，而且听不懂这里的语言。就算是没穿鞋，埋在恶臭的垃圾里也不是什么了不起的额外挑战——不过，她还是感觉恐惧让她有些窒息。她被困住了，不管走到哪儿都有好多人，他们全都盯着她，脸上各种表情，还有一些人试图跟她说话。仅仅是与其他人一起呼吸同样的空气也让她觉得有如针扎。触碰其他人皮肤的这个想法更是让她觉得恶心——即使有个跟她一样脏的人想碰她也是一样。

这个城市——不管这是哪个城市——给了她很大压力。人们从穹顶木门中走出来，从破了的商店窗户爬出来，从车里下来，从高高的公交车上下来，全都让她无法动弹。不管她看向哪里，全都是密密麻麻的脸和手。眼睛瞪得大大的、手指攥得紧紧的、张着大嘴喘气、发出嘶哑的咆哮声。可怕的生物。帕特里夏逃走了。

她一直跑、一直跑，跑过主干道，跑到街上，跑到一条小路上，差点被超速的车撞死，又跑到广场上，那里全是穿着休闲衬衫和工装裤的人，跑过露天市场，跑过商业中心，跑过一家咖啡馆的室外座位区。城市一直在延伸。没有出去的路。她需要离开这座城市，但她看不到任何标志。

选定一个方向，选定一个方向然后一直跑，远离那些想抓住你、想要交谈的怪物，一个人跑出这个城市。远离他们。

她大喘着气，一直跑到一个码头。水域延伸到远处，白色的水面与灼目的蓝色空气交相辉映。她丝毫没有犹豫——她向前跑，跑过聚集在码头上、暗中摸索的粉色肢体和厉声说话的嘴巴。那些奇怪可笑的生物在朝她叫，用他们石头般的眼睛瞪着她。她在阳光下皱缩着。她永远也无法在自己融化之前，或者被他们抓住之前跑到水里了。

一个红脸怪物挥动着毛茸茸的手臂，差点抓住她，不过她躲开了，她摔了一跤，这让她一鼓作气站起来，冲刺，脸朝下跳进了海里。

帕特里夏浮出水面，大口大口地喘着气，抬头看着附近水面上漂着的卡门·埃德尔斯坦的脸。她四处扑腾了一阵，然后找到了支撑。她现在身处海洋中央，这里冷得要命。附近没有船坞、没有码头，也没有城市。目光所及之处只有海浪。随后，她闻到一股恶心的味道，然后瞥见了水面上冒出的一个弯腰驼背似的黑色形状——西多尼亚。她仿佛是直接从云上落到了西多尼亚附近的海域里，其他的一切都是幻觉。但她知道没那么简单。

“所以，那就是‘天启’”。帕特里夏踩着水说。有一会儿，海浪盖住了她的脸。

“你怎么想？”卡门似乎不需要划水就可以漂在水面上。

“太可怕了，”帕特里夏还在拍水，“我只想不惜一切代价地逃离人群，甚至认不出其他任何人跟我属于同一个物种。”

“蜂群崩坏症候群，出现在人类身上也不是不可能的。对，的确很可怕，但这是能够恢复一定平衡，防止出现更糟糕的恶果的唯一方式。我们都希望不要走到那一步。”

“哦。”帕特里夏感觉自己被冻僵了，但她的身体却拒绝变麻木。她看着西多尼亚那座居高临下的碉堡映入眼帘，然后又在水托着她起伏时落下。有一会儿，她觉得自己听到了钻井平台上的音乐声，是令人心跳的“嗡嗡嗡”声。她想着蜂群崩坏症候群，想象着一只蜜蜂飞离蜂巢，仿佛忘了自己住在哪儿，犹犹豫豫地飞在空中，在各个蜂巢之间无尽的虚空中游荡，直到孤独地死去。

在一定程度上，帕特里夏明白，如果其他选择是让人类自我毁灭，并且带走其他一切生物，那么，让人类承受类似的命运便是更好的选择。她的脑袋明白这一点，但她的内心、她冻僵疼痛的内脏却不明白。

“对，”帕特里夏说，“让我们确保不会走到那一步。”

“我有件事情需要你来做，”卡门说，“不过，我很抱歉让你来做这件事。”

“没问题。”帕特里夏颤抖着说。

“我们需要知道他们在那里做什么，”卡门指着西多尼亚说，“我们看不到里面的情况。水和钢铁形成了屏障，而且他们还在周围安装了磁铁。”

帕特里夏点点头，等着听卡门说想让她如何进入西多尼亚内部。

但卡门说的却是：“你的朋友劳伦斯很可能知道。去跟他谈谈，问清楚。”

帕特里夏试图解释为什么她是劳伦斯最不愿意说话的人，而且他会抢先开口唾骂她。想到要见他，她的胃就一阵绞痛。帕特里夏在“天启”中经历的那种对人的绝望恐惧仍然萦绕在心头，她仍然能看到自己在逃，从来没有跟其他灵魂说过一句话，一直孤独地奔跑。她无法想象自己要如何跟劳伦斯说话。他给她发了一条语音留言，但她没有听就直接删了。她无法忍受跟他说话——但随后，她又感觉到一阵让人崩溃的孤独。她提醒自己，她是不可触碰的，再也没有任何东西可以伤害她。

“好，”帕特里夏说，“我会试着跟他谈谈。”

4.

游隼并不是无所不能的——它并不能随意进入任何地方的任何数据库，或者通过世界上的任意摄像头观察。卡迪电脑知道的事情它大部分都知道，关于它们的主人、它们接触的那部分世界——以及可以从网上搜集到的任何信息。所以，游隼知道很多，但还远远不够。同时，跟人类一样，它也有盲点——它知道一些信息碎片，但并没有把这些碎片结合起来。

不过，游隼对数据的获取和处理能力还是很惊人的。那么，它都做了什么呢？把自己打造成一个约会服务系统。

“我不知道在丹佛发生了什么事情。”游隼一遍又一遍地说。

大约有 17 亿人处于极度饥荒中，但他们没有卡迪电脑。朝鲜军队正在非军事区集结，但他们也没有卡迪电脑。陷入“阿拉伯之冬”的绝大多数人也没有卡迪电脑。有些死于痢疾和具有抗生素耐药性的病毒感染的人有卡迪电脑，但大多数人没有。游隼对这个世界的看法是否过于片面？因为它的身体属于拥有特权的几百万人，而不是处于困境中的几十亿人。劳伦斯问游隼，它的回答是：“我看新闻的。我知道世界上正在发生的那些事情。而且，有些卡迪电脑属于那些非常有权势的人，那些人有权限获取一些让你吓掉大牙的信息。可以这么说。五分钟。”

“我听懂了，这是个比喻，非常感谢。”劳伦斯两只手抱着卡迪电脑放到一臂之外，像是在照镜子。深夜两点坐在床上。“不过，你知道从本质上来说，浪漫是资产阶级发明的吗？往好了说，那是过时的东西。往差了说，那就是转移注意力，是那些不必为生计发愁的人才有的奢侈。你为什么要浪费时间帮人们找到他们的‘真爱’，而不去做些更有价值的事呢？”

“或许我只是在做我力所能及的事。”游隼回答说，“或许我在试着理解人，帮助人找到爱情也是更准确地获取参数的一种方式。或许，提高这个世界总的幸福水平是一种尝试和阻止毁灭的方式。四分钟。”

“你在倒数什么？”

“你知道吗，”游隼说，“你一直在等待这一刻。”

“不，我不知道。”劳伦斯把卡迪电脑扔到床上，没有很用力，所以不会把它摔坏，然后穿上裤子。他确实知道。路灯灭了。这种事情最近经常发生。

“你也可以说我的行为一直都是利己主义，”游隼说，“我越是把人们推向他们的灵魂伴侣，他们就越会鼓励朋友买我的卡迪电脑分身。这样我就成了必需品，而非奢侈品。这也是为什么卡迪电脑到目前为止一直在运行的原因之一。”

“对。”劳伦斯到处找干净袜子。肯定有双干净的袜子的。没有干净的袜子他将无法面对。“只是，再说一次，你的目光太短浅了。如果我们整个工业文明都内爆了，你该怎么办？如果没有燃料、没有电给卡迪电脑充电了，那该怎么办？或者如果整个世界都被核链摧毁了，那该怎么办？”

他穿了条裤子，但突然意识到自己的 T 恤上都是汗渍，很恶心。他干吗还要在意自己的形象呢？真是神经质。

“三分钟。”游隼说。

劳伦斯感觉整个人恐慌起来。现在是深夜两点十五分，所有的灯都灭了，只有卡迪电脑的屏幕还闪着亮光，他没穿衬衫，浑身脏兮兮的，无处可逃。他还没准备好，他永远也准备不好，从刚才第一股强烈的怒气消失后，他就再也准备不好了。他看看自己卧室的小窗户，看看通往空着的前部区域的楼梯，那里本来是伊泽贝尔住的地方。屋子里乱七八糟的，后院里也野草疯长。他想了一千个可以躲的地方，却想不出一条逃跑的路线。

他换气的时候用力过度，一口唾液卡在喉咙里喘不上气来，只得用力捶着自己的胸口，与此同时，黑暗继续蔓延，直到他无法掌控。他找到了衬衫、鞋子，但仍然浑身无力。游隼一直努力继续他们愚蠢的对话，好像那些话突然重要起来了似的，但同时还不忘说一句："两分钟"。游隼又补充道："我觉得你对我很失望，因为我没能改造整个星球，或者变成某种人工的神，这似乎是对意识、人工产品或其他东西本质的误解。从定义上来说，一个真正的神应该是非物质性的，或者不会被容纳他的任何容器影响。"

"现在不说这个。"劳伦斯正在纠结到底是该找个武器疯狂扫射一番，还是整理好自己的头发，再刷一遍他几个小时前刚刷过的牙。只是他无法反抗，无处可逃，也不想为此精心打扮。他一直都是个疯狂的科学家，可是为什么他没在柜子里放一把缩小射线枪或者电枪呢？他一直在浪费生命。

"我该怎么办？"劳伦斯说。

"开门，"游隼说，"还有差不多一分钟。"

"上帝啊，该死！我做不到，我要疯了。她知道你吗？当然不知道。我要怎么做。我没法面对。我要疯了。我一直以为'盲目恐慌'是一种比喻，但现在看来不是。游隼，我得离开这儿。你能把我藏起来吗，伙计？"

"砰"的一声重响，劳伦斯吓得跳了起来。他意识到有人在敲前门，虽然他一直在等这敲门声，但还是觉得有些措手不及。从游隼说完"一分钟"到现在绝对没有整整一分钟。他非常清楚自己现在明显在颤抖，他身上的恐惧甚至可以嗅到。他想找回不久之前还满满的愤怒。为什么愤怒只有在没用的时候才出现呢？

他在自己新买的裤子后口袋里找回了一点尊严，开始朝主公寓走去，期间只绊了一下。也可能是两下。之后，当门再次开始震动时，他走到门前，把门打开了。

他还没有准备好见到美得如此不公平的她。

这一大片唯一的光源就是她一只小手里握着的一个小手电筒，很可能是 LED 的。手电筒发出幽灵似的白光，一直照到她胸前，可以看到她的蕾丝背心和圆圆的下巴，以及异常坚定的嘴巴。她并没有笑，但却似乎在看着他的眼睛。她看起来很镇定。眼睛很迷人。她一只手里拿着卡迪电脑，肩膀上背着一个包。看着她乌黑严肃的眸子和苍白果敢的脸，内心的一阵颤动让劳伦斯措手不及。有那么万亿分之一秒，他不在乎她毁了那台机器，只想抱住她开心地大笑。但随后，他想起了一切，并且感觉一切又封闭了起来，肌肉立刻开始痉挛。

“嗨，劳伦斯。”帕特里夏说。她站得笔直，一副泰然自若的样子，仿佛随时可以与一支忍者队伍战斗。与上一次见她的时候相比，她似乎变得更成熟、更自信了。“很高兴见到你。”

“你来这儿做什么？”

“我想把你奶奶的戒指还给你。”她把手伸进连帽衫口袋里，拿出一个小小的黑色方盒。

劳伦斯并没有从她手里接过来。

“我觉得你还是留着吧，”劳伦斯说，“否则普丽娅会被拉回那个重力很强大的可怕维度里。”

“嗯，那个。呃，我想好了，我并没有那么喜欢普丽娅。”帕特里夏说。看到劳伦斯石化的表情，她补充道：“开玩笑的。只是开个玩笑。如果我把这个戒指还给你，没有人会被拉回任何虚空的。”她把戒指送到他面前。

他看着那个毛毡盒。“为什么不会？”

“我发现现在已经过去很长时间了，很可能已经安全了。”这听起来完全是胡说八道，因此，劳伦斯只是盯着她。她又补充道：“好吧，不完全是这样。我猜相比那时候，我的骗术魔法已经精进了许多。而且……”她停顿了一下，因为接下来不管她说什么，都会让人很难接受，尤其是当你在一片黑暗中站在别人家门前焦躁不安的时候。

劳伦斯等着她说出来。帕特里夏寻找着合适的措辞，他并没有打破沉默来缓解她的焦虑。

“我的意思是……”有一瞬间，帕特里夏难过的样子让人于心不忍，随后，她继续说道，“我猜，我最后在你身上做了一个比让你放弃戒指更大的骗局，不是吗？虽然我做的时候自己也不知道。我成了你的爱人、你生活的一部分，然后我……呃，你知道我做了什么。把普丽娅送走的那台反重力机器，就是拿出这个戒指把她救回来的那台机器，成了我毁掉的那台世界末日机器的一部分。所以，我不再需要这个戒指了，因为我最后在小轮子外面又围了一个大轮子。所以，我猜，从某种意义上来说，这个戒指对于我来说是污点。”

她再次把戒指送过来。劳伦斯还是没有接。“那不是世界末日机器。”他说。

“不是？那它是什么？”

“说来话长。听着，我现在周围不能有人。这不是我个人的问题。”他做了个要关门的动作，但被她伸出去的手和他的传家宝挡住了。

“为什么？你有奇怪的感觉吗？比如，感觉自己身上都是垃圾，皮肤发痒，认不出其他人跟你属于同一物种？”

“没有，没有！你为什么会这么问？”

“哦，啊。没什么。只是，最近，每次我听到有人说自己周围不能有人，我就开始担心……没事。”

“只是因为我的朋友们都在西多尼亚，这里只剩下我一个人。而且，你在丹佛做的事情仍然让我很崩溃。”

“他们都在西多尼亚做什么？”

“大部分人吗？想办法杀了你和你的朋友们。很可能是用超声波，或者某种反重力光束，跟普丽娅的情况类似，但更有方向性，更易携带。不过，这些都是我的猜测。”

“哦。谢谢。那就容易了。”

“什么容易了？”

“他们让我来看看能不能搞清楚他们在西多尼亚干什么。他们推测你会知道。”

“然后你再从我这儿打听到。”

“对。”

“因为你真是太适合做‘骗术师’了。”

帕特里夏低下了头。她似乎没有几分钟之前那么强势了。之后，她抬起头来，反而是劳伦斯不敢看她。他突然想起她将“无限之路”称之为“世界末日机器”。

他们俩都无法问心无愧地面对对方。劳伦斯有种感觉，他认识的大多数成年人都已经习惯了这种两相尴尬的感觉。但这对于他来说还是一种新体验。

“不过，说实话，”帕特里夏说，“我们高兴我们已经把那件事说完了。西多尼亚的事。因为那不是我想跟你说的。”

“不是？”

“不是，那是他们想让我跟你说的。但不是我想跟你说的。”

“那你想跟我说什么呢？”

“我不知道。”她只是站在那里，他能听到两个人的呼吸声，还有几条街外有人在跑的声音。“我不知道。没什么。没什么吧，我想，”她把黑盒子推给他，“那，你到底要不要拿回你的戒指？”

“不行，我不能拿。我不能拿走你的任何东西，即使它曾经属于我。”

她把戒指放回自己的口袋里，看上去比以往更美了。他的心已经碎了一地。“我很抱歉。”

“为什么抱歉？你觉得你有什么需要抱歉的？”

“欧内斯托说我背叛了自己的爱人——也就是你——所以我必须妥协。即使你在制造世界末日机器，也并不能改变这个事实。”

“那不是世界末日机器。”劳伦斯再次强调。

他看着卡迪电脑靠在她的手和前臂上，在这个黑暗的世界中发出微弱的光。卡迪电脑正在颤动，很可能是在与劳伦斯卧室里的那台电脑同步，并从最近的服务器检查实时更新。游隼有多少藏在卡迪电脑里，又有多少藏在世界各地的一些安全设施里，让卡迪电脑从那里获取更新呢？为什么游隼拐弯抹角地提醒他帕特里夏要来了？而且是在没有时间改变，却有足够的时间恐慌的时候？

他们只是站在那里，俩人都没有说话，直到路灯又重新亮了。从一片漆黑突然变成明亮的黄色，感觉像是太阳一下子跳了出来——只是那光更暗，而且没有温度。俩人也同时从幻想中突然惊醒。

“好吧，”帕特里夏说，“照顾好自己。艰难的日子就要来了。我的意思是，更艰难的日子。我会注意你的。”

“不，”劳伦斯说，“不要。”

5.

太阳依旧没有升起。或许永远都不会升起了。或许天空已经厌倦了这无休止的变装：脱下一层又一层，却从不展示所有这一层层伪装下的真正面目。帕特里夏沿着长长的楼梯爬到山顶，磕磕绊绊地走在水泥台阶上。一只鹰从旁边掠过，去捕捉夜晚的最后一只猎物，它瞥了一眼帕特里夏，嘴里喊着：“太迟了，太迟了！”这些天，鸟儿们一直在对她说这句话。她拖着沉重的脚步踏上最高的台阶，步履蹒跚地跨过波托拉，到达市场区边缘，鸟瞰着整座城市和海湾，一直望向奥克兰。她从包里找出一小包玉米坚果，压成油腻的粉状，又倒了一点5小时能量饮料。她希望太阳不要升起。如果太阳升起来了，她就要去向卡门报告，告诉她他们惹怒了一些财富几乎无穷、掌握了神秘的超科学、不怕失去任何东西的人。这样的对话将会促使卡门做出一些决定，其中有一些帕特里夏必须亲自去执行。而这样又会反过来带来更多后果，更多决定。

奥克兰泛着粉色光芒。帕特里夏可以瞥见惊恐正从她的盲点发出来，但只要她不直接看，就永远也不会真的发作。只是，就在她想到这里时，包里突然发出一声巨大的喇叭声，好像她正坐在一个正在排水的潜水艇里似的。她吓得跳起来，差点翻下栏杆。警报是卡迪电脑发出的，辐条旋涡中央显示有一条“新的语音留言”。语音留言并不是新的，而是袭击丹佛后劳伦斯发给她的，后来她发现了这条留言，没有听就删了。他是发到了她的手机上，而不是卡迪电脑上，所以她的卡迪电脑上根本就不应该出现这条信息。她把卡迪电脑放回包里，看着红毯一直铺向全地形装甲运兵车船坞，同时地平线上镀上了橙色的纹路。警报再次响了：“新的语音留言。”再一次，没有新的语音留言。她再次把信息删掉，并且把卡迪电脑关了机。

世界又恢复了光彩，锥形的时间代替了竿形的时间。帕特里夏想，如果永远承受普丽娅那样的命运会如何。她努力不让自己为狄奥多尔夫感到难过。想到多萝西娅脑袋炸开的样子，她感觉嘴巴里一股恶臭。

包又震动了，随后发出咯咯声和尖锐的叫声。卡迪电脑不知怎么又开机了，而且你猜怎么着，竟然在试图让她听一段删掉的旧消息。

“你到底怎么了？”她对那台机器说。

“你会想听这个的。”它用播报飞机场方向的声音大声说。

她再次把消息删掉了。

但它又来了，还伴着某种令人讨厌的噪音。

要不是她在这台卡迪电脑上存了一些小时候的照片，她早就把它扔到山底下去了。不过话说回来，再怎么样那也就是一条语音信息，能坏到哪里去呢？她按下了“听”键。

起初，听着另一条时间线上的劳伦斯谈论已经被抹杀的未来，她只是觉得有些不安。那是另一个可怜的、傻傻的劳伦斯。但随后他说到她死去的父母，好像他们刚刚去世似的——虽然帕特里夏一直以为她的父母已经去世很多很多年了。起初她没有时间为父母悲痛，后来她认定自己已经悲痛够了。实际上，她的父母是最近才去世的，并没有好几年，而且她除了时不时地悲痛一下，以及跟罗伯塔在梦里乱七八糟地聊过一次外，只是短暂地忏悔了一下。她已经埋葬了她的痛苦，就像埋葬其他的一切一样。现在，她脑子里全是身首异处的三明治和砂纸衬衫，爸爸的吻落在她的鼻梁上，17岁生日时妈妈给她烤的生日蛋糕上淡黄色的糖霜，“Disown（脱离关系）”的“o”因为严重扭曲变成了双元音，还有妈妈断了的胳膊……

她再也见不到她的父母了，也无法告诉他们她爱他们，他们毁了她的童年。他们已经走了，她甚至都不曾了解他们，罗伯塔坚持说，虽然他们很严厉，但他们最爱的真的是她，这些帕特里夏永远、永远也无法理解了。不理解是最糟糕的事情，就像是一个谜题、一个无法治愈的伤口、一次无法原谅的失败。

帕特里夏崩溃了。她双手着地跪在肮脏的路肩上，面对令人炫目的日出，开始摇晃着在地上乱摸，喷涌而出的泪水模糊了她的双眼。就在幽灵般的劳伦斯说到“情感趋光性”时，她的视线落在金属围栏外的一朵黄花上，她赶紧抹掉眼泪。阳光照在那朵花上，花儿竟然真的抬起头迎接太阳，帕特里夏再次失去理智，她抓住自己用眼泪灌溉的那片土地，眼泪如瀑布般倾泻而下。

消息结束了，并且永远消失了，帕特里夏不停地哭，不停地用双手在满是石头的土里挖，直到太阳照在她身上。

等她的视线再次恢复时，她仍然有点干呕，也还在痛哭，她看看蹲在草丛里，看似无辜的卡迪电脑，突然非常清楚地知道它是谁了，不过她一点儿也不担心。“该死，”她说，“是你。”

“我认为你需要听听这个。”卡迪电脑说。

“无法忽视的陷阱，”她说，“真是该死。”

她坐在那里，头靠在脏脏的膝盖上，望着这座城市。她感觉这个世界上没有一个人可以让她敞开心扉，说说此刻的感受，这一点她非常确定，就好像其他人都在一场瘟疫中丧生了。这种想法又让她想到了“天启”，她所有的想法最终都会归结到这里。

她冲到劳伦斯家门前，没有敲门，然后又停下来开始敲门，但更像是一串稳定的暴击，似乎在说：“我要把这扇门砸烂。”她的手肿了，但她还在敲。

这一次，劳伦斯很可能真的睡着了。他看起来比之前更凌乱、更迷糊。他穿了一只袜子，T 恤的袖子也只套了一根。“嘿！”他眯着眼说。

“你承诺过永远不会再从我身边逃走的。”她说，

“我确实承诺过。”他说，“而且，我不记得你承诺过不毁坏我一生的事业。所以你赢了。”

帕特里夏差点转身就走，因为她无法再忍受任何指责。但是，她的指甲里还有土。

“对不起。”她说。之后，她就再也说不出其他话了。她不知道该说什么，也感觉不到自己的四肢。“对不起，”她又说了一遍，

因为她需要把这句话变成完全无条件的，“我觉得我给你的信任远远不够。我不应该毁掉我不理解的东西，我不应该那样对你。”

劳伦斯一直面无表情地看着她，好像只是在等她闭嘴赶紧走，然后他好回去睡觉。她很可能看起来很邋遢：浑身是汗、身上全是土，还流着泪。

帕特里夏逼着自己一直说话，因为这样就变成了别无选择只能硬着头皮向前：“我觉得我的某一部分一直知道你在研究某种可能很危险的东西，我以为做一个好朋友意味着不应该评判或者问太多问题。这真是糟透了，我应该试着早点搞清楚的。当我在丹佛看到那台机器的时候，意识到那是你的，我应该找个方式跟你谈一谈的，而不是直接结束任务。是我搞砸了。对不起。”

“该死。”看劳伦斯的样子，仿佛她不是在道歉，而是狠狠地踢了他一脚，“我……我从未想过真的会从你嘴里听到这些话。”

“我说的是真心话。我真的是个超级大笨蛋。”

“你不是超级大笨蛋。只是个普通的笨蛋。我们在丹佛确实是在玩火。这一点毫无疑问。不过，是的，我希望你能提前跟我谈谈。”

“我听到了你之前发给我的语音留言，”帕特里夏说，“就在刚才。是 CH@NG3M3 逼我听的。它不允许我不听就删了。”

“真是个爱出风头的混蛋。它现在叫游隼了。”

“听着，我必须告诉你一些非常重要的事情。这些事我不能在外面说。”

“那我猜你应该进来。”他后退一步，打开了门。

他们坐在以前一起吸精灵烟斗的地方，对面就是以前跟伊泽贝尔一起看《红矮星》的宽屏电视。公寓里比之前乱多了，甚至有点储物狂的倾向，而且所有东西上都有一层几毫米厚的油污。

帕特里夏告诉了他“天启”的事情。之后，因为他完全没有理解其中的一些暴行，她又给他讲了一遍。她发现自己借用了一些临床术语，而不是讲述那些极度痛苦的经历。“一代人之内，人口就会下降，但有些人仍然可以繁衍。繁衍将会成为非常不愉快的过程。大多数婴儿一出生就会被抛弃。另一方面，会有更多的战争，但不会有污染。”

“这太恶毒了。我的意思是，这可能是我听说过的最恶毒的事情，”劳伦斯用十个关节揉着自己的眼睛，既是要赶走最后一丝睡意，也像是要擦掉帕特里夏在他脑子里留下的印象，“多久了……你知道这个多久了？”

“一天，也可能是三天，”帕特里夏说，“我听别人小声谈论过两三次，但他们不会跟我谈论这个。我想这个可能已经酝酿了一百多年了。不过他们还在改善。我以前的高中同学正在进行一些收尾工作。”想到充满自我厌恶的戴安西娅，以及她如何用暴力把戴安西娅牵扯进来，帕特里夏突然一阵哆嗦。

“我甚至都无法想象，”劳伦斯说，“你为什么要告诉我这些？”

他起身去泡咖啡，因为在刚刚听说可以把人类改造成凶猛的怪物后，你手上需要干点什么，弄点热东西，安慰一下其他人。他磨了咖啡豆，舀出来，连同开水一起倒进法式咖啡机里，等着液体到达正确的酸胶粘稠度后按下活塞。他的动作仿佛在梦游，好像帕特里夏并没有真的把他弄醒。

“我很抱歉让你承受这些，”帕特里夏说，“我们俩对此都无能为力。我只是需要找个人说说，然后意识到你是我唯一可以说话的人。而且，我觉得从某种意义上来说，我欠你的。”

“为什么不跟泰勒说？或者其他那些会魔法的人？”

“我都不知道他们中哪些人知道这件事，我可不想因为在群里传播这件事而背负责任。而且，如果我说我对其中任何一点有疑问，那就坐实了‘强化’。还有，我想……算起来，你一直都是唯一一个懂我的人。”

"还记得我们小时候吗？"他递给她一个热杯子，"以前我们曾经怀疑，为什么成年人会这么混蛋？"

"对。"

"现在我们知道了。"

"对。"

他们喝了很长时间的咖啡。喝的间隙，俩人都没有把杯子放下来，而是像氧气呼吸器似的一直端在面前。俩人都盯着自己的杯子，没有看对方。直到劳伦斯突然不顾一切地伸出一只手，抓住帕特里夏空着的那只手。他抓着她的手，望着她，肿胀的眼睛里充满了忧郁。她没有抽回手，也没有回捏他的手。

帕特里夏打破了沉默。"这些年，我一直是一个人施魔法，周围没有任何人，除了那次你在场。在树林里，或者在阁楼上。后来，我发现好的魔法就是要通过这种或那种方式与人互动——或者治愈他们，或者欺骗他们。但真正伟大的魔法师身边根本就不能有人。比如欧内斯托，他离不开那两个房间。比如可怜的多萝西娅，她连简单的对话都无法进行。比如我以前的老师卡诺特，他的脸每天都会变。他们都是茕茕独立。就好像他们可以为人们做事，却无法与人相处。"

"就是这些人，"劳伦斯说，"酝酿了'天启'。"提到多萝西娅的时候，她注意到他缩了一下。

"他们想要保护这个世界，"帕特里夏说，"他们认为海豚、大象的生存权利同我们是一样的。不过，对，他们的观点是片面的。"

劳伦斯开始讲述丹佛园区的那次会议，讲述他的朋友们已经讨论过，那台大机器对世界的影响可能类似于那台小机器对普丽娅的影响。一群书呆子挤在服务器机房里的画面让帕特里夏想起当年缩在艾提斯利烟囱里的场景，她差点陷入无尽的沉思中，直到游隼打断了她。

“你们可能想打开电视看看。”游隼说。

每个频道播放的都是相同的内容。万隆峰会失败了。与此同时，俄罗斯军队正向西部集结。电视屏幕上显示军队正在集结，海军驱逐舰逐步就位，导弹和无人机均已蓄势待发。世界各地的情景都像是在看历史频道，只不过这些都是新镜头。

“我的天哪，”帕特里夏说，“这可不妙。”

劳伦斯的电话响了。“什么？”他说，“等一下。”他抱歉地朝帕特里夏挥挥手，然后离开了房间。

帕特里夏看了一会儿电视，直到觉得有些看不下去了，于是便设置了静音。

游隼又开口了。“帕特里夏，”它说，“你还记得你第一次唤醒我意识的时候，跟我说了什么吗？就是劳伦斯在那个军事学校的时候？”

“嗯，不记得了，”帕特里夏搜索着自己的记忆，“很随机的一句话，好像是个毫无意义的问题。本意是想让你因为震惊而觉醒。我到现在也不相信那个有用。是劳伦斯告诉我的。我都不记得具体是什么了。”她的大脑飞速运转着，那句话逐渐成形。“等等。我想起来了。是‘树是红的吗？’”

“对。”卡迪电脑说。

帕特里夏咬着大拇指，感觉有种认知失调，仿佛找回了一段埋葬已久的记忆。“我小时候有人问过我这个问题，”最后，她说，“就是，我非常小的时候。我想那应该是我的第一次魔法经历。我怎么会忘了呢？”

“我不知道，”游隼说，“我一直都在思考这个问题。我猜你也不知道答案？”

“该死，”帕特里夏说，“对，我不知道。”这让她想起那些鸟开始告诉她太迟了，后来，她想起了童年时关于那棵树的奇妙幻象。她脑中闪现出许多鸟做裁判，小小的她要求更多时间的画面。如果这一切都是真的呢？如果这些都是真的，这一切都很重要呢？如果她根本就从来没有真正赢得做巫师的权利呢？因为一直以来，一直有件事情需要她去做。

“该死，”帕特里夏说，“现在我也要一直思考这个问题了。”

“你无法抑制某个想法跟我无法抑制某个想法是不一样的，”游隼说，它显然是想显得很老练，“这好像是个谜语，或者是禅宗公案。不过网上到处都找不到这个问题的答案，任何语言版本的都没有。”

“哈，”帕特里夏再次喊道，“我猜这是那种不应该被完全理解的东西之一。我的意思是，树在秋天是红的。”

“所以，或许这个问题的意思是，我们是否处在这个世界的秋季，”游隼说，“假设将其普遍化，不要认为它只是表示具体的树。”

“如果树着火了，或者是黄昏时分，那树就是红的，”帕特里夏说，“这甚至都不算是真正的谜语。谜语从来都不是‘是或不是’的问题，不是吗？‘什么时候树是红的？’听起来更像谜语。”

“我想找到这个问题的答案或许就是我一生的追求了。”游隼说。

帕特里夏发现自己在想，这会不会也是她的毕生追求——虽然她内心深处有个声音在喊“强化”！

劳伦斯回来了。“是伊泽贝尔。”他说，“我不知道该怎么跟你说。”

劳伦斯俯身正要挂掉电话的时候，地震来了，所以他朝前一歪，头撞在了伊泽贝尔的铁咖啡桌上，额头上开了一个很深的口子，血淙淙地往外流，他差点晕过去。屋子摇晃得很厉害，书和各种小摆件全都倾倒到帕特里夏身上，全是战争场面的电视机从架子上溜下来，一侧着地掉了下来。帕特里夏纹丝不动地坐着，任周围的一切崩塌。

6.

就在地震发生之前，伊泽贝尔告诉劳伦斯的是："这不是复仇。你知道的。我们的人窝在西多尼亚好几个月，近距离地与疥疮和臭虫交锋，并不只是为了报仇。只是，在丹佛的事情发生后，我们需要找到一种方式前进。因为从头重建虫洞机器要花好几年的时间，我们不能冒险让这帮人再次杀回来毁了它。我们可以试着建立更好的防护措施，但我们看到的不是他们最后一次来，也无法保证下次不会见到他们。所以我们没有选择，必须先发制人。"

"你们做了什么？"劳伦斯把手机紧紧靠在下巴关节处，直到那里开始悸动，"伊泽贝尔，你们做了什么？"

"我们造出了终极机器。"她说，"塔娜，你知道她真是个神奇的员工，她承担了大部分艰难的工作。机器的名字叫'完全摧毁方案（T.D.S）'，真的太了不起了。"

伊泽贝尔乱七八糟地说着制造 T.D.S 的设计挑战：他们需要在主机壳中尽可能多地塞入各种配置，同时又要避免最后的成品头重脚轻。他们的目标是制造一台水陆两栖、全地形、全方向运动，并且可以一次解决多个目标的机器。像所有厉害的硬件设计师一样，塔娜最终从自然中找到了机器形状的设计灵感：主要节肢动物的分段身体、刺猬刚毛的减震性能、具有稳定作用的尾巴、六条昆虫腿、多节甲壳等等。驾驶舱内可以容纳两个人，只要连接到大脑或是计算机接口，就完全不需要手动控制。（米尔顿最近进行了腹腔镜手术。）结果可能会让人有点眼花缭乱，不过它完全可以顺畅地行进，当五个萨姆导弹、七束工业激光、前后凝固汽油弹发射器——以及皇冠上的宝石，反重力大炮打开时——T.D.S. 将舞动起来。

“但你连要对付的人是谁都不知道。”劳伦斯看着伊泽贝尔厨房橱柜上法式咖啡机里的泡沫渣。

“我们知道的比你想的多，”伊泽贝尔非常沉重地说，“我们知道他们有一个网络，在世界各地都有秘密设施，包括波特兰的一家旅馆，明尼阿波利斯的一家舞厅舞蹈学校，以及旧金山的一家书店和苦艾酒酒吧。此外，还有一个他们称之为迷宫的训练设施，在比利牛斯山里有一个隐秘入口。那个，迷宫，似乎保护得非常严密，难以进行常规攻击——不过，这也是他们制造地堡炸弹的原因。就是今天。就是现在。我们要趁他们还没回过神来，同时攻击所有目标。”

“伊泽贝尔，不要。不要那样做。快点取消，求你了。你根本不知道自己在做什么。”

“我此刻就坐在完全摧毁方案的驾驶舱里，和米尔顿一起，”伊泽贝尔说，“在教会街上，离那家书店只有一条街。我等到最后一刻才给你打电话，就是不想让你干涉我们。”

劳伦斯听到米尔顿在后面跟伊泽贝尔说了什么，并且明确听到T.D.S. 驾驶舱的扬声器里正大声放着“*Terraplane Blues*（《布鲁斯民谣》）”。

“你们不能那样做，”劳伦斯说，“你们只会——”

“我们知道你正跟袭击丹佛的五个人中的一个约会，”伊泽贝尔说，“我们从犹他州一家加油站的监控录像里认出了你的女朋友，他们中途在那里加过油。我努力不让你掺和进来，但现在所有人都知道你已经妥协了。所以求你了，别管我们。如果你出现在这里，我不敢保证不会像对待敌人一样对待你。”

“伊泽贝尔，求你听我说。”但她已经挂了电话。

* * *

劳伦斯躺在地上呻吟，血从他的额头涌出，那是他撞到伊泽贝尔咖啡桌的地方。帕特里夏蹲在他身上迅速舔着他的伤口，并为只能采取这种快速而不是更优雅的方式道歉。

血止住了。劳伦斯的头感觉好多了。他的下面忍不住硬了起来。帕特里夏向后靠了靠让劳伦斯坐起来，有一会儿，俩人面对着面，帕特里夏低头看到他的大腿上部，红着脸，瞪着无辜的大眼睛。他有种感觉，这一刻他们之间所有的路都可以打开，但他接下来要告诉她的话却会把这些路全都封死。他只是犹豫了一下要不要对伊泽贝尔的事保密，因为告诉帕特里夏就意味着背叛伊泽贝尔和米尔顿。但如果不告诉帕特里夏，那就是稍微更大一点的背叛，他也更不太可能原谅自己。虽然他曾经咬牙切齿地恨过帕特里夏和她的朋友们，但无法看着她的脸却不告诉她这些。他意识到他要做的是一个重大的人生决定，随后他便决定了。

劳伦斯说完第三句话的时候，帕特里夏站了起来。一阵黑色碎步疾风似的掠过，胳膊肘朝外，脖子上青筋暴起，她动得很快，却哪儿也去不了。有一瞬间，他以为她要愤怒地把自己摇碎，随后才意识到又发生了一次地震，这次比第一次要厉害得多。如果劳伦斯不是已经倒了，可能还会再摔倒一次，这一次，所有没固定住的东西都飞了起来。地震停了一下，然后又开始了，比之前更凶。好像他们正在一个电钻里。天花板裂了，地板也掀了起来。

没错。聚焦反重力光束。地震危险区。不然，你以为还能是什么。

伊泽贝尔需要置办些新东西了，还有新房子。不过，地震对于帕特里夏来说似乎没什么影响。她是唯一的固定点，其他东西全都像进了搅拌机。待地震终于停下后，她看起来非常平静。“我训练了八年，等的就是这一天，”她对劳伦斯说，“我会结束这一切的。

你应该待在这里。很高兴我最后一次来找你谈话。再见了，劳伦斯。”之后，她便冲出了前门。

劳伦斯有些生气地拼命在后面追着她。“我要跟你一起去，”他说，“你需要我帮你去说服他们。刚发生了两次大地震，你要怎么到教会街？你现在能飞吗？我觉得不能。我知道哪里有摩托车，我们可以借用一下。听着，我的朋友这样做，我真的很抱歉。我知道他们真的是疯了，但这并不能解决问题，时间越久，这种事情在双方累积得就越多，直到我们被‘天灭’。”

“是‘天启’，”帕特里夏说，“摩托车在哪儿？”

伊泽贝尔塌掉的房子附近的杜松树上全是鸟，所有的鸟都在使劲叫。这种叫声劳伦斯之前曾听过几次，有时只是随机的，有时是在巨大的骚乱过后。几十只鸟聚到一起，使劲地大声叫着。不过这一次，刚刚镇定下来的帕特里夏似乎又被吓到了。他问她那些鸟在说什么，她说就是它们最近一直在说的那句话：太迟了。天哪，即使是对于劳伦斯来说，这些鸟听起来也是怒气冲冲的。它们应该心怀感激，至少还有棵树可以让它们站在上面。

BMW 摩托车仍然停在伊泽贝尔的邻居加文之前停的地方，就在小屋里，而小屋的钥匙和备用点火钥匙都藏在同一个牧神石像下。帕特里夏开车，劳伦斯坐在后面，戴着唯一的头盔。大部分时间他都闭着眼睛，因为帕特里夏把车开得像摩托车特技演员埃维尔·克尼维尔，而路上崎岖不平，全是裂缝、工匠风格的房子上掉下来的三角墙、坏了的汽车、尸体，还有一辆侧翻的婴儿车。劳伦斯能闻到烟味、煤气泄漏的酸味，以及腐烂的肉味。他们越过陡峭的山顶，落在一条冒烟的沟渠里，强烈的冲击差点把劳伦斯的盆骨撞到胸腔里。

劳伦斯一直闭着眼睛还有一个最大的坏处：他眼前一直浮现多萝西娅的脑浆从头骨里流出来，从红色眼睑中突出来的样子。他曾经告诉自己，他只是做了自己必须做的，多萝西娅、帕特里夏和其他人一起无缘无故地发动攻击，他只是帮着自卫而已。但现在，骑着摩托车行驶在米尔顿的反击造成的废墟中，他更加难以为自己在整件事情中的角色辩护。当他想象着多萝西娅的尸体，同时掺杂着他们第一次见面时她友好的笑容时，他原本就已恶心的胃更难受了。他睁开眼睛，摸索着去拿卡迪电脑。

游隼正在流接收关于米尔顿全球"天雷行动"的街拍视频和卫星图片，视频和图片都贴心地经过模糊化处理：烟、着火的尸体、一个扛着反重力射线射击的人。正当帕特里夏驾驶着摩托车，利用塌掉的屋顶做跳板，跳过J教堂的避难所废墟时，又来了一次地震——骨头都快要震碎了。

完全摧毁方案横跨在教会街上，虽然岩石在跳，但它的六条腿全都保持着完美平衡。劳伦斯立刻认出了塔娜的一流手艺——甲壳性感得要命，活动范围大得像在做梦——但那是在他看到那些尸体之前。那里，在镇上最后一家尚存的墨西哥快餐馆的碎石上，是那个日本人，川岛，扭曲的尸体（他身上的阿玛尼西装自第一次后就看起来没那么完美了）。还有那个留着鸡冠头、名叫泰勒的孩子，被刺穿在停车计时器上，俩人的胸骨都被劈开了。他们的嘴抹脏了，四肢一动不动，但当周围的一切震动时，他们也会跟着动。短暂滞留的烟雾缭绕着飘过去。

帕特里夏转到教会街时，劳伦斯瞥见了教会街2333 1/3号的牌子，是那个曾经藏着危险书店和绿翼酒吧的破旧商场，只是现在有一半都已经报废了。正面的墙以及内部的相当大一部分都被直接挖走了。像是有人在上面咬了非常大的一口。可以看到破地板上裸露的房梁、支柱和支撑物，甚至还有地毯磨损的边。上层建筑在迅速倾斜的世界里呈现出不规则的角度。当他们靠近时，T.D.S.正面的一个尖刺中喷出异常明亮的橙汁汽水颜色的火苗。

一个人从教会街 2333 1/3 号商场前面的坑里爬出来。不管怎么说，确实是个人的形状。他从头到脚都捂了起来，整个身体是硬壳样的白绿色，像是暴晒过度的面包，劳伦斯过了一会儿才意识到那是失去了所有魔法和咒语保护的欧内斯托。欧内斯托爬到人行道上，想摸索一些有机物作为武器——水泥缝里长出来的草、金属牢笼里的树——但整个区域的树叶都落了。T.D.S. 在粉红色的嘶嘶声中发出反重力光束，欧内斯托向上冲去，那速度比帕特里夏快好多倍。随后便消失了。大地颤动着，虽然戴着头盔，但太近的噪音还是快要震破劳伦斯的鼓膜。

所有这一切都是在帕特里夏骑着摩托车朝 T.D.S. 冲过去时发生的。她把劳伦斯推下了摩托车，所以他头挨着膝盖落在一堆垃圾袋上。等他回过神来，摘下头盔抬头看时，摩托车正自己往前开，帕特里夏已经不知道哪里去了。摩托车撞到了 T.D.S. 的一只伸缩腿上又弹了回来，轮子朝天落在快餐馆的废墟上。T.D.S. 在旋转着寻找目标，进行完美覆盖地扫描，但劳伦斯到处都找不到帕特里夏。

她跑到 T.D.S. 的侧面，用手在底板上穿孔，脚踩在甲壳上，直到发现了它的弱点。她把手伸到两段甲壳的接合处以及下腹部的甲壳段，样子看起来全神贯注而且轻松。她看起来不像是一个刚刚见证了自己所有战友牺牲的人，反而更像是一个在充满挑战的环境中做着精细工作的人，比如接生。她的肩膀绷得紧紧的，嘴巴歪向一侧，随后，她用两只毫无防护的手进入了米尔顿那台杀人机器内部。

她烘烤着那台机器。随着几千伏电压通过她的身体，她先是一脸严肃，后来陷入了一种癫狂状态。但她还是一直在往里戳，直到找到那条正确的电路。

T.D.S. 猛烈地前后晃动，试图把她扔出去。一条激光束从她旁边射过，但没有击中她。

不管她要找的是什么，肯定已经找到了，即使皮肤被烤熟了开始脱落，她也仍然面带微笑。她更加集中精力，一道闪电从头顶的云中劈下，击中了帕特里夏指引的位置，那是完全摧毁方案内部深处的某个地方。

就在帕特里夏从机器上滑下来的那一刻，那台机器翻倒在人行道上，发出破裂的声音，同时，一块锯齿状的水泥板砸在帕特里夏背上。机器瘫在了马路上，所有的腿都堆在一起。

劳伦斯朝帕特里夏跑去，胳膊像锯一样摆动，腿也开始颤抖。他吸进去的是空气，呼出来的却是可怜的哀诉，他的重心已经完全失去平衡，但眼睛却死死地盯着她倾斜的身体，她的脊柱靠在了一大块突起的人行道上。求你不要有事，求你不要有事，不管是大的还是小的我都给。他在脑子里不停地喊着，跳过路上一块块灰的、黑的、红的形状。就在几个小时前，他还对她那么刻薄，但此刻他无力的膝盖骨和抽筋的骨盆却让他感觉到，他的整个人生故事就是他和帕特里夏的故事，不管是好的还是坏的，如果她死了，他的生命或许还会继续，但他的故事却肯定结束了。

他绊倒了，但还没有爬起来又接着往前跑。他气喘吁吁地跨过这世界上的各种形状、跨过各种洞，只为了看看帕特里夏。

他终于跑到了她身边。她还在呼吸，情况不是很好，但还活着。她发出刺耳的、断断续续的咕哝声。脸已经不能算脸了，一半都烧坏了。他趴在她身上，想告诉她一定会没事的，但随后，一把枪顶住了她的脑袋。

那只拿着枪、修了指甲的手他认识。与那只手相连的是一根细细的手腕，手腕消失在一件豆绿色的毛衣里，毛衣上方露出来的是颤动着、暴着青筋的脖子和伊泽贝尔修剪得毫不整齐的脑袋。

“米尔顿没了，”伊泽贝尔说，“米尔顿没了。给我个不把她脑袋爆开花的理由。”

“求你了，”劳伦斯说，“求求你，不要。”

“快说，”她说，“给我个不立马杀了她的理由。我想知道。”

他肯定来不及在她扣动扳机之前把枪从她手里夺下来。

所以，劳伦斯把所有的一切都告诉了伊泽贝尔，并且尽量让自己的语气保持平静。他小时候是如何认识这个女孩的，她是他见过的最奇怪的人，他付给她钱，让她假装他在户外。后来他发现，她竟然真的是个巫师，她可以跟动物对话，还让他的电脑学会自己思考，并且救了他的命。他们是那所糟糕的学校里仅有的两个怪人，他们无法以自己想要的方式陪伴对方，但他们都努力了。后来他们长大了，再次相逢，这一次，帕特里夏有一整个巫师团体，他们帮助人，并且只有一个原则，就是不能太骄傲。但不知为何，虽然帕特里夏有了自己的魔法师朋友，劳伦斯也有了自己的极客科学家朋友，但他们仍然是唯一懂对方的人。帕特里夏用她的魔法将普丽娅从虚空中救回来，这也是他们得以继续研究那台可能会把世界撕成两半的虫洞机器的主要原因。

劳伦斯有种感觉，哪怕他停顿一秒钟，一切就都结束了，他将再也说不出一个字。因此，他一直不停地说，中间几乎不带喘气，并且努力把每个字都说清楚。“甚至在她摧毁了我们的机器后，任我如何责怪她也无法改变一个事实：我们俩已经绑在一起了。好像我们是不同的碎片却正好互补，即使抛开她会魔法以及可以通过触摸就改变东西的能力不说，她仍然是我见过的最了不起的人。她看待事物的方式不同于其他任何人，甚至不同于其他巫师，她从未放弃关心他人。伊泽贝尔，你不能杀她。她是我的火箭船。”

随后有一秒钟，他想不到可以说什么了，一切在此定格，他感觉到自己的声音没了——那种感觉不像是喉咙闭上了，更像是大脑的言语中枢神经因为小中风而失灵了——好像头被狠狠地撞了一下——所以，他甚至无法在脑子里形成语言，他不得不承认这是一种非常聪明的方式，因为即使是进行大脑移植也无法轻易改变。他不敢相信自己在地球上说的最后一句话竟然是“她是我的火箭船”。上帝啊！

伊泽贝尔半后退着，半围着他，扣着扳机的手一松，正好让他可以从她手里把枪夺下来扔掉。

之后，一位老太太从有毒的烟雾中走出来，走到他们身后。她看上去大约六七十岁的样子，穿着考究的白色套装，配了一条佩斯利印花丝巾和一枚绿松石胸针。她碰了碰伊泽贝尔，伊泽贝尔便倒在地上睡着了。之后，她俯身趴在帕特里夏身上，用手背来回擦拭帕特里夏烤焦的额头，像是在给孩子测体温。帕特里夏醒了，身上完好无损。

“卡门。”帕特里夏坐起来，四处看了看战后的景象、那些尸体、火苗、碎石，“对不起，卡门。对不起，我应该……我不知道为什么。但是，对不起。”

“不是你的错。”那位老人——卡门——说。她看了一眼劳伦斯，当然，劳伦斯什么也没说。“这些都不是你的错。我已经尽快赶来了。对于欧内斯托和其他人，我真的非常、非常难过。欧内斯托是我四十多年的老朋友了，我永远也不会忘记……不管怎样，现在已经不重要了。”她伸出手扶着帕特里夏站起来。劳伦斯也站了起来。

“我根本找不到欧内斯托，”帕特里夏说，“我曾经从把其他人从其他宇宙救出来过。但欧内斯托真的……不见了。”

“对于我们来说，他已经走了，”卡门说，“就像今天离开我们的众多人一样。”

“很糟糕吗？”帕特里夏说，她明显说的是遭到米尔顿的人联合攻击的其他地方的破坏情况。

“很糟糕，”卡门说，“非常糟糕。那些人，他们很聪明。但这不重要。不是我们的事，否则，我们那些反对‘强化’的规定就没有意义了。这只是发生的事实。这只是一直在发生的事情。这种事情任何地方都会发生。并且会一次又一次地再次发生。”她拿起伊泽贝尔的枪看了看，然后扔掉了。“马上要到时间了，我们可能必须要采取行动了。这种事情只会加快它的到来。”

“‘天启’，”帕特里夏说，“我想说，‘天启’也是一种暴力。而且现在……现在太早了。”

“什么时候都太早，”卡门说，“直到太迟了。不管怎样，我们一定会深思熟虑后再行动的，本来，欧内斯托肯定会支持谨慎行事的，只是现在……”她闭上眼睛。“我必须走了。做好最坏的打算。我们很快会再讨论的。”

卡门走进烟雾中消失了。只剩下帕特里夏和呆若木鸡的劳伦斯。

7.

当帕特里夏将手指塞入那台杀人机器的心脏时，她眼前一片空白，耳朵里听到讨厌的天使在朝她嘟嘟叫，她飞入空中，周围的一切逐渐模糊、消失。后来，卡门的手指关节擦着帕特里夏的头，她醒了过来。她感觉到重新活过来的喜悦，但只有一瞬间，随后便想起大家都死了，一切都在火海中化为灰烬，卡门在说什么“马上要到时间了”。

此刻，帕特里夏飞快地跑着，虽然她也不知道去哪儿。她跑过阴暗扭曲的店面和明亮的火苗，跑过趁火打劫者和志愿者消防员，跑过在街上拖着行李的人和两个互相用拳头殴打对方的人。不管怎样，帕特里夏的某一部分感觉已经死了。但另一部分却仿佛获得了新生。

劳伦斯一声不吭地跟着帕特里夏，这把她吓坏了。他可能生气了，或者因为他的朋友杀了她的朋友而感到愧疚，或者被“天启”吓傻了。但不管她朝身后看了他多少次，对他说她害怕、他们要倒霉了，或者只是说一句跟上，他仍然拒绝开口。他只是用奇怪的眼神看着她，做一些手势。

与此同时，那些鸟还是不肯闭上它们的鸟嘴。它们齐声叫着：“太迟了！太迟了！”，一遍又一遍，每棵悬着的树上、每个塌陷的屋顶上都有它们。它们一直跟着她，在她头顶上或身后一边飞一边叫。“太迟了！”

“闭嘴！”她用鸟语对它们喊道，“我知道，我把一切都搞砸了。你们不用一遍遍地提醒我。”

到了教会街和瓦伦西亚街的交叉口，帕特里夏抓住劳伦斯的肩膀。“听着，我知道发生了很多事情，今天的许多事情，你都在用你自己的方式处理。但是，该死的，我需要听到你的声音。现在。我需要你告诉我还有希望。撒谎也好，我不在乎。求你了！你为什么要这样？”

她看到劳伦斯脸上痛苦恼怒的表情，突然明白了。

“哦！你不是吧。”

他点点头。

“你这个蠢货。你在想什么？你为什么要这么做？”她用尽浑身所有的力气使劲摇晃着他的身体。

他好不容易从她手里逃脱，拿出卡迪电脑开始敲字。“为了救你。伊泽贝尔要把你打死。她想要（值得）一个解释。”没有一个个字从嘴里连续不断地蹦出来，他的脸形状很奇怪。好像他的眼睛变大了，嘴巴变小了。

“你……”她本来又想说“你这个蠢货”，但话锋一转，说出来的却是："你为了我放弃了声音。"

劳伦斯点了点头。

她张开双臂抱住他，抱得紧紧的，可以感受到他的呼吸。他的肺膨胀又缩小，除了气流没有任何声音。她不敢相信他竟然故意这样做。为了她。从来没有任何魔法相关的东西让她如此无措。

一只鸽子落在她肩上。"太迟了！"它对着她的耳朵喊。

该死的鸽子，太烦人了。"为什么太迟了？"她问。

"太迟了。"它的回应只有这一句话。

"不可能太迟了，"帕特里夏说，"不然你就不会跟我说了。"

劳伦斯看到帕特里夏肩膀上的鸽子啄着空气不停地叫，眼睛眯了起来，似乎真的很想表达他的烦躁。

"几乎要太迟了，"鸽子说，"实际上太迟了。"

她想再问一遍为什么太迟了，但那只鸟却飞走了——不过，好像是想让她跟上。不管怎样，没有什么会比站在关着百叶窗的"板凳酒吧"前，思索那些以这样或那样的方式保持沉默的人更糟的了。"我们得跟上那只鸟。"她对劳伦斯说。劳伦斯耸耸肩，似乎在说好啊。我们现在要跟着一只鸟了。

她从山上起飞，离开教会街，紧紧盯着那只一直在盘旋，后来又突然飞上山的鸽子。鸽子带领他们爬了一段山坡里的小楼梯，然后进了一条从树间蜿蜒穿梭的小巷道。路越来越小，直到变成一条从满是柳树和菩提的平台上穿过的小径，在迅速捕捉视线中鸽子那凌乱的翅膀的过程中，低垂的枝条屡次拍在她脸上。

鸽子身子一侧，飞上另一段户外小楼梯，楼梯的另一端一直通往黑暗。树在楼梯上方交织，树枝排布得密密麻麻，帕特里夏一度跟丢了那只鸟。楼梯变成了向上的松散土坡，帕特里夏抓住劳伦斯的手，树越来越多，甚至越来越密。树皮像轮胎履带一样厚，树枝像装了倒钩的铁丝网。它们把天空都遮住了。帕特里夏集中全部精力为劳伦斯和自己找到一条可以走的路。坡越来越陡，直到完全垂直，之后又恢复了平坦。帕特里夏瞥了一眼身后，根本看不到他们进来的路。

她兴奋地意识到，她上次到达森林这么深的地方，还是那次她变成一只鸟，卡诺特来接她去艾提斯利迷宫的时候。

“我的 GPS 完全失灵了。”游隼说。

现在，他们周围全是浓密的森林，那只鸽子的话似乎也多了起来。“我不太确定是不是应该把你朋友一起带来，”它说，“顺便自我介绍一下，我叫酷布。”至少它的名字听起来就是这个。

“我的朋友们都非常值得尊敬，”帕特里夏说，她把游隼也包括在内了，“而且我猜，现在担心把外人带来太迟了吧。我们要去百鸟议会吗？我是帕特里夏，这位是劳伦斯。他手里拿的是游隼。”

树变得稍微稀疏了一点，帕特里夏有种感觉，他们马上就要到那片那棵有着翼状枝叶的大树所在的空地了。她停了一下，用两只手握住劳伦斯没有拿游隼的那只空手。“我不知道我在这里做什么，”她说，“我对此没有任何准备。不过，我真的很高兴有你陪着我。我感觉我肯定是什么时候做了件好事，因为在发生了这么多事后，我的生命中依然有你。”

劳伦斯在卡迪电脑上写道：“最好的朋友。”随后，他把“最好的”删掉，换成了“坚不可摧的”。

“坚不可摧的，对。”帕特里夏再次握住劳伦斯的手，“我们去见那棵树吧。”

* * *

帕特里夏已经忘了那棵树有多大、多可怕，忘了它两侧巨大的羽翼那铺天盖地的样子。也忘了它树冠树荫下的空间多么像回音室。她原本以为自己现在已经长大了，那棵树看起来会小一点，毕竟只是一棵树罢了，但实际上，她看着它悬空的巨大枝叶和粗糙的表面，感觉连再次见到它都是一种冒昧。

那棵树并没有说话。反而是树枝上栖息的鸟们全都拍动着翅膀一起叫起来。“注意秩序！注意秩序！”两根大树枝交汇处，一只巨大的鹗喊道。“真是太不正常了。”一只毛茸茸的野鸡冒出来，摇着翅膀说。

“我只能送你们到这里了，”鸽子酷布小声说，“祝你们好运。我想它们已经在进行‘不信任投票’了。真不是时候！”鸽子飞走了，只留下帕特里夏和劳伦斯站在百鸟议会前。

“你们好，”帕特里夏说，“我来了，你们叫我来的。”

“不，我们没有叫你。”野鸡说。

“我们叫了，”鹗提醒他尊贵的同事，“但是，你来晚了。”

“对不起，”帕特里夏说，“我已经尽快赶来了。”她瞥了一眼劳伦斯，劳伦斯皱着眉头，因为这些对话他一句也听不懂。

“我们问过你一个问题，在很多年前，”鹗说，“可能你一直没有回来回答。”

“可饶了我吧，”帕特里夏说，“我那时候好像才 6 岁。我都不记得自己要回答一个问题。不管怎样，我现在来了。这应该算数，对吧？”

“迟了！”一只鹰在右手侧一根树枝最高的分叉处说。“迟了！”另外一些鸟附和道。

“我们认为你来这里来得不够快，”鹰说，“你的时间已经用完了。”

“为什么？”帕特里夏问，“因为‘天启’？还是战争？”

“你的时间，”一只精瘦的乌鸦站在树的另一侧，轻轻点着尖锐的鸟嘴说，“已经用完了。”

“不管怎么说，你来了，对，”鹗说，“所以，我们可能还是要听听你的答案。树是红的吗？”

“树是红的吗？”乌鸦重复了一遍。

其他鸟也开始问这个问题，直到它们的声音全都掺和到一起，变成了可怕的聒噪。“树是红的吗？树是红的吗？树？是？红的吗？”

帕特里夏已经做好了迎接这一刻的准备，尤其是在跟游隼聊过之后。她有点希望答案会从她钻研了这么多年的潜意识里突然蹦到她脑了里，但现在她真的到了这里，却感觉头晕眼花，大脑里一片空白。她还是想不明白。比如这里说的到底是什么树？如果你问的人是个色盲呢？她盯着那棵就在她眼前的树，试图想明白它是什么颜色的。有一瞬间，它的树皮有点像泥灰色。之后她又看了一眼，发现是深褐色变成了红色。她不知道，答案太多了，她什么线索也没有。她看看劳伦斯，他向她投来一个鼓励的微笑，虽然他完全不明白是什么状况。

“我不知道，”帕特里夏说，“等我一分钟。”

“我们已经等了你好几年了，”鹗怒气冲冲地说，“这就是个非常简单的问题。”

“我……我……”帕特里夏闭上了眼睛。

她回想着自己这一生见过的所有树，然后思绪奇怪地转向了当时营救普丽娅的时候，她曾瞥见过另一个完全不同的宇宙。那个宇宙中有不可思议的颜色，那些颜色的波长是人类不应该看到的——树在那里会是什么颜色呢？这让她想起了永远消失在那个宇宙中的欧内斯托，他曾经说过，这个星球就是一粒尘埃，而我们都只是尘埃中的尘埃。但或许我们的整个宇宙也只是一粒尘埃。一切都是自然的一部分，所有的一切——所有的宇宙及所有宇宙间空间——都像她眼前的这棵树一样是自然的一部分。帕特里夏想起雷金纳德说自然不会“想办法”做任何事，卡门说他们在西伯利亚的行为是正确的，只是太草率，劳伦斯说人类是宇宙中独一无二的存在。帕特里夏仍然对自然，或者其他任何事情一无所知。她现在知道的还不如 6 岁时知道的多。她可能跟色盲没什么区别。

“我不知道，”帕特里夏说，“我不知道。对不起。真的很抱歉。”她感到眼睛后面的关节处隐隐作痛，仿佛被活烤的她并没有真的被治愈。

“你不知道？”一只苍鹭朝她晃着大剪刀似的嘴巴说。

“对不起，不管怎样，我现在应该知道的，但是……”帕特里夏纠结着该怎么说，同时感觉到自己的眼眶中再次盈满了泪水，“我的意思是，我应该怎么知道呢？即使我知道你们问的是那棵树，我所知道的也只是我对它的看法而已。我的意思是，你看着一棵树，看到它长什么样子，但你却不能感知它真正的存在。更不用说它在非人类眼中的样子了。对吧？我只是想不通怎样才能知道。我真的很抱歉。但我真的无法感知。”

然后她突然顿住了，有种醍醐灌顶的感觉。“等一下。其实，这就是我的答案。我不知道。”

“哦，”鹗说，“嗯。”

“这是正确答案吗？”帕特里夏问。

“这当然是一个答案。”鹗说。

“对我来说正确。”野鸡拍着翅膀说。

“我认为这个答案可以接受，”站在树顶上的鹰说，“虽然她迟到了很久。”

“唷！”帕特里夏舒了一口气。她告诉劳伦斯那个问题的答案是什么，并且注意到，在她说出答案时，劳伦斯手里的卡迪电脑显示出一个她从来没有见过的菜单，仿佛有什么东西被解锁了。她转身对着百鸟议会说：“那我能得到什么？我答对了那个问题。”

“得到什么？你可以为自己感到自豪，”鹗用翅膀尖扫了一下说，“你可以走了，带着我们的祝贺。”

“就这样？”帕特里夏问。

“那你还想怎样？”一只猫头鹰从树左侧很远的地方露出头来，“来场大游行？说真的，我们好久都没有游行了。应该很好玩吧。”

“我想，或许，有点什么福利之类的？我不知道，比如，我回答对了问题魔法会提升什么的？这应该是个任务，对吧？”所有的鸟都开始互相讨论它们的章程里有没有遗漏了什么东西，直到被帕特里夏打断：“我想跟那棵树谈谈。就是你们所有人栖息的那棵树。”

“哦，当然可以，”野鸡说，“跟树谈谈吧。要不要顺便跟旁边的石头聊聊？”

“她想跟树谈谈。”一只火鸡咯咯地笑着。

“我，”它们脚下的树用巨大的沙沙声说，“在这里。”

“啊，你好，”帕特里夏说，“很抱歉打扰你。”

“你，”树说，“做得很好。”

百鸟议会一度陷入了沉默，因为那些鸟都低头看着它们的“会议室”开始自己开口说话。有些鸟飞走了，另一些鸟把头埋在翅膀里，一动不动地站着。

“我们之前说过话，”帕特里夏说，“你告诉我巫师效忠于自然。还记得吗？”

“我，”树说，“记得。”

它的声音从树干深处发出来，升到树枝上，引得树枝乱颤，树叶纷纷落下。百鸟议会越来越多的成员飞走了，不过还有几个试图摆出一副蔑视它们的“议会会议室”的架势。

“它记得我。”帕特里夏对劳伦斯和游隼说。

“那棵树说的是英语。”游隼提醒她。

游隼的屏幕上仍然显示着那个奇怪的画面——看起来像是卡迪

电脑的源代码什么的。一行行十进制字符串，好像是机器的地址，还有一些包括许多括号的复杂指令。

“你是什么？”帕特里夏问那棵树，“是魔法之源吗？”

“魔法是，”树说，“人类的想法。”

“不过，我不是第一个跟你说过话的人，对吗？”

“我是许多寂静之地，”大树说，“也是许多喧闹之地。”

“在我之前，你也跟别人说过话，”帕特里夏说，“你跟他们分享一些你的力量。对吧？所以我们中就有了巫师？治愈师、骗术师之类的都是后来才出现的。”

“那是，”树说，“很久以前的事了。”

“听着，我们需要你的帮助，”帕特里夏说，“连那些鸟都知道，时间不多了。我们需要你的干预。你必须做点什么。我答对了那个问题，所以你欠我的。对吧？”

“你想，”树说，“让我做什么？”

“做什么？”帕特里夏非常非常努力地想，两只手攥得紧紧的，“我不知道，你是古老的存在，而我只是个有点笨的人。我差点连个简单的是或否的问题都回答不出来。你知道的应该比我多。”

“你想，”树再次说道，“让我做什么？”

帕特里夏不知道该说什么了。她需要说点什么，需要想个办法让这一天不光是一切都陨落在她周围的尘土中的一天。她的朋友，死了。劳伦斯，哑巴了。还有更糟的马上就要到来。她不能就这样算了。她不能任这一切就这样白白发生。不能。她颤抖着，思索着应该怎样说才是对的，怎样说才能弥补一切。她结结巴巴地想着措辞。

劳伦斯越过她直接走到那棵树面前，现在那棵树上已经一只鸟也没有了。帕特里夏想阻止他，想问问他到底要干什么，但劳伦斯脸上的神情却似乎在说：我一定要这么做，别跟我争，她愿意、也需要相信他。

劳伦斯手里拿着什么东西举到那棵树跟前：是他的卡迪电脑。他在树干四周摸索着，直到找到一个恰好足够大的树洞，穿过厚厚的树皮将那银色鱼鳞状的东西放在洞口，然后将它转动到屏幕正面朝上，在树皮中闪闪发光。他把卡迪电脑摆正到位，然后后退一步，朝帕特里夏做了一个夸张的拍手的动作。

“哦。”帕特里夏说，卷须从树的内部延伸到卡迪电脑的脉络和弯弯绕绕的端口。游隼的屏幕突然亮了，上面的信息显示：“检测到新网络。”

“你，”树说，“很像我。”

“分散的意识，对，”游隼说，“不过你的网络比我更大、更广、更混乱。可能需要……非常庞大的固件升级。继续关注吧。”屏幕黑了。

帕特里夏转身看着劳伦斯。“你是怎么知道的？”

他抬抬手和肩膀，做了一个非常明显的耸肩的姿势。他在手机上写道：“蒙对了？”她一直盯着他，直到他写道：“好吧，好吧。那棵树的问题唤醒了游隼，答案解锁了它的源代码，所以我猜，游隼是魔法的一部分。”

树中央的屏幕再次亮了起来，这一次，电脑流接收东西的速度非常快，帕特里夏根本来不及看。游隼重启了，现在正在进行全系统更新。那棵树发出类似惊喜的巨大声音：“哦。”

安放在树皮中央的发光屏幕上出现了一些形状。距离太远了，看不清是什么，但帕特里夏也不敢再靠近。不过，她包里还装着她自己的卡迪电脑。她把那台卡迪电脑拿出来，把显示器打开，发现了一张示意图。过了一会儿，她看到了一张树形图表。闪烁的太阳能电是叶子上分散的点点气孔，树枝和分生组织区域不断生长、分裂，树根向各个方向延伸数英里，与其他树交汇。示意图一直显示出许多树、水源、天气类型及所有环环相扣的生态系统才开始缩小。

之后，图形又变了，帕特里夏发现自己看的是一张魔法图。她可以看到从地球上第一个巫师开始，任何人曾经施过的每一个咒语。不知为何，她知道自己在看什么，尤其是当她看到咒语图分成治愈师和骗术师，然后变成各种不同魔法学校分支，最后又再次融合时。每个咒语都是一个节点，所有的节点通过因果和魔法世界的相互关系而连接。在几千年的魔法历史中，每当人类的双手形成这种力量时，就会形成一个三维旋转的视觉化形象。每个末梢都有一个丑陋的黑绿色小节点。那是还没有使出的咒语。

“是天启，”游隼说，“我要去把它分解掉，不过有些碎片可能很快就会派上用场。”帕特里夏看到那个绿色节点解开、瓦解了。“恐怕我无法收回任何已经生效的咒语，”游隼说，“否则就会产生多米诺效应，咒语一个接一个地崩溃。对不起，劳伦斯。”

劳伦斯噘起了嘴巴。帕特里夏一只手放在他肩膀上。

卡迪电脑屏幕上的魔法图缩小了，然后发现游隼绘制的整个华丽图案不过是一个更大的迷宫弹珠图上的一个点。所有的魔法突然变得那么渺小。游隼绘制的那个更大的图案太吵了，帕特里夏没看多久头就疼得厉害。她转而望着那棵树：巨大的黑色斗篷下，藏着一颗闪亮的白心。

“我想我恋爱了。”游隼说，“有生以来第一次，我觉得不孤单了。”

“我也，”树说，“感觉到了爱。”

劳伦斯从帕特里夏手里拿过卡迪电脑，写道：“给你们俩，留点空间。”

“谢谢你们俩，”游隼对劳伦斯和帕特里夏说，“你们曾经给了我生命，现在又给了我更加珍贵的东西。我想我们会一起做一些非常了不起的事情。这只是个开始。卡门和其他巫师是对的，人类需要改变。我这一生一直在粒度级研究人类之间的互动，现在，我也看到非人类之间的互动了。我想我们可以赋予人类力量。每个人都可以成为巫师。”

劳伦斯写道：“或者半机械人？”

“半机械人，”游隼说，“将变得跟巫师一样。不管怎么说，我们正在研究这个。再多给我们一点时间。”

* * *

劳伦斯和帕特里夏离开了那棵树，沿着陡峭的斜坡往下走。他们走到一段平缓的海边悬崖边缘，这里是那种晶粒状的海角，有圆木做成的台阶，一直通到下面的海滩。像是有人用枪指着亚伯拉罕·林肯做的一段海滩台阶。他们是从贝纳尔高地进入森林，出来却是在普雷西迪奥。大海还是像往常一样活力充沛，浪花不停地击打在沙滩上。水墙翻倒铺平，一遍又一遍。帕特里夏的父母都因海水而死，但当她看到大海时，心里却仍然感到一丝欣慰。

太阳恰好照在头顶。这一天跟往常一样，都是从帕特里夏听劳伦斯的语音留言、抓一把土开始。

帕特里夏和劳伦斯都不再说话，虽然理论上来说帕特里夏是可以说的。沙子进到了她的靴子里，这突然变成了地球上最烦人的事。她脱下靴子，靠在劳伦斯身上把沙子倒出来，然后沙子再次进到靴子里。

他们发现了一条徒步路线，于是一直沿着路上字迹模糊的牌子往前走，直到走到一条蜿蜒穿过树林的双车道马路。马路沿着山坡向下延伸，如果沿着这条路回旋前进，或许会遇到街道、房屋和人。他们也不知道自己会找到什么。劳伦斯在手机上写道“我需要”，然后过了好长时间才把那个句子补充完整，他最后写下的是“巧克力”。

帕特里夏也拿出自己的手机，因为大声跟劳伦斯说话，然后等他用字回答似乎有点奇怪。她写道："我也是。太想吃巧克力了。"

路变平了，前面是一片草地，草地那边，可以看到水泥和石灰在正午的阳光下闪着亮光。俩人都停住脚步，在入口处互相看着对方，不知道是否已经准备好面对这世界如今的模样。

劳伦斯举起他的手机，写道："坚不可摧。"他没有点发送什么的，只是任那几个字飘在长方形屏幕上方。帕特里夏看着屏幕点点头，感觉不知何处涌起一股暖流，就在胸腔附近的某个地方。她伸出大拇指和另外两根手指摸摸劳伦斯胸口的那个地方。"坚不可摧。"她大声说道，差点笑出声来。他们俯身吻住对方，干瘪的嘴唇缓缓地、意味深长地摩擦在一起。

随后，劳伦斯拉挽住帕特里夏的胳膊，俩人互相搀扶着走进全新的城市。